DIE LANGE REISE DER ARTEMIS

KRISTINA GÜNAK

IMPRESSUM

Die lange Reise der Artemis © 2019 Kristina Günak
Kristina Günak
c/o Britt Toth
Emmerichstraße 76
02826 Görlitz
E-Mail post@kristina-guenak.de
kristina.guenak.de

Lektorat Lektorat Bobrowski
Korrektorat Susanne Meier
Covergestaltung Wolkenart – Marie-Katharina Wölk
Bildmaterial ©Shutterstock.com (Sergey Nivens, Baldas1950, Vadim Sadovski)

Millas KI zitiert den Anfang des Gedichts »Ich weiss nicht, was ich habe«, auch bekannt als »Das Herz«, von Rainer Maria Rilke aus sämtliche Werke.

Herstellung und Druck über tolino media GmbH & Co. KG, Albrechtstr. 14, 80636 München. Printed in Germany.
Fragen zu Produktsicherheit an: gpsr@tolino.media.

KAPITEL EINS

Ich war tot! Und im Himmel! Ich fühlte mich leicht und völlig losgelöst von allem. Ich hatte immer gedacht, sterben wäre schlimm, aber dieses Gefühl hier war eigentlich nicht schlecht. Es hielt allerdings nur so lange an, bis ich es endlich schaffte, die Augen zu öffnen, dann rammte mir das grellweiße Licht direkt bis unter die Schädeldecke. Schmerz explodierte in meinem Kopf, und ich kniff die Augen wieder fest zusammen. Irgendwo ertönte ein schriller Alarmton.

Man hatte uns in nervenaufreibenden Übungen darauf konditioniert, bei diesem schrillen Geräusch sofort die in jeder Kabine angebrachten Sitzplätze mit den festen Gurten aufzusuchen. Wenn wir dann noch Zeit hätten, sollten wir unbedingt den starren Nackenschutz anlegen, der uns im Falle einer Kollision vor dem Genickbruch bewahrte. Wobei ich damals schon gedacht hatte, dass ich im Falle einer Kollision viel lieber einen doch meist schlagartig eintretenden Tod durch Genickbruch sterben würde, als das zu erleben, was nach der Havarie eines Raumschiffes ansonsten zur Option stand.

Ich hatte es leider weder geschafft, die Sicherheitsgurte noch den Nackenschutz anzulegen. Stattdessen lag ich jetzt auf dem Stahlboden, und mir tat alles weh. Immerhin lebte ich. Erneut öffnete ich die Augen, wenn auch vorsichtiger. Diesmal war ich gefasst auf die Helligkeit. Dann versuchte ich, einen tiefen Atemzug zu nehmen. Die Luft schmeckte nach Ozon und Staub, und ich musste keuchend husten.

Ich war tatsächlich im Himmel. Tausende Kilometer von der Erde entfernt. Und es war nicht schön. Es würde auch ungefähr noch tausend Tage so weitergehen, wenn nicht jetzt schon unser letztes Stündlein geschlagen hatte. Wovon ich aufgrund der aktuellen Sachlage ausgehen musste.

Die Barrakuda gab ein dumpfes Grollen von sich, legte sich erneut auf die Seite, und ich konnte nur durch einen beherzten Griff an die Stahlstreben der Untersuchungsliege verhindern, dass ich einmal quer durch meine Praxiskabine geschleudert wurde. Das Schiff blieb für den Moment in dieser ungesunden Schräglage, und ich rutschte langsam über den Boden.

»Ich möchte nach Hause«, flüsterte ich, schaffte es aber im nächsten Augenblick immerhin, mich mit den Füßen an der gegenüberliegenden Wand abzustützen.

»Arzt auf die Brücke!«, ertönte die sanfte weibliche Computerstimme aus den Lautsprechern, die sich versteckt in jeder Nische des Schiffes befanden. Die Lautsprecher hießen in der Raumfahrt anders – ich hatte das Wort wieder vergessen –, da die Dinger aber laut mit der Besatzung und den Passagieren sprachen, blieb ich bei diesem schönen irdischen Wort.

»Allzeit bereit!«, antwortete ich in die Leere meiner

Praxiskabine, während ich weiterhin die Stahlstreben umklammerte. Man würde nicht nur auf der Brücke einen Arzt benötigen, nachdem wir gerade wie in einem Mixer durchgeschüttelt worden waren, bloß wie sollte ich dahin kommen, wo man mich brauchte? Fliegen?

»Arzt auf die Brücke!«, erklang wieder diese liebliche Stimme, die ihrem Erregungszustand nach maximal gerade eine Tasse Tee zu sich nahm, während sie auf einen plätschernden Bergbach blickte. Langsam richtete sich das Schiff wieder auf Normalniveau aus. Trotzdem hielt ich die Stahlstrebe fest umklammert, denn mit der künstlichen Schwerkraft stimmte irgendetwas nicht. Ich fühlte mich weiter sonderbar leicht und losgelöst.

»Ja, doch!«, antwortete ich, wartete einen Herzschlag lang ab, was da noch kommen möge, und rappelte mich, als es ruhig blieb, hoch auf die Knie. Ein schwieriges Unterfangen, denn meine Knie wollten nicht so recht Bodenkontakt halten.

Es war meine zweite Woche auf der Barrakuda. Ich hatte seitdem nur gefilterte Luft geatmet, furchtbaren Fraß zu mir genommen, kaum geschlafen und zweimal meinen neuen Assistenten getreten. Der war kein Mensch, sondern eine künstliche Intelligenz. Eine KI, der man zum Glück kein menschliches Antlitz verpasst hatte, wie man es auf der Erde in den 2050ern versucht hatte, was ja gehörig in die Hose gegangen war. Wenn sie aussahen und sich benahmen wie Menschen, wurde es schwierig.

Diese hier sah halt aus wie ein Roboter. Und sie war so dumm wie ein Roboter. Außerdem hatte sie zu den unpassendsten Gelegenheiten Gedichte von Rilke zitiert, was mich unfassbar genervt hatte, sodass ich ihr das erst mal verboten hatte. Ob ihr das jemand einprogrammiert hatte –

als kleinen Gruß irgendwelcher irren Computer-Techs – oder ob sie es sich selbst beigebracht hatte, hatte ich bis jetzt nicht herausfinden können.

Es hätte mir zu denken geben müssen, dass das Schiff, auf dem ich mich befand, einen derartig kämpferischen Namen trug. Barrakudas waren keine netten Fische. Ich hätte vielleicht auf der DP Goldfisch anheuern sollen. Die flog allerdings nicht bis nach Padas im Sternsystem Gordos, und das war mein Ziel. Zumindest hatte ich das der Auswanderungskommission gegenüber behauptet, die entschieden hatte, dass ich mich lebenslang zu dieser Mission verpflichten durfte.

Nur würden meine Mitreisenden Padas genauso wenig erreichen wie ich, wenn ich es nicht schaffte, irgendwie zur Brücke zu kommen. Denn derjenige, der uns nach Padas bringen würde, brauchte offenbar meine Hilfe.

»Arzt auf die Brücke!«, erscholl der nächste Hilferuf, und ich kam endgültig auf die Beine, denn die Schwerkraft war endlich wieder so, wie sie sein sollte. Ich packte meine Notfallausrüstung, die gefühlte zweihundert Kilo wog, wuchtete sie mir auf den Rücken und betätigte den kleinen Taster neben der Tür zu meinen Praxisräumen.

Die meisten Türen öffneten sich automatisch oder doch zumindest über eine Sprachsteuerung, aber in meiner Praxis lagerten die wirklich wichtigen Dinge, die für die nächsten tausend Tage das Überleben sicherten. Deswegen war das hier sozusagen Fort Knox, wie man in der altertümlichen Sprache gesagt hätte.

Vorsichtig betrat ich den langen Flur und blickte nach links und rechts, aber er war absolut leer. Der schrille Alarmton erfüllte alles, und hier blinkte in nervtötender Beständigkeit noch ein rotes Notfalllicht. Für die größten

Idioten unter uns, die bisher nicht begriffen hatten, dass es ein echtes Problem gab. Energischen Schrittes marschierte ich in Richtung der Lifte, um zur Brücke zu gelangen.

Die Barrakuda hatte endlich ihren Schwerkraftstabilisator wieder im Griff, denn ich konnte ohne wilde Verrenkungen und ohne mich festklammern zu müssen, laufen. In den Notfallübungen für die etwas rückständigen Erdenbürger, die mit der Raumfahrt so rein gar nichts am Hut gehabt hatten, hatten wir gelernt, dass ein Ausfall dieser Stabilisatoren außerordentlich schlecht war. Nun wusste ich auch, wie sich das anfühlte.

Ich traf auf meinem Weg niemanden. Entweder waren alle tot oder einfach schneller darin gewesen, sich ordnungsgemäß zu sichern.

Die Barrakuda war nach offiziellen Maßstäben ein kleines Schiff. Sechsundfünfzig Passagiere, einunddreißig Crewmitglieder. Davon alle menschlich – bis auf einen –, was als Basis ziemlich gut war. Mit Menschen konnte ich umgehen. Dem Rest ging ich aus dem Weg, wobei der Rest leider, bezogen auf das All, in der absoluten Überzahl war. Deswegen war ich dankbar gewesen, dass die Barrakuda keine gemischte Crew angeheuert hatte, wie es heutzutage durchaus üblich war.

Drei Abzweigungen weiter stand ich vor der Tür zur Brücke. Ein ehrfurchtgebietender Ort. Hier hatte man als Normalsterblicher nichts zu suchen. Ich wedelte mit der Hand in Richtung Überwachungskamera und klopfte schließlich vorsichtig an die Stahltür.

»Hallo?«, rief ich energischer, als mir zumute war. Nichts tat sich. »Arzt vor der Brücke!«, brüllte ich dann, und mit einem leisen Zischen öffnete sich die Tür.

Die Stille war beängstigend. Wenigstens kreischte hier

nicht die Alarmsirene, aber die Führungscrew wusste wohl auch ohne akustische Untermalung, dass wir ein Problem hatten. Mein größtes Problem war allerdings, mir überhaupt eine Übersicht zu verschaffen, sehr ungünstig für jemanden, der im Notfall das Richtige zur richtigen Zeit tun musste.

Die Brücke war riesig. Sie erstreckte sich im Halbkreis vor mir und schien auf den ersten Blick nur aus Displays, blinkenden Digitalanzeigen und der Aussicht ins All zu bestehen, denn alles war auf die riesige Frontscheibe der Barrakuda ausgerichtet. Vor der jetzt jedoch nicht die Sterne zu sehen waren, sondern ein fremdes, lackschwarzes Raumschiff, das aus irgendeinem Grund sonderbar glitzerte. Und bedrohlich aussah. Selbst wenn ich bis jetzt noch nie im Weltall gewesen war, das erkannte ich schlagartig.

Captain Berg stand hinter seinem Sitz und hatte die Hände auf die Lehne gelegt. Er umklammerte sie so fest, dass seine Knöchel weiß hervortraten. Mir schenkte er keine weitere Beachtung. In der aktuellen Sachlage war ich Priorität null.

Die restliche Crew saß angeschnallt in ihren Sitzen, es herrschte ein gespanntes Schweigen im Raum. Keiner nahm von mir Notiz, wie ich dort stand, während mir mit meiner schweren Notfallausrüstung auf dem Rücken fast das Kreuz durchbrach. Alle starrten auf die große Frontscheibe und das, was sie offenbarte.

Es schien mir albern, die üblichen Konventionen einzuhalten und darum zu bitten, die Brücke betreten zu dürfen, deswegen ließ ich es bleiben und trat einfach ein, während ich den Blick schweifen ließ.

Ein zweiter Offizier, gut erkennbar an dem Abzeichen auf seiner Brust, sah mich kurz an und deutete nach links.

»Johnson«, flüsterte er leise, und ich folgte der Richtung, in die er gezeigt hatte.

Ein Crewmitglied lag regungslos vor der mit Technik vollgepackten Wand auf dem Boden. Jemand hockte neben ihm und hielt seinen Kopf auf dem Schoß. Der Geruch von Blut überlagerte für einen Moment die sterile, gefilterte Atemluft.

Der gekrümmt liegende Mann war tot. Er hatte sich das Genick gebrochen, was ich am furchtbaren Winkel zwischen seinem Kopf und dem Nacken deutlich erkennen konnte. Es lief mir eiskalt den Rücken hinunter.

Von irgendwoher erscholl ein blechernes Klirren und riss mich zurück in die Realität. Ich trat eilig zwei Schritte vor und kniete mich neben den Toten. Das Blut, das ich roch, stammte von einer leichten Schramme auf seiner Stirn.

Der junge Mann, der neben ihm saß und den Kopf des Toten fast zärtlich auf seinem Schoß hielt, blickte mir mit schreckensgeweiteten Augen entgegen. »Ich habe seinen Kopf stabilisiert«, flüsterte er. Das Abzeichen an seiner schwarzen Uniform wies ihn als Techniker aus.

Ich nickte ihm zu und streckte die Hände aus, um ihm seine Last abzunehmen. Hier war von Anfang an nichts mehr zu stabilisieren gewesen. Ein stumpfes Trauma hatte sämtliche Nervenstränge mit einem Schlag durchtrennt, und damit war Ende im Gelände.

»Ich kümmere mich um ihn«, flüsterte ich.

Der junge Mann kam schlagartig auf die Beine und eilte zurück zu seinen Steuerungseinheiten. Wenn man für den Patienten nichts mehr tun konnte, musste man es für alle anderen tun. Dass der Techniker das Offensichtliche ausgeblendet und geglaubt hatte, ihm noch helfen zu können, zeigte mir, wie hoch der Stresslevel hier auf der Brücke gerade war. Und so hockte ich mich neben den Toten, der furchterregend jung wirkte, und breitete eine Schwerkraftdecke über ihm aus.

Im nächsten Moment fing Captain Berg an zu fluchen, und jemand sagte: »Sie scannen uns erneut. Wir müssen handeln.«

Einer der ersten Offiziere tauchte aus dem Nichts auf und packte mich an der Schulter. »Setzen Sie sich auf Johnsons Platz und schnallen Sie sich an!« Mit festem Griff manövrierte er mich auf den Ledersessel, und schlagartig umfing mich das im Notfall automatisch reagierende stabile Gurthaltesystem.

»Haben Sie ihn noch einmal gerufen?« Ich hatte Captain Berg als extrem gelassenen und kompetenten Menschen kennengelernt, jetzt vibrierte seine Stimme vor Anspannung.

Zwei Wochen im All und meine Wahrscheinlichkeit zu sterben lag bei ungefähr achtundneunzig Prozent. Tolle Sache. Ich umklammerte die Armlehnen des Sitzes und stemmte die Füße in den Boden.

Der Offizier neben mir fuhr beständig mit dem Zeigefinger über die angezeigten Daten, die vor ihm in der Luft zu schweben schienen. »Er reagiert nicht«, antwortete er dem Captain.

»Dann hol ihn jemand aus seinem verdammten Quartier!«, erwiderte Captain Berg und klang jetzt ungehalten. Der Jemand war eine junge Frau, die wie mit dem Pfeil abgeschossen aus der Tür der Brücke stürzte.

Ich beugte mich leicht nach rechts zu dem schwer beschäftigten Offizier. »Würden Sie mich bitte in Kenntnis setzen, was los ist? Wenn ich sterbe, wüsste ich das vorher gerne«, sagte ich freundlich und erntete einen irritierten Seitenblick.

Er musste meine Anfrage kurz durchdenken, dann rang er sich allerdings durch, mich zu informieren. »Wir befinden uns aktuell im Siradenkorridor. Der ist sehr abgelegen, die Galaktische Union ist nicht zuständig. Eigentlich ist hier niemand zuständig, weil nirgendwo in der Nähe ein Planet existiert, der irgendjemandem einen Grund geben könnte, sich in dieser Einöde aufzuhalten. Und dann kamen die.« Er nickte zur großen Frontscheibe, vor der das schwarze Raumschiff im Nichts hing wie eine übergroße Spinne von der Decke. »Weder können wir sie zuordnen, noch kennen wir ihre Spezies. Dementsprechend können wir nicht mit ihnen kommunizieren. Sie gehören keiner uns bekannten Art an.«

»Wäre Abhauen nicht eine tolle Option?«, fragte ich, und der Mann neben mir antwortete knapp: »Das haben wir versucht. Daraufhin haben sie uns gestoppt. Mit bekanntem Ergebnis. Wir haben einen unserer fähigsten Techniker verloren. Er ist bei diesem Manöver einmal quer durch die Brücke geflogen.« Sein Kopf ruckte in Johnsons Richtung.

»Und nun?« Ich war wirklich sehr begierig auf seine nächsten Worte. Nichts weniger als mein Leben hing davon ab. Das wusste der Mann neben mir, denn er zögerte seine Antwort ein klein wenig hinaus. »Nun hoffen wir, dass der RIX weiß, womit wir es zu tun haben und wie man damit umgeht.« Ganz unverhofft streckte er mir plötzlich seine Hand entgegen, die ich aus einem Reflex heraus ergriff. »Alexander Baldwin, Marsianer, erster Offizier.«

»Milla Greenwich, Erdenbürgerin, Ärztin an Bord«, erwiderte ich seine förmliche Bekanntmachung und betrachtete ihn einen kurzen Moment genauer. Ich kannte nicht viele Menschen, die auf dem Mars geboren waren. Bisher keinen, um genau zu sein. Aber er sah einfach nur aus wie ein Mensch.

Ich hätte sehr gerne noch ein wenig geplaudert, bevor mein Körper entweder pulverisiert oder durch einen Riss in der Außenhaut ins All geschleudert werden würde, aber im nächsten Moment ging die Tür zur Brücke wieder auf, und die junge Frau stürzte herein. Im Schlepptau hatte sie einen Mann.

Also mein Gehirn wollte ihn als Mann klassifizieren, doch mein armes Gehirn war ja auch wenig geübt im Umgang mit fremden Spezies, deswegen korrigierte ich es: Was der Frau auf die Brücke folgte, war kein Mann.

Ich hatte seine medizinischen Daten von der BDO, der höchsten militärischen Macht innerhalb unseres eigenen Sonnensystems, in verschlüsselter Form erhalten. Er war so etwas wie ein Heiligtum – wertvoll, eine wichtige Investition in die Zukunft der Menschheit, ohne die es die Vergangenheit nicht gegeben hätte.

Mein Instinkt empfahl mir umgehend die Flucht.

KAPITEL ZWEI

Wir hatten auf der Erde von ihnen gehört. RIX. Wofür das stand, wusste ich nicht. Sie hatten eine teilweise menschliche DNA, aber der Rest schien aus Implantaten und genetischer Optimierung zu bestehen. Sie waren definitiv keine Menschen. Aber sie hatten das Überleben der Menschheit in den letzten zweihundertfünfzig Jahren gesichert, weil ihre Modifikation sie hatte besser sein lassen als einen Großteil unserer Feinde. Und davon hatten wir Erdenbürger in den Galaxien einige.

Dieser RIX stand jetzt neben dem Captain und blickte durch die Frontscheibe. Im direkten Vergleich zu einem Menschen stach seine Andersartigkeit hervor wie ein Lichtstrahl in der Dunkelheit. Wie alle seiner Art trug er offenbar ein Exoskelett in die Außenhaut seines Rückens implantiert. Es spannte sich weit hoch bis zum Atlasknochen direkt unter seinem Schädel und wurde im Nacken durch den Ausschnitt seines Shirts sichtbar. Etwas hatte ihn geschaffen, und er war für mein menschliches Auge, das an Fehler gewöhnt war, irritierend ebenmäßig.

»Wo verdammt noch mal waren Sie?« Captain Bergs Stimme bebte vor Ärger, doch statt einer Antwort fragte der RIX ungerührt zurück: »Worauf warten wir?«

»Wir können nicht mit ihnen kommunizieren. Wir wissen nicht, was sie von uns wollen«, antwortete der Captain.

»Nichts. Sie wollen nichts. Nur uns umbringen. Das sind Nazani.«

»Sie sind im Kommunikationsmodus«, erwiderte der Captain, und es schien jetzt, als wäre er kurz davor, seine Selbstbeherrschung zu verlieren. »Wir greifen niemanden an, der sich im Kommunikationsmodus befindet!«

»Haben Sie schon mal eine Katze gesehen?« Der RIX stellte die Frage, ohne auf eine Antwort zu warten. »Gibt es nur auf der Erde. Bevor die ihre Beute tötet, ist sie auch im Kommunikationsmodus. Sie spielt ihre Beute tot. Nichts anderes haben die Nazani vor.«

»Wir haben Zivilisten an Bord!«

»Ja. Und wenn wir noch länger warten, sind die alle tot«, sagte der RIX knapp. »Barrakuda. Logbucheintrag. Übernahme der Brücke durch RIX. Füge die richtige Zeit ein. Ich weiß nicht, welcher Tag heute ist«, sagte der RIX mit sonorer Stimme.

Captain Berg schien im selben Moment nahezu zu explodieren. Doch bevor er auch nur ein Wort hervorbrachte, hatte der RIX ihn in den nächstbesten Sitz gedrückt und sich selbst auf dem Captainssessel niedergelassen.

»Barrakuda bestätigt«, meldete sich das Bordsystem des Schiffes zu Wort. »Übernahme der Brücke durch RIX.«

»Gefechtsmodus«, murmelte der RIX, und was dann passierte, schaffte es, mir die Haare zu Berge stehen zu lassen. Sämtliche Kommandoeinheiten färbten sich rot, ein tiefes Brummen erfüllte schlagartig das Schiff, und die entspannte Lautsprecherfrau klang plötzlich nicht mehr so entspannt, als sie für alle verkündete: »Die Barrakuda befindet sich im Gefechtsmodus. Begeben Sie sich unverzüglich zur nächsten Sicherungseinheit.«

»Sie handeln nicht nach den Richtlinien der GU«, brüllte der Captain, den die Barrakuda offenbar an seinen Offizierssessel gefesselt hatte.

Der RIX atmete tief durch, dann sagte er: »Dann tun wir das. Handeln wir nach den Richtlinien. Kommunikationssystem aktivieren. Information an die Nazani: Wir greifen euch jetzt an. Ihr habt zehn Sekunden, um zu verschwinden.«

Ohne dass die Barrakuda einen Auftrag dazu brauchte, sprang direkt auf der Frontscheibe ein großer Countdown an.

»Verdammte Scheiße«, brummte Alexander Baldwin neben mir und krallte sich in den Armlehnen fest. Ich tat es ihm gleich und hielt auch noch die Luft an.

»Sie haben ihre Waffensysteme aktiviert«, sagte die Frau, die den RIX auf die Brücke geschleppt hatte. Ich vermutete, sie wollte noch etwas Kluges hinzufügen, etwas, was ich nicht verstanden hätte, weil mir dieser ganze Raumschiffjargon furchtbar fremd war, aber die Barrakuda plärrte mit einem scheppernden »Countdown beendet« dazwischen, und das Schiff sackte mit einem derart zischenden Geräusch nach unten durch, dass mir mein Herz förmlich an die Schneidezähne stieß. Vor uns explodierte etwas. Es war grellweiß und schien sich lodernd an den Rändern auszudehnen. Geblendet kniff ich die Augen zusammen, während mein Herz langsam an seine Position zurücksank. Da draußen waren grade Wesen gestorben. Einfach so. Mir wurde leicht übel.

Als ich die Lider wieder öffnete, leuchteten alle Bedieneinheiten in einem satten Grün. Der RIX stiefelte an mir vorbei. An der Tür hielt er inne und drehte sich halb um. Mir fiel die absolut fehlende Emotion in seinem befremdlich ebenmäßigen Gesicht auf. »Captain. Sollte Ihnen das nächste Mal etwas Sonderbares vor den Bug fliegen, schießen Sie gleich.«

»Ihr Job ist es, uns sicher durch diese Passage zu geleiten. Nicht, alles zu vernichten, was wir treffen«, antwortete Captain Berg kalt, und doch sah ich tief unter seiner Kompetenz einen Riss. Eine Unsicherheit, die er allerdings im nächsten Moment gekonnt unter der jahrelangen Berufserfahrung versteckte.

Der RIX trat einen Schritt zurück auf die Brücke. Ich war mir sicher, dass auch er die Unsicherheit wahrgenommen hatte. »Sie fliegen durch die Enron-Galaxie, Sie kennen die Jupiterroute und die Orte, an denen Menschen sich aufhalten, um Handel zu betreiben. Wir sind hier aber im Siradenkorridor. Es ist sinnvoll, allem zu misstrauen, was einem hier begegnet. Hat man Ihnen das in Ihrem Auswanderseminar nicht beigebracht?« Seine letzten Worte waren definitiv sarkastisch gemeint. Und immer noch schien sein Gesicht total regungslos.

Captain Berg hingegen war überhaupt nicht regungslos. Abscheu lag in seinen Zügen, dann sagte er leise: »Runter von meiner Brücke. Wir haben einen Toten zu betrauern.«

Der Captain erklärte der Barrakuda mit knappen Worten, dass er das Kommando wieder übernehmen würde, und wies die restliche Crew an, verschiedenste Dinge zu tun. Kurs auf irgendwas zu nehmen, Einstellungen zu überprüfen, Dinge, von denen ich keine Ahnung hatte.

Alexander Baldwin beugte sich zu mir herüber und berührte mich leicht am Arm. »Sie können sich wieder abschnallen. Was machen wir jetzt mit Johnson?«

Ich bekam die Schnalle nicht direkt auf, und erst jetzt bemerkte ich, wie sehr meine Hände zitterten. Erst nach ein paarmal Probieren ließ das schwarze Carbon sich öffnen. So schnell starb es sich also im All. Während auf der Brücke alle ihre Arbeit wieder aufnahmen, fast als wäre nichts geschehen, raste mein Herz immer noch. »Wir haben auf der Krankenstation eine Konservierungskapsel«, sagte ich schließlich zögerlich und warf dem Toten einen Blick zu. »Wir müssen herausfinden, wie er bestattet werden wollte. Im All oder auf unserem Zielplaneten.«

Alexander erhob sich, nachdem er noch ein paar Dinge auf seinem Kommunikator, dem AD, eingegeben hatte. Dabei drehte er sich weg von mir, und im ersten Moment wunderte ich mich, bis ich begriff, dass er um Fassung rang. »Innerhalb der zweiten Woche den ersten Todesfall zu vermelden, ist nicht gut für die Statistik«, brummte er und sah mich jetzt doch an. Er schluckte einmal trocken. »Sein Ziel war es, irgendwann im hohen Alter unter einem Baum bestattet zu werden. Sollte er auf der Reise sterben, wollte er kein Ballast sein und pulverisiert werden.« Er räusperte sich.

Ein weiteres Mitglied der Crew trat zu uns, schien aber abwarten zu wollen, bis wir zu Ende geredet hatten. Ich blickte dennoch zu ihm auf. Ein großer schwarzer Mann mittleren Alters, und auch ihm stand die Betroffenheit ins Gesicht geschrieben. »Baxter besorgt uns eine Trage, und wir bringen Johnson auf die Krankenstation, bis wir eine Allbestattung organisiert haben. Auf dieser Passage dürfen wir keine organischen Rückstände hinterlassen, wir müssen also eh warten, bis wir in der nächsten Galaxie sind.«

Ruckartig stand ich ebenfalls auf. »Dann kümmern Sie beide sich darum. Ich muss zur Krankenstation. So, wie das Schiff durchgeschüttelt wurde, dürften wir einige Verletzte zu versorgen haben. Bitte machen Sie eine Durchsage, dass jeder, der Hilfe benötigt, entweder dort hinkommen oder über die Schiffskommunikation Hilfe anfordern soll.« Ich eilte, so schnell es meine wackeligen Knie hergaben, in Richtung meines Arbeitsplatzes. Zweimal wurde ich abgefangen, da aber keine offenen Brüche erkennbar waren oder das Blut in alle Richtungen spritzte, wies ich die Passagiere an, mir zu folgen. Wenn ich etwas konnte, war es, Prioritäten setzen. Und Priorität eins hatte definitiv das kleine weinende Mädchen auf dem Arm seines wie Espenlaub zitternden Vaters.

»Sie müssen sie da reinlegen!« Der völlig erledigte Vater, dessen Namen ich immer noch nicht verstanden hatte, weil er irgendwo aus dem tiefen Südwesten von Cuasien kommen musste und dementsprechend mit einem schleppenden Akzent sprach, deutete immer wieder auf die *Check*. Das war der liebevolle Kosename für die System-Check-Unit, kurz SCU. Sie war nach dem letzten Update fast ein medizinisches Wunder, denn sie konnte nicht nur Probleme erkennen, sondern auch viele Probleme selbstständig beheben. Aber kleine, vierjährige, zu Tode verängstigte Kinder steckte man da besser nicht hinein, es sei denn, sie schwebten in Lebensgefahr. Aber das war nicht der Fall. Lessi, wenigstens ihren Namen hatte ich verstanden, schrie wie am Spieß, aber ich freute mich über eine so rege Lebensbekundung. Wer brüllte, starb nicht. Zumindest nicht umgehend.

»Wir machen das erst mal wie in den guten alten Zeiten«, beruhigte ich den Vater und leuchtete mit dem Licht meines ADs abwechselnd in Lessis Augen. Ihre Pupillen reagierten so, wie sie sollten, und nachdem ich dem Kind ein paarmal auf die Nase gepustet hatte, hörte es endlich auf zu brüllen.

»Pass auf, meine Süße. Wir beide müssen uns jetzt ein bisschen beeilen, weil ganz viele Menschen meine Hilfe brauchen. Meinst du, das bekommen wir zusammen hin?«

Lessi schluchzte noch einmal auf, dann zog sie die Nase hoch und nickte. Ich machte ein paar klinische Untersuchungen mit ihr, um ihren neurologischen Status zu überprüfen, aber dem Kind ging es gut. »Behalten Sie sie im Auge. Wenn sie sich irgendwie ungewohnt verhält, über Kopfschmerzen oder Übelkeit klagt, kommen Sie wieder.« Mit diesen Worten schob ich den Vater energisch aus meinem Behandlungszimmer, vor dem Rilke ein wenig Ordnung hergestellt hatte. Er konnte nämlich noch viel besser priorisieren als ich, und hier gab es einiges zu tun, denn es hatten sich fast ein Dutzend Menschen eingefunden.

»Ein Verletzter in Behandlungsraum eins, sofortige Begutachtung durch Sie notwendig.« Rilke auf den Fersen sprintete ich in Behandlungsraum eins. Der Mann lag schon in der Check, die wie irre Mess- und Labordaten auf die großen Displays schickte. Ich verschaffte mir einen Überblick über die Daten. Bis jetzt erkannte ich eine innere Blutung. Vielleicht ein Milzriss. Mindestens eine Rippe hatte die Spitze der Lunge durchbohrt, die zu kollabieren drohte.

»Rilke, übernimm draußen die leichten Fälle und versuch herauszubekommen, wie es der Schwangeren in Quartier zwölf geht«, befahl ich meiner KI, und eilfertig verschwand sie lautlos aus dem Behandlungszimmer. Die SCU hatte ihre Untersuchung mittlerweile abgeschlossen und kam zu der gleichen Diagnose wie ich. Milzriss. Massive innere Blutungen. Sofortiger Eingriff und Entfernung der Milz.

»Narkose einleiten und OP ausführen«, befahl ich der Check, die daraufhin bemerkte: »SCU benötigt für OP durchgehende ärztliche Aufsicht.« Theoretisch richtig, praktisch gerade nicht durchführbar. Nicht, solange ich nicht wusste, wer noch alles meine Hilfe benötigte.

»Befehl überschreiben«, sagte ich.

»Autorisieren Sie sich«, antwortete die Maschine.

Ich hielt mein linkes Handgelenk mit dem Identitätsimplantat über den Scanner. Mit einem leisen Surren las die SCU meine Zugriffsdaten und reagierte mit einem grünen Blinken.

»Befehl überschrieben«, sagte das Gerät. »Beginne Einleitung Narkose.«

Ich zwang mich, wenigstens diesen Schritt abzuwarten und die SCU dabei zu beobachten. Die Einleitung der Narkose war eine der kritischsten Phasen im All. Nicht immer reagierten menschliche Körper unter Einfluss von sich ständig verändernder Schwerkraft und Strahlung, wie sie es eigentlich sollten. Aber hier lief alles glatt. Ich beschloss, der SCU zu vertrauen.

Maschinen konnten besser operieren. Sie waren zu präzisesten Schnitten fähig, zu denen menschliche Operateure körperlich gar nicht in der Lage waren. Aber das war teuer, und nur sehr wenige Menschen konnten sich diese Hightech-Medizin überhaupt noch leisten. Es war furchtbar gewesen, auf der Erde Menschen abweisen zu müssen, weil sie nicht genug Geld für die SCU-Behandlung gehabt hatten. Abgesehen davon waren die Operateure in den Kolonien meistens eh nur Menschen. Schlecht ausgebildete Menschen noch dazu, denn kaum ein Arzt lernte die klassischen Operationstechniken überhaupt noch und konnte mit dem Skalpell umgehen. Hier gleich drei SCUs an Bord zu haben, war ein unfassbarer Luxus und mochte für den einen oder anderen Passagier das Zünglein an der Waage gewesen sein, sich dieser Mission anzuschließen.

Ich ließ die Check ihren Job machen und lief zurück auf den großzügigen Flur, wo Rilke mir bewiesen hatte, dass er, außer zu unpassenden Momenten Rilke-Zitate auszuspucken, doch noch einiges mehr in seinem kleinen Schaltkreis hatte.

Er hatte sehr gut vorsortiert und kümmerte sich gerade um eine Schnittwunde, die er mit dem Healthgate, dem selbstständig arbeitenden Nahtgerät, bearbeitete. So konnte ich mich den zwei Gehirnerschütterungen widmen, dem gebrochenen Zeigefinger, dem verstauchten Knöchel und der gebrochenen Nase. Hier brauchte ich nur die Durchleuchtungsbilder der SCU, der Rest war Handarbeit. Und ich liebte Handarbeit.

Viele Ärzte, ob sie nun auf der Erde oder zwischen den Sternen tätig waren, verließen sich voll und ganz auf das Diagnose- und Heilsystem. Ich nicht. Ich begutachtete jedes einzelne Laborergebnis, setzte es in Relation zu dem Menschen, der vor mir stand, und überprüfte daraufhin die Diagnose der Maschine. Oft genug übernahm ich ihre Arbeit. Ich maß den Blutdruck mit einer alten Manschette, tastete nach vergrößerten Lymphknoten und hielt manchmal auch einfach nur die Hand meiner Patienten. Angeblich, um ihnen den Puls zu fühlen, allerdings benötigte man dafür natürlich keine Berührung. Den konnte ich genauestens am AD eines jeden Einzelnen ablesen. Er zeigte schließlich sämtliche Vitaldaten an. Aber diese Berührungen halfen bei der Heilung, sie konnten Schmerzen lindern und Entzündungen zum Abklingen bringen. Da war ich mir sicher. Auch wenn die Medizin der Neuzeit diese Tatsache nahezu vergessen hatte. Das Handauflegen, diese uralte Heilmethode, brachte schließlich keinem Konzern auch nur einen Credit ein. Man konnte es schon lange nicht mehr studieren, aber ich hatte eine alte Krankenschwester gefunden, die es mir über die Jahre beigebracht hatte. Mittlerweile war es mir zu einer zweiten Natur geworden.

Heute half ich mir mit dieser Art zu arbeiten selbst. Denn der freundliche Zuspruch, den ich meinen Patienten zukommen ließ, lenkte mich davon ab, wie tief mich der Vorfall auf der Brücke erschüttert hatte. Wie deutlich er mir unsere eigene Zerbrechlichkeit vor Augen geführt hatte.

Ein Raumschiff konnte einfach so verschwinden. Niemand würde uns suchen. Als wir die Erde verlassen hatten, hatten wir Abschied genommen. Von unserem Heimatplaneten, von den Menschen, die wir dort zurückließen. Es war ein Abschied für immer. Und vielleicht hatte ich heute das erste Mal wirklich begriffen, was das bedeutete. Das Gefühl von Heimweh überkam mich so schlagartig, dass ich mich bemühen musste, das Lächeln in meinem Gesicht festzubetonieren, damit die Frau, deren Zeigefinger ich gerade schiente, weiterhin in das kompetent wirkende Gesicht ihrer Ärztin blicken konnte.

Die Wochen vor der Abreise waren vollgepackt gewesen

mit organisatorischen Dingen, dem letzten gemeinsame Treffen mit Freunden, den letzten Besuchen von Orten, die mir etwas bedeuteten, und den letzten tiefen Atemzügen auf der Erde. Aber das war Vergangenheit. Ich bemühte mich, den Druck des kleinen Amuletts um meinen Hals zu spüren, das sicher auf meiner Brust ruhte. Die letzte Verbindung zu meiner Heimat. Zu meiner Familie.

KAPITEL DREI

Es hatte, bis auf Johnsons furchtbaren Tod, keine schwerwiegend Verletzten gegeben. Prellungen und gebrochene Knochen waren zwar keine Bagatellen, aber es hätte schlimmer kommen können. Allerdings hatten wir eine schwangere Frau an Bord, und nachdem in den vergangenen Jahren die Unfruchtbarkeit zu einem Hauptproblem der menschlichen Spezies mutiert war, war sie so wertvoll wie Gold. Für sie und für alle weiteren Frauen, die auf der Reise oder auf Padas guter Hoffnung sein würden, gab es nicht nur mich, sondern auch die Doula. Sie war zwar offiziell nur eine medizinische Assistentin, aber mittlerweile weit mehr als eine Hebamme.

Die gesamte Zukunft der Spezies Mensch hing jetzt an den wenigen Frauen, die noch empfangen und gebären konnten. Und die Fähigkeit dazu wurde immer seltener. Man vermutete Umwelteinflüsse. Hormone im Wasser und sogar die erhöhte Strahlung durch den Erdkern wurden dafür schon verantwortlich gemacht, doch genau wusste die Wissenschaft nicht, warum Frauen kaum noch empfingen. Deswegen gab es seit ungefähr vierzig Jahren diese spezielle Ausbildung. Die Doulas begleiteten Frauen schon vor der Befruchtung und berieten sie auch Jahre nach der Geburt des Kindes noch in Fragen der Gesundheit, Ernährung und Erziehung. Und sie standen allen zur Verfügung, also nicht nur den gut situierten, womit wohl der Einsatz der Doulas eine der wenigen positiven Entwicklungen in den letzten Jahrzehnten gewesen war. Mich hatte das gefreut, denn in meinen Augen gehörte die Geburtshilfe nicht in rein medizinische und damit oft männliche Hände. Geburtshilfe war eine weibliche Kunst.

»Alles so, wie es sein soll«, sagte Kiala, unsere Doula an Bord, und nahm ihr Ohr von dem altertümlichen Hörrohr, mit dem sie Magdalenas Bauch abgehört hatte. Magdalena war in der 31. Schwangerschaftswoche. Sie hatte Kialas Untersuchungen mit sorgenvoll zusammengezogenen Augenbrauen beobachtet.

»Es wird noch viele dieser Zwischenfälle geben«, sagte Kiala und blickte mich jetzt ernst an. »Ich bin schon lange im Weltall unterwegs, es ist eine Übungssache, damit umzugehen. Man muss einfach andauernd einkalkulieren, dass sich von jetzt auf gleich alles auf den Kopf drehen könnte. Wir müssen immer achtsam sein und immer wissen, wo wir uns sichern können.«

Magdalena richtete sich halb auf und zog ihren Pullover zurück über ihren großen Bauch. »Stimmt es, dass jemand gestorben ist?«, fragte sie mich und lehnte sich zurück auf ihr dickes Kissen.

Ich nickte vorsichtig. »Ja«, sagte ich. »Auf der Brücke ist jemand unglücklich gestürzt.«

Magdalena schloss für einen kleinen Moment die Augen. »Ein Mann oder eine Frau?«, fragte sie leise.

Ich räusperte mich. »Sein Name war André Johnson.«

Kiala legte ihre Utensilien zurück in den bunten Koffer, den sie ständig mit sich herumschleppte, dabei fragte sie wie beiläufig: »Weißt du, welchem Glauben er angehörte? Hatte er Freunde oder Familie auf der Barrakuda, die seine Bestattungsfeier ausrichten können?«

»Ich glaube, einige von der Crew kannten ihn besser«, erwiderte ich zögerlich.

Kiala nickte. »Ich würde gern die Trauerfeier ausrichten, ungeachtet seines Glaubens. Ich denke, es wäre wichtig für alle Reisenden auf diesem Schiff, dass wir gemeinsam Abschied nehmen. Das wird zeigen, dass wir eine Gemeinschaft sind, auch wenn wir uns noch nicht lange kennen.« Kialas Stimme hatte immer einen warmen Unterton. Etwas durch und durch Mütterliches lag in ihrer Art. Extrem passend für ihren Job, und immer, wenn ich sie traf, hatte ich das unbändige Bedürfnis, meinen Kopf einen kleinen Moment an ihre Schulter zu lehnen und ihr die Verantwortung zu übertragen. Oder ihr einfach die Wahrheit zu sagen. Ihr Blick ruhte auf mir, und dann schenkte sie mir ein Lächeln.

»Ich kann etwas singen«, mischte sich Magdalena wieder ins Gespräch ein und schwang ihre Beine über die Bettkante. »Und ich kann nicht nur das Ave-Maria. Ich kann auch die große Gaya singen. Oder etwas von den Erdengläubigen.«

»Das wäre zauberhaft«, murmelte Kiala und ließ mich endlich mit ihrem Blick wieder los. »Wenn du noch genug Luft hast und es nicht zu anstrengend für dich ist. Der

Termin rückt immer näher, und du brauchst Ruhe und Schonung.«

»Ich kann nicht die ganze Zeit im Bett liegen«, beschwerte sich Magdalena.

»Aber wärst du bei der Kollision nicht im Bett gewesen, hätte es dich ohne Schwerkraftdecke ziemlich durch die Gegend gewirbelt«, antwortete Kiala streng.

Ich seufzte leise. Ja, unsere Schwangeren hatten es nicht leicht. Sie trugen die Last der gesamten Menschheit in ihrem Uterus, und so wurden sie auch behandelt. Früher hatte man Frauen wohl gesagt, Schwangerschaft sei keine Krankheit. Sie gingen arbeiten, lebten ihr Leben ganz normal. Aber seitdem Kinder Mangelware geworden waren, sah der Umgang mit einer Schwangerschaft ganz anders aus.

»Gut, ihr beiden. Ich sehe zu, dass ich Land gewinne. Der Tag war lang, die Sonne geht gleich unter. Wenn etwas ist, erreicht ihr mich jederzeit über den AD.« Ich verabschiedete mich von beiden und war erstaunt, als Kiala mich kurz in den Arm nahm und an sich drückte. Dabei spürte ich das kleine Medaillon an meiner Kette fest auf meiner Haut. Mich hatte schon sehr lange niemand mehr in den Arm genommen. Für einen kleinen Moment genoss ich die körperliche Nähe.

»Danke«, murmelte ich, schenkte Kiala ein Lächeln und drückte Magdalena kurz die Schulter, während die Doula ihren überdimensionierten Koffer hochhob und mir auf den Flur folgte. Als sich die Tür zu Quartier zwölf schloss, drehte ich mich zu Kiala um. »Darf ich dich etwas fragen?« Kiala wusste so viel mehr über dieses Leben, und ich fast nichts. Ich war ziemlich blauäugig gewesen, das war mir in den letzten Stunden klar geworden.

»Alles, was du wissen möchtest.« Sie blinzelte und hob

den Kopf. In jedem Flur liefen Lichtbänder über die Decke. Das Licht dort oben wirkte wie Tageslicht, und so konnte man sich einbilden, dass draußen ein ganz normaler Tag war. Und dieser Tag ging zu Ende, denn das Licht hinter den Plexiglasscheiben hatte einen leicht rosafarbenen Ton angenommen. Die Sonne ging unter.

»Ein lustiges Schiff«, murmelte Kiala. »Bisher war ich noch nie auf einem Schiff unterwegs, das Erdenzeit simuliert. Gut für den Biorhythmus.« Sie sah wieder mich an. »Tag und Nacht hatte ich fast vergessen.« Für einen Moment überkam mich wieder dieses schmerzhafte Heimweh. Die Tage auf Padas waren angeblich ein wenig länger als die Erdentage. Es sollte einen Sommer und einen Winter geben, beide mit moderaten Temperaturen. Wir konnten nur hoffen, dass das stimmte. Unsere einzige Informationsquelle waren die Siedler von Padas, die mit ihren sich selbst versorgenden Schiffen vor über 250 Jahren aufgebrochen waren. Nachrichten von ihnen kamen nur spärlich. Aber die Regierung hatte uns versichert, dass Padas ein exzellenter Kolonieplanet sei. Einer der wenigen Planeten, die ausschließlich aus bewohnbaren Zonen bestünden. Er galt als besonders gesichert, und es hatte der Regierung viel abverlangt, diesen Planeten ohne kriegerische Handlungen für sich zu beanspruchen. Schade, dass ich ihn niemals sehen würde.

»Was wolltest du mich fragen?« Kiala riss mich aus meinen Gedankengängen und stellte ihren Koffer auf den Boden.

»Was weißt du über die RIX?«, fragte ich sie und lehnte mich gegen die Flurwand. Plötzlich war ich unfassbar müde.

Sie zog die hellblonden Augenbrauen zusammen, die so gar nicht zu ihrem dunkelroten Schopf passen wollten. »Hast du ihn auf der Brücke getroffen?«, fragte sie zurück, und ich nickte. Einen Moment überlegte sie. Dann räusperte sie sich. »Die RIX wären leichter zu ertragen, wenn sie KIs wären. Sind sie aber nicht. Sie sind das Ergebnis von Zucht und genetischer Optimierung. Und in ihnen steckt so viel Technik, dass sie in meinen Augen nur noch bedingt als menschliche Lebewesen durchgehen. Sie sind kalt und emotionslos. Killer, wenn du mich fragst.«

»Dieser RIX an Bord hat die Brücke übernommen, nachdem wir angegriffen wurden. Ich weiß nichts über diese ... Art«, schloss ich meinen Satz nachdenklich. »Dabei sehen sie irgendwie menschlich aus«, fügte ich noch hinzu.

»Ihr Schmerzempfinden soll fast menschlich sein, damit sie sich nicht selbst gefährden. Aber sie lernen, darüber hinauszugehen. Schmerz, auch schlimmsten Schmerz, auszuhalten. Emotionen werden weggezüchtet oder abtrainiert. Ich halte sie für gefühlskalte Psychopathen. Die, zugegeben, die Erde und uns Menschen ziemlich gut beschützt haben. Ohne die RIX gäbe es uns wohl nicht mehr. Was sie mir dennoch nicht sympathischer macht.« Sie seufzte und nahm erneut ihren Koffer. »Ich bin schon lange in Raum und Zeit unterwegs und habe viele Wesen kennengelernt. Alle sind besonders. Haben ihre Eigenheiten, ihre Rituale, ihre Sozialisierung und ihr Zuhause. Aber wenn ich einen RIX treffe, mache ich auf dem Absatz kehrt. Dass wir ihn auf diesem Schiff haben, ist einerseits gut. Er wird uns beschützen. Aber wenn er nach dem Siradenkorridor von Bord geht, bin ich froh.«

Nachdenklich nickte ich.

»Du tust dich noch schwer mit dem Leben im All«, stellte Kiala im nächsten Moment fest, und wieder lag diese mütterliche Wärme in ihren Augen. »Das wird besser.« Sie berührte sanft meine Schulter, und diesmal wäre ich fast zurückgezuckt. Sie war so freundlich zu mir. Und ich war eine Lügnerin. Ich betrog sie alle.

»Wenn man keinen örtlichen Bezugspunkt mehr hat, weil die Heimat fehlt, muss man dieses Gefühl durch Menschen ersetzen. Das Leben an Bord ist schwierig, aber es gibt auch schöne Momente. Nähe und Freundschaft.« Ihr Lächeln brachte ihr Gesicht zum Strahlen. »Wenn das Schiff sagt, es ist Schlafenszeit, werde ich das mal als Wink mit dem Zaunpfahl sehen und tatsächlich ins Bett gehen. Schlaf gut, liebe Milla!« Sie zwinkerte mir noch einmal zu und verschwand in die entgegengesetzte Richtung.

Ich setzte mich ebenfalls in Bewegung und folgte dem verwinkelten Flur zur Krankenstation, die allerdings aus irgendeinem Grund leer und fest verschlossen war. Dabei sollte doch Rilke hier die Stellung halten.

Ich verschaffte mir mit meiner ID Zutritt und fragte leise in den leeren Raum: »Rilke?« Aber meine persönliche KI war nicht da. »Wo steckst du denn?« Ich sah in jedem der Räume nach und entdeckte nichts. Alles war fein säuberlich aufgeräumt, die Geräte sterilisiert, nirgends lag etwas herum, was dort nicht hingehörte, nur Rilke, die Poesie vortragende Nervensäge, war verschwunden.

Die Uhr über der Tür, ein uraltes Modell, das mit kleinen Algenbatterien lief und die Erdenzeit anzeigte, sagte mir, dass es kurz vor zehn war. »Trefft ihr KIs euch im Hangar, um Partys zu feiern?« Ich sah ein letztes Mal in meinem kleinen Büro nach, aber kein Rilke weit und breit.

Ich war mir nicht sicher, ob KIs so etwas wie ein Privatleben pflegten, meine zumindest schien es zu tun. Ich wusch mir ein letztes Mal am heutigen Tag die Hände an dem strahlend weißen Keramikwaschbecken, das in der Wand eingelassen war. Ein herrliches Gefühl, sich mit frischem, sauberem Wasser die Hände waschen zu können. Und dann beschloss ich, auch diesen Abend so zu beenden, wie ich die letzten Abende beendet hatte.

Ich schlüpfte aus meinen festen Arbeitsstiefeln mit der magnetischen Sohle, die leider ein klein wenig zu eng waren, und stellte sie in den Schrank unter das Waschbecken. Ganz rechts in einer Schublade lagen meine Laufschuhe. Sie waren kostbar und so bequem, dass man glaubte, auf Wolken zu laufen. Ich streifte sie über die Füße und genoss für einen Moment mit wohlig geschlossenen Augen, wie sich die feinen Knochen in meinen Füßen endlich ausdehnen konnten.

Dann tat ich das, was seit genau achtundsechzig Tagen zu einem festen Bestandteil in meinem Leben geworden war: Ich checkte die neuesten Nachrichten auf meinem AD. Wie immer schlug mir dabei das Herz bis zum Hals, und ich konnte mich nicht entscheiden, ob ich eine Nachricht herbeisehnte oder hoffte, dass es keine neuen Informationen gab. Dazu kam, dass uns hier draußen Nachrichten nur mit erheblicher Verspätung erreichten, sie wurden maximal alle zwei Tage aktualisiert. Aber der kleine Bildschirm blieb leer. Keine Nachrichten.

Ich atmete tief durch, und die Anspannung des Tages ließ ein wenig nach. Ich war immer noch müde, aber das war kein Grund, meinen Plan zu ändern. Ich musste schließlich fit bleiben. Mit einer Handbewegung löschte ich das Licht und verschloss die Tür mit der ID, dann wandte ich mich nach links und verfiel schnell in einen leichten Trab. Es war kein wirkliches Joggen, nur ein gemächliches Vor-mich-hin-Traben, aber die gleichförmige Bewegung war nach diesem völlig chaotischen Tag eine Wohltat. Und ich hatte ein Ziel. Es gab nichts Besseres, als beim Laufen ein Ziel zu haben.

Die Strecke war viel zu kurz. Um irgendwie mein Erdpensum zu erreichen, würde ich dieses Schiff ungefähr hundertzwanzigmal kreuz und quer durchlaufen müssen, wobei ich oftmals nicht im Kreis laufen konnte, sondern wieder umdrehen musste, weil viele Korridore einfach in Versorgungsschächten endeten.

Und so beendete ich meine Runden wie die letzten Tage auch auf Deck 5. Im sogenannten *Wood*. In den ersten Jahren der Raumfahrt war schnell klar geworden, dass der Mensch grundsätzlich kein großes Talent für Langstreckenflüge hatte. Erdlinge bekamen reihenweise nach spätestens zehn Monaten schwere Depressionen. Man arbeitete mit den klassischen Medikamenten gegen diese Probleme an, doch sie tauchten immer wieder mit der gleichen Zuverlässigkeit auf wie der klassische Muskel- und Knochenabbau in den früheren Schwerelosigkeitsflügen. Das änderte sich erst, als die ersten Terraner auf die Kolonien zogen. Mit ihnen wanderten viele Kühe, Schweine, Ziegen und Hühner aus. Waren diese Nutztiere an Bord der Langstreckenflüge, erkrankten die landwirtschaftlichen Flugbegleiter des ganzen Viehzeugs nicht an depressiven Verstimmungen oder Schlimmerem. Wir brauchten offenbar die Natur für die geistige Gesundheit. Nach dieser Erkenntnis wurde jahrelang experimentiert, um heimische Pflanzen auf Langstreckenflüge mitzunehmen. Zumal selbst gezogenes Gemüse die karge Speisekarte des Instant-Essens enorm bereicherte. Sehr zum Vorteil der Nährstoffversorgung und Zufriedenheit der Besatzung.

Nicht immer war das irdische Grünzeug an die Bedingungen im All anzupassen. Aber es gab genug Pflanzen von anderen Sonnensystemen, die sich auch auf terranischen Schiffen gut machten. Ein Sprichwort besagte, wer niemals eine soirische Korkadenblume in voller Blüte gesehen habe, habe nicht gelebt. Diese Pflanze war nicht nur hübsch anzusehen, ihre Samen enthielten auch genug Vitamin C, um eine ganze Besatzung für Monate zu versorgen.

Ich trabte um die Kurve zum *Wood* und blieb vor der doppelten Schleusentür kurz stehen, um sie mit meiner ID zu öffnen. Der Scanner meldete sich mit einem leisen Piep, und mit einem sanften Zischen fuhren die Türen auf.

Schon in der Schleuse atmete ich tief durch. Die Pflanzen entlasteten auch die Lüftungsanlagen der Schiffe, und hier war der einzige Ort, der meinen Lungen eine gewisse Wohltat versprach. Eine Wohltat, die ich auch auf der Erde kaum noch gefunden hatte, seitdem der Baumbestand nach dem endgültigen ökologischen Kollaps auf ein Minimum geschrumpft war.

Hinter mir schloss sich die Tür, und für einen Herzschlag lang verharrte ich in der geschlossenen Schleuse und wartete auf grünes Licht. Da im hinteren Bereich des Woods auch ein Großteil des Gemüses angebaut wurde, musste jeder Besucher auf mögliche Kontaminierungen untersucht werden. Das Licht links der Tür blitzte mich grün an, und nun endlich fuhr die Tür auf, und ich betrat den wohl schönsten Raum dieses Raumschiffs.

Über uns erstreckte sich der Himmel. Wenn auch nur imaginär, aber er war hellblau, und es gab Wolken und eine einzige Sonne. Unsere Sonne. Ich blinzelte in die Helligkeit und spürte, wie die Glückshormone in meinem Körper ansprangen. Vermutlich grinste ich sogar. Vor mir erstreckte sich eine grüne Landschaft, Simulationen an allen Enden der riesigen Halle spiegelten sie wider, und so machte es den Anschein, als würde ich auf einer Anhöhe stehen und in das weite Land blicken. Der Boden war mit Gras bewachsen, das sehr viel grüner aussah, als es eigentlich sollte, aber das spielte keine Rolle. Verzweigte Wege führten in unterschiedliche Richtungen, immer vorbei an flachem Gebüsch und halbhohen Bäumen.

Ich schlenderte zu einer Ulme, die von der Erde mitgereist war. Mein Lieblingsbaum. Ulmen waren auf der Erde in der freien Natur schon lange ausgestorben. Sie hatten sich den klimatischen Veränderungen nicht anpassen können, aber hier ging es der Nachzüchtung der Bäume, die einst die Urwälder der Erde bevölkert hatten, hervorragend.

Neben der Ulme, die immerhin schon größer war als ich, wuchsen die soirischen Korkadenblumen, und sie blühten, seitdem wir die Erde verlassen hatten, in allen Farben, die das menschliche Auge zu erfassen in der Lage war. In Wahrheit waren es noch viel mehr, denn die Soiriker hatten in ihren Sehorganen, die mit Augen nicht viel zu tun hatten, ein sehr viel breiteres Farbspektrum als der Mensch.

Schwungvoll verließ ich den Weg, um mich mitten in diese wunderbare Traumlandschaft hineinzubegeben. Allerdings stellte ich nur zwei Schritte später fest, dass der Platz unter meinem Baum bereits besetzt war. Ich trat zögernd noch einen Schritt näher.

Da saß tatsächlich schon jemand. Auf dem Boden, mit dem Rücken am Stamm. Wie angewurzelt blieb ich stehen. Und als ich begriff, wer dort saß, wurde mir mit beängstigender Klarheit bewusst, dass ich vermutlich allein mit diesem Jemand in der riesigen Halle war. Üblicherweise befand sich der Gärtner irgendwo in der Nähe seines Gemüses, aber es war schon spät. Er würde sicherlich, wie fast alle von der Besatzung und den Passagieren, nach Erdenzeit leben und Feierabend gemacht haben.

In meinen Beinen zuckte ein Fluchtreflex, den ich nur

mit Mühe unterdrücken konnte. Aber mir fiel genau in diesem Moment ein, dass man sie auch Jäger nannte. Jäger jagten flüchtende Beute. Deswegen stand ich ganz still, den Kopf hoch erhoben.

Ich räusperte mich. Einfach, um überhaupt irgendetwas zu tun.

Der RIX hob endlich den Kopf. Er musste mich bei seinem Potenzial bereits bemerkt haben, als ich noch vor der Tür gestanden hatte. Das ließ er sich aber nicht anmerken, denn erst jetzt blickte er mich an. Seine Augen waren grau. Tiefgrau. Wie der Atlantik bei Sturm. Er zog auf sonderbare Art die linke Augenbraue hoch.

Ich räusperte mich erneut und sagte schließlich: »Das ist mein Baum.« Womit ich mich selbst erstaunte. Schweigen wäre doch in so einer Situation definitiv die bessere Alternative.

»Stand nicht dran.«

Ich war überrascht, dass er überhaupt mit mir sprach.

»Ist aber so«, sagte ich knapp und überlegte gleichzeitig, ob es wirklich so eine pfiffige Idee war, ein Wesen, das zum Töten gezüchtet worden war, zu provozieren.

Für den Bruchteil einer Sekunde sahen wir uns direkt in die Augen. Was ein Versehen war und mir einen kalten Schauer den Rücken hinunterlaufen ließ. Doch dann stand er einfach auf. Ging an mir vorbei, ohne mich noch eines Blickes zu würdigen, und verschwand.

Etwas ratlos sah ich ihm hinterher und setzte mich dann auf meinen üblichen Platz unter der Baumkrone. Aber die ersehnte Ruhe wollte sich nicht einstellen.

KAPITEL VIER

Ich traf den kleinen Blechknaben erst am nächsten Morgen in der Praxis wieder, aber da war es so hektisch, dass mir keine Zeit blieb, ihn zur Rede zu stellen. Man sollte kaum glauben, dass bei siebenundachtzig Menschen an Bord eine tägliche Sprechstunde vonnöten war, aber es war den gesamten Vormittag über rappelvoll. Husten, Kopfschmerzen, Heimweh, Verdauungsstörungen. Den Leuten war entweder langweilig oder sie sehnten sich nach etwas Fürsorge und Ansprache so weit entfernt von der Heimat. Denn dass ich meine Patienten nicht wortlos in die Check steckte, wie es überall auf der Erde gängige Praxis geworden war, hatte sich offenbar schnell herumgesprochen.

Ich genoss den Trubel, aber mit jeder Hand, die ich schüttelte, ging ich eine weitere emotionale Verbindung ein. Ich übernahm Verantwortung für diese Menschen. Das war grundfalsch, und immer, wenn ich nicht aufpasste, blitzte mich mein schlechtes Gewissen an. Mir war klar, dass ich mich beizeiten damit auseinandersetzen musste.

Aber nicht jetzt, denn jetzt saß eine junge Auszubildende in Intergalaktischer Gärtnerei vor mir, der ich einen Schnitt im Handballen verarztet hatte. Zwei Stiche, eine sanfte Berührung am Unterarm, völlig unspektakulär. Die junge Frau betrachtete den Verband an ihrer Hand, dann wühlte sie in ihrer Umhängetasche herum und hielt mir eine klitzekleine Möhre vor die Nase. »Schauen Sie mal!«

Ich schaute und hob erstaunt die Brauen.

»Wir werden bald die erste Ernte einfahren können, und dann gibt es endlich richtiges Essen!« Sie drückte mir das Miniaturgemüse in die Hand, strahlte mich an und verließ das Praxiszimmer.

Ich betrachtete die blitzsaubere kleine Möhre und biss dann kurzerhand hinein. Für einen Moment schloss ich überwältigt die Augen. Auf meiner Zunge tanzten die milde Süße und die knackige Frische der kleinen Möhre um die Wette. Ich kaute und genoss es, dass meine Zähne etwas zu tun hatten. Ich liebte Essen. Gutes, frisches Essen, das in den letzten Jahren auf der Erde immer mehr zu Mangelware geworden war.

Die kleine Möhre war nach drei Bissen verschwunden, und fast bedauernd – ich hätte gerne noch fünf weitere Möhren verspeist – diktierte ich der Patientenakte meine Diagnose und Behandlung der Gärtnerin. Die junge Frau hatte neben dem Schnitt im Handballen auch über Kopfschmerzen geklagt. Wie viele am heutigen Tag. Die Schwerkraftsimulation auf der Barrakuda hatte irgendwelche technischen Probleme, was dazu führte, dass die feinen Nuancen der Gravitation ständig variierten. Und das führte offenbar zu Kopfschmerzen. Selbst ich verspürte einen drückenden Schmerz und massierte mir kurz die Schläfe, dann endlich zog ich meinen persönlichen AD aus der Tasche an meinem Hosenbein.

Doch bevor ich das Gerät aus seinem Schlummer wecken konnte, surrte Rilke heran. »Der nächste Patient ist auf dem Weg zu uns«, erklärte er mir mit seiner stets freundlichen, leicht knarzigen Stimme.

Ich legte den AD unauffällig beiseite, irgendwie froh über die Unterbrechung. »Wo warst du heute Nacht?«, fragte ich kurzerhand.

Rilke rollte spontan einen Meter zurück. Vielleicht bemühte sich sein Spracherkennungssystem, meinen Unterton zu deuten.

Vor langer Zeit hatte man voller Begeisterung daran gearbeitet, den KIs nicht nur ein menschliches Antlitz zu geben, sondern sie auch noch mit einer Art Seele auszustatten. Die Roboter waren plötzlich in der Lage gewesen, Gefühle zu empfinden. Und hatten nach kurzer Zeit verstanden, dass der Mensch die größte Bedrohung in unserem heimischen Sonnensystem darstellte. Sie hatten sich erhoben, begonnen Menschen zu töten, immer in der Absicht, ein Gleichgewicht herzustellen. Zwischen der dominierenden Spezies der Erde und dem Blauen Planeten, dessen Ende durch Ausbeutung und Vergiftung bereits vor langer Zeit eingeläutet worden war. Dass sie dabei in der Lage waren, ihre eigenen Programmierungen, nämlich niemals einem Menschen Schaden zuzufügen, zu überschreiben, hatte die Weltbevölkerung in Angst und Schrecken versetzt.

Man hatte es mit Mühe geschafft, sie unter Kontrolle zu bringen. Seitdem durfte keine KI mehr einen gewissen Intelligenzstandard überschreiten. Sie waren dazu verdammt, dumm zu bleiben und ohne Gefühle zu leben. Man hatte sie ihrer Fähigkeiten beraubt, und Rilke war das Endergebnis dieser Aktionen. Seine intellektuellen Fähigkeiten bewegten sich in einem klar gesteckten engen Rahmen. Er hatte einen Verwendungszweck, der seine Eigenschaften definierte.

Allerdings hatte er gerade meine Frage nicht beantwortet, was ungewöhnlich war. Vielleicht ein eindeutiges Indiz für unerlaubte Machenschaften seinerseits? Er konnte nämlich nicht lügen. Das konnte kein Roboter. Leider war das im Umgang mit kranken Menschen nicht gut. Mit Patienten durfte man nicht immer bedingungslos ehrlich sein. Rilkes Programmierung sah deswegen vor, Fragen unbeantwortet zu lassen, wenn er seinem Erfahrungsschatz nach davon ausgehen konnte, dass die Antwort negative Gefühle hervorrufen würde.

Rilke schwieg sogar ganz beharrlich.

»Danke für diese aufschlussreiche Antwort«, sagte ich und lächelte ihn an.

Ironie verstand er definitiv auch nicht, denn nun lächelte sein Computergesicht ganz freundlich zurück, und er sagte: »Bitte schön, sehr gern geschehen.« Mit diesen Worten drehte er sich ruckartig um und rollte aus dem Raum.

Ich sah ihm hinterher. Was auch immer mein kleiner Blechfreund nachts tat, ich sollte es schleunigst herausfinden.

Kaum war er verschwunden, griff ich wieder nach meinem AD und schaffte es jetzt endlich, den Bildschirm zu entsperren.

Mittlerweile hatte ich mich an das leere Display schon so sehr gewöhnt, dass ich mich erschrak, weil tatsächlich ein neues Nachrichtensymbol aufgetaucht war. Ich atmete für einen kleinen Moment tief durch, trotzdem griff die Angst nach mir. Die Angst, dass ich zu spät sein könnte, dass alles umsonst gewesen war. Mit einem Fingerstreich lud ich die Videonachricht hoch und hasste das kleine sich drehende Symbol, denn es brauchte ewig, bis endlich Mikas blonder Schopf erschien.

»Hi, Doc«, begrüßte er mich fast launig. Im Hintergrund sah ich die schroffen Felsen von Korps. Der Himmel war dunkel verhangen, wie offenbar immer auf diesem kleinen Planeten direkt am Rande der Heaven-Galaxie. Dieser ganze Planet war für mich direkt der Hölle entsprungen. Ich hasste ihn, obwohl ich nie dort gewesen war.

»Ich hatte dir ja versprochen, dass ich mich melde, wenn es Veränderungen gibt.« Mikas Launigkeit war verschwunden. Es war ernst.

Mir lief ein kalter Schauer über den Rücken.

»Wir haben ihn in einen Heilschlaf gelegt. Die Check konnte die gröbsten Schäden reparieren, und sein Gehirn reagiert auf Reize. Mehr aber auch nicht. Wir schaffen es nicht, ihn aufzuwecken.« Er zögerte einen Moment, als müsste er die nächsten Worte gut überlegen. »Die Check gibt eine weitere Lebensdauer von sechs Monaten an. Ich hätte dir gerne andere Nachrichten überbracht, und ich hoffe, dass du auf dem Weg bist. Vielleicht kannst du noch etwas für ihn tun.« In seinem Blick lag ehrliche Betroffenheit. Die Menschen dort auf Korps gaben ihr Bestes.

»Ich komme!«, murmelte ich, dabei war unsere Kommunikation immer nur eine Einbahnstraße. Direkte Gespräche waren aufgrund der Entfernung nicht möglich.

Ich legte den AD beiseite und umfasste fest die Armlehnen meines Sessels. Sechs Monate. Benommen schüttelte ich den Kopf. Seit dem letzten Update vor vier Jahren zeigten die Checks im Falle einer schweren Erkrankung oder Verletzung die Wahrscheinlichkeit der weiteren Lebensdauer des Patienten an. Das war ein Horror, denn die verdammten Maschinen lagen meistens richtig. Ich wusste aber auch, dass es Heilmethoden gab, die trotz dieser Prognosen das Leben der Patienten retten konnten. Meine Handflächen fingen leicht an zu prickeln. Ich musste nach Korps reisen, so schnell wie möglich. Die klassische Medizin war an ihre Grenzen gestoßen, und ich konnte nur hoffen, dass ich in der Lage sein würde, ihm zu helfen.

Ich biss mir selbst auf die Wange, um mich wieder zur Ordnung zu rufen. Das hier war definitiv nicht der geeignete Zeitpunkt, um die Contenance zu verlieren. Ich atmete tief durch, so, wie ich es meinen Patienten auch immer riet, denn wir alle atmeten aufgrund der schlechten Erdenluft nicht mehr tief genug ein. Also atmete ich. Und dann riss ich mich zusammen, ließ die Armlehnen des Sessels los und erhob mich, um mich dem nächsten Patienten zu widmen. Ich fühlte mich, als wäre ich hundert Jahre alt. Schwerfällig, müde, erschöpft. Dabei hatte meine Reise doch gerade erst begonnen.

Einen halben Tag später schloss ich die Medikamente in den Sicherheitsschrank ein und löschte in meinem Praxisraum das Licht. Die Barrakuda tat so, als ob die Sonne schon vor einer Stunde untergegangen wäre. Dunkelheit umgab mich, und ich blickte aus dem Fenster in die tiefe Schwärze des Alls. Diese Passage unserer Reise war beängstigend dunkel. Schnell verließ ich den Raum.

Ich schloss die Tür, die sich mit einem Zischen verankerte, und wanderte hinüber in das andere Untersuchungszimmer. Rilke stand auf der Ladeplatte. Der arme Kerl funktionierte immer noch mit altmodischen Akkus, deren elektrische Spulen von Zeit zu Zeit geladen werden mussten. Die ganze Welt bewegte sich mithilfe von sich selbst regenerierenden Algen. Ihn dort ausgeschaltet stehen zu sehen, war wie der Blick in eine alte Welt.

»Gute Nacht, Blechmann«, sagte ich leise, löschte auch hier das Licht und verließ den Raum. Einen kleinen Moment dachte ich nach, dann ließ ich die Tür ins Schloss fahren und verriegelte den Raum mit meiner ID. Jetzt wären in einer Notsituation außer mir nur die Barrakuda oder der Captain in der Lage, diese Tür zu öffnen. Bisher hatte ich ausschließlich mein eigenes Praxiszimmer so gesichert, aber es konnte nicht gut sein, wenn eine medizinisch hochqualifizierte KI nächtens allein durch das Schiff streifte.

Ich hatte mich in dem mir zugewiesenen Quartier eingerichtet und bemühte mich seitdem, hier irgendwie heimisch zu werden. Mein neues Reich hatte sogar ein Außenfenster, was deutlich zeigte, wie hoch angesehen Ärzte auf solchen Missionen waren. Allerdings gruselte mich der Blick in die tiefe Dunkelheit nach wie vor, deswegen hatte ich auf dem Display neben dem Fenster einen sogenannten View ausgesucht. Davon gab es einige, und sie ließen tief blicken, denn die meisten stellten wunderbare Naturlandschaften dar. Hohe Berge mit verschneiten Gipfeln, breite, von Sonnenuntergängen in rosafarbenes Licht getauchte Strandansichten und sich im Wind wiegende Kornfelder. Da war doch für jeden heimwehgeplagten Erdling etwas dabei, auch wenn es diese Landschaften auf der Erde schon lange nicht mehr gab.

Ich hatte mich für einen Baum entschieden. Er war

riesig, und es gab ihn vermutlich schon seit über hundert Jahren nicht mehr. Vielleicht handelte es sich um eine Eiche, aber sicher wusste ich das nicht, denn nachdem die meisten Bäume von unserem Planeten verschwunden waren, löschte man nach und nach auch sämtliche Informationen über sie. Als würde es den Menschen leichter fallen, ihren Verlust zu verschmerzen, wenn einfach alles verschwand.

Ich schlüpfte in meine Schlafklamotten, die aus einer uralten Jogginghose und einem bunt bedruckten T-Shirt bestanden, und rollte mich in Seitenlage auf dem Bett zusammen. So betrachtete ich den Baum, dessen Blätter sich sanft in einem Abendwind zu wiegen schienen. Manchmal flog ein kleiner Vogel in die Baumkrone, verharrte dort und verschwand dann wieder aus dem Bild. Ich zog die Knie an die Brust und schloss versuchsweise die Augen. Alle Quartiere waren mit Schalldämpfern ausgestattet, dennoch war es laut auf diesem Schiff. Was für ein Irrglaube, dass es im All leise sei. Die Barrakuda umhüllte uns mit einem lärmenden Mantel, und selbst nach drei Wochen war ich nicht in der Lage, diese Geräusche auszublenden. Neben meinem Bett lagen Antischallkopfhörer. Sie gehörten zur Standardausstattung jedes Quartiers, aber wenn ich sie aufsetzte, fühlte ich mich wie unter Wasser und konnte erst recht nicht schlafen. Schlafen war seit einiger Zeit eh nicht mehr meine Paradedisziplin.

»Los. Schlafen. Jetzt!«, murmelte ich in mein Kissen, und nachdem ich mir selbst Mut zugesprochen hatte, musste ich tatsächlich eingeschlafen sein, denn ein Geräusch riss mich aus einem wirren Traum.

Ich erwachte und fühlte erst mal nichts als das Gewicht der Schwerkraftdecke auf meinem Körper. Der Baum stand unverändert vor meinem Fenster, und ich atmete tief durch.

Irgendetwas hatte mich aufschrecken lassen. Ich schob die Decke zur Seite und schwang die Beine aus dem Bett. Ein Klopfen. An meiner Tür. Das hatte mich geweckt. Die Barrakuda zeigte mir mit schwach leuchtenden Ziffern über der Tür die Erdenzeit an. Es war vier Uhr nachts.

Ich stand auf und gönnte meinem Körper ein paar Sekunden, um sich wieder an die sonderbare Schwerkraft zu gewöhnen. Das Klopfen hatte aufgehört. Vorsichtig trat ich an meine Tür. Wäre es ein offizieller Alarm, hätte das Schiff mich geweckt. So aber stand direkt jemand vor meiner Tür, der meine Hilfe benötigte.

Was hätte ich in diesem Moment für einen Displayspion getan. Da ich nichts dergleichen hatte, straffte ich die Schultern und öffnete die Tür mit einem Fingerstreich über das Display.

Ich hätte sie fast auf der Stelle wieder geschlossen, wäre es dem RIX nicht gelungen, mir für den Bruchteil einer Sekunde direkt in die Augen zu sehen. In seinen grauen Augen stand etwas, das mich davon abhielt.

»Was ist?«, fragte ich ihn und musste dabei schroff geklungen haben.

»Ich brauche Ihre Hilfe«, sagte er, was erst mal relativ normal klang.

Aber mein Körper, mein dummer Körper, der mit Außerirdischen und fremden, genmodifizierten Wesen noch nie etwas zu tun gehabt hatte, erklärte mir, dass er gekommen war, um mich zu töten. Egal, was der RIX sagte. Deswegen war es fast unmöglich, einfach stehen zu bleiben. Meine Beine wollten laufen. Weit weg. Doch ich bekam diesen Impuls wieder unter Kontrolle und räusperte mich.

»Wobei?« Meine Stimme klang jetzt fast normal. Ich hatte in den letzten Wochen offenbar so viel gelogen, das zwischen dem, was ich fühlte, und dem, was ich darstellte, ganze Galaxien lagen.

Statt einer Antwort, trat er einen Schritt näher, und meine Beine wollten wieder laufen. Dann hielt er mir in der geschlossenen Faust etwas entgegen, was auf irritierende Weise der Bewegung meines kleinen Bruders glich, der mir auf diese Art und Weise früher von seinen Süßigkeiten abgegeben hatte. »Hand auf!«, hatte er damals immer gesagt und mich fröhlich angegrinst. Meine Hand unter die des RIX zu halten war deswegen fast ein Reflex.

Auf meiner Handfläche landete eine Ampulle Tritostad, was mich zurückzucken ließ. Für Menschen war das ein tödliches Nervengift, gewonnen aus einem Bakterium, das in den tiefsten Gesteinsschichten des Mars lebte. Ich starrte für einen Herzschlag lang die kleine Titanampulle an und blickte dann zu ihm hoch. »Sind Sie irre?«

»Nicht auszuschließen«, erwiderte er. »Haben Sie Ihre KI eingesperrt?«

So langsam dämmerte es mir. »Hatten Sie nachts ein Date mit ihm?«

»Ich lebe nicht nach Erdenzeit.«

»Hat er Ihnen das Zeug gespritzt?« Ich wusste sehr wohl, dass es einige Spezies gab, für die die Entdeckung von Tritostad ein Segen gewesen war. Entweder das Zeug brachte einen im Bruchteil weniger Sekunden um oder es heilte die vielfachen Leiden, die einen im All so ereilen konnten. »Wofür brauchen Sie das?«, fragte ich.

Doch er sah nur völlig emotionslos auf mich herab. »Das geht Sie überhaupt nichts an.«

Ich lachte ebenfalls sehr emotionslos auf. »Ich würde niemals jemandem etwas spritzen, wenn ich die Folgen nicht absehen kann. Ich bin die Ärztin auf diesem Schiff und verantwortlich für alle Mitglieder und Passagiere. Sorry. Ich gebe Ihnen das Zeug nicht.« Ich hielt ihm die kleine Ampulle wieder entgegen, doch er machte keine Anstalten, sie an sich zu nehmen.

»Doch«, sagte er nüchtern. »Das werden Sie.«

Mir wurde flau im Magen. Er stand einfach vor mir und starrte mich von oben herab an. Er war ein kleines bisschen größer als ein normaler Mensch, muskulös, aber schlank. Ein auf Vernichtung des Feindes konditionierter Killer, der sich offenbar das nahm, was er brauchte. Wenn Rilke nicht verfügbar war, war das ich.

Im nächsten Moment machte er einen Schritt nach vorn und schob mich damit beiseite, während er mit der rechten Hand die Türe hinter uns ins Schloss fahren ließ. Dann beugte er sich zu mir herunter, bis er mir ganz nah war, so nah, dass mein Körper begann, wie verrückt Adrenalin auszustoßen. »Hatten Sie vor, uns vorzeitig zu verlassen?«

Ich versuchte durchzuatmen, doch es gelang mir nur bedingt.

»Wenn ich etwas will, plane ich es so, dass ich das, was ich will, auch bekomme.« Seine Stimme war leise, was seine Worte nur noch bedrohlicher wirken ließ.

»Wenn ich um Hilfe rufe, weckt die Barrakuda alle«, erwiderte ich tonlos und bemühte mich, ihm nicht ins Gesicht zu sehen.

»In dem Moment, in dem Sie um Hilfe rufen, wird auf jedem AD auf dem Schiff die nette Nachricht von Mika gezeigt. Sie glauben gar nicht, wie schnell so ein Schiff im nächsten Spacehafen angelegt hat, um sich seiner abtrünnigen, verlogenen Schiffsärztin zu entledigen.«

Das stimmte leider. Wenn man mich nicht vorher kommentarlos direkt ins All schubste. Was mit Abtrünnigen passierte, war uns in dem vorbereitenden Seminar sehr deutlich gesagt worden. Diese Gemeinschaft konnte nur funktionieren, wenn alle, wirklich alle das gleiche Ziel hatten. Dass diese Gemeinschaft für mich nur Mittel zum Zweck war, war allein mein Problem.

KAPITEL FÜNF

»Sie sind ein Arschloch.« Ich starrte ihm jetzt direkt in sein so verdammt ebenmäßiges Gesicht.

»Und Sie eine Abtrünnige. Man weiß für den Moment nicht, was besser ist.« Er grinste mich an, entblößte strahlend weiße Zähne, und es wirkte, als hätte er diesen Gesichtsausdruck einstudiert.

Es lief mir eiskalt den Rücken hinunter, und mir blieb nichts übrig, als die Schultern zu straffen. »Sagen Sie mir wenigstens, wofür ich Ihnen das Zeug spritzen soll.«

Er zog es jedoch vor, darauf einfach nicht zu antworten.

»Wo liegt der Port?«, fragte ich ihn schließlich, nachdem ich alle Optionen abgewogen hatte. Was nicht schwer gewesen war, denn sie bestanden daraus, um Hilfe zu rufen und umgehend ausgesetzt zu werden oder das zu tun, was er wollte. Er hatte es irgendwie geschafft, Mikas Nachricht abzufangen, und hatte mich jetzt in der Hand.

Er drehte sich um und zog sich das schwarze Shirt über die Taille nach oben. Weil ich einen kleinen Moment brauchte, um mich zu fangen, sagte er: »Neben T11. Rechts davon. Verarbeitet Ihr Gehirn noch den Anblick? Ich wusste bisher nicht, dass menschliche Ärzte so zart besaitet sind.«

Das war ich keinesfalls, aber der Rücken dieses Arschlochs bestand nur aus wulstigem Narbengewebe, über das sich das Exoskelett als einzige klare Struktur wölbte. Es sah furchtbar aus. In einem ersten Reflex zuckte meine Hand. Unter normalen Umständen würde ich sanft meine Handflächen auf diese verheerenden Narben legen. »Bin ich nicht«, sagte ich trocken. »Aber wenn jemand in meiner bisherigen Laufbahn so aussah, war er bestenfalls tot.«

Der RIX hatte mir das Gesicht zugewandt, das jetzt im Schatten der Deckenleuchte lag. Ich beugte mich etwas vor und entdeckte den Port genau dort, wo er es gesagt hatte. Neben Thoracic Vertebra Nummer 11. Eine kleine Membran, nur mit einer speziellen Nadel zu durchstechen, um Medikamente direkt in die Blutbahn zu befördern. »Ich brauche Handschuhe und eine Portnadel.«

»Die Nadel ist in der Ampulle.« Er schaffte es, irgendwie genervt zu klingen. »Handschuhe brauchen Sie nicht, ich bekomme keine menschlichen Infektionen.«

Ich schnaubte belustigt. »Aber ich sterbe, wenn ich mit dem Tritostad unsachgemäß hantiere. Wäre ungünstig für Sie, dann hätten Sie niemanden mehr, der Ihnen das Zeug in den Rücken spritzt. Einen Tech wollen Sie damit sicherlich nicht betrauen. Die hantieren selten mit absolut tödlichen Substanzen, wobei sich ganz bestimmt auch bei denen etwas zum Erpressen finden würde.« Ich ging zu dem eingebauten Schrank an der Stirnseite meiner Kabine, öffnete die Tür und suchte in meiner Arbeitstasche nach den Handschuhen. Ich streifte mir gleich zwei Paar über die Finger, was zwar die Empfindsamkeit etwas reduzierte, aber die Sicherheit doch wenigstens minimal erhöhte. Dann sah ich mir die Ampulle etwas genauer an. Er hatte recht, die Nadel war bereits in der Deckelöffnung eingelassen, und man konnte an einem schnöden Drehring die genaue Dosierung einstellen.

»Zwei Milliliter«, sagte er, ohne mich anzusehen.

Ich drehte den Ring, ließ den Mechanismus einrasten, und die Nadel schob sich hervor. Ich ging wieder näher an ihn heran und murmelte leise: »Ich fasse Sie jetzt an.« Es schien mir sicherer zu sein, alles, was ich hinter seinem Rücken tat, zu erklären. Nicht dass er aus irgendeinem bekloppten Reflex heraus herumfuhr und mich umbrachte.

Doch er nickte nur knapp.

Ich tastete an der Wirbelsäule entlang. Seine Haut war warm, das Exoskelett schimmerte im Schein der Deckenleuchte mattschwarz. Auch auf der Erde trugen mittlerweile viele Menschen technische Optimierungen. Die Behandlung von Querschnittslähmungen hatte man damit revolutioniert, vorausgesetzt, man konnte es sich leisten. Aber dieses Material sah nicht aus, als würde es von der Erde stammen.

Die Haut um den Port wirkte leicht entzündet, und als mein Finger dort entlangfuhr, hatte ich das Gefühl eine entzündliche Hitze zu spüren. Selbst wenn ihm die Berührung unangenehm war, ließ er es sich nicht anmerken.

»Ich setze jetzt die Nadel«, informierte ich ihn und durchstach vorsichtig die Membran.

Man sollte meinen, dass es bei einem medizinischen Port, der ja überall im Weltraum genutzt wurde, einen Standard geben würde. Doch davon waren wir meilenweit entfernt. Selbst auf der Erde gab es Hunderte verschiedene Hersteller, bei denen sich die Produkte eklatant in Breite und Aufnahmekapazität unterschieden. Ich achtete genau darauf, die Nadel nur so weit zu schieben, bis sie sich sicher knapp unterhalb der Membran befand. Alles andere konnte zu tief sein. Dann löste ich den Mechanismus und das Tritostad füllte den kleinen Hohlkörper. Ich zog die Spitze vorsichtig wieder heraus, drückte den Knopf an der Seite der Ampulle, woraufhin sie sich in dem Fläschchen versenkte.

Mit der linken Hand griff ich in die Box mit den Desinfektionstüchern, zerrte gleich zehn Stück auf einmal heraus, wischte alles ab und schmiss dann den ganzen Müll mit Schmackes in den kleinen Entsorgungscontainer für kontaminierten medizinischen Abfall, den ich auf dem Schreibtisch bereitgestellt hatte. Mit spitzen Fingern rollte ich die Handschuhe vorsichtig ab und warf sie gleich hinterher.

Der RIX richtete sich wieder auf und zog sein Shirt herunter. »Ihre KI war da abgebrühter.«

»Er kann nicht an Tritostad sterben. Aber ich werde ihn noch heute Nacht in seine Einzelteile zerlegen, damit er nie wieder auf den Gedanken kommt, sich auf solche Spielchen einzulassen. Womit haben Sie ihn erpresst?«, fragte ich, denn das interessierte mich wirklich. Womit erpresste man eine KI?

»Ich kann gut mit Maschinen.«

»So ein Blödsinn. Haben Sie ihn gehackt?«, fragte ich weiter.

Doch seine Antwort war kryptisch. »Sie haben alle ihre Schwachstellen.« Und ohne mich noch eines Blickes zu würdigen, ging er.

Als sich die Tür mit einem Zischen hinter ihm schloss, ließ ich mich mit weichen Knien auf die Bettkante sinken und presste meine Handflächen fest in die Matratze, um wenigstens irgendwo Halt zu finden. Mein Vorhaben war auch vorher schon extrem gefährlich gewesen, aber das hatte sich gerade in die Unendlichkeit multipliziert.

Ich blieb noch eine ganze Weile regungslos sitzen und starrte auf die geschlossene Tür. Schlafen hielt ich mittlerweile für völlig ausgeschlossen. Meinem immer noch rasenden Puls nach würde sich das innerhalb der nächsten zehn Jahre nicht ändern. Die Uhr über meine Tür zeigte mir 4:25 Uhr an. In zwei Stunden würde mein Wecker klingeln, ich würde aufstehen, mich fertig machen, meine Arbeitstasche schultern und in die Praxis gehen, um zu sehen, welche Patienten mir der Tag hereinspülen würde. Leider fühlte ich mich nach dieser nächtlichen Begegnung eher so, als müsste ich hier auf ewig auf diesem Bett sitzen bleiben.

Es dauerte noch geschlagene zweiunddreißig Minuten, bis ich es endlich schaffte aufzustehen und meinen privaten AD aus der Schublade zu holen. Ich rief das interne Netz der Barrakuda auf und betrachtete für einen Moment die blinkende Suchzeile. Wir waren hier zu weit draußen, um an irgendeins der offiziellen Datennetze angeschlossen zu sein, aber die meisten Schiffe verfügten über eine exzellente Datenbank, auf die man in diesem Fall zurückgreifen konnte.

Ich sagte: »Suche alle Informationen zu RIX«. Meine Suchanfragen wurden nun natürlich offiziell gespeichert. Wenn man sich auf lebenslang verpflichtet hatte, blieb einem nichts anderes übrig, als ein recht gläsernes Leben zu führen. Jeder innerhalb der Gemeinschaft wurde wie ein Baustein für das zukünftige Leben benötigt. Da war es hilfreich zu erfahren, womit er sich in seiner spärlichen Freizeit befasste.

Mein AD suchte nach Informationen, und ich wartete. Als Ärztin hatte ich die Möglichkeit, den Großteil meiner

Suchanfragen als allgemeine medizinische Recherche darzustellen. Ein RIX war an Bord, ich versuchte, mich über seine körperlichen Eigenheiten zu informieren. Das klang für mich auf den ersten Blick recht unverfänglich. Der AD sucht immer noch nach Informationen. Die Zeitspanne war zu lang, gäbe es irgendetwas, hätte er es schon gefunden. Und genau so war es. Wenige Sekunden später knarrte der AD: »Keine Informationen zu Ihrer Suchanfrage möglich. Möchten Sie die Suchanfrage variieren?«

Ich schaltete das Gerät aus, legte es auf das Bett und mich direkt daneben. Ohnmacht und Hilflosigkeit hatte ich in den letzten Jahren immer wieder verspürt. Vielleicht waren es auch diese Gefühle, die mich zu meinem Entschluss getrieben hatten, die Erde zu verlassen. Ich wollte endlich wieder etwas tun, handeln, mein Leben in die Hand nehmen. Nun lag ich hier auf dem Rücken und starrte an die Decke, und die Ohnmacht und Hilflosigkeit schienen mich fast zu erdrücken.

Am nächsten Tag holte ich die kleine, schwarzglänzende Box, die mit einem speziellen Zahlencode gesichert war, aus dem Safe in meinen Praxisräumen. Darin befanden sich die Informationen, die jetzt für mich wichtig wären. Alles über meinen nächtlichen Besucher, wenn auch in hochverschlüsselter Form. Nur der Captain hätte die Möglichkeit, die Daten zu entschlüsseln, damit ich im Notfall auch diesem überaus wertvollen Drecksbund medizinisch zur Seite stehen konnte.

»Rilke, komm her!«, rief ich, und meine KI kam augenblicklich um die Ecke geschnurrt. Ich hielt ihm das kleine Kästchen entgegen. »Kannst du das aufmachen?«

Er betrachtete erst mich, dann senkte sich sein mechanischer Kopf und er starrte auf die Metallbox. Zumindest sah es so aus, als ob er das täte, mir war schon klar, dass seine Sensoren, die überall auf seinem Kopf verteilt waren, die Situation erfassten. »Ich kann das öffnen. Aber die Informationen darin sind streng vertraulich und verschlüsselt.«

»Genau«, stimmte ich ihm zu. »Kannst du sie denn entschlüsseln?«

Meine KI schien mich einen Moment lang zu betrachten, während in ihrem Inneren irgendwelche Prozesse abliefen. Zumindest sah es so aus, als würde sie nachdenken. »Die Informationen sind streng geheim und verschlüsselt.«

Ich atmete tief durch. Rilke konnte ja nichts dafür, dass er ein bisschen dumm war. Das war mir lieber als das, was ich über seine wesentlich klügeren Kollegen in den Geschichtsbüchern gelesen hatte. Ich beugte mich ein wenig nach vorn und senkte die Stimme. »Warum hast du dem RIX geholfen?«, fragte ich leise. »Du brauchst nicht zu schweigen, weil ich weiß, dass du das getan hast. Ohne meine Anweisung zu handeln, ist dir verboten. Du hast es trotzdem getan.«

Er schaffte es sogar, ein paarmal irritiert mit seinen Display-Augen zu blinzeln. Eine süße Imitation menschlichen Verhaltens bei Verwirrung.

Und dann tat Rilke etwas durch und durch Sonderbares. Er sagte nämlich: »Er brauchte meine Hilfe.« Er wusste natürlich, dass sein Verhalten falsch gewesen war. Aber er hatte mir gerade einen Grund genannt. Einen Grund, warum er trotz seiner anderslautenden Programmierung eine Entscheidung getroffen hatte.

Verwundert blickte ich ihm in die großen Augen mit den langen Wimpern. »Wobei?«

»Er will frei sein.«

Ich öffnete den Mund, klappte ihn aber gleich darauf wieder zu. »Gut«, erwiderte ich matt. »Aber wobei hilft ihm dann das Tritostad? Das ist ein verdammt gefährlicher Stoff, Rilke.«

»Ich bin darauf programmiert, auch mit gefährlichen Substanzen zu hantieren«, erwiderte er, und mir wurde bewusst, dass dies das erste wirkliche Gespräch zwischen mir und ihm war. Und er hatte recht. Die auf Langstreckenflügen eingesetzten KIs waren in der Lage, mit jeglichen Formen von Kontamination, Viren und Bakterien umzugehen.

»Also, wozu das Tritostad?«

»Es macht ihn mit der Zeit unsichtbar. Frei.«

»Kannst du mir das genauer erklären?«, fragte ich ihn, und er antwortete schlicht und ergreifend: »Das tut mir leid. Nein.«

Ich fuhr mir mit den Fingern durch die wirren Locken. »Vielleicht hast du uns damit alle in Gefahr gebracht? Ist dir bewusst, was hätte passieren können?« Ich musste das Pferd von hinten aufzäumen, denn bis jetzt begriff ich noch überhaupt gar nichts.

Rilke schwieg einen langen Moment. »Ich habe eine ausführliche Risikoabschätzung vorgenommen«, sagte er. »Die fiel positiv aus.«

»Vielleicht bist du dazu gar nicht in der Lage?«, fragte ich leise.

»Ich bin dafür programmiert.« Er klang fast ein wenig beleidigt. Was natürlich totaler Unfug war.

»Hat er dich erpresst?«

Er schwieg einen Moment und sah mir in die Augen. Was

eigentlich unmöglich war.« »Man kann mich nicht erpressen. Ich habe keine Angst.«

»Okay. Was hat er dir also versprochen?«, fragte ich ungeduldig und auch ein klein wenig irritiert von seinen sonderbaren Antworten.

Doch statt darauf etwas zu erwidern, sagte Rilke nur: »Ein Patient wartet draußen auf uns.« Er drehte sich auf der Stelle um und verschwand im Flur.

Ich starrte ihm hinterher. Dann legte ich mir beide Handflächen an die Wangen und atmete tief durch. Dieses Gespräch war äußerst skurril verlaufen, und es hatte mir etwas offenbart, was ich in Rilke nicht vermutet hätte.

Ein wenig schwerfällig erhob ich mich und folgte meiner KI auf den Flur, wo Kiala stand und einen freundlichen Schnack mit Rilke hielt. Als sie mich bemerkte, blickte sie auf und lächelte mich an.

»Möchtest du ins Sprechzimmer kommen?«, fragte ich sie.

»Nur wenn du Zeit hast. Eine Patientin bin ich nicht.«

Ich erwiderte ihr Lächeln. »Bisher ist nicht viel los«, sagte ich und machte eine einladende Handbewegung. »Rilke, kannst du uns Tee bringen?«

»Eine wunderbare Idee.« Kiala ging voraus und ließ sich in den Besuchersessel fallen, dann drehte sie sich zu mir herum und blickte mir entgegen, während ich mich neben sie setzte. »Irgendwie siehst du ein klein bisschen müde aus.«

»Ich habe ganz wenig geschlafen«, erwiderte ich und verspürte plötzlich den übergroßen Drang, mich jemandem anzuvertrauen. Ich hatte alle meine Freunde zurückgelassen. Ich war das erste Mal in meinem gesamten Leben wirklich allein und auf mich gestellt. Und ich wusste, dass Kiala unter normalen Umständen eine Freundin hätte sein können.

»Ich glaube, fast alle schlafen in den ersten Wochen auf einem Schiff schlecht. Dann sind wir irgendwann so müde, dass wir hoffentlich wieder mit dem Schlafen anfangen.« Sie lächelte mich mitfühlend an.

Meine KI surrte heran, zwei dampfende Becher auf einem Tablett vor sich. Kiala griff zu und sagte dann zu meinem Erstaunen: »Danke schön, du kleiner Süßer!« Sie lächelte, und Rilke lächelte auf seinem Displaygesicht zurück.

Ich nahm meinen Becher ebenfalls. Und dann sagte ich: »Danke, Rilke.«

»Bitte, Milla. Es war mir eine Freude«, erwiderte Rilke. Was jetzt auf dem Display erschien, glich mehr oder weniger einem fröhlichen Strahlen. Fast schwungvoll drehte er sich herum und rollte aus dem Raum.

»Er hat einen Namen? Rilke?« Kiala pustete auf ihren heißen Tee und sah mich über den Tassenrand hinweg an.

»Ja«, sagte ich langsam, weil mir bewusst wurde, dass ich mich noch nie bei ihm für irgendetwas bedankt hatte. »Er hat am Anfang ständig Rilke-Zitate von sich gegeben. Bis ich es ihm verboten habe.«

»Warum?« Erstaunt hob Kiala eine Augenbraue.

Ich schluckte und biss mir auf die Wange. »Das weiß ich eigentlich auch nicht so genau. Es hat mich irritiert. Eine KI, die so sonderbar programmiert ist?«

Kiala seufzte. »Manchmal sind sie gar nicht programmiert, sondern entwickeln ein Eigenleben. Das würde natürlich nie jemand zugeben, denn das darf nicht sein. Aber meine Mutter hatte fast fünfzehn Jahre eine KI, die ihr im Garten geholfen hat. Vor fünfzehn Jahren gab es ja tatsächlich noch ein bisschen mehr Natur auf der Erde. Nicht so wie vor fünfzig Jahren, aber es gab zumindest noch Rosen.

Und ihre KI liebte Rosen, genau wie meine Mutter. Ein großer Wirbelsturm hatte damals alles in ihrem Garten vernichtet, und meine Mutter schwor Stein und Bein, dass ihre kleine KI an der Fensterscheibe gestanden und bitterlich geweint hatte. Also so gut, wie ein Roboter das nun mal kann. Ich wollte aber eigentlich etwas ganz anderes von dir.«

Ich nippte an meinem Tee und verbrannte mir prompt die Zunge. »Was denn?«, nuschelte ich und presste die Zungenspitze an die Lippen. Das hier war fast wie ein Gespräch unter Freundinnen. Und der Schmerz auf meiner Zunge hatte mich schlagartig daran erinnert, dass ich auch Kiala herb enttäuschen würde. Für einen Moment schweifte mein Blick ab, und ich betrachtete das medizinische Equipment in diesem Raum. Ich würde die Menschen nicht nur enttäuschen, ich würde sie Gefahren aussetzen. Darüber hatte ich im Vorfeld lange nachgedacht, aber es war etwas anderes, Dinge zu denken, als sie dann tatsächlich zu fühlen.

Kiala zupfte mich am Ärmel meiner Jacke, und ich zuckte zusammen. »Wo bist du mit deinen Gedanken?«

»Entschuldige«, sagte ich und versuchte mich an einem Lächeln.

»Also«, fuhr Kiala fort, nachdem ich jetzt endlich wieder im Hier und Jetzt gelandet war. »Johnsons Bestattung ist übermorgen. Ich werde die Zeremonie leiten und wollte dich fragen, ob du mir ein wenig zur Hand gehen könntest.« Ich musste wohl ein wenig dämlich aus der Wäsche gucken, denn sie fügte schnell hinzu: »Das ist nichts Kompliziertes. Du brauchst dafür auch keinen speziellen Glauben. Es geht nur darum, zur entsprechenden Zeit eine Kerze anzuzünden, mir etwas zu reichen, etwas wegzuräumen, ein bisschen aufzupassen, dass ich nicht über meine eigenen Füße falle. Ich verliere bei solchen Ritualen manchmal ein wenig den

Überblick.« Sie grinste mich schief an. »Und ich mag dich. Du scheinst ziemlich patent zu sein.«

»Danke«, sagte ich leise und musste mich jetzt bemühen, dass der Teebecher in meiner Hand nicht anfing zu zittern, denn ihre Worte berührten mich viel tiefer, als sie ahnen konnte.

»Übermorgen!«, sagte sie, stellte den Becher zur Seite und stand schwungvoll auf. »Du solltest Rilke wieder gestatten, Gedichte zu zitieren«, raunte sie mir zu. »Wir können hier draußen jedes Fitzelchen an Poesie und Kultur gebrauchen, das wir bekommen können.«

KAPITEL SECHS

Ich ging in dieser Nacht in voller Montur ins Bett. In meiner Arbeitshose mit den Cargotaschen, meinem weißen T-Shirt, das mit dem Wappen der Barrakuda auf der Brust, das mich als Schiffsärztin auswies, sogar die dicken Stiefel ließ ich an. Ich hatte irgendwie das Gefühl, so besser gewappnet zu sein, als in meiner ausgeleierten Jogginghose und dem bunten Schlafshirt.

Diesmal klopfte es früher an meiner Tür, es war erst kurz nach Mitternacht. Aber er hatte ja auch nicht erst nach Rilke suchen müssen, den hatte ich nämlich wieder eingesperrt.

Schlagartig flutete Adrenalin meinen Körper, und leise stand ich vom Bett auf. Ein paar Sekunden brauchte ich noch direkt an der Tür, bis ich es endlich schaffte, das Display zu berühren und die Tür zu öffnen. Mein Körper reagierte auf den RIX wie auf ein gefährliches Tier, und ich war gewillt, diese Warnung sehr ernstzunehmen. Es kostete mich einiges an Überwindung, gegen meinen Willen zu handeln.

Der RIX vergeudete keine Zeit mit irgendwelchen Begrüßungen, er stand so schnell in meinem Quartier, dass ich überrumpelt einen Schritt nach hinten machte. Wortlos hielt er mir wieder die Ampulle entgegen. Nur dass ich sie diesmal nicht direkt entgegennahm. Vielleicht war es ein albernes Machtspiel, aber ich hatte schon immer ein Problem damit, einfach nur benutzt zu werden. Er würde bekommen, was er wollte, und das war ihm verdammt noch mal klar, aber ein Mindestmaß an Anstand sollten wir dabei schon wahren.

»Und? Hatten Sie einen netten Tag?«, fragte ich.

Er hatte den Kopf leicht gesenkt und mir bis zu diesem Moment keinerlei Beachtung geschenkt. Jetzt blickte er mich an. Schweigend.

Ich verschränkte meine Hände hinter dem Rücken, verlagerte das Gewicht auf beide Beine und hielt seinem stechenden Blick stand. Wenn man auf der Erde lebte, hatte man zwangsläufig mit vielen Soldaten zu tun. Nahezu alle von ihnen hatten einen ganz bestimmten Ausdruck in ihrem Blick. Vielleicht war es der Wille zur Brutalität, der sich im Laufe der Zeit in ihre Augen stahl und den ich sofort erkannte. Selbst Jamie, den ich mit jeder Faser meiner Existenz liebte, hatte manchmal in einem unbeobachteten Moment einen grausamen Glanz in seinem Blick. Der Krieg machte das mit den Soldaten.

Aber genau dieser Ausdruck fehlte aus irgendeinem Grund in den grauen Augen des RIX. Er war völlig fremdartig, und mein Körper soufflierte mir, schnellstmöglich die Flucht anzutreten. Und trotzdem schoss mir die Erkenntnis, dass er einen gänzlich anderen Ausdruck in den Augen hatte, wie ein Pfeil ins Bewusstsein.

»Rilke sagt, Sie wollen frei sein«, brummte ich schließlich und trat instinktiv einen Schritt nach hinten.

Doch er reagierte nicht. Er sah mich nur an.

Mir fiel auf, dass er aus irgendeinem Grund nur einen Handschuh trug. Ich hatte bis jetzt angenommen, dass die schwarzen Handschuhe zu seiner Kampfmontur gehörten, die er auf dem Schiff ständig trug. Eine weit geschnittene Cargohose, ein Langarmshirt mit einem kleinen Wolfskopf auf dem Ärmel, dem Zeichen der BDO, Kampfstiefel und eben diese Handschuhe. Nur einen Handschuh zu tragen war doch eher ungewöhnlich.

»Ich hatte einen ganz großartigen Tag«, sagte er plötzlich, und erstaunt hob ich den Kopf. Es war nämlich ganz schön anstrengend, seinem Blick standzuhalten, und so hatte ich begonnen, auf den Boden zu starren.

»Ich habe mit den Bercoscos über freies Geleit verhandelt, ein bisschen an der Schwerkraftstabilisation geschraubt und einige Sprachnachrichten übersetzt, die uns erreicht haben und bei denen der Translator versagt hat. Und Sie?«

»Ich habe mit einer Freundin Tee getrunken«, erwiderte ich, noch bevor ich darüber nachdenken konnte.

Er drehte sich ein Stück zu mir. »Wie beschaulich«, sagte er dann und schaffte es, bei diesen Worten belustigt zu klingen. Doch das hielt nur wenige Sekunden, denn dann hob er erneut die behandschuhte Hand und hielt mir die Ampulle entgegen.

»Haben Sie Ihren Handschuh verloren?« Ich deutete auf seine rechte Hand ohne Handschuh.

Er dachte einen Moment nach und betrachtete mich. »Das Fehlen von Angst ist oft ein Zeichen für Dummheit.«

»Nett«, erwiderte ich. »Mir fehlt aber keine Angst. Wenn Sie mir Ihren Rücken zudrehen, könnte ich Ihnen die Nadel umgehend ins Fleisch rammen. Es mag sein, dass es Sie nicht töten würde, wenn ich Ihnen das Gift direkt in den Organismus spritze, wie es wohl bei einem normalen Menschen der Fall wäre. Aber die Nadel ist lang. Wenn ich sie geschickt und mit viel Kraft platziere, landet sie vielleicht in einer Ihrer vielen Schaltzentralen an Ihrer Wirbelsäule. Gut kann das nicht sein.« Es war noch nicht mal so, dass ich im Vorfeld darüber nachgedacht hätte, das zu ihm zu sagen, geschweige denn, so etwas überhaupt in Erwägung zu ziehen. Die Worte waren aus mir herausgepurzelt, ohne dass ich sie hätte aufhalten können. Ich machte erneut einen kleinen Schritt nach hinten, womit ich jetzt die Wand meines Quartiers im Rücken hatte.

»Würden Sie mir bitte einfach helfen?«, fragte er mich im nächsten Moment schlicht und brachte mich damit vollends aus der Fassung. So sehr, dass ich nach vorn trat und ihm die Ampulle abnahm. Wortlos zog er sein Shirt wieder über die Taille nach oben.

Ich schlüpfte in die Handschuhe und trat hinter ihn. Einen Moment betrachtete ich den Ausschnitt seines Rückens. Das Exoskelett spannte sich über den sichtbaren Teil der Wirbelsäule nach oben und unten. Es war über Fixieranker fest mit seinem Rückgrat verbunden und machte ihn schneller und leistungsfähiger, als es Menschen jemals gewesen waren. Aber nicht unverwundbar, denn die Haut um den Port schimmerte jetzt in einem aggressiveren Rot. »Das Gewebe um die Membran ist entzündet«, sagte ich. »Wir sollten auf einen anderen Port ausweichen.« Typen wie er hatten doch vermutlich an allen möglichen Stellen solche Zugänge.

Er schüttelte leicht den Kopf, und das Deckenlicht reflektierte dabei auf dem Metall auf seinem Rücken. »Nehmen Sie den«, sagte er.

»Aber ganz offensichtlich reagiert Ihr Körper. Was nicht weiter verwunderlich ist, weil Tritostad normale Menschen innerhalb von drei Herzschlägen tötet. Es mag in Ihren Venen anders funktionieren und seinen Sinn erfüllen, welcher das auch immer ist, aber es gibt offensichtliche Nebenwirkungen. Wir sollten auf einen anderen Port ausweichen«, beharrte ich.

Abrupt drehte er sich zu mir herum und ließ das Shirt sinken. Wir standen jetzt leider keine zehn Zentimeter voneinander entfernt, aber ich widerstand dem Drang, zurückzuweichen.

»Sie haben bereits erklärt, dass ich kein normaler Mensch bin. Was nur den Schluss zulässt, dass Sie keine Ahnung von meinem Organismus haben und die Situation deswegen anders betrachten sollten. Spritzen Sie mir das Zeug jetzt.« Er klang so kultiviert, als würden wir beide ein Gespräch auf Augenhöhe führen, eine Diskussion. Aber das taten wir nicht, denn sein Gesicht blieb bei diesen Worten völlig regungslos, sendete mir keine Botschaft, wie ich seine Worte zu verstehen hatte. Er konnte das durchaus ernst meinen oder auch jetzt schon darüber nachdenken, mir innerhalb der nächsten fünf Minuten Gewalt anzutun, wenn ich seinem Wunsch nicht nachkäme.

»Sie haben keinen Eid geschworen«, sagte er plötzlich. »Diese Zeiten sind lange vorbei. Sie sind an nichts gebunden.« Mit diesen Worten drehte er sich wieder um und hob erneut sein Shirt.

Er hatte recht. Über Jahrtausende hatten Ärzte ihren Eid geschworen, Schaden von ihren Patienten abzuwenden und sich willkürlichem Unrecht entgegenzustellen. Aber seitdem Ärzte hauptsächlich dafür da waren, billige Arbeitskräfte zu schaffen und Sklaven arbeitsfähig zu halten und somit die Profitgier multinationaler Konzerne über die Gesundheit ihrer Patienten zu stellen, endeten die Ausbildungen ohne Eid. Ohne jegliche ethische Basis. Meine auch. Denn wären wir an irgendeine Form von moralischer Grundlage gebunden, könnten wir den Menschen keine Implantate einsetzen, die Gefühle reduzierten. Oder unseren Patienten unsägliche Schmerzen zufügen, nur um sie noch eine Woche länger ohne Schlaf auskommenzulassen, damit sie seltene Erden unter Tage auf fremden Planeten abbauen konnten. Doch genau das taten Ärzte. Sie optimierten Menschen für ihren Arbeitseinsatz. Ohne Rücksicht auf irgendwas.

Ich schloss kurz die Augen und dachte an Jamie. Wie dringend ich zu ihm musste, welche Gefahren ich schon auf mich genommen hatte, um dieses Ziel zu erreichen, und dass der RIX vor mir nur noch ein weiterer Stolperstein auf meinem Weg wäre.

»Ich fasse Sie jetzt an«, sagte ich leise, aktivierte die Ampulle und zog die zwei Milliliter auf. Vorsichtig stach ich die Spitze durch die Membran und füllte den Hohlkörper darunter. Dann wiederholte ich die gleiche Prozedur wie gestern Nacht, und der RIX verschwand einen Moment später wortlos aus meinem Quartier.

Ich wartete exakt fünf Sekunden, dann öffnete ich die Tür zum Flur erneut und spähte nach links und rechts. Ich hatte keine Ahnung, wann unser nächster Zwischenstopp kommen würde. Es konnte sich durchaus noch um Wochen handeln, und in dieser Zeit wollte ich wenigstens herausfinden, was es mit dem RIX auf sich hatte. Was sein Plan war. Denn wenn er mich in der Hand hatte, wäre es hilfreich, das zu wissen. »Er will frei sein«, waren Rilkes Worte gewesen. Aber Freiheit war für uns alle doch eigentlich nur ein Fremdwort.

Natürlich war von ihm nichts mehr zu sehen, deswegen beschloss ich, nach rechts abzubiegen. Leise durchquerte ich die Flure, bis ich vor meinen Praxisräumen haltmachte. Das Display neben der Tür zeigte mir ein grünblinkendes Licht. Die Tür war nicht verschlossen. So hatte ich sie nicht zurückgelassen.

Ich atmete tief durch. Der Kerl war in meine Praxis eingebrochen und bediente sich vielleicht gerade an den Medikamentenvorräten.

»So ein dummer Drecksack«, knurrte ich und überlegte, was ich jetzt tun könnte. Schließlich gab ich der Tür den Befehl, aufzufahren, und streckte lauschend meinen Kopf in den Eingangsflur der Praxis. Es war dunkel, nur aus meinem persönlichen Sprechzimmer fiel ein wenig Licht auf den dunklen Boden. Ganz leise hörte ich eine Stimme. Seine Stimme. Unverkennbar, denn er klang immer ein klein wenig heiser. Verwundert runzelte ich die Stirn und trat dann leise in den Flur. Es hörte sich an, als würde er sich mit jemandem unterhalten. Seine Stimmlage hatte etwas Melodiöses, und er sprach Englisch. Nicht TEX, die mittlerweile gebräuchliche Sprache der Erde, sondern wirklich altes Englisch, das seit einigen Jahren auf der Erde auszusterben drohte.

Ganz leise machte ich ein paar weitere Schritte und blieb dann am Rand der geöffneten Tür zu meinem Sprechzimmer stehen. Er kniete auf dem Boden und hielt irgendetwas in den Händen. Vor ihm stand Rilke, und auf seinem Gesichtsdisplay zeigte sich ein Ausdruck, den ich bis jetzt noch nicht gesehen hatte. Vielleicht ließ er sich nur mit allergrößtem Entzücken umschreiben. Es dauerte noch einen kleinen

Moment, in dem ich regungslos verharrte, bis ich endlich begriff, was der RIX dort tat.

»Wäre der Himmel nicht in Liebe,
hätte seine Brust keine Reinheit.
Wäre die Sonne nicht in Liebe,
hätte ihre Schönheit kein Licht.
Wären Erde und Berge nicht in Liebe,
würde kein Gras aus ihrer Brust wachsen.«
(Maulana Dschelaleddin Rumi)

Es war eine durch und durch surreale Situation. Auf sonderbare Weise berührend. Der RIX las meinem Rilke vor. Rumi. Den wohl berühmtesten Mystiker des Islams. Einen Dichter des Persischen. Und er tat es so, dass ich mich seinen Worten kaum entziehen konnte, denn sie berührten mich tief. Er las langsam und mit deutlicher Betonung, genau richtig für diese wunderbaren Gedichte, die mittlerweile fast tausend Jahre alt waren und die Weisheit der Vergangenheit transportierten. Unsere irdische Poesie hatte es in die Weiten des Universums geschafft, übersetzt in nahezu alle Sprachen hatte es Wesen berührt, die einen gänzlich anderen Lebensweg als den unseren hatten. Einige Dinge schienen universell zu sein. Und sie waren so mächtig, dass sie selbst eine KI dazu brachten, seine eigene, eigentlich unveränderbare Programmierung zu umgehen.

Der RIX klappte das altertümlich wirkende Buch zu, erhob sich geschmeidig, dann ließ er den kleinen Einband in die Cargotasche seiner Hose gleiten und drehte sich so abrupt zu mir herum, dass ich keine Möglichkeit mehr hatte, hinter dem Türrahmen zu verschwinden.

Rilke musste mich ebenfalls entdeckt haben, doch er zog es vor, sein Displaygesicht auszuschalten und sich in den Stand-by-Modus zu verabschieden. Als wüsste er genau um die sonderbare Situation.

Der RIX ignorierte mich, schaltete mit einem Fingerstrich das Licht in meinem Behandlungszimmer aus und ging an mir vorbei zum Flur.

Ich folgte ihm kurzerhand. »Was sollte dann Ihr Besuch bei mir? Wenn Sie in der Lage sind, mein Türschloss zu knacken, hätte Ihnen doch auch Rilke das Zeug verabreichen können.«

Er blieb vor der mittlerweile wieder geschlossenen Flurtür stehen und drehte sich zu mir herum.

»Sie haben ihn also mit Gedichten bestochen?«, fragte ich knapp, sehr darauf bedacht, dass der Sicherheitsabstand zwischen uns groß genug war.

Er reagierte nicht auf meine Frage.

»Was soll das? Er hat eine riesige Datenbank zur Verfügung, da drin steht alles, was jemals geschrieben wurde.« Ich ging nicht davon aus, dass er mir diese Frage beantworten würde, doch zu meinem großen Erstaunen tat er genau das.

»Er kann gesprochene Worte besser verstehen, als sie selbst zu lesen.«

Verblüfft atmete ich ein. »Und warum waren Sie dann heute bei mir?«, fragte ich erneut. »Er hätte Ihnen das Zeug doch auch spritzen können. Hat er doch von Anfang an gemacht.«

Darauf bekam ich allerdings keine Antwort. Der RIX ließ mich stehen, und ich blickte ihm hinterher, wie er mit langen Schritten über den Flur verschwand.

. . .

Die Barrakuda hatte ein großes Atrium, das sich im Halbkreis um eine riesige Glasfront bog. Die Sitzmöglichkeiten bestanden aus gepolsterten Bänken, die sich wie in einem Kolosseum nach oben erstreckten und der gesamten Crew und den Passagieren Platz boten. Von hier blickte man durch die gebogene riesige Scheibe direkt ins All und hatte einen fantastischen Rundblick. Wenn es denn etwas zu sehen gab.

Ich war zu der Versammlung zu spät gekommen. Selbst nach vier Wochen unterschätzte ich die Wege auf dem Schiff, deswegen stellte ich mich so leise wie möglich weit nach hinten. Captain Berg stand in seiner dunklen Uniform unten und erzählte irgendwelche Dinge. Da ich den Anfang verpasst hatte, brauchte ich ein wenig länger, um zu begreifen, wovon er eigentlich sprach. Als ich das dann endlich begriffen hatte, fing mein Herz an, schneller zu schlagen.

»Mercado Bigastor ist ein außergewöhnlicher und nicht ungefährlicher Ort. Er ist einer der vielen Handelsplaneten, die am Rande des Siradenkorridors liegen. Wir hatten eigentlich nicht vor, ihn anzusteuern, aber einige Module in den Konservierungstruhen müssen außerplanmäßig ersetzt werden. Wir haben viele Ersatzteile an Bord und sind außerhalb dieser besonders gefährlichen Passage immer in der Lage, über Transportschiffe neue Teile zu besorgen, aber ausgerechnet hier müssen wir selbst handeln.« Er machte eine Pause, drehte sich zu der großen Glasscheibe um und rief mit einem Fingerstrich ein kleines Video auf, das auf die Fläche projiziert wurde. Zu sehen war Chaos. Geduckte Hütten, roter Staub überall, dichtes Gedränge und Wesen, denen ich in meinem bisherigen Leben noch nicht begegnet war.

»Wir wissen, dass alle an Bord begierig sind, zwischendurch etwas anderes zu sehen als die kahlen Wände der Barrakuda.« Er macht eine kleine Pause, und tatsächlich lachten die Leute. »Und wir haben bis zum nächsten Handelsplaneten, an dem wir planmäßig stoppen werden, auch noch eine lange Strecke vor uns. Trotzdem können wir nicht allen gestatten, das Schiff zu verlassen. Mercado Bigastor ist ein gefährlicher Ort. Viele von ihnen hatten noch nie Kontakt zu Wesen, die außerhalb unseres eigenen Sonnensystems geboren und aufgewachsen sind. Wenn sie dringend etwas benötigen, und auf Mercado Bigastor gibt es nahezu alles, bitte ich Sie, Listen anzufertigen, die von denen, die reisen werden, sicherlich berücksichtigt werden.«

Hinter ihm lief das kleine Video weiter, und ich starrte auf die staubigen Straßen Mercado Bigastors. In meinem Magen lag ein Stein. Um nichts in der Welt wollte ich diesen dreckigen, furchtbaren Planeten betreten, allerdings war er die einzige Möglichkeit, die Barrakuda zu verlassen und in mein riesiges, ungewisses Abenteuer aufzubrechen. Ich hatte die Wochen vor meiner Abreise von der Erde nicht nur mit Packen verbracht, sondern hauptsächlich mit Recherchen. Ich hatte alles gelesen, was ich in die Finger bekommen hatte. Im Besonderen über die Planeten, die wir passieren würden. Mercado Bigastor hatte eine eigene große Seite im Webspace, und so wusste ich viel über diesen Handelsplaneten. Auch wenn man es dem sonderbaren Gewusel auf den Straßen nicht ansah, Mercado Bigastor verfügte über gleich zwei große Raumhäfen. Viele Schiffe, die in alle möglichen Richtungen starteten und landeten. Und sie brachten nicht nur Waren und Handelsgüter, sondern auch Menschen und andere Wesen. Das war mit Abstand die beste Möglichkeit zur Flucht, bevor wir irgendwann in acht Wochen auf einem sauberen, gut bewachten und durch die Galaktische Union kontrollierten Planeten haltmachten. Ich hatte also ein neues Ziel. Ich musste von Bord. Ich musste zu Jamie.

»Wir werden Mercado Bigastor in vier Tagen erreichen und dort für ungefähr vier Stunden andocken. Ein Shuttle wird zehn Leute von uns auf die Oberfläche bringen. Einen kleinen Teil der Crew, ein paar der Techniker und natürlich jemanden aus der Küche. Einige Plätze im Shuttle sind noch frei, also wenn Sie ein berechtigtes Interesse haben, Mercado Bigastor zu besuchen, kommen Sie gleich zu uns hier runter, damit wir darüber sprechen können.«

Ein allgemeines Stimmengewirr erhob sich, und ich lehnte mich gegen die Stahlwand hinter mir. Sicherlich würde ich irgendein berechtigtes Interesse finden. Ich war die Ärztin an Bord. Aber es ging alles sehr schnell, viel zu schnell für meinen Geschmack, und ich sah mich gezwungen, eine übereilte Entscheidung zu treffen. Während ich einem anderen Passagier zulächelte, fühlte ich mich, als würde mir der Boden unter den Füßen weggezogen.

»Ich bitte Sie noch einmal um Ruhe!«, rief der Captain erneut, und schlagartig kehrte Ruhe ein. Erdenbürger hatten sich an Autoritäten gewöhnt und taten gewöhnlich das, was man ihnen sagte. »Morgen werden wir uns von André Johnson verabschieden. Es war sein Wille gewesen, in pulverisierter Form den Sternen übergeben zu werden. Wir mussten erst noch eine Strecke zurücklegen, um dieses Ritual durchführen zu können. Jetzt ist es uns möglich. Ich bitte Sie, dieser Zeremonie beizuwohnen.«

KAPITEL SIEBEN

Ich stand in meinem Quartier und versuchte, die wichtigsten Dinge in den kleinen Rucksack zu quetschen. Diverse Notfallmedikamente, eine Haarbürste, eine Zahnbürste, meine Gesichtspflege in der Tube, frische Unterwäsche, Socken, mein geliebtes Schlafshirt und mein handgeschriebenes Tagebuch. Ich hatte tatsächlich noch gelernt, mit der Hand zu schreiben. Verdammt, das war lange her und ich hatte es nur der Initiative meiner Mutter zu verdanken, denn in den Schulen lernte man das schon seit hundert Jahren nicht mehr.

Es passte nicht. Dieser verdammte Rucksack war einfach viel zu klein, ungefähr so groß wie eine alte Streichholzschachtel, und wenn ich alles hineingequetscht hatte, ließ er sich nicht mehr schließen. Also noch nicht mal annähernd. Ich hasste ihn. Energisch pfefferte ich ihn zurück auf mein Bett. »Kacke!«, fluchte ich leise, kippte den gesamten Inhalt auf die Decke und sank daneben. Ich ließ mich nach hinten fallen und schloss die Augen.

Die Barrakuda würde einen neuen Arzt finden. Die Konditionen waren exzellent, das Reiseziel verlockend, und trotzdem würden Crew und Passagiere eine Weile ohne Arzt auskommen müssen. Ich legte die Hände vor das Gesicht und atmete durch. Dass es mich tief in der Seele schmerzte, die Menschen auf diesem Schiff im Stich lassen zu müssen, war das eine. Das andere war, dass ich mich als Abtrünnige auf gleichem Niveau wie Diebe und Verbrecher befand. Und die Galaktische Union würde meine Tat, dass ich meine Crew im Stich ließ, meinen lebenslang geschlossenen Vertrag brach, nicht auf die leichte Schulter nehmen. Ich konnte nur hoffen, dass sie anderweitig beschäftigt sein würden, statt mich zu suchen und zu jagen.

Ich griff in die Tasche meiner Hose und zog den AD hervor. Mit drei Fingerstrichen rief ich erneut die letzte Botschaft von Mika auf. Diesmal war es eine geschriebene Nachricht. Es waren unbeholfene Worte. Die Handschrift war nahezu ausgestorben, aber auch sonst hatte die schriftliche Form unserer Sprache in den vergangenen Jahren keine große Rolle mehr gespielt. Viele Menschen lernten weder schreiben noch lesen, und auch Mika schien beides erst im Erwachsenenalter erlernt zu haben.

»Es hat sich nichts geendert. Jamie schläft. Kom schnel.«

Dazu hatte er mir ein Bild geschickt, das Jamies völlig ausgemergeltes Gesicht in der Schlafkammer zeigte. Er hatte tiefe Falten neben den Mundwinkeln, seine Gesichtsfarbe war grau. Es war das erste Bild, das ich seit langer Zeit von ihm sah, und es durchzuckte mich erneut, obwohl ich es in den letzten Stunden oft betrachtet hatte. Ich legte vorsichtig einen Finger auf das Display, und der Schmerz, ihn so zu sehen, zerrte an meinem Herzen. Er war fast neun Jahre jünger als ich, aber auf diesem Bild sah er aus, als wäre er ein alter Mann. »Ich komme, Jamie«, flüsterte ich meinem so unendlich weit entfernten kleinen Bruder zu. Ich hatte immer noch keine Ahnung, wie ich das anstellen würde, aber ich würde einfach alles daransetzen, zu ihm zu gelangen. Ich atmete noch einmal tief durch, dann raffte ich mich endlich auf und entschied, dass ein Paar Socken und drei Unterhosen ausreichten. Dazu waren Medikamente wichtig, und mein Tagebuch. Der Rest würde hierbleiben, denn wenn ich mit einem Seesack auf das Shuttle kam – und der wäre zwangsläufig notwendig, wenn ich alles mitnehmen wollte –, würde selbst noch der Dümmste auf diesem Schiff die richtigen Schlüsse ziehen.

Die kleine Schachtel mit der gefälschten ID steckte ich mir kurzerhand in den BH. Mein Set mit Skalpellen hatte ich vor einigen Tagen am Boden des Rucksacks eingenäht. Ich liebte diese altertümlichen Gerätschaften, die ich schon lange hegte und pflegte. Ich konnte sie nicht zurücklassen, zumal eine scharfe, sterile Klinge in gewissen Situationen Gold wert war. Zum Beispiel wenn man vorhatte, seine ID am Handgelenk auszutauschen. Ein ungemein illegales Vorhaben. Medizinisches Equipment war in der ganzen GU Mangelware, seitdem die Check die ärztliche Handarbeit mehr oder weniger übernommen hatte. Sterile Einmalklingen bekam man zwar durchaus noch, aber sie waren oft nicht so steril wie auf der Verpackung angegeben.

Ich schulterte den Rucksack und warf einen letzten Blick in den Spiegel über der eingebauten Kommode. Ich hatte erst einen Bruchteil meiner Reise hinter mich gebracht und sah jetzt schon so erschöpft aus, als wäre ich zweimal ans Ende der Galaxie gereist. Ich hatte dunkle Ringe unter den Augen und meine Haare ließen sich auch mit dem einzigen Haarband, das ich hatte finden können, nicht mehr bändigen. Das Duschwasser auf der Barrakuda hatte es zu Stroh werden lassen. Ich strich eine blonde Strähne, die sich widerspenstig aus dem Zopf gelöst hatte, hinters Ohr und lächelte mich an, um mir ein wenig Mut zu machen.

Ein letztes Mal blickte ich durch meine Kabine und verabschiedete mich von dem digitalen Baum, der mich jetzt einige Wochen begleitet hatte. Dann machte ich mich auf, um meiner Praxis einen letzten Besuch abzustatten. Mir blieb noch eine halbe Stunde, bis das Boarding für das Shuttle stattfinden würde.

Die Praxis war wie erwartet vollkommen leer, nur Rilke stand in einem der Behandlungszimmer und blickte ins undurchdringliche Schwarz vor dem Fenster. Ich war mir sicher, dass eine KI nicht nachdenklich dreinschauen konnte, aber es machte doch wenigstens den Anschein. Rilke schien gedankenverloren zu sein.

»Das Shuttle legt gleich ab«, sagte ich leise, als ich eintrat und meinen Rucksack vorsichtig auf den Schreibtisch legte, an dem bald ein anderer sitzen würde.

Rilke drehte den Kopf und sah mich mit seinen digitalen Augen arglos an.

Ich hatte lange überlegt, wie ich vorgehen würde. »Es wird sicherlich ein spannender Ausflug, und es ist wirklich gut, dass ich die Medikamente zum Impfen beschaffen kann.« Das war natürlich eine glatte Lüge. Die Medikamente waren beim Ablegen der Barrakuda nicht mit an Bord gegangen, weil sie in einem Handelsstreik festgesteckt hatten. Wir benötigten sie allerdings jetzt gar nicht, sie waren erst notwendig, sobald wir das erste Mal an einem der weit abgelegenen Handelsplaneten haltmachen würden. Trochtotit und Krims waren lange gefürchtete Krankheitserreger, mittlerweile gab es wirksame Impfstoffe. Wir würden also noch über ein Jahr Zeit haben, bis wir auf diese Medikamente zurückgreifen mussten.

»Für alle Fälle habe ich dir eine Freigabe für alle medizinischen Geräte erteilt.« Er würde die Crew bis zum Eintreffen eines neuen Arztes am Leben halten. Das hoffte ich zumindest. »Für alle aktuellen Patienten habe ich sämtliche Dinge dokumentiert. Die Medikamentengabe, die weitere Behandlung, alles was notwendig ist, wenn mir etwas passieren sollte.« Ich versuchte, ein ängstliches Gesicht zu machen, was mir mit Sicherheit extrem gut gelang. »Bei diesem Ausflug«, fügte ich hinzu, weil Rilke gar nicht reagierte. »Das ist ein gefährlicher Planet.«

Er sah mich die ganze Zeit lang an. Dann zitierte er leise Rilke: »Ich weiß nicht, was ich habe, mir ist ums Herz so schwer ...«

Ich blinzelte bei seinen Worten irritiert, und er verstummte. Um dann doch noch etwas zu sagen: »Pass gut auf dich auf!«

Ich versuchte, meine Verwunderung hinter einem Lächeln zu verbergen. »Danke«, sagte ich und nickte ihm zögerlich zu. Ich schnappte mir meinen Rucksack, verabschiedete mich innerlich von der Praxis und stiefelte zurück auf den Flur.

Die Barrakuda hatte einen großen Hangar, in dem kleinere Schiffe oder Shuttles andocken konnten. Er erstreckte sich über die rechte Außenseite des Schiffs und reichte über mehrere Etagen, deren einzelne Segmente nur durch Stahltreppen verbunden waren, was auf den ersten Blick als ziemlich fragile Konstruktion erschien. Es gab acht Tore, die mit leuchtenden Ziffern markiert waren. Unser Flug ging von

Gate sieben, und davor tummelte sich eine riesige Menschentraube. Offenbar war nahezu allen in letzter Sekunde noch eingefallen, was sie die nächsten Wochen und Monate keinesfalls entbehren konnten. Fragen wurden gerufen, Zettel gereicht.

Ein wenig hilflos blieb ich etwas abseits der vielen Menschen stehen, bis ein Crewmitglied energischen Schrittes auf mich zusteuerte und fordernd seine Hand ausstreckte.

»Ihr einziges Gepäck?«, fragte er mich knapp, und ich nickte ebenso knapp. Es fiel mir schwer, den Gurt meines Rucksacks loszulassen, aber offensichtlich hatte er vor, damit unter dem Arm davonzueilen. Ich hatte alles bedacht, aber nicht, dass es Gepäckkontrollen bei der Abreise geben könnte. Nervös blickte ich mich um, bis plötzlich Kiala mit einem breiten Grinsen im Gesicht neben mir auftauchte und mir freundschaftlich den Arm um die Schultern legte.

»Guck nicht so verzagt aus der Wäsche«, raunte sie mir ins Ohr, wobei mich ihre wilden Locken an der Wange kitzelten. Ihre fast zärtliche Nähe löste in mir ein Wirrwarr an Gefühlen aus. »Ich liebe den Mercado! Er ist bunt und nicht so steril wie die ganzen GU-Handelsplaneten. Dort findest du die ganze Bandbreite an Leben. Es ist herrlich, und ich wollte dir schnell noch etwas mit auf den Weg geben«, sagte sie und wurde plötzlich ernst, fast feierlich. »Ich finde, wir haben dieses Ritual großartig gemeistert. Du wusstest immer genau, was zu tun war. Es hat mich sehr beeindruckt.« Bei diesen Worten sah sie mir tief in die Augen, und ich wollte nichts anderes, als den Blick zum Boden senken.

Ich würde sie herb enttäuschen, der Schmerz darüber lag mir wie ein schwerer Stein im Magen.

»Das ist mir noch nicht passiert. Wir waren so harmonisch zusammen und brauchten keine Worte.« Jetzt lächelte sie.

Ich nickte stumm, unfähig etwas zu sagen, denn es stimmte. Johnsons Beisetzung war sehr würdevoll gewesen. Es war mir zugutegekommen, dass ich die alten Rituale von Kialas Religion durch meine Mutter kannte, die Zeit ihres Lebens eine bekennende Verehrerin von Mutter Erde gewesen war. Das Erdenfest im Juni spielte in meiner Kindheit eine sehr viel größere Rolle als Weihnachten. Ich kam nicht umhin eine Hand auf das kleine Medaillon an der Kette um meinen Hals zu legen, wie immer, wenn meine Gedanken zu meiner Mutter abschweiften.

»Und bin froh, dass ich auf dieser langen Reise eine Freundin gefunden habe«, sagte Kiala.

Ich schluckte trocken und schaffte es nur mit größter Mühe, ihrem liebevollen Blick standzuhalten. »Danke«, würgte ich dann hervor. Und im nächsten Moment standen plötzlich zwei Crewmitglieder vor mir.

»Dr. Greenwich«, sagte der eine von den beiden, und in seiner Stimme lag eine sonderbare Schärfe. Ich kannte ihn von den gemeinsamen Mahlzeiten. Sein Name war August Hepter. Ich hatte mich mit ihm über das Gärtnern und die literarische Auswahl in der E-Reader-Bibliothek der Barrakuda unterhalten. Aber von der damals so zugewandten Freundlichkeit war nichts geblieben. »Kommen Sie bitte mit«, sagte er kalt, und da er mich bei diesen Worten grob um den Oberarm fasste, war mir klar, dass es ein ernstes Problem gab.

Ich hatte auch vorher gewusst, was mein Plan für Folgen haben könnte. Aber als ich vor den beiden zutiefst erbosten Crewmitgliedern stand, bekam das Ganze noch mal eine andere Dimension, die meinen Puls zum Rasen brachte.

»Das Einführen nicht angemeldeter Waffen auf Planeten der Galaktischen Union ist unter erheblichen Strafen verboten«, sagte Hepter. »Wir werden gleich zur Landung auf einen Planeten außerhalb der GU ansetzen. Haben Sie auch nur ansatzweise eine Vorstellung, was das hier für Sie und damit auch für uns bedeuten würde? Als ein auf Lebenszeit eingetragenes Mitglied eines Kolonialschiffes haften wir für Sie!« Seine Stimme hatte sich bei den letzten Worten emporgeschraubt, und er starrte mich fast angewidert an. Der Mann neben ihm schwieg, hielt aber am ausgestreckten Arm meinen Rucksack, als könnte der demnächst explodieren.

»Waffen?«, fragte ich knapp und zwang mich mit aller Macht hinein in meine professionelle Rolle. »Das sind Skalpelle. Drei, um genau zu sein. Es ist Ihnen vielleicht nicht klar, aber ich habe lange als Militärärztin gearbeitet. Mein wichtigstes Handwerkszeug immer bei mir zu tragen, ist eine absolute Selbstverständlichkeit.« Meine klaren Worte bewirkten, dass Offizier Hepter wenigstens ein klein wenig ins Schleudern geriet.

»Das ist verboten und hätte angemeldet werden müssen«, sagte er und versuchte, sich auf die gültigen Regeln zu berufen.

»Das wusste ich nicht«, antwortete ich, während mir das Herz bis zur Schädelplatte schlug.

Sein Kollege ließ den Rucksack sinken, betrachtete mich aber weiterhin mit argwöhnisch hochgezogenen Augenbrauen, als würde er befürchten, dass jetzt ich mich entscheiden könnte, spontan zu explodieren. Offizier Hepter nahm ihm den Rucksack ab und drückte ihn mir unsanft in die Arme. »Die Waffen müssen da raus.«

»Skalpelle«, beharrte ich. »Ich habe damit Granatsplitter, Kugeln und allerlei andere Dinge, die nicht in den menschlichen Körper gehören, aus Soldaten herausgeholt. Ich nehme sie immer mit. Wer weiß, was passiert!« Verdammt! Ich brauchte diese Skalpelle.

Meine Worte hatten wenigstens ein Zucken im Gesicht meines Gegenübers erreicht. Er wusste, wovon ich sprach. Seine militärische Ausbildung sah man ihm in jedem Molekül seiner Existenz an, doch er biss einfach nur die Zähne zusammen und knurrte erneut: »Die müssen da raus.«

Genervt rollte ich die Augen. Ich konnte diese Rolle spielen, schließlich war ich in den letzten Monaten zu einer sehr passablen Lügnerin geworden.

»Alle Passagiere für den Flug nach Mercado Bigastor begeben sich bitte umgehend zu Shuttle Sallyfire. Ihr Flug startet in weniger als sieben Minuten.«

Kommentarlos leerte ich den Inhalt meines Rucksacks auf den Fußboden und riss dann mit einem beherzten Griff den doppelten Boden auf. Ich zog die aus Holz gefertigte Schmuckschatulle heraus und legte sie Offizier Hepter in die ausgestreckte Hand. Dann stopfte ich alles zurück, schloss den Reißverschluss mit Gewalt und warf mir den kleinen Militärrucksack über die Schulter.

Die beiden Offiziere waren wie verabredet einen Schritt zurückgetreten. Offizier Hepter sagte steif: »Ich nehme die Skalpelle in Verwahrung und gebe Sie Ihnen dann zurück.«

Ruckartig nickte ich. Es würde kein Zurück geben. Ich musste zusehen, mir so schnell wie möglich neue, hochwertige Skalpelle für menschliche Hände zu besorgen. Ich warf einen letzten Blick auf die vielen Menschen, die sich jetzt hinter der Sicherheitsabsperrung befanden und begierig auf das weit geöffnete Portal zur Sallyfire sahen. Kialas wirren

Lockenschopf konnte ich in der Menschenmenge nicht mehr entdecken und so schickte ich ihr in Gedanken einen letzten Gruß. Dann drehte ich mich energisch um und marschierte mit meinen anderen Mitreisenden ins Innere des Shuttleschiffs.

Es war erstaunlich klein, dieses Schiff. Vollgestopft mit Technik wirkte alles ein wenig zusammengebastelt, aber ich hatte nun wirklich keine Ahnung von der Materie. Die Sallyfire war erst das zweite Schiff, das ich jemals betreten hatte. Meine Mitreisenden und ich nahmen in dem schmalen Gang auf gegenüberliegenden ausklappbaren Sitzen Platz und schnallten uns an.

Mit mir reisten einige Crewmitglieder, einer der Gärtner und dann noch zwei Leute, die in der zentralen Beschaffung der Barrakuda arbeiteten. Fast alle von ihnen trugen Uniform, ich hatte mir das kleine ärztliche Abzeichen außen an meine Jeansjacke gesteckt. Der Pilot und der Co-Pilot wanderten scherzend und gemächlichen Schrittes zum Cockpit. Für sie schien das hier Alltag zu sein. Auch meine Mitreisenden machten keinen allzu gestressten Eindruck, nur mir brach langsam der kalte Schweiß aus. Die Barrakuda war direkt von den großen Docks in London aus gestartet. Das war der größte Lufthafen weltweit, der über enorme Kapazitäten verfügte und wo selbst große Schiffe problemlos bis knapp über den Erdboden gelangen konnten.

Die Außenluke wurde geschlossen, und ich spürte, wie die Triebwerke anfingen zu vibrieren. Wenige Minuten später schwebten wir rückwärts und tauchten schlagartig in die Dunkelheit ein. Der Innenraum war nur spärlich von einigen Notlichtern beleuchtet, die einen ungesunden blauen Schimmer auf die Gesichter meiner Mitreisenden warfen. Es gab für die Passagiere nur ein Oberlicht, und ich starrte auf die einzelnen hellen Sterne, die unsere Reise zum Handelsplaneten begleiteten. Niemand sprach. Alle schienen diesen Ausflug als Normalität zu empfinden, aber die meisten hier waren es wahrscheinlich tatsächlich gewohnt, sich im leeren Raum zu bewegen. Ich hingegen hatte es ja gerade mit größter Mühe geschafft, mich mehr oder weniger an die Barrakuda zu gewöhnen.

Außer dem Dröhnen der Triebwerke war es still um mich herum, jeder schien seinen Gedanken nachzuhängen. Ich fühlte mich schwer und lehnte den Kopf an die gepolsterte Stütze hinter mir. Erschöpft schloss ich die Augen. Der Schlafmangel der vergangenen Wochen griff jetzt nach mir, und ich erlaubte mir, mich dieser Müdigkeit hinzugeben.

Dementsprechend unsanft wurde ich kurze Zeit später durch eine Durchsage der bordeigenen KI geweckt. »Bitte nehmen Sie jetzt wieder Ihre Plätze ein. Wir beginnen mit dem Eintritt in die Atmosphäre von Mercado Bigastor. Das kann zu schweren Erschütterungen führen, deswegen kontrollieren Sie erneut Ihre Anschnallgurte und bleiben Sie auf Ihren Plätzen.«

Etwas unbeholfen nestelte ich an den Verschlussgurten herum, dann rieb ich mir über das Gesicht. Das Schiff begann lauter zu brummen, und ich hob den Kopf und suchte Blickkontakt zu meinen Mitreisenden. Immer noch wirkten alle völlig entspannt.

Im nächsten Moment traf etwas das Schiff wie ein Kinnhaken. Ich biss mir bei dieser Erschütterung fast auf die Zunge. »Ist das normal?«, fragte ich in die Stille hinein.

Der Mann neben mir sah mich von der Seite an. »Der

Eintritt in fremde Atmosphären ist meistens etwas rumpelig. Kein Grund zur Sorge.«

Der nächste Schlag traf das Schiff, und ich versuchte ihn auszugleichen, indem ich jeden Muskel in meinem Körper anspannte.

»Sie sind ein Erdling«, brummte der Mann neben mir belustigt.

Ich hatte schon eine bissige Bemerkung auf der Zunge, die ich mir dann aber lieber verkniff, aus Angst, mir eben diese abzubeißen, denn wir wurden ein paarmal hin und her geschleudert, als würde ein Riese uns mit einem Baseballschläger verdreschen. Ich hätte genau in diesem Moment gerne eine Hand gehabt, an der ich mich hätte festhalten können. Irgendeine Form menschlichen Kontakts. Aber in diesem Shuttle schien niemand großes Interesse an mir zu haben. Meine Mitreisenden blieben in sich gekehrt, starrten auf den Boden und reagierten fast überhaupt nicht auf die Erschütterungen, die unseren Weg begleiteten.

Ein paar Minuten später, während ich mich an meinem Sitzgurt festklammerte, bis mir die Hände wehtaten, wurde es besser.

»Der Eintritt in die Atmosphäre ist beendet. Wir werden in wenigen Minuten im Raumhafen eins von Mercado Bigastor landen. Wir wünschen Ihnen einen schönen Aufenthalt und bitten Sie, die Sicherheitsregeln einzuhalten.«

Das Außenlicht, das durch die Lichtbänder zu uns fiel, änderte sich schlagartig. Die Dunkelheit wich einem durchdringenden Grau, und das war weit entfernt von jeglichem Tageslicht, das ich kannte.

Die weitere Reise verlief ereignislos. Wenige Minuten später verharrte das Schiff erst regungslos in der Luft, dann sank es langsam ab, um mit lautem Getöse in die Haltebucht zu manövrieren. Meine Mitreisenden schnallten sich ab, sammelten ihr Gepäck ein und stellten sich geordnet hintereinander auf. Die Triebwerke erstarben und die Vibration des Schiffes endete schlagartig. Meine Füße kribbelten, und ich griff mit einer Hand Halt suchend an die Wand neben mir. Die Tür wurde von außen geöffnet, und meine Mitreisenden setzten sich langsam in Bewegung.

Ich trat einen Schritt beiseite und wartete ab. Ich hatte es tatsächlich auf diesen fremden Planeten geschafft, schlagartig verließ mich der Mut. Denn in wenigstens vier Stunden, dann wenn das Shuttle erneut aufbrechen würde, wäre mein Status als Abtrünnige klar definiert. Dann war ich Freiwild. Ich warf einen Blick auf meine Uhr am Handgelenk. Jeder von uns trug sie, sie war mit einem Peilsender, einer direkten Sprachverbindung zur Barrakuda und einem Countdown versehen. Unbemerkt hatte der sich bei unserer Landung in Bewegung gesetzt und zählte nun die Stunden hinunter: Mir blieben noch drei Stunden und einundfünfzig Minuten.

KAPITEL ACHT

»Dr. Greenwich?«
Ich hob den Kopf. Der Captain des Shuttles stand neben mir. Ich war mittlerweile allein im Passagierraum.

»Ist Ihnen der Eintritt in die Atmosphäre nicht gut bekommen?«

Ich schüttelte den Kopf. »Nein,« erwiderte ich so gelassen wie möglich und ließ endlich die Wand los. »Es geht mir gut. Ich wollte nur den ersten Ansturm abwarten.« Ich schaffte es sogar, so etwas Ähnliches wie ein Lächeln in mein Gesicht zu zaubern.

Der Mann neben mir nickte freundlich und hob die Hand, um mir den Vortritt zu lassen. »Sie wissen, wie das läuft?«, fragte er, während ich durch die große Schleusentür trat und im nächsten Moment auf Betonboden stand.

Ich hatte das erste Mal seit Wochen festen Boden unter den Füßen. Ich atmete tief durch. Die Luft roch staubig. Etwas irritiert stand ich einen Moment regungslos, dann räusperte ich mich und drehte mich zum Shuttle-Captain um. »Verraten Sie es keinem, aber ich weiß es nicht.«

Er lachte. »Ich weiß, dass Sie von der Erde kommen. Es ist eine ganz schöne Umstellung. Sie müssen sich da vorn an dem Schalter mit Ihrer ID registrieren und Angaben machen, ob Sie etwas einführen.« Er deutete hinter mich, und ich blickte in die Richtung. Kleine Häuschen standen dort, vor denen sich lange Schlangen gebildet hatten.

»Viele Unionsplaneten verlangen eine komplette Gesundheitsüberprüfung. Manchmal sogar einen Quarantäneaufenthalt von mehreren Tagen. Die kleinen, abgelegenen Planeten außerhalb halten sich mit solchen Dingen nicht auf. Jeder der kommt, hält das System am Laufen, indem er Handel betreibt. Zumal hier so viele Spezies unterwegs sind, dass eine konsequente Kontrolle gar nicht möglich ist. Wie Sie wahrscheinlich in der Broschüre gelesen haben, halten Sie sich einfach an die üblichen Hygienevorschriften. Also die Hände regelmäßig desinfizieren, bestenfalls nichts essen und trinken. Das wissen Sie als Ärztin natürlich viel besser als ich.« Er schenkte mir ein Lächeln.

»Danke«, sagte ich und meinte es aus tiefstem Herzen. Er wirkte durch und durch freundlich, und für einen Moment hätte ich mich gerne bei ihm entschuldigt. Für die Unannehmlichkeiten, die ich im weiteren Verlauf dieses Tages für ihn und die gesamte Barrakuda bringen würde.

»Genießen Sie den Ausflug. Halten Sie sich von den in der Karte als gefährlich markierten Gebieten fern, und ansonsten erfreuen Sie sich daran, der Enge des Schiffs mal zu entkommen. Bis später. Ich muss jetzt los, mich um die Ersatzteile kümmern.« Schwungvoll drehte er sich um und stiefelte in die entgegengesetzte Richtung zu den großen Hangars, die sich am Rand der einzelnen Haltebuchten befanden. Wenige Meter später stoppte er abrupt und machte auf dem Absatz kehrt. Direkt vor mir blieb er stehen. »Falls es ein Problem gibt ...«, fing er zögerlich an, und mein Herz rutschte schlagartig durch bis zu meinen Fußsohlen. »Also wenn Sie ein Problem haben sollten«, konkretisierte er sich und hob jetzt den Kopf, um über meine Schulter zu sehen. »Sie haben jederzeit die Möglichkeit, sich an den RIX zu wenden.« Seine Stimme wurde ein wenig leiser, und irritiert blickte ich ebenfalls über meine Schulter.

Und da stand er. Der RIX. Er trug seine schwarze Uniform und um den Hals ein hochgeschlossenes Tuch, vielleicht, damit man das Exoskelett an seinem kahlen Schädel nicht auf den ersten Blick sah. Offenbar war er im Cockpit mitgereist.

»Er ist auch außerhalb der Union ...« Mein Gegenüber schien über das richtige Wort nachzudenken und fuhr dann fort: »... gefürchtet und sollte Probleme relativ schnell lösen können.« Der Ausdruck auf seinem Gesicht zeigte mir deutlich, dass auch er ihn fürchtete, dann nickte er mir noch einmal zu, drehte sich wieder um und ging.

Der RIX stand immer noch an Ort und Stelle. Ich konnte noch nicht einmal sagen, ob er mich direkt ansah, sein Blick wirkte irgendwie diffus. Kurzerhand straffte ich die Schultern, ignorierte ihn und begab mich zu den kleinen Häuschen, bei denen man sich anmelden musste.

Die Schlange hatte sich mittlerweile aufgelöst, und so konnte ich direkt vorgehen, bis ich vor einem Roboter stehen blieb, der wie im Fahrkartenhäuschen für das Kettenkarussell auf der Kirmes hinter einer Glasscheibe saß. Er hätte mir auch locker Zuckerwatte verkaufen können, so aber sagte er mit einer knarzigen Computerstimme: »Willkommen auf Mercado Bigastor! Bitte nennen Sie die Sprache, die Sie sprechen.«

»TEX«, antwortete ich.

»Halten Sie Ihr Handgelenk zur ID-Prüfung über den Scanner.«

Ich tat, was er sagte, und hielt meinen Arm über das kleine schwarze Gerät, das sich zwischen uns befand. Es piepte ein paarmal.

»Dr. Greenwich. Wir wünschen Ihnen einen angenehmen Aufenthalt. Bitte beachten Sie, dass einige Waren, die auf diesem Planeten erworben werden können, nicht in die GU eingeführt werden dürfen. KIs und organische Substanzen, wie Pflanzen und Insekten, dürfen Sie nur nach vorheriger Anmeldung und Prüfung über die GU-Einfuhrbehörden ausführen. Sollten Sie nicht vorhaben, auf einen Planeten innerhalb der GU zu reisen, spielt das keine Rolle. Einen angenehmen Aufenthalt!«

Fast hätte ich mich bei ihm bedankt, doch dann besann ich mich und ging durch das Schleusentor, das sich mit einem lauten Zischen hinter mir wieder schloss.

Das Erste, was mir auffiel, war der Gestank. Es roch nach faulen Eiern, fremden Gewürzen und andersartigen Spezies. Ich hatte in meinem kolonialen Seminar gelernt, dass fremde Spezies oftmals auch sehr fremd rochen. So überwältigend hatte ich mir das allerdings nicht vorgestellt. Über mir hob sich ein grauer, wolkenloser Himmel. Gleich drei Sonnen spannten sich über das Firmament, aber ihre Strahlen schienen kaum zu wärmen, denn es war erstaunlich frisch. Vor mir erstreckte sich ein weitläufiger Straßenzug. Es gab keinen Asphalt, nur staubige, fest getretene Erde, auf der links und rechts vor den einstöckigen Gebäuden die Händler ihre Waren feilboten.

Ich gönnte mir ein paar Sekunden, um diesen Anblick aufzunehmen. Menschen sah ich nur wenige, das Straßenbild wurde dominiert von Petontos, die in ihrer echsenartigen Erscheinung völlig fremd auf mich wirkten. Einige Händler schienen Korbas zu sein, die wesentlich menschlicher aussahen, aber vom Körperbau her entweder sehr viel größer oder sehr viel gedrungener waren als Menschen von der Erde. Ihre Gene entstammten zwar Mutter Erde, aber ihre Wuchsform hatte sich über die Jahrhunderte ihren neuen Heimatplaneten angepasst. Viele trugen farbenfrohe Gewänder, ein krasser Gegensatz zu dem einheitlichen Ockerton der Häuser und der Straßen. Viele hatten sich bunte Tücher vors Gesicht gebunden, vermutlich wegen der staubigen Atmosphäre.

Ein kleiner, gedrungener Korbas pirschte sich an mich heran und schenkte mir ein strahlendes Lächeln. In fließendem TEX fragt er mich: »Sind Sie auf der Suche nach etwas Bestimmten, werte Dame?« Er blinzelte mich mit erstaunlich blauen Augen an, und ich sah auf ihn hinunter. Er ging mir knapp bis zu Hüfte. Was seiner charmanten Ausstrahlung keinen Abbruch tat.

»Nein, danke«, sagte ich knapp.

»Brauchen Sie eine Empfehlung für eine Lokalität? Ein wenig Spaß?« Er zwinkerte mir zu. »Einen Händler für Waffen? Kleidung?« Er hob den Zeigefinger und deutete auf meine schlichte Garderobe. »Ein wenig mehr Farbe für die Dame?«

»Nein, danke«, wiederholte ich mechanisch, aber er ließ nicht locker.

»Kostet fast nichts, wenn ich Sie führe!«

Ich sah ihn ernst an, für den Fall, dass er vorhatte, noch aufdringlicher zu werden.

Doch im nächsten Moment machte er einen Satz nach hinten und verschwand wortlos in der Menge. Erstaunt sah ich ihm hinterher, bis mir klar wurde, dass es einen Grund für sein spontanes Verschwinden gegeben hatte. Der RIX war neben mir aufgetaucht.

»Könnten Sie bitte damit aufhören? Einfach so aufzutauchen?«, fragte ich leise, aber scharf. Der Kerl fehlte mir gerade noch zu meinem Glück. Seine Anwesenheit machte mir schlicht und ergreifend Angst. Genauso wie dem Shuttle-Captain und dem Korbas.

Er reagierte allerdings wieder überhaupt nicht. Als wäre ich Luft. Er stand einfach so da.

Und dann seufzte er tief und sah mich das erste Mal richtig an. Unsere Blicke trafen sich, und für einen kurzen Moment sah er sehr menschlich aus. Ich hätte ihm gerne gesagt, dass er doch genau wusste, was ich vorhatte. Dass uns beiden klar war, dass dies für mich der geeignetste Moment war, um abzuhauen. Er hatte ja immer noch Rilke, der ihm das Tritostad weiterhin spritzen würde, denn die Literatur der Erde war unerschöpflich, und das würde die kleine KI sicherlich dazu bringen, alles in ihn hineinzuspritzen, was der RIX wollte.

Aber ich schweig, denn es in Worte zu fassen, hätte es noch realer gemacht. Deswegen nickte ich ihm nur knapp zu und drehte mich dann abrupt um, um die staubige, mit sonderbaren Wesen gefüllte Straße hinunterzustapfen. Ich musste hier weg. Weg von dem RIX, der meinen Plan kannte, der gefährlich für mich war.

Nur wenige Meter später war ich in der Menge untergetaucht und versuchte, meinen rasenden Herzschlag unter Kontrolle zu bringen. Ich hatte das Gefühl, schlecht Luft zu bekommen, aber das kannte ich von der Erde. War bei mir der Stresslevel um ein gewisses Maß überschritten, bekam ich Atemnot. Ein bescheuertes, psychosomatisches Problem.

Ich zog meinen AD aus der Tasche und versuchte, mich zu orientieren. Mercado Bigastor war nur auf der Nordseite bewohnt. Er bestand quasi nur aus dieser einen riesigen Stadt, deren Straßen aus der Vogelperspektive alle gleich aussahen. Gesäumt von eingeschossigen, ockerfarbigen Häusern, die auf den Satellitenbildern fast nicht zu erkennen waren, denn der ganze Planet bestand aus schmutzig gelbem Sand. Meine einzige Möglichkeit, von hier wegzukommen, war der Raumhafen Trixol, Raumhafen Nummer zwei, der ganz am Ende im Westen der Stadt lag. Von hier flogen in regelmäßigen Abständen Handelsschiffe in alle möglichen Galaxien, zu allen möglichen Planeten. Mein nächstes Ziel war Orgon. Ein kleiner Mond, von dem aus viele Schiffe auch nach Korps flogen.

Ich blieb einen Moment an der Hausecke stehen und gab mir Mühe, tief durchzuatmen. Die Panik, die die ganze Zeit unter der Oberfläche geschlummert hatte, versuchte sich nun mit aller Macht in die Freiheit zu kämpfen. Mir war nämlich klar, dass ich zwar irgendwie einen Plan hatte, nur überhaupt keine Vorstellung, wie ich ihn in die Tat umsetzen konnte. Selbst wenn dieser Planet nicht zur GU gehörte und ich überall gelesen hatte, dass die Kontrollen eher lasch waren, wie sollte ich auf die Schnelle die ID an meinem Handgelenk austauschen? Der kleine Chip lag zwar direkt unter der Haut, trotzdem würde ich einen Schnitt machen müssen. Und ich konnte mich nur hüten, das mit irgendwelchen Gerätschaften zu tun, die ich nicht persönlich sterilisiert hatte, bei denen ich nicht genau wusste, aus welchem Material sie bestanden.

Ich legte eine Hand an die warme Hausmauer neben mir.

Mein Mund war plötzlich ganz trocken. Vielleicht sollte ich einfach diese verdammten Impfstoffe besorgen, auf die Barrakuda zurückkehren und auf die nächste Möglichkeit hoffen. Mein Herz krampfte sich schmerzhaft zusammen, und ich schnappte nach Luft.

Eine Flasche Wasser schwebte plötzlich in mein Sichtfeld. »Geht es Ihnen nicht gut?« Neben der Flasche Wasser tauchte jetzt ein junger Mann auf, der mich prüfend musterte. Er gehörte zu der Sorte schön und reich und wirkte in seinem teuren Zwirn völlig fehlplatziert auf diesem staubigen Planeten. Er war durch und durch ein Mensch, stammte mit einhundertprozentiger Sicherheit von der Erde. Aus einem der privilegierten Habitate im Norden des ehemaligen Europas.

Mit zitternden Fingern griff ich nach der Flasche und nahm ein paar tiefe Schlucke. »Nur ein bisschen Kreislauf, danke«, sagte ich und reichte sie ihm zurück.

Er beugte sich ein wenig zu mir, und ich musste zugeben, dass er das bisher wohlriechendste Wesen auf diesem Planeten war. Also zumindest für meine menschliche Nase.

»Wenn man lange in künstlicher Schwerkraft gelebt hat, ist die Umstellung oftmals körperlich sehr anstrengend. Mercado Bigastors Schwerkraft liegt ein wenig unterhalb derjenigen der Erde und damit auch unterhalb der künstlichen Gravitation auf den meisten Schiffen im All.«

Ich nickte. Das wusste ich natürlich, aber er schien Freude daran zu haben, es mir zu erklären.

»Ich bin Arzt«, sagte er im nächsten Moment und reckte dabei doch tatsächlich ein klein wenig das Kinn. »Wenn Sie möchten, kann ich Sie untersuchen. Ich suche sowieso grade nach einer neuen Herausforderung. Da kommen Sie ganz recht.« Ich versuchte zu lächeln, was vermutlich misslang. Er wirkte überhaupt nicht wie ein Arzt. Und wenn, wäre ich doch keine Herausforderung. So ein kleiner Kreislaufkollaps war doch nun wirklich nichts, womit man sich lange aufhielt. Auch wenn ich ihm offenbar die Langeweile damit vertriebe.

»Das ist ja interessant«, sagte ich matt.

»Ich war jetzt lange genug auf den Kolonien, Monden und Planeten außerhalb der GU unterwegs, es wird Zeit, endlich mal wieder einen richtigen Job anzunehmen.« Er grinste und entblößte zwei Reihen strahlender Zähne.

Ich drehte mich schnell ein wenig von ihm weg und zupfte an meinem Schal, damit er über mein Abzeichen der Barrakuda fiel. »Wo haben Sie studiert?«, fragte ich scheinbar interessiert, und in seinen Augen blitzte es auf. Er redete gerne über sich, aber vielleicht war er trotzdem ein guter Arzt. »Auf der Erde. In London. Wohl eine der renommiertesten Unis der Erde.«

Ich nickte. »Und jetzt sind Sie gereist?«

»Quer durch die Galaxie. Ich habe zwei Jahre als transplanetarer Arzt Erfahrungen gesammelt. Eine wichtige Aufgabe. Viele der Kolonien sind so bettelarm, da bleibt kein Akademiker länger. Und eine Check ist meistens auch nicht vorhanden. Es sind zum Teil schlimme Zustände außerhalb der GU.« Sorgenvoll zog er die Augenbrauen zusammen, und ich konnte ihm da nur zustimmen. Die ärztliche Versorgung lag auf den meisten Planeten weit unterhalb des Standards. Vielleicht hatte ich ihn falsch eingeschätzt.

Ich räusperte mich. »Da liegt ein Shuttle am Raumhafen. Es gehört zu der Barrakuda, und ich habe gehört, dass sie einen neuen Schiffsarzt suchen.« Vielleicht brachte ich mich gerade in Teufels Küche. Aber ich konnte nicht anders.

»Oh!« Seine Augenbraue hob sich. »Auf der Reise zu

einem weit abgelegenen Kolonieplaneten?«, fragte er auch gleich. »Ich habe davon gehört, dass einige Schiffe auf der Erde aufgebrochen sind.«

»Padas«, erwiderte ich.

»Wow!«, sagte er. »Von diesem Planeten habe ich auch schon gehört. Soll erdähnlich sein und ist tatsächlich unter der Regierung der Erde geblieben. Was auch immer sie dafür getan haben.« Nachdenklich betrachtete er mich. »Und was ist mit dem aktuellen Schiffsarzt passiert?«

Mir lief es kalt den Rücken hinunter, doch ich zuckte betont gleichmütig die Schultern. »Das weiß ich leider nicht. Aber Sie können ja fragen. Ich zumindest muss jetzt weiter und noch ein paar Dichtungsringe besorgen. Mein Handelsschiff liegt oben und wartet auf mich.«

»Sie sind doch keine Tech.« Verwundert betrachtete er mich.

Ich schenkte ihm einen koketten Augenaufschlag. »Natürlich bin ich das.« Und mit diesen Worten sah ich zu, dass ich Land gewann.

Nachdem ich zwei größere Straßen überquert hatte, blieb ich erneut stehen, um mich auf der Karte meines ADs zu orientieren. Irgendwie musste ich nach links abbiegen. Ich atmete tief durch und stiefelte weiter. Die Atemnot hatte sich durch das Wasser gebessert, und die drei Sonnen schienen im Laufe der Zeit an Wärme gewonnen zu haben, deswegen lockerte ich meinen Schal ein klein wenig. Im Laufen löste ich das Abzeichen an meiner Brust und steckte es mir in die Hosentasche. Es war vermutlich ab sofort besser, wenn man mich nicht als Crewmitglied der Barrakuda identifizieren konnte.

Das ganze Gewimmel um mich herum schien noch dichter geworden zu sein. Während ich strammen Schrittes weiterlief, entdeckte ich ein Wesen, von dem es noch nicht mal ein Abbild bis zur Erde geschafft hatte. Behaart, riesig und mit dem Ansatz eines Rüssels im Gesicht. Dieses Wesen stand auf säulenartigen Beinen neben seinem Verkaufsstand und bewachte die Auslage, irgendwelchen Technikkram. Vor mir lief eine Gruppe von Wesen, deren Körper komplett mit einer Art Rüstung bedeckt waren, die im Licht der drei Sonnen grell glitzerten. Sie liefen langsam, fast wie Menschen bei einer Shoppingtour oder einem Sonntagsspaziergang, und ich schob mich vorsichtig an ihnen vorbei, darauf bedacht, sie nicht zu berühren.

An der nächsten Ecke bog ich wieder nach links ab, in eine Gasse, die aussah wie die, aus der ich kam. Hier gab es noch mehr sonderbaren Wesen, die zum Glück keinerlei Notiz von mir nahmen. Ich war hier nur einer von vielen Erdlingen, die trotzdem bei Weitem in der Unterzahl waren.

Plötzlich sprang mir jemand direkt vor die Füße. Erschrocken machte ich einen Schlenker nach links, aber er folgte mir. Ich tat, als würde ich ihn nicht bemerken, dabei fiel mir auf, dass dieser Jemand eine Art offizielle Uniform trug. Menschlich war er nicht. Dafür war er zu groß, zu schlaksig gebaut. Sein Gesicht konnte ich nicht erkennen, es war hinter dem Visier eines Helms verborgen. Mein Herz fing an zu wummern, doch ich tauchte wieder in die Menge ein und versuchte, mich noch schneller zwischen den verschiedenen Wesen hindurchzubewegen. Es gelang mir, bis mich eine eisenharte Hand an der Schulter packte.

KAPITEL NEUN

Die Hand packte mich so fest, dass ich mich keinen Millimeter mehr bewegen konnte. Das Abzeichen an seiner schwarzen Kleidung konnte ich nicht zuordnen, aber es wirkte offiziell. Weil er so groß war, blieb mir nichts übrig, als den Kopf in den Nacken zu legen und zu ihm aufzublicken. »Was soll das?«, schnauzte ich, woraufhin er aber nur den Druck erhöhte, und ich schmerzhaft die Zähne zusammenbiss. Er sagte etwas, was ich nicht verstand, und zwang mich an den Rand der Straße.

»TEX?«, stieß ich zwischen zusammengebissenen Zähnen hervor, aber das schien nicht seine Sprache zu sein, denn seine Antwort war ein unartikuliertes Grunzen. Ich überlegte kurz, laut zu schreien, befand dann aber, dass ich abwarten sollte. Aufmerksamkeit war nicht das, was ich gebrauchen konnte. Also blieb ich für den Moment still und versuchte, nur durch eine Bewegung meiner Schulter dem schmerzhaften Druck zu entkommen.

Wieder sprach er mit mir.

»Ich verstehe Sie nicht!«, sagte ich so klar und deutlich, wie es mir möglich war. »Ich spreche nur TEX!«

»Gibt es ein Problem? Ich kann übersetzen.« Ein freundlich dreinblickender Kerl pirschte sich vorsichtig an uns heran. Er hatte sich einen bunten Schal um den haarlosen Schädel gewunden und trug über dem feisten, runden Körper einen ebenso bunten Kaftan. Der uniformierte Kerl grunzte irgendetwas, und auf dem freundlichen Gesicht meines Gegenübers zeigten sich ein paar tiefe Falten neben dem Mund.

»Aha«, murmelte er, dann sah er mich an. »Er sagt, dass Sie eine«, an dieser Stelle räusperte er sich und sprach plötzlich ganz leise, »Abtrünnige seien.«

Ich schnappte nach Luft, woraufhin er mich interessiert musterte. »Sind Sie das?«, flüsterte er und legte den Kopf schräg.

Ich atmete prustend aus. Ich war am Arsch. Dabei war ich gerade mal seit einer halben Stunde auf der Flucht.

Mein Gegenüber wartete offenbar tatsächlich auf eine Antwort, denn er wiederholte seine Frage. »Sag mir, Menschenfrau. Bist du eine nach menschlichen Regeln Abtrünnige?«

Der uniformierte Kerl regte sich nicht. Er hielt mich einfach nur fest. Weder erhöhte er den Druck noch veränderte er die Position seiner Hand. Er schien auf irgendetwas zu warten. Ich blickte hoch zu dem hinter dem Helm versteckten Gesicht, dann wieder zu dem Mann mir gegenüber. »Ich muss meinen kleinen Bruder retten. Er ist ein verwundeter Soldat. Er wird sterben, wenn ich nicht rechtzeitig zu ihm komme«, brachte ich schließlich hervor. Ich würde aus dieser Situation nicht herauskommen, zumindest nicht ohne Hilfe. Der Einzige, der mir momentan helfen konnte, war der bunte Vogel vor mir.

Nachdenklich nickte er, dann übersetzte er. Die Grunzlaute klangen anders bei ihm, was auch immer das für eine Sprache war, es war nicht seine Muttersprache. »Eine Familienangelegenheit, ja?«, fragte er dann wieder und legte mir ganz unerwartet eine Hand auf die andere Schulter. »Wir hier auf Mercado Bigastor verstehen etwas von Familie. Aber die GU ist bei Abtrünnigen immer sehr entschlossen. Er ist aber gar keiner ihrer Beamter.« Er nickt zu dem Uniformierten hinter mir, der sich sonderbar still verhielt. »Er ist hier nur allgemein für die Sicherheit zuständig. Man sucht Sie also? Dann ist sicherlich gleich Verstärkung hier. Trixol ist der nächste Raumhafen, um von hier wegzukommen. Die großen Schiffe legen immer im anderen Hafen an, deswegen wäre Trixol besser für Sie geeignet. Da gehen immer Schiffe ab. Ist natürlich jetzt ein bisschen schwierig, wenn man Sie sucht. Dann schließen sie zuweilen auch die Raumhäfen. Die GU hat einen langen Arm. Selbst hier mittlerweile, was uns Bigastoranern gar nicht gefällt.«

Das waren sehr ermutigende Neuigkeiten. Ich spürte, wie ein leichtes Zittern von mir Besitz ergriff.

»Die GU mischt sich in viele Dinge ein. Auch in Familien. Sie haben die Macht in weiten Teilen der Galaxie und machen, was sie möchten. Manchmal töten sie Abtrünnige auch direkt«, sagte mein Gegenüber leise. Aus dem Augenwinkel glaubte ich, ein bekanntes Gesicht erkannt zu haben. Ich drehte den Kopf und entdeckte jemanden von der Barrakuda, der etwas abseits stand und das ganze Schauspiel verfolgte. Zusammen mit mittlerweile bestimmt hundert anderen Wesen. Es hatte sich ein richtiger Auflauf um uns herum gebildet. Jetzt hörte ich auch das leise Gemurmel in verschiedenen Sprachen. Den Arzt entdeckte ich ebenfalls. Er stand direkt neben gleich drei weiteren Leuten von der Crew. Auf seinem Gesicht lag ein leichtes Lächeln. Das Arschloch hatte offenbar eins und eins zusammengezählt und mich dann kurzerhand verpfiffen.

»Ich muss hier weg« keuchte ich, und der bunte Vogel vor mir nickte.

»Ganz genau. Denn die Truppen sind unterwegs. Und Sie suchen wirklich Ihren Bruder? Wie ist sein Name?«

Ich zögerte einen Moment. Das hier war ein gefährliches Spiel mit ungewissem Ausgang. »Jamie«, antwortete ich dann. Ich konnte nur noch auf eine Karte setzen. »Ich habe ein Bild von ihm auf meinem AD. Er liegt jetzt im Heilschlaf auf Korps. Aber er braucht mich. Ich bin Ärztin.«

»Der, der Sie festhält, ist nicht die hellste Kerze auf dem Kuchen. Ein Cortisander. Die sind alle eher schnell als schlau. Weswegen sie so gerne für die GU oder anderen Institutionen arbeiten, bei denen es viele Regeln gibt, die man einhalten kann. Dann muss man nicht so intensiv selbst denken«, sagte er leise und in freundlichem Tonfall, als würde er mir etwas über das Wetter auf diesem Planeten erklären. »Die arbeiten immer alles seriell ab. Würden jetzt hinter seinem Rücken zwei Bigastoraner anfangen, sich zu streiten, würde er sich diesem Problem widmen.« Arglos lächelte er mich an, dann sah er mir über die Schulter und nickte. Und im selben Moment begannen hinter meinem Rücken zwei Wesen damit, sich in einer völlig unerklärlichen Sprache anzubrüllen. Der Griff des Uniformierten lockerte sich, während er den Kopf drehte. Sogleich trat der bunt gewandete Mann auf mich zu und legte den Arm um meine Schulter. Dann sagt er etwas in dieser Grunzlautsprache, und der Uniformierte ließ mich schlagartig los, um sich auf dem Absatz umzudrehen und zu den Streithähnen zu eilen.

Mein Retter in der Not hielt sich nicht lange auf. Er stieß mich von sich und rief: »Lauf! Trixol ist noch geöffnet!«

Ich rannte. Stolperte erst über meine eigenen Füße, rappelte mich hoch und lief. Die vielen Wesen vor mir öffneten mir einen Korridor, der sich direkt hinter mir wieder schloss.

Von irgendwoher hörte ich den Ruf: »Haltet sie auf!«

»Was hat sie getan?«, riefen einige auf TEX.

»Sie ist eine Abtrünnige!«, brüllte jemand. Vermutlich eines der Crewmitglieder. Drecksack. Aber recht hatte er. Ich lief nun um mein Leben.

»Lauf, Menschenfrau!«, rief jemand.

Von irgendwo sprang ein Händler auf die Straße und deutete mit wilden Zeichen nach rechts. »Lauf!«, rief auch er, und aus dem Augenwinkel sah ich, wie sich hinter mir die Massen immer dichter schlossen. Ich bog also nach rechts ab und rannte, bis meine Lungen brannten. Niemand stand mir mehr im Weg. Offenbar war man hier auf meiner Seite.

Ich bog um die nächste Ecke, zwischen zwei eng stehenden Häusern. Die kleine Gasse war völlig leer, trotzdem lief ich nicht langsamer. Im nächsten Moment verlor ich auf dem verdammt staubigen Boden den Halt und schlug der Länge nach hin. Der Schmerz presste mir den Sauerstoff aus den Lungen, doch noch bevor ich wieder auf die Beine kam, tauchten zwei Stiefel vor mir auf. Arbeitsstiefel in Schwarz mit verstärkten Sohlen und roten Schnürsenkeln. Solche hatte ich auch.

Ruckartig riss ich den Kopf hoch. Über mir stand der Captain des Shuttles. Er blickte mit eisigem Blick auf mich herab, eine offenbar geladene und entsicherte altertümliche

Schusswaffe in der Hand. Deren Lauf auf meinen Kopf zielte.

Allerdings zitterte seine Hand. Ich zog es vor, mich erst mal nur auf die Knie hochzurappeln und ihm dabei weiterhin fest in die Augen zu sehen. Vermutlich war es nicht leicht, jemanden zu erschießen, der einen direkt ansah. Zumindest hoffte ich das.

»Das hätte ich nicht von Ihnen gedacht«, sagte er dumpf.

»Ich hatte keine andere Wahl«, murmelte ich.

»Ich werde Sie der GU übergeben. Die soll Sie anklagen oder direkt erschießen. Es ist mir egal. Offenbar hatten Sie vor, uns alle im Stich zu lassen.« In seinem Gesicht arbeitete es. Echte Abscheu zeigte sich in seinen Zügen.

Ich versuchte, tief Luft zu holen, denn die panische Atemlosigkeit griff wieder nach mir. »Meine KI hat sämtliche Daten und Zugriff auf das gesamte medizinische Equipment. Sie hätte Sie fürs Erste gut versorgt. Außerdem wird doch derjenige, der mich verraten hat, als Schiffsarzt einspringen. Es ist alles gut!« Jetzt endlich stand ich auf und straffte ein wenig die Schultern.

Er lachte, allerdings klang es kalt. »Sie sind eine Abtrünnige. Sie sollten wissen, was das bedeutet.«

»Können Sie vielleicht die Waffe herunternehmen? Es sieht nicht so aus, als ob ich noch fliehen könnte, und einfach explodieren werde ich wohl auch nicht.«

Er zögerte noch einen Moment, dann senkte er tatsächlich die Hand mit der Waffe, die immer noch zitterte. Er öffnete den Mund, dann weiteten sich seine Augen. Und einen Atemzug später lag er im Staub.

Ich starrte ihn an. Er war einfach umgefallen. Die Waffe lag keinen Meter neben seiner ausgestreckten Hand. Er hatte die Augen geschlossen, sein Gesicht war völlig reglos.

Hinter mir stand jemand. Das konnte ich spüren. Klar und deutlich. Aber ich brachte nicht den Mut auf, mich umzudrehen.

»Die werden Sie umbringen«, sagte dieser Jemand trocken, und nun drehte ich doch wenigstens den Kopf. Der RIX stand hinter mir. Er hatte sich den Schal über das Gesicht gezogen, sodass nur noch seine grauen Augen sichtbar waren.

Ich blickte wieder zurück auf den im Staub liegenden Captain des Shuttles. »Haben Sie ihn umgebracht?«, fragte ich leise.

»Sediert«, sagte er knapp.

Ich sah ihn wieder an. Er hielt eine Waffe verborgen in der linken Hand.

»Und jetzt? Übergeben Sie mich den Behörden?« Ich schluckte. Ich war auf ganzer Linie gescheitert. Schlicht und ergreifend am Arsch.

Er sah mich an, in seinen Augen lag kein Gefühl, nichts, was darauf hindeutete, was er vorhatte.

Ein grelles Surren zischte plötzlich über meinen Kopf hinweg. Instinktiv schmiss ich mich auf den Boden und drückte mein Gesicht in den Staub.

Wieder surrte es, etwas packte mich und zog mich dicht über dem Boden bis hinter die nächste Hausecke. Es war der RIX, der mich jetzt vom Boden hochzog und nach rechts schubste. Ich rannte los. Der RIX war mir dicht auf den Fersen. Hin und wieder dirigierte er mich, indem er mir an die Schulter fasste. Ich hatte keine Ahnung, warum er mir folgte, warum er mir den Weg wies. Zumindest hoffte ich, dass er das tat.

Hinter uns erscholl ein großes Geschrei. Auf TEX und in allen möglichen anderen Sprachen, dafür wurde nicht weiter auf uns geschossen. Vielleicht waren wir auch einfach zu schnell für unsere Verfolger. Meine Verfolger. Die, die eine Abtrünnige entweder den Behörden übergeben oder, meine Vermutung, direkt hier auf diesem Planeten hinrichten wollten.

Mein beständiges Lauftraining machte sich jetzt bezahlt, denn auch wenn meine Lunge brannte wie Feuer und mein Herz versuchte, mir aus dem Schädel zu springen, konnte ich das hohe Tempo aufrechterhalten. Adrenalin hatte meinen Körper geflutet. Nachdem wir noch ein paarmal abgebogen waren, hielt mich der RIX plötzlich so abrupt fest, dass es mich fast von den Füßen holte.

Schlingernd kam ich zum Stehen. Er drehte mich von sich weg und deutete mit der Hand in Richtung zweier etwas höherer Gebäude, die nicht den typischen Ockerton der restlichen Bebauung hatten, sondern im Licht der Sonnen hellgrün schimmerten.

»Trixol«, sagte er knapp. »Die Behörden werden versuchen, den Hafen zu sperren. Aber die Leute hier machen das üblicherweise nicht mit. Dieser ganze Planet ist darauf geeicht, sich zu widersetzen. Dort werden Sie eine Reisemöglichkeit finden.« Er drehte sich zur Seite, und jetzt packte ich ihn an der Schulter, woraufhin er zusammenzuckte und einen Schritt zurücktrat.

»Warum haben Sie mir geholfen?«, fragte ich ihn. Erst jetzt fiel mir auf, dass er das Abzeichen mit dem Wolfskopf nicht mehr auf seiner Brust trug. Rilkes Worte fielen mir schlagartig wieder ein. »Er will frei sein.«

Und jetzt endlich begriff ich, aber da hatte er sich schon umgedreht.

Ratlos blickte ich ihm hinterher und sah dann wieder zu den grünen Häusern, hinter denen sich der Raumhafen

Nummer zwei befand. Ich atmete tief durch, versuchte, meinen rasenden Herzschlag etwas zu beruhigen. Ich sah hinter mich, aber die staubigen Straßen waren in diesem Teil der Stadt leer. Niemand suchte nach mir, und so nahm ich meinen restlichen Mut zusammen und marschierte zum Raumhafen.

Ich spähte um die Ecke, sah aber nirgends ein Anmeldehäuschen oder eine andere offiziell aussehende Einrichtung. Ich wanderte langsam und immer an der Wand entlang in eines der großen Gebäude. Auf mehreren Stockwerken befanden sich Andockstationen für alles, was fliegen konnte, erreichbar über offene Stahltreppen. Es war laut. Motorengeräusche, zischende Antriebe, grummelnde Algengeneratoren. Die Raumschiffe waren so vielfältig wie die Wesen, die geschäftig hin und her eilten. Einige sahen nicht so aus, als wären sie in der Lage, überhaupt die Atmosphäre von Mercado Bigastor zu verlassen, anderen traute ich zu, bis zum Ende der Galaxie zu fliegen. Von der geruhsamen Ordnung des anderen Raumhafens war man hier meilenweit entfernt.

Ich schlüpfte aus meiner Jacke und band sie mir um die Hüften, dann legte ich mir meinen Schal über die blonden Haare, bedeckte mit ihm auch Mund und Nase und band alles im Nacken zusammen. So, wie es auch der RIX getan hatte. Ich hätte mich ja liebend gerne in Luft aufgelöst, aber wenigstens konnte ich mich ein klein wenig tarnen. Allerdings fiel ich nicht weiter auf, denn viele der Wesen, die geschäftig über das riesige Areal des Raumhafens eilten, trugen ihr Gesicht ebenfalls bedeckt.

Ich stand immer noch regungslos am Rand der riesigen Halle. Dabei hatte ich wirklich keine Zeit. Also klaubte ich mein letztes Quäntchen Mut zusammen und steuerte auf ein

Wesen zu, das geschäftig die Stahltreppen hoch und runter lief. Es schien dabei ein Ziel zu haben, eine Aufgabe zu erfüllen, und vielleicht konnte es mir ja weiterhelfen.

»Hallo! Sprechen Sie TEX?«

Das Wesen blieb stehen, und ich stellte fest, dass es eine Sie war. Schlaksig und hochaufgeschossen hatte sie für meine hier unbrauchbaren menschlichen Maßstäbe wie ein Mann ausgesehen. Aber ihre Gesichtszüge waren definitiv weiblich, mit vollen Lippen und großen Augen, umrahmt von langen Wimpern. Sie war kein Mensch, erinnerte mich aber doch wenigstens entfernt an meine Spezies.

»Ja.« Sie war stehen geblieben und nickte. »Was denn?«

»Ich suche eine Reisemöglichkeit nach Orgon. Wissen Sie, ob eines der Schiffe dorthin fliegt?«

Sie schürzte ihre schönen Lippen und ließ die Kiste sinken, die sie im Arm gehalten hatte. »Ich müsste mal in meinem Plan nachsehen.« Sie kramte in der Tasche ihrer abgewetzten Jacke und zog doch tatsächlich ein Blatt Papier hervor. Das konnte natürlich nicht sein, es musste sich um irgendein anderes Material handeln, aber es sah auf den ersten Blick aus wie Papier. »Ja, da haben Sie sich durch Ihren erstaunten Blick schon als Erdling geoutet.« Sie grinste und präsentierte mir zu meinem Erschrecken recht spitze Zähne. Raubtierzähne. »Wir gewinnen es aus einer speziellen Pflanze, die auf Irisos wächst. Angeblich stinkt dieses Papier, aber ich kann da nichts riechen. Allerdings weigert die GU sich seit Jahren, es in die Handelsunion zu importieren.« Sie hielt mir das Blatt vor die Nase, und ich schnupperte vorsichtig. Es roch ganz klar und eindeutig nach Hundekacke, aber ich widerstand dem Drang, die Nase zu rümpfen. Stattdessen sagte ich: »Ich rieche auch nichts.«

Noch mehr Feinde konnte ich beim besten Willen nicht gebrauchen.

Wieder grinste sie mich an. »Mein Reden. Die GU will ihre Leute dumm halten. Ohne Papier kann man nicht schreiben. Und das Schreiben auf einem Display ist etwas völlig anderes.« Sie hob das stinkende Blatt Papier und studierte die sonderbaren Schriftzeichen. »Also die Pluto fliegt morgen in diese Richtung ...« Sie unterbrach sich selbst und sah an mir vorbei. »Was wollen die denn schon wieder?«, murmelte sie leise. »Ätzendes Volk. Ständig suchen sie jemanden oder etwas und ständig gehen sie uns auf die Nerven. Wir sind hier nicht die GU. Und auch nicht ihre Handlanger.« Sie war offenbar extrem verärgert und stemmte die Fäuste in die schmalen Hüften.

Ich blickte mich ebenfalls um. Die Halle hatte zwei große Eingangstore und in beiden standen schwarz gekleidete große Wesen. Ihrer Körpersprache nach waren sie kampfbereit. Was sie durch die gezückten Plasmawaffen noch unterstrichen. Mir blieb quasi für einen Moment das Herz stehen, und ich schnappte nach Luft. »Danke«, flüsterte ich und drehte mich mit dem Rücken zu den großen Eingangstoren.

Das Wesen vor mir musterte mich, dann zog es eine seiner perfekt geschwungenen Augenbrauen hoch und fragte ebenso leise: »Was haben Sie getan?«

»Ich musste ein Schiff verlassen, für das ich mich verpflichtet hatte. Ich muss meinen kleinen Bruder retten. Eine ernste Familienangelegenheit.«

Einen Moment lang musterte sie mich. Dann nickte sie knapp. »Sehen Sie rechts von sich die großen Kisten? Die werden gleich verladen. Die sind schon durch den Sicherheitscheck. Verstecken Sie sich dazwischen. Die werden jeden Augenblick anfangen, den Hafen zu durchsuchen. Jetzt kommt nur noch raus, wer quasi schon im Startmodus ist. Ich weiß nicht, für wen die Kisten sind, aber als blinder Passagier auf einem Schiff zu landen, ist irgendwie doch schöner, als tot zu sein.«

»Danke«, wiederholte ich und setzte mich dann ganz langsam und möglichst unauffällig in Bewegung, um zwischen die großen Stapel an Stahlkisten zu klettern und mich ganz kleinzumachen.

KAPITEL ZEHN

Er hatte grüne Schuppen und so etwas wie einen Federkamm auf dem Kopf. Vielleicht waren es auch Stacheln. Egal, was es war, es war flach an seinen Schädel gedrückt. »Menschenfrau, was machst du da?«

Ich konnte mich nicht bewegen, weil ich zu einem Eisklotz gefroren war. Seit ungefähr vier Stunden saß ich eingekeilt zwischen den großen Kisten, die auf ihrer Palette direkt in den Bauch des Schiffes geladen worden waren. Seitdem klammerte ich mich an den Spanngurten fest und hatte darauf gewartet, dass das Schiff beim Austritt aus der Atmosphäre so durchgerüttelt wurde wie das Shuttle der Barrakuda beim Eintritt. Ich war mir nämlich ziemlich sicher gewesen, das nicht zu überleben. Erstaunlicherweise war der Flug bisher recht ruhig gewesen, nur die Temperatur hatte sich langsam, aber sicher dem Gefrierpunkt angenähert. Worauf hin ich festgefroren war. Zumindest gefühlt. Und nun stand jemand über mir und blickte auf mich herab. Jemand mit Stacheln auf dem Schädel.

Nur mit größter Mühe schaffte ich es, den Kopf noch weiter zu heben. Meine Zähne klapperten derartig spektakulär, dass ich keinen Ton herausbrachte. In Anbetracht der Tatsache, dass mich ein Dinosaurier ansah, war das allerdings auch nicht weiter verwunderlich.

»Uiuiuiui«, sagte das echsenartige Wesen jetzt, dabei spitzte es die kaum vorhandenen Lippen und zog die Augen zu Schlitzen zusammen. Vielleicht frühstückte es Menschenfrauen üblicherweise.

Ich bebte einfach weiter am ganzen Körper und zog es vor, zu schweigen.

»Sie sollten da rauskommen, Menschenfrau. Das ist sehr gefährlich. Ein Gurt könnte sich lösen.«

Ich wollte den Gurt, an den ich mich geklammert hatte, loslassen, doch es ging nicht. Meine Hand war so verkrampft und eingefroren, dass sie sich nicht rührte.

»Es ist verboten, sich während des Flugs im Frachtraum aufzuhalten«, sagte die Echse und hatte jetzt einen unverkennbar wütenden Tonfall. »Das gilt auch für Menschenfrauen.«

»Meine Hand ist festgefroren«, antwortete ich mit klappernden Zähnen.

»Und mir frieren gleich die Krallen fest. Was denken Sie? Ich habe noch nicht mal warmes Blut. Also lassen Sie jetzt den Gurt los!« Entrüstet betrachtete er mich, und ich schaffte es endlich, meinen Griff zu lösen.

Taumelnd und ächzend erhob ich mich, ohne meine Beine zu spüren. Das Echsenwesen griff nach mir, kaum war ich unbeholfen von der Palette geklettert. Ich konnte nicht sagen, ob es mich quasi gefangen nahm oder mich stützen wollte. Sicherheitshalber murmelte ich: »Danke.«

»Bringen wir Sie in die Küche zum Aufwärmen«, erwiderte der grüne Kerl, und nun fühlte sich seine Berührung tatsächlich mehr nach einem Stützen als nach einem Festhalten an.

Er leitete mich zur offen stehenden Stahltür, die sich hinter uns automatisch wieder schloss. Im Gang umfing mich wohlige Wärme, und ich musste für eine Sekunde stehen bleiben. Selbst auf den ersten Blick sah dieses Schiff weit eleganter aus als die Barrakuda. Was sonderbar war, denn das Siedlerschiff galt als eines der modernsten Langstreckenschiffe überhaupt. Aber hier schien alles wie aus einem Guss: Die Wände waren mit einem halb transparenten Gewebe bespannt, das Licht war nicht so grell, alles wirkte sehr ansprechend. »Hübsch«, sagte ich, während ich mich wieder in Bewegung setzte.

»Ja, die Artemis ist ein großartiges Schiff.« Das Wesen neben mir nickte bekräftigend und schob mich sanft vorwärts.

»Sind Sie ein Draxondas?«, fragte ich vorsichtig.

Es warf mir einen Seitenblick zu. »Kommen Sie etwa von der Erde? Haben Sie noch keinen meiner Art gesehen?«

Erst nickte ich, dann schüttelte ich den Kopf.

»Erdlinge«, brummte der Draxondas und lotste mich nach rechts, direkt hinein in einen großen Raum, in dem sich zwei erstaunlich gemütlich aussehende Sitzbänke den Platz mit einem großen Tisch teilten. Vor dem Displayfenster glühte eine mir völlig fremde Sonne rot und tauchte den Raum in ein sanftes Licht. Hinter dem Sitzplatz öffnete sich ein weiterer Raum, der auch für mein menschliches Auge wie eine Küche aussah. Eine moderne, abstrakte Zeile, aber definitiv eine Küche. »Wow!«, sagte ich anerkennend, und er schob mich sanft auf eine der beiden Bänke.

»Ich habe gerade einen Strauchbeerentee angesetzt. Eine

Tasse davon wird Ihnen guttun.« Geschäftig eilte er los und fing an, mit diversen Utensilien zu hantieren.

»Wo kommen Strauchbeeren her?«, fragte ich und rieb mir die eisigen Hände.

»Vom Planeten Draxondas«, sagte er und sah auf. »Der Strauch wächst nur dort.« Ich bildete mir die Traurigkeit in seinen dunklen Augen nicht ein, aber im nächsten Moment füllte er schon eine dampfende Flüssigkeit in eine bereitstehende Tasse. »Wenn ich erst anfange, hier Grün anzubauen, werde ich versuchen, auch ein paar der Sträucher zu ziehen. Vielleicht gelingt es mir. Ich bin sehr talentiert.« Er griff sich die heiße Tasse und trug sie vorsichtig zu mir. Dann setzte er sich mir gegenüber, was nicht so einfach war. Er hatte nämlich einen Schwanz. Ich versuchte, nicht so genau hinzusehen, aber es war ein unübersehbares Körperteil. Muskulös und offenbar mit massiven Hautstacheln besetzt. Zusammen mit den spitzen Zähnen, dem großen Mund und dem kräftigen Körperbau konnte man wohl von Glück sagen, dass er mich nicht tatsächlich gleich verspeist hatte.

Ich pustete über die heiße Oberfläche des Tees, um noch ein wenig Zeit zu gewinnen. Er würde mir nicht ewig gestatten, Tee zu trinken. Er würde mich fragen, wo um alles in der Welt ich herkam, und ich war mir noch nicht schlüssig, ob ich mir fix eine nette Lüge ausdenken, oder einfach die Wahrheit sagen sollte. Eine Lüge wäre gut, allerdings fiel mir gerade keine passende Geschichte ein, wie ich zwischen die Paletten geraten sein konnte. Die Wahrheit war gefährlich, denn dann bestand ein gewisses Risiko, dass mich das Echsenwesen kurzerhand in die Luftschleuse beförderte und ins All schoss. Ganz sicher würde das passieren, wenn es sich hier um ein Schiff der GU handelte.

Ich seufzte schwer und nahm einen Schluck. Der Tee war

köstlich. Süß und bitter zugleich. Gehörten die Draxondas zur GU? Ich wusste nichts über diese Spezies, ich hatte nur einfach mal ein Bild gesehen und die echsenartigen Wesen für extrem hässlich befunden. Nun lag mein Leben in der Krallenhand eines dieser Draxondas.

»Ich bin Nukati«, sagte er im nächsten Moment und reichte mir seine sonderbare Hand mit den vier langen, krallenbewehrten Fingern. Zögernd hob ich meine eigene, und er bog seine Finger und berührte äußerst sanft meine Knöchel. »Ihr gebt euch die Hand. Wir machen es so.«

Ich räusperte mich noch einmal, dann sagte ich: »Ich bin Milla. Schön, dich kennenzulernen. Das Schiff heißt also Artemis? Und ...« Ich kam ins Stocken. »Zu wem gehört das Schiff? Zu einer Handelsflotte? Wo ist die restliche Crew? Und was macht ihr üblicherweise mit blinden Passagieren?«

Einen Moment lang schwieg Nukati. Dann kratzte er sich am Kopf, was ein schabendes Geräusch verursachte. Er war völlig haarlos, hatte überall nur hellgrüne, glänzende Schuppen, auf die das sanfte Licht der Artemis wunderschöne Muster zauberte.

»Wir gehören zu niemandem.« Er lehnte sich ein wenig zurück, als wäre ihm gerade etwas eingefallen. »Schickt dich jemand?« Sein Tonfall hatte plötzlich etwas Lauerndes.

Ich schluckte trocken.

»Ich muss den Captain informieren.« Mit einem Ruck erhob er sich und wuchtete schwerfällig seinen Schwanz und ein Bein über die Bank. »Du bleibst hier sitzen, Milla Menschenfrau!« Mit einer Kralle deutete er auf mich und eilte zur Tür. Dabei gab er ein sonderbares Murmeln von sich.

Ich blickte ihm hinterher.

Kaum war er aus der Türöffnung verschwunden, tauchte

er mit eiligem Schritt wieder auf. »Ich kann das ja auch ganz anders machen ...« Er drehte sich einmal im Kreis und sah äußerst verwirrt aus.

Ich nahm schnell noch einen Schluck Tee. Wer wusste schon, was als Nächstes kam und wie oft ich noch die Gelegenheit für ein derartig wunderbares Heißgetränk haben würde.

Nukati räusperte sich und sagte dann laut und deutlich: »Artemis!« Als nichts passierte, setzte er erneut an, diesmal um einiges lauter: »Artemis!« Er warf mir einen verstohlenen Seitenblick zu.

Und plötzlich waren Schritte im Flur zu vernehmen. »Hör auf, das Schiff anzuschreien, Nukati!«, rief der, der da über den Flur kam, noch bevor er um die Ecke bog. Seine Stimme. Unverkennbar, denn er klang immer ein wenig heiser.

Und dann bog er um die Ecke, und mein Herzschlag setzte so lange aus, wie es möglich war, ohne direkt in Ohnmacht zu fallen.

Er stand in der Tür und betrachtete mich regungslos.

»Sie hatte sich im Frachtraum versteckt«, sagte Nukati und verharrte jetzt auf der Stelle. »Ich habe sie gründlich inspiziert und dann beschlossen, dass sie harmlos ist. Dann wollte ich dich rufen. Captain.«

Der RIX sah kurz zu Nukati, dann wieder zu mir. In seinen wie gemeißelt wirkenden Zügen zeigte sich noch nicht mal der Hauch einer Überraschung. Vermutlich musste erst die Welt untergehen, damit er sich zu einer Gefühlsäußerung hinreißen ließ. Welten, korrigierte ich mich innerlich. Irgendwie funktionierten menschliche Redewendungen im All nicht.

»Wir können sie ja bis zum nächsten Raumhafen mitnehmen«, sagte Nukati jetzt eilig. Dann brummte er ein wenig vor sich hin und richtete sich weiter auf. »Aber wir können sie nicht von Bord schmeißen«, sagte er dann fest und schob sich doch tatsächlich schützend in meine Richtung.

»Vielleicht möchte sie auch gar nicht bei uns an Bord bleiben«, sagte der RIX sonderbar trocken, und Nukati schnaufte so tief durch, dass ich mich vor Schreck an meinem Tee verschluckte.

»Das ist natürlich richtig«, erwiderte er leise und drehte sich zu mir, nur um direkt danach wieder zum RIX herumzufahren. »Können wir sie mitnehmen?«

Der RIX schloss für einen Moment die Augen. Als er sie wieder öffnete, sagte er leise: »Wir bringen sie zum nächsten Raumhafen. Vorausgesetzt, den erreichen wir.« Und mit diesen Worten drehte er sich um und verschwand.

»Hrg«, gab Nukati von sich, drehte eine Runde durch den Raum und ließ sich dann derartig heftig vor mir auf die Bank plumpsen, dass die gesamte Küche durchgeschüttelt wurde.

Ich deutete zu der Tür. »Er war mit mir auf der Barrakuda.«

Mein Gegenüber blickte erstaunt auf. »Du kennst ihn?«

Ich nickte wortlos. Ich beugte mich dichter zu ihm. »Du weißt, was er ist, oder?«, flüsterte ich.

»Ein RIX«, bedächtig nickte er. »Ich kenne ihn schon lange.«

»Er ist auch abgehauen«, flüsterte ich. »Er ist ein Abtrünniger.«

»Weit mehr als das«, erwiderte Nukati. »Er hat ja keine Rechte wie wir. Er ist Eigentum der BDO. Deswegen müssen wir schnell aus ihrem Bereich heraus. Wenn sie ihn finden, hat er großes Glück, wenn sie ihn töten. Was sie ja sonst oft mit Abtrünnigen tun.«

Bei seinen Worten lief es mir eiskalt den Rücken hinunter, aber er fuhr ungerührt fort: »Wenn sie ihn erwischen, wäre der Tod ein Kinderspiel.«

»Wie schön, dass sie mich nur umbringen«, erwiderte ich leise. »Ich war die Schiffsärztin auf der Barrakuda.«

»Guter Job. Gibt viel zu wenig Heiler in den Galaxien.« Anerkennend riss er ein Auge auf. Vielleicht das draxondasische Pendant zum Augenbrauenheben.

»Gibt es denn noch andere Crewmitglieder?«, fragte ich schließlich.

Doch er schüttelte nur knapp den Kopf. »Nur mich. Ich bin Koch, Gärtner und Tech. Ich kann alles.«

»Und was verschlägt dich hierher?«, fragte ich, woraufhin er wieder anfing, sonderbare Grummellaute von sich zu geben. Eine Antwort bekam ich nicht. Aber da Nukati plötzlich sehr mitgenommen aussah, fragte ich nicht weiter nach. Offenbar war die Artemis ein Schiff voller Geheimnisträger. Na ja, drei. So voll war es also nicht.

»Aber du isst Essen!«, entfuhr es meinem Gegenüber plötzlich, und ein breites Grinsen zog sich über sein sonderbares Gesicht.

Jetzt war es an mir, eine Augenbraue zu heben. »Ja, tue ich.«

»Fein!« Er blinzelte mich an. »Er isst ja nichts, außer dieser schrecklichen Nährpaste. Aber du isst! Für dich kann ich kochen! Und wir vertragen ungefähr die gleiche Nahrung, es dürfte also kulinarisch nicht so eine Katastrophe werden, wie ich angenommen hatte.« Zufrieden grinste er weiter.

»Nukati«, sagte ich. »Ich esse sehr gerne Essen. Aber darf ich dich noch etwas fragen? Wohin fliegen wir eigentlich?«

Nukatis Gesicht verdunkelte sich wieder. Er schien einen Moment zu überlegen.

»Weg«, sagte er schließlich. »Weit weg. Ich glaube, dass er ein Ziel hat, aber das kenne ich nicht. Es ist mir auch egal. Nur weit, weit weg.«

»Prima«, erwiderte ich schwach. »Weg ist gut.«

»Und nun werde ich anfangen, die Küche zu bestücken, meine Sämlinge zu sortieren und zu kochen. Du kannst also das Schiff ansehen.«

Ich erhob mich langsam und stellte meinen Becher zurück in die Küche. »Wo hat er das Schiff eigentlich her? Und dich?«

Der Draxondas war mir gefolgt und begann, kleine hellblaue Samen auf dem Küchentresen auszubreiten und mit der Kralle seines linken Zeigefingers nach einem unbekannten System zu sortieren. »Die Artemis ist ein Langstreckenschiff der Artaswerft. Wir stehen unter vollen Waffen und sind sehr schnell.« Er blickte zu mir auf, und in seinem Blick lag unverhohlener Stolz. »Und ich bin sein Freund. Und wollte auch weg.«

Ich deutete mit einer Hand unbestimmt in die Richtung, in die der RIX vorhin verschwunden war. »Er hat Freunde?«, fragte ich ehrlich irritiert, woraufhin Nukati noch einmal aufblickte.

Einen Moment musterte er mich. »Ja«, sagte er dann schlicht, und ich spürte, wie wichtig ihm dieses Wort war.

Die Artemis war natürlich wesentlich kleiner als die Barrakuda, die ja nach offiziellen Maßstäben auch schon zu den kleinen Schiffen gehörte, sie war aber keineswegs so mit Technik vollgestopft wie das Shuttle, das uns zu Mercado

Bigastor gebracht hatte. Alles schien hier fein säuberlich hinter den bespannten Wänden versteckt zu sein. Das Schiff musste auch einen talentierten Inneneinrichter gehabt haben, denn das Licht war himmlisch. Ein sanftes Gelb, das mich an das Sonnenlicht an einem warmen Junimorgen auf der Erde erinnerte. Und es gab einige Außenfenster, die den Blick in die düsteren Weiten des Alls freigaben. Weit entfernt glitzerte es in der Dunkelheit. Sterne. Fremde Sterne. Fremde Planeten. Eine völlig fremde Welt.

Ich lief weiter und folgte den Gängen und verschiedenen Ebenen. Immer noch schlug mir das Herz bis zum Hals. Es fühlte sich an, als ob mein gesamter Organismus derartig überreizt war, dass ich vermutlich nie wieder würde schlafen können. Ich blieb an einem der Fenster stehen und starrte in die Dunkelheit. Sehen konnte man unsere eigene Geschwindigkeit nicht, aber ich spürte den starken Antrieb als leichtes Vibrieren in den Füßen. Vorsichtig legte ich eine Hand auf das das Fenster umgebende Metall. Wenn es sich überhaupt um Metall handelte, es fühlte sich nämlich sonderbar warm an. Fast lebendig.

»Ich glaube, du bist kein von Menschenhand gebautes Schiff«, sagte ich leise zur Artemis, dann starrte ich einen Moment lang hinaus in die Dunkelheit und versuchte, mein rasendes Herz unter Kontrolle zu bekommen. Meine freie Hand legte ich auf das kleine Amulett an meinen Hals. Ich hatte so viel zurückgelassen, aber das hatte ich mitgenommen. Genauso wie das ganze Chaos, das ich wie einen Sternenschweif hinter mir herzog. Die GU suchte mich, Korps und Jamie waren immer noch unerreichbar weit entfernt, und ich befand mich mit einer Echse und einem genetisch veränderten Killer auf einem Schiff in Richtung »weg«.

Ich atmete mehrmals tief durch und legte jetzt auch die

Stirn an den Fensterrahmen. Mühsam blinzelte ich die Tränen weg. Das war jetzt verdammt noch mal nicht der richtige Zeitpunkt zum Weinen. Ich ließ die Hand sinken und hob den Kopf. Dann seufzte ich bleischwer und drehte mich auf dem Absatz um, um weiter das Schiff zu erkunden.

Ich kam aber nicht sehr weit, denn Nukati kam mir hinter der nächsten Ecke entgegen. »Menschenfrau!« Er blieb abrupt stehen und verschränkte die Arme vor seinem muskulösen Echsenbauch. »Es gibt Essen!«

Erstaunt sah ich ihn an. Und dann spürte ich zwei Dinge gleichzeitig. Einen absolut existenziellen Hunger und eine klitzekleine perlende Vorfreude. Dieses positive Gefühl irritierte mich dermaßen, dass ich ein leises »Oh« von mir gegeben haben musste. »Das ist ehrlich gesagt das Beste, was in den letzten vierundzwanzig Stunden passiert ist. Dass jemand kommt und sagt, es gibt Essen«, fügte ich noch hinzu, denn Nukati betrachtete mich interessiert. Er lächelte. Eine durch und durch menschliche Mimik, die mein Unterbewusstsein problemlos verstand.

»So folge mir!«, frohlockte Nukati, und ich tat genau das.

In der Küche, die auf so einem eleganten Schiff sicherlich einen wesentlich komplexeren Namen hatte, war der Tisch gedeckt. Die Teller hatten eine etwas andere Form, es gab nur eine Gabel, aber dafür gelbe Stoffservietten, die Nukati hübsch neben den Tellern drapiert hatte.

»Himmel und Sterne«, murmelte ich und setzte mich vorsichtig. Mich beschlich das Gefühl, dass der Koch/Gärtner/Tech über meine Anwesenheit tatsächlich ganz beglückt war. Das Gefühl wurde endgültig manifestiert, als Nukati gleich drei Schüsseln mit dampfendem Inhalt auf den Tisch stellte.

»Essen ist großartig! Sieh hier!« Er deutete auf die erste Schüssel. »Ganz einfach Kartoffeln. Habe ich in Mercado Bigastor mit an Bord genommen. Und dort siehst du Riebenzankmöhren. Köstlich! Auch für Menschen sehr bekömmlich, hat sehr viele Vitamine und Mineralstoffe, und dann gibt es noch gebratene Siebenkäfer.« Er deutete auf die letzte Schüssel, deren Inhalt mich im ersten Moment an gebratenes Rindfleisch erinnert hatte.

Insekten gab es an Bord fast jeden Raumschiffs. Sie waren günstig im Transport und der Haltung und immer frisch verfügbar. So richtig hatte ich mich damit noch nicht angefreundet, aber Fleisch mochte ich auch nicht. Zumal das seit Jahren nur noch aus den künstlichen Fleischfabriken kam und zum größten Teil aus Wasser bestand.

Etwas umständlich nahm Nukati auf der Bank Platz, die definitiv nicht für sein Hinterteil konstruiert worden war, und frage mich: »Was sagt man auf der Erde?«

Guten Appetit. Und bei euch?«

Er gab einen unartikulierten Laut von sich. »In TEX übersetzt heißt es etwa: Möge es dir bekommen, dich stärken und glücklich machen.« Energisch löffelte er mir von jeder Speise einen riesigen Berg auf den Teller.

»Isst der RIX nicht mit?«, fragte ich vorsichtig, aber er winkte ab, wobei ein kleiner Klecks von den Riebenzankmöhren auf der polierten Tischplatte landete. »Er isst wirklich nur diese Nährpaste. Eine schreckliche Angewohnheit, aber er kennt nichts anderes. Außerdem können wir den Autopiloten noch nicht starten. Die KI der Artemis ist noch nicht hochgefahren. Offenbar braucht das System länger als vermutet zum Start. Aber er hat schon gesagt, dass er selbst fliegen will, bis wir den Quadranten verlassen haben. Aus

Sicherheitsgründen.« Bei seinen letzten Worten hielt er für einen Moment inne und blickte auf. In seinen Augen lag für einen Wimpernschlag lang der Hauch von Angst.

Wir waren wirklich ein Schiff der Fliehenden.

KAPITEL ELF

Highway to Hell in Endlautstärke ließ mich aus dem Bett fallen. Dort hockte ich auf den Knien und presste mir die Hände auf die Ohren. AC/DC war eine Band der Erde und so alt, dass man ihre Lieder schon weit vor der endgültigen Klimakatastrophe gehört hatte. Nichtsdestotrotz war genau dieser Song zum Raumfahrlied Nummer eins avanciert. Wenn man sich die Geschichte der Raumfahrt so ansah, mit ihren vielen Toten und Katastrophen, war *Highway to Hell* leider sehr passend.

Ich rappelte mich hoch und stürzte aus der Kabine, die Nukati mir für die Nacht hergerichtet hatte. Das Schiff war hell erleuchtet und ich mir sicher, dass ich weit vor meiner üblichen Zeit schlafen gegangen war. Auch wenn es hier keine Erdenzeit gab, mein Abenteuer hatte mich völlig erledigt. Mir hatten vor Müdigkeit die Augen gebrannt, als hätte ich aus Versehen Sand hineingerieben.

Unsicher rannte ich mit zugehaltenen Ohren erst nach rechts, dann nach links, während der Sänger in den höchsten

Tönen kreischte. Irgendwann rammte mich Nukati fast von den Beinen. Ging man danach, wohin er sonderbarerweise seine Handflächen presste, mussten seine Ohren am Hals liegen.

»Was ist das?«, brüllte ich gegen den Lärm an.

Nukati antwortete, denn seine schmalen Lippen bewegten sich, doch ich verstand nichts.

Und dann war schlagartig Ruhe. Vorsichtig nahmen wir die Hände von den Ohren.

»Mein Name ist Artemis. Ich bin die KI dieses Schiffes. Mein Name ist Artemis. Ich bin die KI dieses Schiffes«, erklärte uns eine freundliche Stimme aus dem Off.

»Das sollte sich der Chef ansehen«, sagte Nukati und eilte los. Ich folgte ihm. Weil mein Herz in meiner Brust schon wieder wie verrückt wummerte und ich eh nichts anders zu tun hatte.

»Mein Name ist Artemis. Ich bin die KI dieses Schiffes. Mein Name ist Artemis. Ich bin die KI dieses Schiffes«, erklärte das Schiff immer weiter.

Besagter Chef befand sich offenbar auf der Brücke, denn vor der standen wir, nachdem wir dreimal um die Ecke gelaufen waren. Die Tür öffnete sich mit einem Surren, und Nukati verschwand in dem angrenzenden Raum. Etwas langsamer folgte ich ihm, blieb aber im Rahmen der mechanischen Doppeltür stehen.

Die Brücke der Artemis war nicht groß. Es gab nur zwei äußerst elegante Sitze in der Mitte, die auf die Frontscheibe ausgerichtet waren. Der Rest bestand aus riesigen Displays, über einige liefen endlose Zahlenkolonnen, andere zeigten einen Blick ins All. Und vor einem der Bildschirme stand der RIX. Die Hände in den Hosentaschen, den Kopf zur Seite geneigt, betrachtete er irgendetwas, während die KI der

Artemis weiter herumplärrte und sich in Endlosschleife vorstellte.

»Ist sie verrückt?« Anklagend zeigte Nukati mit einem Finger zur Decke, offenbar weil die Computerstimme von dort kam.

Der RIX drehte langsam den Kopf, als hätten wir ihn geweckt. »Sie ist aufgewacht, bevor sämtliche Installationen abgeschlossen waren. Ich nehme an, ihre kleine musikalische Einlage war nicht nur auf der Brücke zu hören?«

»Ich dachte, wir werden angegriffen!« Nukati rieb sich die Nase und sah sehr verzweifelt aus. »Was war das für schreckliche Musik?«, fragte er, und der RIX und ich antworten gleichzeitig: »AC/DC.«

»Ah, ein Menschending«, erwiderte Nukati und schüttelte den Kopf, als müsste er die Stimme von Bon Scott endlich da rausbekommen. »Hat sich der Programmierer einen Scherz erlaubt, ja? Ich habe gleich gesagt, dass es besser wäre, wenn die Original-KI für das Schiff zum Einsatz käme.«

Der RIX zuckte die Schultern. »Die hier war günstiger. Außerdem kommt sie von einem Schmugglerschiff und hat Erfahrung darin, verfolgt zu werden.«

In einer dramatischen Geste fasste Nukati sich an die Stirn. »Ich gehe wieder ins Bett. Wenn du mich noch brauchst, weißt du ja, wo du mich findest.« Dann drehte er sich um und ging. Seine Krallen klackten auf dem metallisch glänzenden Boden der Brücke, und als er an mir vorbeilief, verdrehte er die Augen. »Die KI eines Schmugglerschiffs. Wir werden alle sterben.«

Ich sah ihm hinterher, machte dann einen Schritt nach vorn und blickte mich um. Es surrte leise um mich herum, und überall blinkten Lichter. Trotzdem wirkten die Bedienelemente aufgeräumt und übersichtlich. Und elegant. Alles in diesem Raum hatte eine helle, schmale Einfassung, was außerordentlich stylisch aussah. Die Displays und Geräte waren in organischen Formen eingesetzt, es gab keine Ecken oder Kanten, alle Bedienelemente fügten sich harmonisch ineinander.

Der RIX hatte sich zu mir gedreht und sah mich an. Die Hände immer noch in den Hosentaschen wirkte er fast entspannt. Zumindest die KI hatte aufgehört, uns anzubrüllen.

»Wo haben Sie das Schiff her?«, fragte ich, weil sich das Schweigen festzusetzen schien, und das konnte ich gerade einfach nicht ertragen. Ich hatte zwar ein paar Stunden geschlafen, aber nun klopfte mein Herz wieder beunruhigend schnell in mir herum.

»Von einem Freund«, erwiderte er, und ich musste wohl einsehen, dass er tatsächlich Freunde hatte.

»Ist der Freund ein Mensch? Ist das menschliche Technologie?«, fragte ich weiter.

Er schien immer erst kurz über meine Worte nachdenken zu müssen, denn es dauerte ein wenig, bis ich eine Antwort bekam. »Nein, er war kein Mensch. Wenn dich Menschen jagen, muss dein Schiff schneller sein, als ihre es üblicherweise sind.« Das klang nur bedingt logisch.

»Und warum haben Menschen dann nicht auch solche Schiffe?«

»Menschen sind nicht mit allen Spezies befreundet. Eigentlich eher mit den wenigsten, und die anderen würden sich hüten, sie in ihre Technologie einzuweihen. Die Artemis fliegt mit Algen. Sich selbst regenerierende Bestände in den Tanks machen uns von einer externen Versorgung weitgehend unabhängig. Von Menschen gebaute Schiffe greifen zwar für die gesamte Energieversorgung an Bord auf Algen zurück, aber sie fliegen nach wie vor mit Kernenergie. Diese Kernreaktoren sind sehr störanfällig und brauchen intensive Wartung. Menschen experimentieren schon lange mit verschiedenen Antrieben herum, aber da sie sich so lange auf Verbrennungsmotoren gestützt haben, fehlt ihnen einfach die jahrhundertelange Erfahrung mit Alternativen.« Das waren wohl die meisten Worte am Stück, die ich ihn bis jetzt hatte sagen hören.

»Sie sind nicht der größte Freund der Menschheit«, stellte ich fest, und über sein ebenmäßiges Gesicht glitt doch tatsächlich für einen Moment etwas, was man ganz entfernt und mit viel Wohlwollen als Lächeln hätte bezeichnen können. »Die KI kommt von einem menschlichen Schiff. Und unsere medizinische Ausrüstung wurde um die Komponenten für Menschen erweitert.« Er drehte sich zu einem der Bildschirme und startete mit ein paar Gesten seiner rechten Hand irgendein Programm, dann ging er an mir vorbei zu einem der Sitze und ließ sich nieder. »Das Nervengift kann die Signale meines IPS unterdrücken. Dafür benötigt man über einen gewissen Zeitraum einen konstanten Pegel von dem Zeug im Blut. Das System fährt sich so langsam herunter, dass es bis zum Schluss sendet, dann aber die Verbindung abrupt abbricht. Mein Arbeitgeber hat eine enorme Reichweite. Wenn er mich orten kann, findet er mich zuverlässig. Immer!«

»IPS ist so etwas wie GPS, nur in groß?«, fragte ich und umrundete den zweiten Sessel, um aus der Frontscheibe zu sehen.

»Ja«, antwortete er leise, während er die Finger seiner rechten Hand über das Display vor sich tanzen ließ.

Ich spürte, dass sich die Artemis in eine lang gezogene Kurve legte.

»Sie können mit uns reisen, oder wir setzten Sie am nächsten Raumhafen, den wir ansteuern, ab. Das ist Ihre Entscheidung. Aber Sie sollten bedenken, dass Sie nur eine Abtrünnige sind. Ich bin Freiwild. Wenn die BDO mich nicht selbst findet, wird sie Kopfgeldjäger auf mich ansetzen.«

Ich war über seine Offenheit erstaunt. Er sah mich zwar nicht an, hatte aber entschieden, ein echtes Gespräch mit mir zu führen. »Kann ich mich da hinsetzten?« Ich deutete auf den zweiten Sessel, und er nickte knapp, also setzte ich mich. Eine Weile schwieg ich und beobachtete einen weit entfernten Planeten, der von einer grellen Wolke umgeben war.

»Wo wollen Sie hin?«, fragte ich leise. »Ich habe Nukati gefragt, und der hat nur gesagt, dass sie wegwollen. So eine grobe Richtung wäre irgendwie schön zu wissen.«

Er schob mit einer Geste alle Displays zu Seite und lehnte sich zurück. »Es gibt kein Ziel. ›Weg‹ ist das Ziel.«

»Das klingt wie ein Kalenderspruch«, erwiderte ich. Weg ist das Ziel. Ich musste aber nicht weg, sondern nach Korps.

Und als hätte er meine Gedanken gelesen, sagte er: »Korps hat zwei Seiten. Nur eine ist mit Leben besiedelt. Die andere liegt in ständiger Dunkelheit. Die offiziellen Raumhäfen auf der hellen Seite sind extrem gut überwacht. Die GU nutzt den Planeten schon lange als Lazarett, weil er zwar weit draußen liegt, aber strategisch durchaus günstig zu erreichen ist. Ich kann Sie da nicht hinfliegen.«

Ich nickte langsam und starrte in die Dunkelheit. »Ich muss da aber hin«, sagte ich schließlich. Auch wenn er das ja wusste. Er hatte Mikas Nachricht gesehen.

»Dann müssen Sie von Bord.«

»Verfickte Scheiße«, war meine Antwort, und jetzt sah er mich tatsächlich direkt an. Vielleicht war er sogar erstaunt, wenn, dann aber nur für den Bruchteil einer Sekunde.

Ich erwiderte seinen Blick und kniff die Lippen zusammen. »Und wer spritzt Ihnen jetzt das Tritostad? Oder brauchen Sie es nicht mehr, weil das Ding in Ihrem Rücken für immer Ruhe gibt?« Zugegeben, der spontane Themenwechsel war notwendig, denn ich spürte, wie mir wieder die Tränen kamen. Es war einfach alles so ausweglos. Ich sehnte mich nach der Erde, nach einfachen, klaren Regeln, aber das Beschissene war, dass es die dort auch nicht mehr lange geben würde. Und dass die Regeln dort eigentlich auch nicht einfach und klar waren. Nur bekannt. Ich wusste, wie das Leben dort funktionierte. Hier war ich wie blind. Ich hatte nur noch mich und meine Fähigkeiten, und die bestanden nun mal darin, Menschen zu helfen. Das war das Einzige, auf das ich mich noch verlassen konnte.

»Die Dosis muss erhöht werden. Aber Nukati kann das.«

»Er hat Krallen. Das haben Sie schon gesehen, oder?«, fragte ich, doch statt einer Antwort hob er nur eine Augenbraue, die genau in der Mitte von einer kleinen Narbe geteilt war. »Solange ich hier bin, kann ich Ihnen das Zeug spritzen«, erklärte ich, woraufhin er nur nickte.

»Haben Sie eigentlich einen Namen?«

»Hören Sie jemals auf, Fragen zu stellen?«

»RIX ist ja schließlich kein Name, sondern mehr eine Typenbezeichnung, oder? So wie Frachtschiff oder Jäger«, sagte ich.

Er sah mich immer noch an, dann schüttelte er den Kopf. »Ich habe keinen Namen.«

. . .

Ich spritzte dem Namenlosen die doppelte Dosis. Das war verdammt viel Gift auf einmal. Aber offenbar musste das sein. Was eigentlich furchtbar war. Ich hatte gedacht, dass er es aus medizinischen Gründen brauchte. Gründe, die ich nur deshalb nicht verstand, weil sein Organismus auf so vielen Ebenen anders funktionierte. Aber das Zeug hatte allein die Aufgabe, ihn unsichtbar zu machen. Und damit auch uns. Was dazu geführt hatte, dass ich seit zehn Minuten mutterseelenallein auf der Brücke stand, während mir die KI der Artemis Dinge erklärte. Denn der RIX war, kurz nachdem ich das Tritostad in seine Blutbahn befördert hatte, verschwunden. Mit der freundlichen Bitte, mich hier keinen Zentimeter wegzubewegen.

»Die KI der Artemis befindet sich auf zweiundachtzig Prozent. Es sind keine weiteren Maßnahmen erforderlich.«

»Toll, danke!«, unterbrach ich sie, nachdem die KI gar nicht mehr aufhören wollte zu reden. Sie hatte mich schon über jeglichen verfügbaren Status des Schiffs in Kenntnis gesetzt, während ich nur angestrengt in die Dunkelheit vor der Frontscheibe starrte. »Erwähnte ich schon, dass ich Ärztin bin?«

»Was für eine schöne Tätigkeit.«

Einigermaßen verdutzt blickte ich auf. »Finde ich auch«, sagte ich.

»Möchten Sie noch mehr Informationen über das Schiff erhalten?«

»Nein«, sagte ich schnell und hätte mich fast aus Versehen bedankt. »Vielleicht kannst du mir sagen, wohin der Captain verschwunden ist? Und wann er gedenkt, wieder hier zu erscheinen?«

»Die KI der Artemis kann den Aufenthaltsort jedes Wesens an Bord definieren. Da sie aktuell die Brückengewalt haben, tue ich das gerne für Sie.« Sie schwieg.

Ich wartete und fühlte mich mit der Brückengewalt keinesfalls wohl. »Und?«, fragte ich nach gefühlten zehn Minuten.

»Ich finde mich noch nicht zurecht. Das Schiff ist unübersichtlich.«

Ich seufzte. Kein Captain und ein orientierungsloses Schiff. Konnte ja nur besser werden.

Wurde es auch.

»Der Captain befindet sich in seiner Privatkabine, in die ich keinen Einblick habe. Der Zugriff ist gesperrt. Ich bin aber autorisiert, die Mikrofone auf dem entsprechenden Flur auf einen besseren Empfang zu kalibrieren. Soll ich das für Sie tun?«

»Klar. Wenn ich hier schon mal die Befehlsgewalt habe«, gab ich zurück.

Wieder schwieg die KI, und ich fixierte jetzt einen kleinen, hell leuchtenden Punkt hinter der Scheibe, der immer näher zu kommen schien.

»Eine Übertragung ist aus datenschutzrechtlichen Gründen nicht möglich. Aber ich könnte die aufgenommenen Geräusche interpretieren.«

Diese KI war äußerst erstaunlich. »Dann los.«

»Es geht dem Captain nicht gut.«

Alarmiert drehte ich mich um. »Genauer bitte.«

»Ich kenne menschliche Schmerzlaute von der Besatzung auf meinem letzten Schiff, der Elysium Devil.«

»Okay. Menschliche Schmerzlaute sind nicht gut. Was mache ich jetzt?«

Ich hatte mehr mit mir selbst gesprochen, doch die KI

antwortete mir: »Uns nähert sich mit hoher Geschwindigkeit ein Verbund von Asteroiden. Wir müssen die Schilde verstärken und ein Ausweichmanöver einleiten.«

Ich fuhr herum und konnte sehen, was sie meinte. Ein undurchdringlicher Nebel schien aufgezogen zu sein. Er leuchtete in einem spektakulären Lila. »Dann mach das!«, rief ich.

»Meine Installation ist noch nicht vollständig abgeschlossen.«

»Was heißt das?«, keuchte ich, denn dieser Nebel wurde schlagartig immer dichter.

»Ich werde jetzt die Kollisionswarnung auslösen.«

»Was ist mit dem Ausweichmanöver?« Ich umklammerte mit beiden Händen die Rückenlehne des Sessels.

Im nächsten Moment brüllte ein ohrenbetäubender Alarm los und die Beleuchtung auf der Brücke wechselte in ein tiefes Rot.

»Mein derzeitiger Stand der Installation lässt ein Ausweichmanöver durch den Autopiloten nicht zu.«

»Was muss ich tun?« Ich rutschte auf den Sessel und schloss in fliegender Hast die Gurte. »Wir brauchen Schilde!«, rief ich und starrte auf das sich anbahnende Unheil.

»Mein derzeitiger Stand der Installation lässt das Hochfahren der Schilde durch den Autopiloten nicht zu.«

Ich biss kurz die Zähne zusammen. »Was muss ich tun? Spiel mir etwas auf dieses Display, und sag mir, was ich tun muss.«

Die KI schwieg.

»Hallo!«, schnauzte ich sie an.

»Meine CPU ist aktuell überlastet.«

Mit der Hand schlug ich auf das Display vor mir, das ein empörtes Krachen von sich gab, aber im nächsten Moment erwachte es zum Leben.

»Sie sehen vor sich den Kontrollstatus der Plasmaschilde. Aktivieren Sie die Funktion: Notfall.«

Meine Finger flogen über die Anzeigen und ich tat, was sie mir sagte.

»Jetzt tippen Sie ›Volle Leistung‹.«

Das Schiff reagierte schlagartig, und wir verloren ein wenig an Schub, während auf der Frontscheibe ein milchiger Belag erschien und dort zu zerfließen schien.

»Ich übertrage Ihnen jetzt die manuelle Steuerung. Sie müssen das Schiff mit der linken Handkante auf einen neuen Kurs bringen. Meine Systeme reagieren empfindlich.«

»Was? Mit der linken Handkante?« Ich starrte auf die unverständlichen Symbole auf dem Display. »Du wirst auch sterben. Hast du keinen Überlebensmodus? Der das hier übernehmen kann?«

»Mein derzeitiger Stand der Installation lässt ein Ausweichmanöver durch den Autopiloten nicht zu.«

Vorsichtig legte ich meine linke Handkante auf das Display, woraufhin die Artemis fast einen Purzelbaum schlug. Dass ich schrie, merkte ich erst, als die KI mitten in das Chaos hinein sagte: »Stabilisierung aktiv. Alle Schotten verschlossen.«

»Mach die wieder auf! Sonst kommt der Captain hier nie an!«, brüllte ich.

Doch sie antwortete nur: »Das Sicherheitsprotokoll verlangt den Verschluss der Schotten bei einer unübersichtlichen Lage. Falls es zum Brand auf dem Schiff kommt. Oder zu einem Leck.«

Offenbar war wenigstens ein Teil des Sicherheitsprotokolls schon vollständig geladen. Der Teil, der uns im Moment leider nicht weiterhalf. Im nächsten Augenblick gab es ein Rauschen und die Frontscheibe verdunkelte sich. Das Schiff lag zwar wieder halbwegs ruhig, aber von irgendwoher prasselte es. Es klang entfernt wie ein knisterndes Kaminfeuer.

»Sie müssten jetzt das Schiff nach links aus dem Asteroidenverbund steuern«, sagte die KI und klang plötzlich eindringlich.

Wieder legte ich meine Hand auf das Display, und diesmal gelang es mir, das Schiff nicht umgehend auf den Kopf zu stellen. Ich bewegte meine Handkante so vorsichtig, als würde ich versuchen, eine Naht zu legen. Und die Artemis folgte meiner Bewegung.

»Sie müssen schneller arbeiten. Einige große Asteroiden der Klasse sieben sind auf direktem Kollisionskurs.«

»Danke für nichts«, murmelte ich und konzentrierte mich nur noch auf die Berührung meiner Handkante auf dem warmen Display. Mit äußerster Sorgfalt bewegte ich sie Millimeter um Millimeter nach links, und wieder folgte das Schiff der Bewegung. Ich begriff langsam, wie das funktionierte, und war auf das Äußerste konzentriert.

Bis etwas knallte. Ich riss den Kopf hoch, denn ich hatte bis jetzt nur auf meine eigene Hand gestarrt, und erblickte direkt vor uns ein scharfkantiges Gebilde. Eindeutig auf dem Weg in unsere Frontscheibe.

»Kollision in neunzehn Sekunden«, verkündete die KI nüchtern.

»Scheiße!«, schrie ich und legte beide Handflächen auf das Display. Zügig ließ ich meine Fingerspitzen nach oben gleiten und presste die Handballen auf die immer wärmer werdende Oberfläche des Displays. Die Artemis tat das, was ich erwartet hatte. Sie senkte die Nase und katapultierte uns nach unten. Der Asteroid streifte uns, die Geräusche waren schaurig, aber er traf uns nicht frontal. Dafür rasten wir mit immenser Geschwindigkeit ins Nichts.

Ganz sanft zog ich meine Handflächen und Fingerspitzen wieder näher zu mir und spürte direkt, wie das Schiff reagierte und langsamer wurde. »Haben wir es geschafft?«, fragte ich in die Stille der Brücke, und diesmal ließ die KI sich nicht so viel Zeit.

»Wir haben die Gefahr hinter uns gelassen.«

»Können wir wieder auf Autopilot schalten?« Ich hatte mich so stark nach vorn gebeugt, dass meine Nackenmuskulatur mittlerweile bedrohlich zitterte.

»KI der Artemis übernimmt Steuerung. Bitte bestätigen.«

»Bestätigt«, erwiderte ich, und im selben Moment wich das Display nach unten aus und sämtliche Lichter erloschen.

»Manövriere zurück auf ursprünglichen Kurs.«

»Halleluja!« Ich lehnte mich zurück und hob meine Hände, um sie genauer zu betrachten. Ich hatte gerade ein Raumschiff geflogen. Allein! Nur mit meinen Fingerspitzen. Man manövrierte die Artemis nur mit dem Druck der eigenen Hände. Mit den Händen konnte ich arbeiten.

Ich war eine verdammte Heldin. Ich kam nicht umhin zu grinsen, als sich hinter mir die Tür zur Brücke zischend öffnete.

»Wenn du mich noch mal aussperrst, deinstalliere ich dich und sperre dich in die Algentanks.«

Ich drehte mich um. »Ah. Der Captain schafft es auch mal auf die Brücke. Welche Ehre.«

Er stand regungslos im Rahmen der großen Tür. Er blutete aus einer Wunde an der Stirn. »Hier gibt es alle sieben Jahrtausende so ein Ereignis. Und das trifft uns, wenn ich nicht da bin.«

»Ich war ja da«, erwiderte ich trocken. Verdammt. Ich hatte gerade ein Raumschiff aus einer ernsten Bedrohung manövriert. »Und wo waren Sie?«

»Offenbar nicht schnell genug hier, und den Duckdive habe ich vor dem Schott meiner Kabine erlebt. Weil mich die verdammte KI ausgesperrt hatte. War das die Artemis? Kann sie jetzt schon einen Duckdive fliegen?« Er klang zwar wütend, aber man sah das nicht in seinem Gesicht. Was auch an dem vielen Blut liegen konnte.

»Das war ich. Wenn es so heißt, mit der Nase nach unten zu tauchen. Die KI ist immer noch nicht vollständig installiert.« Unsere Blicke trafen sich und in seinen grauen Augen lag das erste Mal ein echtes Gefühl. Etwas, was ich erkennen konnte und was es nicht bis in sein makelloses Gesicht schaffte. Schmerz.

Ich schnallte mich ab, stand auf und deutete auf seine Stirn. »Ich sehe mir das an.«

»Sehen Sie lieber nach Nukati.« Mit diesen Worten wischte er sich mit dem Ärmel seines Shirts über das Gesicht, lief an mir vorbei und setze sich wortlos auf den anderen der Sitze.

Einen Moment blieb ich stehen, dann drehte ich mich zu ihm. »Ich habe gerade dieses verdammte Schiff gesteuert! Und uns vor dem sicheren Tod bewahrt!«

Er drehte den Kopf und hob eine Augenbraue. »Die Artemis kann weit mehr ab, als Sie denken.«

»Pah«, murmelte ich und machte mich auf, Nukati zu suchen.

KAPITEL ZWÖLF

Ich fand Nukati in der Küche. Zusammengekauert auf einem der beiden Notfallsitze neben der Küchenzeile. Er hatte sich so klein zusammengefaltet, wie ich es kaum für möglich gehalten hätte. Als ich eintrat, riss er den Kopf hoch. »Stehen wir unter Beschuss?«

Ich schüttelte den Kopf. »Da waren ein paar Asteroiden, aber wir sind ausgewichen.«

Er rappelte sich ein wenig hoch, hing aber schräg in den Gurten, daher eilte ich zu ihm, um ihm dabei zu helfen, sich zu entwirren.

»Die Gefahr ist vorbei«, sagte ich leise, während ich versuchte, den Verschlussmechanismus zu öffnen.

»Mir ist kalt.« Das brauchte er mir gar nicht sagen, das konnte ich fühlen. Er strahlte so viel Kälte ab, wie ein altmodisches Gefrierfach, bei dem jemand vergessen hatte, die Tür zu schließen.

»Gibt es eine Heizung, die wir hochdrehen können?« Ich

schaffte es endlich, den Verschluss zu öffnen, und streifte ihm die Gurte von den Schultern.

»Eine Heizdecke. Sie liegt auf der Bank.«

Ich drehte mich suchend um und entdeckte das Gewünschte unter dem Tisch. Die Artemis war ordentlich durchgeschüttelt worden, vermutlich waren viele Dinge nicht mehr an ihrem ursprünglichen Platz. Ich hob die Decke auf und reichte sie Nukati, der sie sich um den Körper schlang.

»Hier ist es auch immer so kalt«, schnaufte er. »Und wenn ich Angst habe, kühlt mein Körper noch mehr runter. Hattest du keine Angst? Du siehst aus wie das frische Leben.« Fast entrüstet deutete er mit einer Kralle auf mich.

Ich zuckte die Schultern. Es wäre wohl nicht hilfreich, ihm zu erzählen, dass ich keine Zeit für Angst gehabt hatte. Weil ich die Artemis geflogen war. Himmel und Sterne!

Langsam erhob sich das Echsenwesen und wankte zum Tisch, um sich schwer auf die Bank fallen zu lassen. Dabei setzte Nukati sich erst mal auf seinen eigenen Schwanz, knurrte widerwillig und schob ihn dann beiseite. »Willst du auch eine Wärmedecke? Die sind im Schrank da unten.«

Ich folgte der von ihm gezeigten Richtung und entdeckte einen ganzen Stapel, der sich selbst aufheizenden Decken. In allen Farben des Regenbogens. Ich strich mit der Hand über eines der Exemplare. Sie waren aus kuschelweichem Material gewebt, und ich entschied mich für eine rote Decke mit gelben Streifen.

»Da ist ein kleiner Widerstand in der Ecke, den musst du drücken, dann heizt sie sich auf.«

Ich suchte mit den Fingerspitzen und fand ein kleines Quadrat. Sofort erhöhte sich die Temperatur der Decke, und ich legte sie mir über die Schultern. Sie schmiegte sich an meinen Körper und die Wärme durchdrang mich vollständig. Ich musste wohlig geseufzt haben, denn Nukati blickte zu mir auf.

»Das ist ja herrlich!« Ich lief zur Bank und setzte mich ihm gegenüber. Eine Weile schwiegen wir.

»Ich mag Raumschiffe nicht besonders«, sagte Nukati plötzlich. Ich sah auf, aber er starrte weiterhin auf die Tischplatte. »Ich bin Tech geworden, weil es die einzige Möglichkeit war, meinen Planeten zu verlassen. Meine Spezies wird gerne in Crews genommen, weil wir ein gutes Verständnis von den verschiedensten Technologien haben. Die meisten Techs sind nur auf eine spezialisiert. Na, und wir kennen uns mit Ernährung aus. Für die meisten kleinen Crews ist das wichtig. Also für ihn jetzt nicht.« Er machte eine abwertende Handbewegung Richtung Brücke.

»Warum musstest du deinen Planeten verlassen?«, fragte ich vorsichtig, doch Nukati presste die Lippen fest zusammen, und fragte stattdessen: »Weißt du, was ich mir wünsche?« Er blickte endlich auf, und ich nickte ihm ermutigend zu. »Einen friedlichen Ort. Mit Bäumen. Und Bergen. Und einer einzigen Sonne, die meinen Körper wärmt, wenn ich mein kleines Haus verlasse.«

»Das klingt schön. Bedeutet das für dich ›weg‹? So einen Ort zu finden?«

Er nickte und seufzte. »Es ist gut, dass du hier bist. Wir können dich nicht nach Korps bringen, aber vielleicht finden wir eine andere Reisemöglichkeit, sobald wir den nächsten Raumhafen ansteuern. Damit du zu deinem Bruder kommst.«

»Danke«, sagte ich leise. Seine Worte klangen so ehrlich und aufrichtig. »Ich hoffe, der Captain sieht das auch so.«

Nukati verschränkte seine Hände auf der Tischplatte.

Dabei kratzten seine Krallen leicht über die Oberfläche. »Vielleicht kommt er mit und wohnt mit mir dann in dem kleinen Haus.« Er lächelte plötzlich. »Aber vermutlich zieht er weiter. Irgendwohin. Ich glaube nicht, dass er jemals irgendwo ankommen wird.« Dann räusperte er sich. »Und es mag vielleicht nicht so wirken, aber wir haben die Vereinbarung, dass ich Entscheidungsbefugnis habe. In vollem Umfang, solange keine Gefahr droht. Du bist keine Gefahr für uns.« Er beugte sich ein wenig nach vorn, was sonderbar nachdrücklich wirkte. »Du scheinst eine nette Menschenfrau zu sein. Es kann nicht schaden, wenn er auch mal mit netten Menschen Kontakt hat. Ich glaube, er mag seine eigene Spezies nicht sonderlich. Was kein Wunder ist.« Er hielt einen Moment inne und schien nachzudenken. »Und dass du Ärztin bist, ist ein großer Segen. Natürlich kann ich ihm eine Spritze geben. Ich bin äußerst geschickt. Tech halt«, jetzt klang er furchtbar stolz und wackelte mit den Krallenfingern. »Aber ich befürchte, damit ist es nicht getan. Das Lösen von der BDO beinhaltet viele Aspekte, die ich nicht ganz durchblicke. Deswegen solltest du noch ein wenig an Bord bleiben. Du bist eine Ärztin.« Er grinste mich zufrieden an.

»Ganz so einfach ist es nicht«, wagte ich vorsichtig einzuwenden. »Er ist genetisch optimiert und mit Technik vollgestopft. Er ist zwar ein Mensch, aber irgendwie auch nicht. Ich bin halt nur eine Menschenärztin.«

»Ihr seht beide gleich aus«, stellte Nukati fest und betrachtete mich. Dafür guckte er sogar unter den Tisch. »Du hast nur diese Hügel, die alle Weibchen eurer Spezies haben.« Er kam wieder hoch und deutete auf meine Brüste.

»Ja, ein paar mehr Unterschiede gibt es da zwischen

Männchen und Weibchen schon. Bei euch nicht?«, fragte ich.

Nukati schüttelte den Kopf. »Wir sind gleich. Machen die gleichen Dinge. Nur sie legt die Eier, wir brüten sie aus.«

»Das klingt sehr gleichberechtigt«, sagte ich, und Nukati sah mich an, als würde ihm dieses Wort nichts sagen. Was gut sein konnte. Denn das Wort Gleichberechtigung war in der TEX-Übersetzung nicht sonderlich vielen Spezies bekannt.

Doch bevor ich mich mit diesem Thema weiter befassen konnte, öffnete sich hinter mir die Tür mit einem Zischen. Ich drehte mich um.

Der RIX stiefelte in den Raum und steuerte wortlos einen der Schränke in der Küche an.

»Du hast ein Loch im Kopf«, rief Nukati empört.

Der RIX hatte sich das Blut aus dem Gesicht gewischt, aber das Loch, das eigentlich mehr ein Riss war, war definitiv da. Er griff sich etwas aus dem Schrank, trat vor die spiegelnde Oberfläche eines der technischen Geräte und klebte sich ein Klammerpflaster über die Wunde. So einfach war das.

Nukati schnaubte entrüstet durch seine großen Nasenlöcher, und ich duckte mich unwillkürlich ein wenig. Das klang gefährlich. »Wir haben eine Ärztin an Bord. Aber nein. Ein Pflaster. Dann bitte. Und was machst du jetzt?«

Der RIX hatte begonnen, in einem anderen Schrank zu wühlen. Nukati sprang auf und eilte zu ihm. »Okay.« Energisch schob er ihn zur Seite. »Du willst das Zeug des Grauens essen? Kein Problem. Worauf hast du denn Appetit? Vielleicht Gemüse in ...« Er hatte sich eine silberglänzende Tube gegriffen und sah auf das Etikett. »Gemüse mit Dingen, die ich nicht kenne. Oder hier«, er griff sich die nächste Tube. »Fleisch mit Pastinake. Ich könnte dir auch wunderbare Nudeln kochen. Die isst man auf der Erde doch so gerne.« Er strahlte den RIX an und versteckte die Tuben hinter seinem Rücken, doch der RIX griff geschickt über ihn hinweg und nahm sich einfach eine weitere aus dem Schrank. Offenbar lagerten dort unermessliche Vorräte an Nährpaste.

Nukati schüttelte den Kopf, legte die Tuben, die er in den Händen hielt, zurück in den Schrank und schloss nachdrücklich die Tür. Dabei gab er sonderbare Laute von sich. Vielleicht seine Muttersprache. »Wenigstens hast du das Schiff toll geflogen«, rief er dem RIX hinterher, der daraufhin aber nur ein prustendes Geräusch von sich gab, während er die Kappe der Tube abriss. »Das war sie!« Er deutete auf mich. Dann verschwand er wieder. Zumindest schien er nicht unter dem weit verbreiteten männlichen Syndrom zu leiden, fremde Heldentaten als eigene auszugeben.

»*Du?*« Nukati starrte mich fassungslos an.

»Ja.« Ich kam nicht umhin zu grinsen. »Man fliegt die Artemis mit den Fingerspitzen. Handarbeit sozusagen. Das kann ich ganz gut.«

»Aber wie ...«, fing Nukati an, doch ich unterbrach ihn.

»Er ...« Ich deutete in Richtung Brücke und dachte darüber nach, dass wir ihm einen Namen geben mussten. Einen richtigen Namen. »Also er, der dringend einen Namen braucht, war nicht auf der Brücke, und dann kamen diese Asteroiden und die KI war immer noch nicht vollständig installiert. Also hat sie mir gesagt, was ich tun muss. Leider hat sie ihn auch gleich ausgesperrt, weswegen ich die Artemis aus der Gefahrenzone geflogen habe.«

Nukati betrachtete mich einen Moment lang schweigend. »Aber wo war er?«

Ich zuckte die Schultern und überlegte, ob es richtig war, ihm das zu sagen, was die Artemis mir berichtet hatte. »Vielleicht ging es ihm nicht so gut«, sagte ich zögerlich.

Nukati sagte daraufhin nur: »Offenbar brauchen wir dich sehr viel dringender als bisher angenommen.«

Ich konnte das nicht. Ich starrte seit gefühlten dreißig Minuten auf mein Handgelenk. Vor mir auf dem kleinen Tisch lag ein Einwegskalpell, daneben Desinfektionsmittel und meine brandneue ID. Theresa Midgard. Terranerin, Erdling war ja nur eine etwas abfällige Bezeichnung für uns. Theresa Midgard war bisher Büroangestellte in einem kleinen Im- und Exportladen in London gewesen. Eltern beide verstorben, keine Geschwister. Ein fiktiver Lebenslauf war ebenfalls auf dem Chip gespeichert. Diese Lebensdaten und Registriernummer waren unveränderlich und brandneu, den Rest hatte ich hinzugefügt.

Jetzt galt es nur noch, einen kleinen Schnitt zu setzen, die alte ID zu entfernen und die neue an Ort und Stelle zu schieben. Dann konnte ich sie mit einem externen Transponder aktivieren, und im selben Moment würde ich zu Theresa Midgard werden. Diese IDs waren kinderleicht zu manipulieren. Viele Kriminelle hatten gleich mehrere, die sie, je nach Bedarf, aktivierten. Und ich hatte mich zu ihnen gesellt, denn kriminell war ich jetzt auch.

Erneut griff ich nach dem Skalpell, legte es aber einen Moment später wieder weg. Meine Hand zitterte. Vielleicht weigerte sich mein Unterbewusstsein, meine gesamte Identität einfach so aus mir herauszuschneiden. Neben mir lag mein Amulett. Der große, rosafarbene Stein glitzerte im Schein der Deckenleuchten der Artemis und erinnerte mich mit jeder Sekunde mehr daran, dass sich niemand an *mich* erinnern würde. Die Erde war weit weg, die Menschen, die mich als Milla kannten, waren dort. Oder tot. Sobald ich meine ID vernichtet hatte, gab es mich offiziell nicht mehr.

Ich seufzte bleischwer, raffte alle Utensilien zusammen und stand auf. Ich spürte das sanfte Vibrieren der Triebwerke unter meinen Füßen.

»Möchten Sie ein neues Bildschirmpic wählen?«

Ich zuckte zusammen und hätte fast das Desinfektionsmittel und das Skalpell fallen lassen. Die Artemis hatte mich jetzt bereits fünfmal gefragt, ob ich ein neues Bild vor dem Displayfenster haben möchte, dabei hatte ich mich gestern bereits zweimal für einen wunderbaren Gipfelblick entschieden. Einmal mit Schnee, einmal mit traumhaften Wiesenblumen. Entweder war ihr langweilig oder sie war einfach sehr fürsorglich programmiert. Ich räusperte mich. »Nein. Aber kannst du mir sagen, wo Nukati ist?«

»Er befindet sich in der Küche. Ist die Temperatur in Ihrer Kabine angenehm?«

»Ja«, sagte ich. »Sehr angenehm.« Ich schob den kleinen Hocker zur Seite, und die Artemis öffnete mir meine Kabinentür.

Die Küche war zwei Gänge entfernt, und auf dem Weg dorthin begleiteten mich sanft die Klänge einer Klaviersonate von Mozart. Die Artemis konnte offenbar mit menschlichen Crews umgehen, denn tatsächlich schaffte es die Musik, mein Herz ein wenig zu beruhigen.

In der Küche lief allerdings andere Musik. Hier lief sowieso ein komplett alternatives Programm. Nukati hatte sich mitten in den Raum auf den Boden gehockt und kleine

Pflanzen und Erdsubstrat um sich herum verteilt. Er sang laut einen Song mit, der keinesfalls einen menschlichen Ursprung haben konnte. Die Klänge sprangen wild hin und her und der Gesang war mehr ein schräges Geträller, zu dem meine Stimmbänder gar nicht in der Lage gewesen wären.

»Ah!« Er blickte mit seliger Miene auf. »Menschenfrau.«

»Kannst du mir bei etwas helfen?«, fragte ich schnell, machte ein paar große Schritte über die auf dem Boden verteilten Pflänzchen und legte meine Sachen auf den Tisch.

»Natürlich.« Nukati reinigte sich die Hände an einem großen Lappen.

Ich drehte mich zu ihm herum und hielt ihm das Skalpell vor die Nase. »Kannst du meine ID auswechseln?«

Er spitzte die Lippen, starrte erst auf das Skalpell, dann zur Decke, dann sah er mir in die Augen. »Ich kann leider kein Loch in dich schneiden«, erklärte er mir dann ernst. »Ich kann ein Loch in die Artemis schneiden, wenn es nötig ist. Aber nicht in dich.«

»Aber«, setzte ich an, doch er unterbrach mich sofort.

»Mit einer kleinen Nadel in dich hineinstechen. Das ginge. Keine großen Löcher. Nicht mit Messern. Frag ihn!« Er deutete unbestimmt mit einer Kralle Richtung Brücke und widmete sich im nächsten Moment wieder seinem Grünzeug. Ganz kurz sah er noch einmal auf und lächelte mich fröhlich an. »In spätestens drei Tageseinheiten können wir schon Spitante ernten. Der ist so ähnlich wie Salat auf der Erde. Köstlich. Das wird ein Fest! Und du brauchst dringend Vitamine!«

»Eigentlich brauche ich erst mal eine neue ID«, erwiderte ich schwach, doch Nukati war gedanklich schon wieder bei Vitaminen und Spitante.

Langsam machte ich mich auf den Weg zur Brücke.

»Ist es notwendig, ein Loch in mich zu schneiden? Ich erkenne die Notwendigkeit in meinem aktuellen Status nicht.«. Die Artemis sprach leise. Es schien fast, als flüsterte sie mit mir.

»Er hat nur gesagt, dass er das tun *könnte*. Falls es notwendig wäre. Weil du repariert werden musst«, erklärte ich ebenso leise.

Nach einer Weile antwortete sie: »Vielen Dank für diese Erklärung.« Die Artemis war eine sehr sonderbare KI.

Vor der geöffneten Tür zur Brücke blieb ich stehen.

»Kann ich reinkommen?«, rief ich. Ich bekam keine Reaktion, was ich kurzerhand als Zustimmung wertete.

Ich entdeckte den RIX erst auf den zweiten Blick. Er saß im Sitz, hatte die Beine angezogen und die Augen geschlossen. Was mich derartig irritierte, dass ich ihn für einen Moment nur anstarren konnte. Alarmiert drehte ich mich zur großen Frontscheibe. Alles sah ruhig aus. Wir bewegten uns mit beständiger Geschwindigkeit vorwärts, wohin auch immer. Auf einem der Displays erschien etwas, was unsere Flugbahn sein könnte, daneben liefen Zahlenkolonnen ab, die so klein waren, dass ich sie selbst mit zusammengekniffenen Augen nicht lesen konnte.

Unschlüssig sah ich wieder zu ihm und setzte mich dann erst mal auf den zweiten Sitz. Hätte er nicht direkt aufwachen müssen, als ich die Brücke betrat? War er nicht genau dafür konzipiert?

Ich spähte erneut zu ihm hinüber. Er atmete. Gute Sache. Ich räusperte mich, doch er reagierte nicht. Er hatte den Kopf seitlich an die Kopfstütze des Sessels gelehnt und schien tatsächlich tief zu schlafen.

»Wir passieren in fünf Zeiteinheiten den Planeten X-Terra 17. Sie hatten mich gebeten, Sie dann zu wecken.«

Ich zuckte zusammen. Offenbar war er nicht aus Versehen eingeschlafen, sondern hatte das geplant. Unser Autopilot schien endlich vollständig installiert zu sein.

»Captain. Aufwachen!«

Aber unser Captain reagierte nicht.

Inzwischen konnte ich den Planeten, von dem die Artemis gesprochen hatte, auf unserer Flugbahn auf dem Display sehen, und so beugte ich mich zu ihm hinüber und griff ihm an den Arm. »Aufwachen!«, sagte ich, und er kam so schnell auf die Beine, dass ich erschrocken meine Hand zurückriss und die Lippen zusammenkniff. Vielleicht war es mein Glück, dass er offenbar sofort wusste, wo er war. Und vor allem: Wer ich war. Wer wusste schon, ob er sonst reflexhaft zugeschlagen hätte.

»Sie wecke ich nie wieder«, sagte ich leise, um den Schreck zu überspielen. Er stand neben der Konsole mit den vielen Displays und starrte mich an. Dann schluckte er einmal trocken. »Artemis. Statusbericht«, sagte er, und das Schiff spulte in knappen Worten Informationen ab.

»Die Artemis hat versucht, Sie zu wecken.«

Er atmete schnaubend aus.

»Aber Sie waren nicht zu wecken«, fuhr ich fort. »Das wäre jetzt theoretisch ungünstig. So wie ein verirrter Asteroid auf Kollisionskurs.«

Er betrachtete mich einen Moment, dann rieb er sich mit der flachen Hand die Stirn. Eine sehr menschliche Geste, die mich dazu brachte, ihn zu fragen: »Geht es Ihnen gut?«

»Ja.«

»Warum schlafen Sie dann hier auf der Brücke?«

»Weil sogar ich hin und wieder schlafen muss.«

»Wir passieren den Planeten X-Terra 17«, mischte sich

die Artemis ins Gespräch ein, und der RIX nickte zur Frontscheibe. Dort erschien ein hell leuchtender Planet.

Fasziniert trat ich einen Schritt vor. Entfernt erinnerte er mich an die Erde. Der Planet schien zu weiten Teilen von Wasser bedeckt zu sein, und große Areale in einem dunklen Grün stachen aus dem tiefen Blau hervor. »Er sieht fast aus wie die Erde«, murmelte ich und legte beide Hände an die Scheibe, die erstaunlich warm war.

»Er ist der Erde sehr ähnlich. Eine etwas geringere Schwerkraft, aber Sauerstoff in der Atmosphäre.«

Ich warf ihm einen Seitenblick zu. »Wer lebt dort? Und warum habe ich seinen Namen noch nie gehört? Die GU hat doch versucht, sich mit ihrem Siedlungsprogramm alles, was auch nur annähernd erdähnlich ist, unter den Nagel zu reißen.« Wobei das Siedlungsprogramm nichts weiter war, als eine feindliche Übernahme. Es hatte ein paarmal funktioniert, und deshalb gab es jetzt drei Planeten, weit außerhalb des Milchstraßensystems, die von Menschen besiedelt wurden. Padas war einer davon.

»Es gab nicht nur Menschen, die versucht haben, sich den da unter den Nagel zu reißen. Er soll sehr reich an seltenen Erden und anderen Bodenschätzen sein. Aber die jetzigen Bewohner sind wehrhaft. Angeblich sollen sie entfernt an Dinosaurier erinnern, allerdings mit einer weit entwickelten Technologie. Selbst die Pridas haben davor kapituliert. Deswegen leben sie einfach weiter dort unten, und es ist ihnen scheißegal, was hier oben so vorbeifliegt.«

Die Pridas entstammten dem Sonnensystem Iris Arkadas. Es waren hochentwickelte Eroberer, die kurz vor meiner Geburt auf der Erde haltgemacht hatten. Sie hatten allerdings schnell erkannt, dass die Erde ein sterbender Planet war, und so waren sie relativ unspektakulär weitergezogen und hatten sich einen neuen Planeten gesucht, den sie plündern konnten.

Der RIX war neben mich getreten.

»Ich glaube, Sie haben Fieber«, sagte ich leise, während ich unverwandt auf diesen wunderschönen Himmelskörper schaute, der links von uns langsam vorbeizog. Ich konnte spüren, wie der RIX förmlich glühte. »Sind das die Nebenwirkungen vom Tritostad?«

»Ja«, sagte er nach einem Moment und legte seine rechte Hand, die ohne den Handschuh, ebenfalls an die Scheibe. Einen Atemzug lang standen wir einfach so da, offenbar beide gefangen von dem wunderbaren Anblick dieses völlig intakten Planeten.

»Ich möchte an so einem Ort leben«, sagte ich leise. »Ich muss nicht durch das All reisen. Ich möchte ohne jegliche Netzanbindung leben. Und jeden Tag einen Baum ansehen können. Frische Luft atmen. Ich kann mich schon gar nicht mehr daran erinnern, wie das damals als Kind war, als es wirklich noch Orte gab, an denen die Luft nicht toxisch war. Ich möchte mein Essen selbst anbauen und eine Ziege haben. Haben Sie schon mal eine Ziege gesehen?«

»Ich bin nicht auf der Erde aufgewachsen«, antwortete er leise. »Ich wurde im All«, er zögerte einen Moment, als suchte er nach dem richtigen Wort, »geschaffen, und bin auf einem Militärschiff aufgewachsen. In künstlicher Schwerkraft.«

Und so standen wir eine ganze Weile dicht nebeneinander und sahen dem blauen Planeten dabei zu, wie er völlig perfekt und im Einklang existierte. Jetzt verstand ich, warum die Artemis ihn wecken sollte, wenn wir X-Terra 17 passierten.

KAPITEL DREIZEHN

»Es ist nicht gut, dass Sie Fieber haben.« Bei diesen Worten kniff ich die Augen fest zusammen und umklammerte mit meiner freien Hand die Armlehne des Sitzes. »Das sind die Nebenwirkungen. Je höher die Dosis, desto heftiger die Nebenwirkungen. Geht wieder vorbei.«

Der Schnitt war sauber und präzise, trotzdem konnte ich mir ein Aufstöhnen nicht verkneifen. Ich blinzelte einmal. Blut lief mir über das Handgelenk, und sofort kniff ich die Augen wieder zusammen. Die Wunde schmerzte. Als der RIX begann, das Implantat zwischen Haut und Gewebe hervorzuschieben, durchzuckte mich ein heftiges Stechen.

»Wussten Sie, dass die IDs der Marsianern beim Entfernen explodieren?«, fragte ich mit zusammengebissenen Zähnen. Ich musste jetzt zwanghaft reden. Mich ablenken. Verdammt. Ich konnte in anderen Menschen herumpulen, ohne mit der Wimper zu zucken. Nur bei mir selbst mutierte ich schlagartig zu einem Weichei.

»Interessante Information«, sagte der RIX ungerührt. Mein Arm ruhte in seiner linken Hand, der mit dem Handschuh, mit der rechten arbeitete er. Sehr präzise, wie ich feststellte. »Geht das jetzt so weiter? Dass ich Ihnen das Tritostad so lange spritze, bis ich von Bord gehe? Oder sind Sie irgendwann außerhalb der Reichweite der BDO, und Ihr Peilsender darf wieder funken?« Er antwortete nicht, woraufhin ich sagte: »Sie müssen mit mir reden. Bitte. Wenn nicht über den Peilsender, dann über das Wetter. Oder den Kaffee an Bord.«

Er hielt inne. »Wir haben Kaffee?«

»Haha«, erwiderte ich tonlos.

»Es heißt nicht Peilsender. Es heißt IPS«, erklärte er mir dann, ohne aufzublicken.

»Ist mir grad egal. Was Sie da tun, bringt mich fast zum Weinen.« Himmel, es tat weh. Das kleine Implantat mit meinen Lebensdaten war nach über zehn Jahren fest verwachsen, und der RIX musste Kraft aufwenden, um es zu bewegen. »Vielleicht wäre es einfacher, direkt über der ID zu schneiden. Sie richtiggehend herauszuschneiden.« Ich schnappte einmal nach Luft, weil der Schmerz wirklich heftig war.

»Je kleiner das Loch, desto besser. Wundheilung im All verläuft oft nach eigenen Regeln.« Er schob ungerührt weiter, und ich schniefte. Was mir durchaus unangenehm war. Immerhin war er ein Soldat. Und obwohl er so fiebrig war, wie ein Kind mit Lungenentzündung, sagte er keinen Ton. Dafür griff er im nächsten Moment mit den Fingerspitzen nach der Spitze des kleinen Stabs, zog ihn heraus und legte ihn auf ein Stück Kompresse neben sich. Ich atmete auf.

»Die BDO und ihre Kopfgeldjäger werden die Kennung meines IPS überall finden.«

»Und was bedeutet das?«, fragte ich und beobachtete, wie er die kleine sterile Packung der ID von Theresa Midgard aufriss.

»Dass das IPS raus muss. Allerdings neigt es wie die ID der Marsianer zum Explodieren.«

Ich schwieg einen Moment und beobachtete, wie er geschickt mit den kleinen Röhren hantierte. Der Schmerz war jetzt nicht mehr so überwältigend.

»Kann ich das machen? Das Ding aus Ihrem Rücken entfernen?«

Er blickte einen Moment auf. Aus der Nähe hatte er wirklich schöne Augen. Tiefgrau mit hellen Sprenkeln in der Iris. Dann schüttelte er den Kopf. »Nicht, wenn Sie nicht auch in die Luft fliegen wollen.«

Ich schwieg, denn er schien offenbar immer ein wenig zu brauchen, bis sich genug Worte in ihm gesammelt hatten.

»Ein Freund von mir könnte das machen. Er hat das nötige Equipment. Aber die Reise zu ihm ist noch lang.«

»Setzen Sie mich vorher ab?«, fragte ich.

Er schob meine neue ID unter der Haut in Position, dann desinfizierte er die Wunde, aber eine Antwort bekam ich nicht.

»Also setzen Sie mich vorher ab«, mutmaßte ich. Weder nickte er, noch reagierte er sonst irgendwie.

Ich forschte in seinem regungslosen Gesicht und mir fiel auf, dass er mittlerweile leicht gerötete Wangen hatte. Auf seiner Stirn glänzte Schweiß. Aus einem Reflex heraus streckte ich meine freie Hand aus und wollte sie ihm auf die Stirn legen. Ich brauchte keine Check, um Fieber zu messen. Mein Handrücken konnte das ebenfalls ganz wunderbar.

Doch der RIX zuckte zurück, als hätte ich versucht, ihn zu schlagen. Argwöhnisch sah er mich an, das Fieber hatte sich jetzt auch in seine Augen geschlichen und ließ sie glänzen.

Ich zog meinen Arm zurück und strich stattdessen die Klebestreifen des Wundpflasters glatt. »Ich bin die Ärztin an Bord. Und auch wenn ich die Notwendigkeit, den Sender in Ihrem Rücken außer Gefecht zu setzen, verstehe, kann ich nicht tatenlos zusehen, wie es Ihnen schlecht geht«, erklärte ich ihm. »Wie hoch ist Ihre normale Körpertemperatur?«

Er runzelte die Stirn, und blieb weiter auf Abstand. »37,9 Grad«, sagte er.

»Also mehr oder weniger normal. Wie bei jedem Menschen. Es wäre jetzt wichtig, zu wissen, wie hoch das Fieber ist. Ich tue Ihnen nichts, ich fasse nur Ihre Stirn an. Meine Hand ist ein fest installiertes Fieberthermometer.«

Er sah mich an, blickte dann aus der Frontscheibe und sah wieder zu mir. Unter normalen Umständen hätten wir niemals so eine Unterhaltung geführt. Aber die Umstände waren nun mal nicht normal. Er brauchte mich. Und ich brauchte ihn. Definitiv.

»Betrachten Sie uns als Zweckgemeinschaft. Ich kann Ihnen helfen, Sie mir. Aber nun muss ich wissen, wie hoch das Fieber ist.«

»Wozu?«, fragte er rau. »Tritostad löst eine Immunreaktion aus, und daran ändert sich nichts, wenn Sie wissen, wie hoch das Fieber ist.«

»Himmel und Sterne!«, schnaubte ich. »Dann sagen Sie Bescheid, wenn Sie gar sind. Ich gehe jetzt ins Bett.« Mit diesen Worten schnappte ich mir meinen Kram und verließ die Brücke. Allerdings bog ich vor meinem Quartier ab in die Küche, wo Nukati mittlerweile nicht mehr zwischen seinen ganzen Pflanzen hockte, sondern kochte.

»Du kommst genau richtig«, sagte er im Dunst einiger brodelnder Kochtöpfe. »Das Essen ist gleich fertig. Es gibt Kirschmadkäfer mit feiner Sudbutter, Sandelmaronen und die erste Ernte knackiger Babymöhren. Aus Saatgut von der Erde. Echte Möhren!« Triumphierend sah er mich an, und ich musste grinsen.

»Danke«, sagte ich und setzte mich auf einen der Hocker vor dem Herd. Essen war viel besser als schlafen. »Du machst dir wirklich viel Mühe mit dem Essen. Das ist einfach toll. Und sehr nett.«

Er winkte ab, zwischen Dampfwolken und einem rotweiß karierten Handtuch, das aussah, als hätte er es aus einem Heimatfilm der Erde geklaut. »Er isst ja nichts. Für ihn wäre das alles sinnlos, und ich betreibe für mich allein nicht so viel Aufwand. Aber Kochen ist meine Leidenschaft, und wenn dann jemand noch gerne isst, macht es besonders viel Freude.«

Ich sah ihm einen Moment lang zu, wie er die kleinen Möhren aus dem Wasser fischte. Er hatte konzentriert seine lange Zunge zwischen die spitzen Zähne geklemmt. Eine sehr menschliche Geste, aber vielleicht waren wir uns alle sehr viel ähnlicher, als ich immer geglaubt hatte.

»Er hat Fieber, nicht?«

Erstaunt sah ich ihn an.

»Der Captain«, fügte er noch hinzu, dabei gab es hier ja nur uns drei. »Er hat nie gelernt, zu sagen, wenn es ihm nicht gut geht. Das ist schwierig. Ich bin Koch, Gärtner und Tech. Kein Arzt. Und er tut immer so, als wäre er unverwundbar. Wie ein Superheld. Aber das ist er nicht.« Er arbeitete jetzt weiter, aber offenbar war es ihm ein Bedürfnis, mir das zu erzählen. »Du kannst damit umgehen. Du weißt, was zu tun ist.« Energisch schüttete er die gebratenen Insekten in eine

Schüssel und würzte sie dann mit einigen Löffeln eines weißen Pulvers. »Sie haben es ihnen abtrainiert, Schmerz zu zeigen.«

»Die BDO?«, fragte ich leise.

Er nickte. »Sie behandeln die RIX wie Hunde.«

»Auf der Erde hört man viel über diese Einheit«, sagte ich. »Erschreckende Dinge, aber ohne sie gäbe es die Menschheit wohl schon lange nicht mehr. Warum ist er abgehauen?«

Nukati sah kurz auf. »Weil sie es bei ihm nicht geschafft haben, ihn zu einer Maschine zu machen. Zu einem gewissenlosen, brutalen Wesen. Er wäre irgendwann zugrunde gegangen. Oder sie hätten ihn getötet, weil er sich nicht regelkonform verhalten hätte.«

Ich starrte Nukati an. »Das ist ja furchtbar.«

Er nickte und beugte sich zu mir. »Er hat mich gerettet. Nicht nur mich, viele von meiner Art. Und dafür haben sie ihn auf das Grausamste bestraft. Weil das nicht sein Auftrag war. Uns zu retten stand nicht auf der Agenda der BDO.« Nukati seufzte nur und blinzelte mich an. »Freundschaft ist den Draxondas sehr wichtig«, sagte er schließlich. »Ich kenne deine Spezies nicht so gut, Menschenfrau. Vielleicht bedeutet es bei euch etwas anderes, aber für uns ist ein Freund jemand, für den man auch in den Tod gehen würde. Und er ist mein Freund.« Einen Moment hing die Kralle, mit der er Richtung Brücke gedeutet hatte, in der Luft. Dann nahm er sie schlagartig herunter und sah mich an. »Er braucht tatsächlich einen Namen«, stellte er dann trocken fest.

»Sag ich doch!«

Nukati schien angestrengt nachzudenken. »Die in meiner Welt üblichen Namen passen nicht. Und ihr könntet sie vermutlich auch nicht gut aussprechen. Er sollte einen Menschennamen bekommen. Er ist ja wie du.« Nachdrücklich schnaubte er. »Aber erst mal essen wir.« Er drückte mir die Schüssel mit den fertigen Käfern in die Hand, und ich atmete ebenfalls einmal tief durch.

»Wir bleiben wohl erst mal bei Captain«, sagte ich, drehte mich um und stellte die Schüssel auf den Tisch zu den bereits gedeckten Tellern.

Nukati folgte mir mit den restlichen Köstlichkeiten, schwang seinen Schwanz zur Seite und setzte sich. Geschickt füllte er meinen Teller.

»Vielleicht erzählst du mir irgendwann, wie ihr zu Freunden geworden seid«, sagte ich leise, doch Nukati blickte nicht auf. Stattdessen zog sich ein neuer Ausdruck über sein Gesicht, das mir selbst nach den wenigen Tagen an Bord seltsam vertraut geworden war.

»Es gibt Dinge, die sind so groß, dass man nicht über sie sprechen kann«, flüsterte er, und fast automatisch wanderte meine Hand zu meiner Kette, die mich jeden Tag daran erinnerte, über was ich nicht sprechen konnte. Weil es zu groß war.

Schweigend fingen wir an zu essen.

»Darf ich dich noch etwas fragen?« Ich legte die Gabel neben den Teller und zog meinen AD hervor.

»Natürlich.« Nukatis Blick hatte sich geglättet, er schien die vielen Sorgen und Schmerzen beiseitegeschoben zu haben.

»Ich warte seit Tagen auf Nachricht von Korps. Aber da kommt nichts.«

»Ah. Diese Geräte kenne ich gar nicht. Aber ich denke, es liegt daran.« Er hob eine Hand und zeichnete eine gebogene Linie in die Luft. »Wir sind hier.« Er tippte mit der

Kralle seines Fingers auf die Mitte des Punktes. »Und dort«, er deutete unbestimmt in alle anderen Richtungen, »sind lauter Asteroiden, ein paar Planeten und alle möglichen Schrottteile, was so im Weltall unterwegs ist. Deswegen sind wir auch gerade so langsam. Wir müssen mit vollem Schildumfang fliegen. Wir hätten sonst ein paar nette Löcher in der Außenhülle. Ich glaube, dass deshalb Nachrichten nicht richtig geladen werden.«

»Diese Ausführung ist korrekt«, kam es aus dem Off, und Nukati und ich zuckten gemeinschaftlich zusammen.

»Hört sie uns immer zu?«, flüsterte ich.

»Es ist meine Aufgabe, auf jede Anfrage an Bord sofort zu reagieren.«

»Sie ist ein bisschen eifrig, die Artemis«, brummte Nukati und schob sich eine weitere Gabel von den kleinen Möhren zwischen die Zähne.

»Sobald wir diese Passage hinter uns gelassen haben, können wir die Schilde hochnehmen und werden einen besseren Funkempfang haben.«

»Okay«, sagte ich und steckte meinen AD zurück in die Tasche. Seit dem Verlassen der Barrakuda hatte ich nichts mehr von Mika gehört. Was vermutlich völlig normal war, mich aber trotzdem besorgte. Ich griff mir ebenfalls die Gabel und wollte mir gerade einen Bissen von den Kirschmadkäfern in den Mund stecken, als die Artemis nach unten durchsackte und mich mit dem Gesicht auf den Tisch drückte. Mein Herz setzte für einen Moment aus. Nukati schrie. Ein Grummeln lief durch das Schiff, und ich riss den Kopf wieder hoch. Unser Essen hatte sich über die gesamte Küche verteilt. Zum Glück hatte ich mir mit der Gabel kein Auge ausgestochen.

Ein hoher Pfeifton ertönte.

»Die Artemis steht unter Beschuss.«

Nukati war so schnell auf den Beinen, dass ich seine Bewegung gar nicht hatte sehen können. Er packte mich am Arm und riss mich mit sich bis zu den Sicherungssitzen, die an der Stirnseite des Raumes angebracht waren. Mit energischem Griff zog er den Sicherheitsgurt über meine Schultern und ließ ihn über meinem Bauch einschnappen. Dann schmiss er sich förmlich in den Sitz neben mir und schnallte sich ebenfalls an.

»Uns klebt Ärger am Heck«, ertönte die Stimme des RIX jetzt durch die Lautsprecher. »Milla soll den Raumanzug anziehen. Kann sein, dass wir Druck verlieren.«

Wieder war Nukati dermaßen schnell auf den Beinen, dass mein Blick ihm fast nicht folgen konnte. Er griff in größter Eile einfach über mich hinweg und riss tatsächlich einen kompletten Raumanzug aus einem der oberen Fächer heraus. Ich war noch dabei, mich abzuschnallen, da steckten meine Füße schon in dem Ding drin. Ich hatte so ein Teil bisher nur ein paar Mal getragen, und das war während des Seminars auf der Erde gewesen. Damals mussten wir das An- und Ablegen üben, genauso wie das Gehen und Hantieren in den Anzügen. Nach den wenigen Tagen wusste ich, dass ich Raumanzüge hasste, was ich jetzt gerne zum Ausdruck gebracht hätte, aber da stülpte mir Nukati schon den Helm über und regulierte die Sauerstoffzufuhr.

Wieder sackte das Schiff durch. Während sich meine magnetischen Stiefel von selbst am Boden hielten, wurde unser Koch fast durch die ganze Küche geschleudert. Er rappelte sich schlagartig wieder auf und stürzte auf mich zu.

»Seid ihr sicher da hinten?«, fragte der RIX im nächsten Moment. »Ich muss ausweichen.«

»Ja«, keuchte Nukati und drückte mich zurück in den

Sitz. Wieder sicherte er uns beide, dann zog er sämtliche Körperteile an und machte sich so klein, wie ich es nicht für möglich gehalten hatte. Die Triebwerke der Artemis brüllten auf und wir sanken wieder schlagartig nach unten, nur um im nächsten Moment fast senkrecht nach oben zu starten.

Das Licht in der Küche färbte sich rot.

»Die Artemis befindet sich im Gefechtsmodus«, sagte das Schiff, kam aber kaum gegen den ohrenbetäubenden Lärm an, der uns jetzt umgab.

»Das sind die Ristellermotoren, die die Waffen auf dem Schiffskörper lenken«, brüllte Nukati, und ich nickte stumm. Was man in dem Raumanzug sicherlich gar nicht sehen konnte, obwohl es sich um ein weit fortschrittlicheres Teil handelte, als das, mit dem wir auf der Erde geübt hatten. Dafür sah ich, wie sich unser wunderbares Abendmahl weiter über den gesamten Raum verteilte. Nur die Teller und die Gabeln blieben auf dem Tisch liegen. Offenbar waren sie, wie fast alles auf dem Schiff, mit Magneten gesichert.

Wir wurden nach hinten gerissen, und ich presste fest die Augen zusammen. Vielleicht schrie ich auch. Mein Körper fühlte sich an, als würde er in einer Zentrifuge stecken. Die lief. Auf höchsten Touren. Die Gurte hielten mich bewegungslos auf dem Sitz, der Anzug hatte sich meiner Körperform angepasst und kontrollierte, wo sich das Blut sammelte, um das durch Druck wieder auszugleichen.

Ich spürte eine Berührung an meinem linken Handschuh. Das Ding war wirklich allerneuste Technologie, denn in den normalen Anzügen spürte man nichts von seiner Außenwelt. Nukati hatte mir seine Hand herübergeschoben, und ich umschloss seine Finger sofort fest.

Im nächsten Moment tauchte auf dem großen Display über dem Esstisch ein Bild auf. Der Blick aus der Frontscheibe. Daten jagten in rasender Geschwindigkeit links und rechts davon über die freie Wand. Offenbar hatte der RIX uns das, was er sah, auf den Bildschirm in der Küche gespielt. Damit wir auch sahen, was uns umbringen würde.

Auf dem Display erschienen gleich drei verschiedene Schiffe, die uns gefährlich nah waren. Die Artemis schoss, aber die Reaktion ließ nicht lange auf sich warten. Die feindlichen Schiffe pusteten uns Salven an Gegenfeuer über die Außenhaut, dass unser Schiff bis in die Grundfesten erschüttert wurde.

»Piraten. Nicht die BDO. Sie jagen in Rudeln wie die Wölfe. Ich stelle das Feuer ein, weil sie uns sonst zerlegen. Die Schilde sind beschädigt«, ertönte die Stimme des Captains aus dem Lautsprecher. Das Schiff erbebte erneut und ein noch schrillerer Warnton erklang. »Sie entern uns. Macht euch bereit.«

Nukati neben mir gab ein tiefes Grollen von sich und ließ meine Hand schlagartig los. Er riss sich den Gurt vom Körper und zog mich mit sich. Dann packte er mich an den Schultern, seine Augen schienen plötzlich glühende Kohlen zu sein. »Schnell. In dein Quartier!«, fauchte er und schob mich auch schon im Laufschritt vor sich her. Durch die Gegend geschoben zu werden war nicht meins, aber ich fügte mich. Denn die Artemis hatte begonnen, in Dauerschleife zu sagen: »Eine fremde Luftschleuse hat ohne Genehmigung angedockt. Es besteht die Gefahr, dass die Artemis geentert wird. Bereiten Sie sich vor.«

Nukati schob mich aber nicht nur in meine Kabine, er schob mich gleich weiter, direkt unter das Bett. »Wir beschützen dich!«, keuchte er und richtete sich dann wieder auf, sodass ich für einen Moment nur seine riesigen Klauen sehen konnte, die über enorm große Krallen verfügten. So stand er einen langen Herzschlag da, und ich robbte vorsichtig aus meiner Deckung, um zu sehen, was er tat.

Als ich endlich den Kopf mit dem Helm ein wenig unter dem Bett hervorgeschoben hatte, gefror mir das Blut in den Adern. Aus dem freundlichen Koch war ... etwas sehr Nachdrückliches geworden. Der sonst flach an den Kopf gedrückte Kamm hatte sich aufgestellt und leuchtete in den schrillsten Farben. Er sah aus wie eine Waffe. Er war bereit, es mit allem aufzunehmen, was sich den Weg zu uns gesucht hatte.

Wenige Sekunden später stürmte er los. Das Schiff erbebte erneut. Es fühlte sich an, als würde ein Riese es packen und immer wieder auf den Boden schleudern.

Mit angehaltenem Atem lag ich da. So ausharrend spürte ich, wie die nackte Angst nach mir griff. Piraten gab es überall im All. Sie schnappten sich kleinere Schiffe, meistens einfache Transporter, und raubten die Crew aus. Oft genug töteten sie die Besatzung direkt, nachdem sie das Schiff leer geräumt hatten. Oder sie warfen sie einfach in die tiefe, unendliche Dunkelheit hinaus. Das All war ein Massengrab. Was für ein furchtbares Ende.

Zwei Atemzüge später ging das Licht aus. Ich verlor kurz den Bodenkontakt und schwebte ein paar Zentimeter direkt unter meinem Lattenrost. Die Schwerelosigkeit umfing mich aber nur ein paar Sekunden, dann plumpste ich der Länge nach wieder zurück. Mein Helmvisier verfügte über eine integrierte Beleuchtung, die offenbar einen Helligkeitssensor hatte, denn sie sprang schlagartig an und tauchte den schmalen Raum unter dem Bett in gleißendes Licht. Zeitgleich begannen sehr angestrengte Bemühungen vor meinem Quartier. Jemand versuchte, die Tür aufzubrechen. Und durch das Schiff hallten plötzlich Schüsse. Viele Schüsse.

KAPITEL VIERZEHN

Meine Kabinentür war stabil. Es tat sich nichts und außer einem Schaben war nichts zu hören. Vielleicht war jemand mit einem Brecheisen dabei, irgendwo in dem Türrahmen eine Lücke zu suchen, um sie aufzuhebeln. Dann war plötzlich Ruhe.

Ich fummelte ungeschickt, aber äußerst vorsichtig an meinem Visier herum, um das Licht wieder abzustellen, was sich als ziemlich kompliziert herausstellte. Erst regulierte ich aus Versehen die Lautstärke in meinen Kopfhörern extrem hoch, sodass das latente Rauschen, das das Schiff noch von sich gab, meinen Kopf fast explodieren ließ, dann zeigte plötzlich das interne Display meine Vitaldaten an. Womit ich jetzt wusste, dass mein Puls bei einhundertzwanzig Schlägen lag. Für den Grad meiner Panik war das noch relativ wenig.

Schließlich gelang es mir, die störende Displayeinblendung zu beenden und das Licht auszuschalten. Keine Sekunde zu spät, denn im nächsten Atemzug stürzte meine

Zimmertür mit einem harschen Knall auf den Boden. Ich kniff die Augen zusammen, was leider gegen die Bedrohung überhaupt nichts half. Deswegen öffnete ich sie vorsichtig wieder und sah schwere Magnetstiefel an meinem Bett vorbeimarschieren.

Ich hatte einen Piraten in meiner Kabine. Das Licht des Displays seines Raumanzugs tauchte alles in einen fahlen Schein, und die Angst ließ mich förmlich erstarren. Ich hörte das beständige Pfeifen seines Atemgeräts, während er begann, alle Schubladen meines Sideboards zu durchwühlen. Da ich nichts mehr besaß, gab es dort nicht viel zu wühlen, weswegen der Pirat, nun offenbar erbost, mit einer Handbewegung die wenigen Dinge, die ich darauf deponiert hatte, auf den Boden wischte. Polternd fiel ihm das kleine Tablett, auf dem ich die Utensilien für den RIX bereitgelegt hatte, direkt vor die Stiefel und er schubste es mit einem Kick zur Seite. Was dazu führt, dass mir die sterilen Kompressen und die Ampulle Tritostadt direkt vor die Nase geflogen kamen. Die Ampulle hatte ein kleines Sichtfenster, und im Schein der Helmbeleuchtung des Piraten glitzerte die bernsteinfarbene Flüssigkeit. Es gab zwei Ampullen an Bord, die der RIX von der Barrakuda hatte mitgehen lassen. Eine volle, die im Tresor auf der Krankenstation lagerte und eben diese, die mir direkt bis vor die Nase gerollt war. Noch achtzig Milliliter reines Gift. Ganz vorsichtig streckte ich meine Hand danach aus, während das stetig umherirrende Licht von der Helmbeleuchtung des Piraten durch meine Kabine geisterte.

Ich war ungeübt darin, mich in dem klobigen Anzug richtig zu bewegen, weswegen ich erst die Handfläche auf die kleine Glasampulle legte und dann ganz vorsichtig die Finger krümmte. Millimeter um Millimeter arbeitete ich mich vor, bis ich das Gefühl hatte, sie gut in der Hand zu halten, dann erst zog ich sie vorsichtig zu mir heran. Ich konzentrierte mich, um in der Dunkelheit das kleine Rädchen erkennen zu können, mit dem ich die Nadel aktivierte.

Im nächsten Moment flammte grellweißes Licht neben mir auf. Ich riss den Kopf zur Seite, knallte mit dem Helm gegen die Unterseite meines Bettes und kniff für einen Moment geblendet die Augen zusammen.

Er hatte mich am Bein gepackt und zog. Erbarmungslos und mit voller Härte zerrte er mich aus meinem Versteck. Im ersten Reflex wollte ich mich an der Unterseite des Bettes festklammern, doch dann packte ich stattdessen mit beiden Händen die Ampulle. Sollte er doch glauben, ich wäre wehrlos.

Noch immer blendete mich sein Helmlicht, doch mein Visier hatte sich plötzlich dunkel eingefärbt, und so konnte ich ihn wenigstens schemenhaft erkennen. Er war ein wenig größer als ein normaler Mann, sein Raumanzug komplett gepanzert, und an seinem Brustschild hingen zwei Schusswaffen. Am beängstigendsten war aber die Tatsache, dass sein Gesicht hinter dem Helmvisier nicht zu erkennen war. Er hätte alles sein können.

Ich musste alle Kraft dafür aufwenden, völlig regungslos zu bleiben. Er zog mich ein Stück hinter sich her, als wäre ich eine Puppe, dann packte er mich an meinem Anzug und riss mich in die Höhe. Meine Füße baumelten ein paar Zentimeter über dem Boden, und immer noch klammerte ich mich mit einer Hand an der Ampulle fest.

Der Kerl vor mir sah nicht aus, als wäre er an einem netten Plausch interessiert. Vielmehr schien er zu überlegen, was er mit mir anfangen sollte. Vielleicht hatte er so etwas wie mich noch nie gesehen.

Ich bewegte mich immer noch nicht, begann aber, vorsichtig mit den Fingern der rechten Hand an der Ampulle entlangzutasten. Die Handschuhe behinderten meine haptische Wahrnehmung sehr, und einen Meter über dem Boden zu schweben, machte das Ganze auch nicht besser. Trotzdem schaffte ich es relativ schnell, irgendetwas an der Ampulle in Bewegung zu bringen.

Der Kerl vor mir schüttelte mich leicht, als wollte er herausfinden, ob ich noch lebte. Schließlich ließ er mich derartig abrupt los, dass mir der Aufprall auf dem Boden fast den Atem raubte. Irgendwie schaffte ich es, meine rechte Hand mit der Ampulle zur Seite zu halten, denn mittlerweile wusste ich nicht mehr, wie rum ich sie überhaupt festhielt. Hatte ich die Nadel aktiviert, bestand eine gewisse Chance, dass sie in meine Richtung wies. Dann würde ich mich selbst umbringen.

Aber ich kam nicht weiter dazu, mir über diese Dinge Gedanken zu machen, denn im nächsten Moment ließ sich der Kerl vor mir auf die Knie fallen und packte mir derart grob zwischen die Beine, dass ich aufschrie. Ich schnellte nach vorn. Ich hatte nur eine einzige Chance, und die stand fifty-fifty. Wenn ich die Ampulle richtig herum hielt, konnte ich überleben.

Die Sterne waren auf meiner Seite. Die Spritze der Ampulle durchstach seinen Anzug, als wäre er aus Butter, und mit einem leisen Zischen schoss das Nervengift in den Organismus meines Gegenübers. Er schlug nach mir und erwischte mich am Helm, was mich an die gegenüberliegende Wand katapultierte. Etwas krachte ohrenbetäubend in meinem Kopf, und als ich wieder zu mir kam, lag ich, alle viere von mir gestreckt, flach wie eine Flunder auf dem Boden. Ich schnappte nach Luft und rappelte mich gleichzeitig auf die Knie hoch. Dann fuhr ich herum.

Er lag auf dem Rücken und war schon tot. Die Sauerstoffversorgung an seinem Anzug war stumm. Er musste in der Sekunde gestorben sein, als ich gegen die Wand gekracht war. Ich hatte ein Wesen getötet, und für einen Moment wurde mir speiübel. Ich kam irgendwie auf die Beine, aber dann musste ich für einen Augenblick keuchend innehalten, denn zwischen meinen Beinen entflammte ein heftiger Schmerz.

»Du Schwein!«, fluchte ich und hielt mich mit beiden Händen am Sideboard fest. Dann machte ich unsicher einen Schritt und musste vor Schmerzen die Zähne zusammenbeißen. Ich konnte nur hoffen, dass er mir nicht die Knochen gebrochen hatte. Ich tappte auf unsicheren Beinen in den Raum hinein, und langsam ebbte der stechende Schmerz ab. Die Ampulle war ein Stück weit unter mein Bett gerollt. Äußerst plump ließ ich mich auf die Knie fallen und zog sie vorsichtig zu mir heran.

»Ach du Scheiße!«, entfuhr es mir, als ich entdeckte, dass ich dem Kerl vierzig Milliliter in den Körper gejagt hatte. Das hätte für ganz New York gereicht.

»Artemis. Bist du da? Antworte nur ganz leise hier im Raum oder über das Display in meinem Helm«, flüsterte ich, und das Schiff flüsterte zurück, wobei mir nicht klar gewesen war, dass es das überhaupt konnte. Dass überhaupt irgendeine KI flüstern konnte.

»Hier die KI der Artemis. Wir haben Piraten an Bord. Es darf kein SOS-Signal abgesetzt werden. Diese Option wurde vom Captain deaktiviert.«

»Wo sind der Captain und Nukati?«, flüsterte ich, und sie antwortete prompt und ebenso leise: »Bei der Luftschleuse.«

»Wie viele Piraten sind dort?«

»Sieben.«

Ich atmete tief durch. Sieben Piraten. Zwei kampferprobte Crewmitglieder. Einer davon ein für das Töten hochspezialisierter und trainierter Soldat. Wie hoch standen unsere Chancen, das hier zu überleben? Bestenfalls unbeschadet, wobei das bei mir schon mal nicht geklappt hatte. Mein Kopf fühlte sich an, als wäre er mit glühender Watte ausgestopft. Mit Sicherheit hatte ich eine gehörige Gehirnerschütterung. Vom Rest wollte ich gar nicht reden.

»Ich brauche eine Waffe.«

»Milla, du hast eine Waffe«, erwiderte die Artemis und klang dabei völlig ungerührt. Außerdem hatte sie mich das erste Mal mit meinem Vornamen angesprochen.

Ich starrte auf die Ampulle in meiner Hand. Der RIX brauchte das Zeug. Dringend. Weil man ihn und uns sonst fand, was mindestens so unschöne Folgen wie dieser Piratenbesuch nach sich ziehen würde. Aber sie hatte recht. Ich war bewaffnet.

Ich aktivierte erneut den Mechanismus und stellte zwei Milliliter ein. Nach kurzem Nachdenken erhöhte ich das Ganze auf fünf Milliliter. Ich wusste schließlich nicht, welcher Spezies unsere ungebetenen Gäste angehörten. Sicher war sicher. Ich robbte zu dem toten Piraten hinüber, um herauszufinden, mit was wir es zu tun hatten. Ungeschickt machte ich mich am Verschluss für seinen Helm zu schaffen, als ein Schrei ertönte, der das gesamte Schiff zum Beben brachte. Sofort wuchtete ich mich auf die Knie und stürmte los. Zur Luftschleuse im Heck, die Ampulle mit der offenen Nadel so in der Faust, dass ich jederzeit damit zustechen konnte. Kurz vor der letzten Abzweigung wurde ich langsamer und lauschte erst mal. Den Geräuschen nach wurde dort hinten wüst gekämpft, allerdings fielen keine Schüsse mehr. Wesentlich langsamer pirschte ich mich heran und erschrak mich fast zu Tode, als plötzlich das Display in meinem Helmvisier zum Leben erwachte. Ich hielt inne und vergaß das Luftholen, bis ich endlich begriff, dass die Artemis mir einen Grundriss einspielte, auf dem ich genau erkennen konnte, wo sich die Piraten und wo sich der RIX und Nukati aufhielten. Keine fünf Meter von mir entfernt. Eine Gestalt war auf der Brücke.

»Schließ die Tür zur Brücke!«, murmelte ich geistesgegenwärtig, und mein Befehl wurde umgehend umgesetzt.

»Tür zur Brücke geschlossen und verriegelt«, ertönte es leise und nur über meine eingebauten Kopfhörer. Also waren es nur noch sechs.

Zwei Schritte weiter und die Artemis schickte mir erneut ein Bild auf mein Helmdisplay. Es war offenbar eine Kameraübertragung aus der Luftschleuse. Ich blieb stehen, um mir einen Überblick zu verschaffen. Nukati stach aus dem ganzen Getümmel heraus. Er kämpfte mit aufgestelltem Kamm und vollem Körpereinsatz. Er überragte dabei alle Angreifer um gute zehn Zentimeter. Den RIX konnte ich nicht entdecken, dafür sah ich wenige Meter vor mir drei längliche Pakete auf dem Boden liegen. Sie wirkten wie festgeklebt. »Artemis. Vor mir liegt etwas. Was ist das?«

»Ersatzmunition für die Impulswaffen der Piraten. Im Moment sind alle Waffen leer. Die Munition hat ihnen Nukati abgenommen und dort hingeworfen.«

»Dann sollte ich sie wegräumen«, sagte ich leise und machte noch zwei Schritte weiter, woraufhin mir im nächsten Moment ein Kerl vor die Füße sprang. Er trug den gleichen zusammengestückelten Raumanzug wie mein erster Angreifer. Nur dass ihm seiner in Fetzen vom Leib hing. Er griff nach der Munition und wollte eins der Magazine in seine Waffe rammen. Als er mich erblickte sprang er derartig schnell auf mich zu, dass ich zur Abwehr nur den rechten Arm hochriss. Ohne zu denken, ohne zu fühlen. Mein Körper reagierte, und ich hackte mit der Nadel nach ihm. Doch meine Bewegung war nicht kraftvoll genug. Der Mann packte mich am Arm und riss mich von den Füßen. Ich stürzte mit einem Krachen auf den Boden, sah das Aufblitzen der Waffe. Aber er nahm sich die Zeit, sich dichter zu mir zu beugen. Vielleicht, um mir direkt in den Kopf zu schießen. So aber war er mir nah genug. Ich ignorierte den Schmerz in meinem Kopf, blendete alles aus, schnellte erneut hoch. Diesmal traf ich ihn. Fast direkt ins Herz. Ich hatte gut gezielt. Ich spürte, wie der Mechanismus der Spritze auslöste. Keinen Atemzug später stürzte er wie ein nasser Sack auf mich.

Fünf.

Wie ich mich befreit hatte, wusste ich nicht mehr. Irgendwie gelang es mir, die schwere Last abzuschütteln, und ich kam wieder auf die Beine. Mein Kopf brachte mich fast um, und ich musste mich an der Wand abstützen, aber ich schaffte es bis zum Eingang der Luftschleuse. Dort spähte ich um die Ecke. Direkt neben der Wand lag der RIX. Auch er trug jetzt einen Raumanzug, doch seiner schien gepanzert zu sein. Sein Gesicht konnte ich hinter dem verdunkelten Visier nicht erkennen, aber offenbar hatte ihn etwas zu Boden gehen lassen, womit Nukati die restlichen Piraten an der Backe hatte. Er kämpfte wie ein Berserker mit Klauen und Zähnen. Jetzt erkannte ich, dass es auch nur noch drei einsatzbereite Piraten waren. Zwei lagen regungslos direkt neben der Luftschleuse. Das waren exzellente Neuigkeiten. Es waren nur noch drei.

Aber der RIX konnte da nicht liegen bleiben. Ich musste ihn irgendwie in den Flur ziehen, ihn in Sicherheit bringen.

Schnell steckte ich die Ampulle in eine Lasche an der Außenseite meines Anzugs, beugte mich weit vor und packte ihn an einem Arm, doch er ließ sich nicht bewegen. Der Kerl wog so viel wie ein Stier. Bewusstlose Menschen neigten dazu, sich wie Zement an den Boden zu schmiegen. Ich griff mir auch seinen anderen Arm und stemmte mich mit meinem ganzen Gewicht nach hinten. Was ihn zwar nicht bewegte, aber plötzlich zum Leben erweckte. Er kam auf die Beine, ich stürzte rücklings und landete unsanft auf dem Hintern. Der RIX brauchte noch nicht mal eine Millisekunde, um sich zu orientieren. Er machte einen Satz und schnappte sich den Piraten, der gerade versuchte, Nukati mit einer Eisenstange den Schädel zu zertrümmern. Er packte ihn am Arm und brachte ihn damit aus dem Gleichgewicht. Der Pirat stürzte, und der RIX drehte ihm im Fallen den Arm um, sodass er auf dem Bauch landete. Es krachte zweimal so dumpf, dass ich zusammenzuckte. Einmal, als er ihm das Schultergelenk brach, und dann, als er sein Genick zertrümmerte. Feinsäuberlich mit der Eisenstange direkt unterhalb des Atlas.

Mir wurde schlagartig wieder speiübel, und ich war für einen Moment völlig reglos. Ich atmete tief durch den Mund ein und durch die Nase aus. Unter keinen Umständen durfte ich mir in den Helm kotzen.

Immerhin waren es jetzt nur noch zwei. Einer kämpfte gegen den RIX, der ihn mit gekonnten Tritten in die Ecke drängte.

Doch im nächsten Moment ging Nukati mit einem

dumpfen Schlag zu Boden und fast im selben Moment war der andere Pirat über ihm. Er hielt ein gebogenes Messer in der Hand. Einen Dolch, mit dem man nur einmal zuzustechen brauchte und damit alle lebensnotwendigen Organe zerfetzte. Nukati schien benommen zu sein, denn er reagierte zu langsam auf die offensichtliche Gefahr.

Also griff ich mir die Spritze und stürzte vorwärts. Meine Bewegungen fühlten sich an, als würde ich unter Wasser laufen, der Raumanzug behinderte mich, aber ich legte alle Kraft nach vorn. Ignorierte den stechenden Schmerz in meinem Kopf. Ich rammte die Spritze in die Schulter des Piraten, der allerdings nicht umgehend zusammensackte, sondern sich nach hinten schmiss. Er landete auf mir, und mein Kopf krachte auf etwas Hartes. Ich hörte im wahrsten Sinne die Englein singen, und für einen Moment wurde alles schwarz.

Als ich die Augen wieder aufriss, hörte ich ein Brüllen. Markerschütternd. Die Schmerzen ließen mich zusammenzucken, denn das Geräusch brachte mein Gehirn förmlich zum Explodieren, doch dann trat plötzlich Ruhe ein. Jemand zerrte den Piraten von mir herunter, und irgendwie kam ich schwankend auf die Beine.

Ich musste den beiden etwas sagen. Es war so immens wichtig, doch im Moment fiel mir nicht ein, was das war. Ich starrte Nukati an, der den Piraten von mir gezerrt hatte und mich nun an den Händen hielt.

»Milla!«, stöhnte er und schüttelte dabei an meinen Händen. »Ist alles gut?«

Ich glaubte, genickt zu haben. Hinter uns tauchte der RIX auf. Er nahm seinen Helm ab, und ich registrierte verschwommen, dass sein Gesicht fiebrig glühte.

»Verdammt!« Nukati ließ mich los und drehte sich zu ihm

herum. Er umschloss den Kopf des RIX mit seinen großen Händen. »Ich dachte, sie hätten dich erwischt!« In seinen Worten schwang nackte Angst mit.

Der RIX sagte nichts, schüttelte nur langsam den Kopf.

»Milla muss dich anschauen«, sagte Nukati keuchend. »Du glühst wie eine ganze Auflaufpfanne mit Siebenkäfern.«

»Einer ist noch auf der Brücke«, war das Letzte, was mir über die Lippen kam, und dann wurde es dunkel.

KAPITEL FÜNFZEHN

Wo ich war, war es schön. Warm und wohlig. Ich wollte hierbleiben. Alles schien leicht. Denn als ich langsam wegdriftete von dem schönen Ort, an dem alles warm und wohlig war, wurde alles kalt und grausam. Mein Kopf schmerzte derartig, dass mir wieder übel wurde. Bittere Galle tobte mir im Rachen, und mir blieb nichts anderes übrig, als den Kopf zur Seite zu drehen und zu kotzen. Sofort waren viele Hände auf mir. »Alles ist gut, Menschenfrau. Ganz ruhig.«

Ich würgte, bis mir der Bauch wehtat. Doch dann wurde es besser. »Pirat. Brücke«, brachte ich hervor, offenbar war das sehr wichtig.

Eine Hand streichelte meinen Arm. »Wissen wir. Das Problem ist erledigt«, antwortete jemand, was mich ungemein beruhigte. »Schlaf jetzt«, sagte die Stimme und klang dabei so autoritär, dass ich lieber tat, was sie wollte.

Als ich das nächste Mal aufwachte, sprachen zwei Leute

miteinander. Leise. Aber doch so laut, dass ich sie gut verstehen konnte.

»Sie wollte dich gerade aus dem Schussfeld ziehen. Sie ist eine Heldin. RIX. Nimm es mir nicht übel, aber wir sind eine ziemliche Trümmertruppe.«

Der RIX lachte. Nicht fröhlich, aber durchaus sympathisch.

Ich dämmerte wieder ein.

Die Stimmen schienen einfach weiterzusprechen. Auch als ich langsam wieder zur Oberfläche driftete. Ich wusste nicht, wie viel Zeit vergangen war. Minuten. Oder Stunden.

»Sie muss jetzt wach werden, RIX. Sie schläft seit vier Tagen.«

Tage! Es waren Tage. Ich versuchte zu schlucken und es gelang, wenn ich auch danach so erschöpft war, dass ich wieder einschlief.

»Sie hat einen Schock, Nukati. Sie braucht Zeit.«

Diese Worte hielten mich im Hier und Jetzt. Ich dachte, dass es gut wäre, jetzt aufzuwachen. Ich hatte gar keinen Schock. Nur eine sehr schlimme Gehirnerschütterung. Vielleicht war auch ganz grundsätzlich etwas in meinem Kopf kaputtgegangen. Wenigstens die Schmerzen waren besser. Viel besser. Allerdings war Aufwachen gar nicht leicht. Ich öffnete mühsam meinen Mund, war mir aber nicht sicher, ob er auch wirklich dem Befehl meines Gehirns gefolgt war. Ich versuchte, einen Laut von mir zu geben, doch es gelang mir nicht. Panik griff nach mir. Ich wollte etwas sagen, aber es ging nicht. Ich wollte mich bewegen, aber es ging nicht. Ich bemühte mich noch mehr, und die Panik ließ mein Herz anfangen zu pumpen.

»Ruhig, Milla. Alles ist gut«, sagte jemand neben mir und nahm meine Hand.

Diese Berührung war so erleichternd. Ich war nicht allein.

»Lass dir Zeit.«

Okay. Ich versuchte, tief durchzuatmen.

»So ist es gut. Du hast alle Zeit der Welt, um aufzuwachen.«

Noch einmal atmete ich tief durch.

»Spürst du meine Hand?«

Ich wollte nicken, doch es ging nicht und die Panik griff wieder nach mir.

»Drück sie, wenn du meine Hand spürst.«

Drücken ging besser als nicken.

»Das ist gut«, sagte die Stimme und schien das auch wirklich gut zu finden, weswegen ich die Hand gleich noch einmal drückte.

Und plötzlich konnte ich aufwachen. Es dauerte noch, und meine Seele schwebte erst, aber langsam schaffte ich es, aus den Tiefen meines Schlafes an die Oberfläche zu kommen.

Dann war ich da. Konnte nicht nur die Hand drücken, sondern auch meine Augen öffnen.

Ich lag auf dem Boden der Brücke. Den Kopf konnte ich noch nicht bewegen, aber als ich blinzelte, stellte sich das Bild um mich herum schärfer. Der RIX saß mit angezogenen Beinen neben mir und blickte auf die vielen Displays. Während er meine Hand hielt. Ich blinzelte erneut und erwartete Schmerz bei den vielen Lichtern, aber er blieb aus. Mein Gehirn nahm seine Arbeit auf, als wäre nichts gewesen.

»Uff«, gab ich von mir, und jetzt sah der RIX mich an.

»Willkommen zurück«, sagte er und etwas zuckte in seinem Gesicht. Vielleicht ein Lächeln.

Ich versuchte, es zu erwidern, was vermutlich gründlich misslang. »Nuuu«, kam aus meinem Mund. Ich wollte nach Nukati fragen, doch mein Mund war noch nicht einsatzbereit.

»Der liegt dir seit Tagen zu Füßen.« Der RIX deutete mit dem Kinn über mich hinweg, und jetzt spürte ich eine schwere Wärme auf meinen Beinen.

Und dann fiel mir siedend heiß etwas ein. Ich hatte drei Wesen auf dem Gewissen. Und das Tritostad vom RIX dafür verwendet. Wir hatten ein Problem.

»Hmojhf«, sagte ich, und der RIX warf mir aus seinen grauen Augen einen Seitenblick zu. Ich schaffte es schließlich, »Drei« über die Lippen zu bringen.

»Drei.« Er nickte und sah wieder zu den Displays, aber er hielt weiterhin meine Hand.

»Tot.«

»Bei sieben Angreifern gehen drei auf dein Konto. Das ist kein so schlechter Schnitt.«

»Nerven ... Tri ...«, brachte ich über die Lippen.

Vielleicht wusste er es noch nicht. Vielleicht hatte er es noch nicht mitbekommen, womit ich diese Piraten getötet hatte, doch wieder sah er mich nur kurz an. Er wusste es.

»Tut mir leid«, stöhnte ich.

»Wir finden eine Lösung dafür, Milla«, sagte er leise und nannte mich bei meinem Namen. Verwundert blinzelte ich. Das hatte er noch nie getan. »Ohne dich wären wir draufgegangen.«

»Trümmertruppe«, sagte ich, weil dieses Wort irgendwie durch mein Gehirn geisterte.

Wieder tat der RIX etwas völlig Unerwartetes und grinste. Woraufhin ich schlagartig einschlief.

»Sie war wach? Ja?!« Das war Nukati und er zischte offenbar vor Freude, aber das Zischen weckte mich.

Ich schlug die Augen auf, was problemlos ging. Ich atmete tief durch, was auch reibungslos verlief. Dann sagte ich leise: »Hallo!«, woraufhin Nukati mich fest an den Beinen packte und rüttelte. »Sie ist wieder wach!«

»Hmpf«, brummte ich. »Nicht so doll!«

»Ja«, sagte Nukati und begann nun, meine Beine zu streicheln. »Menschenfrau. Ich hatte solche Angst um dich. Der RIX kann mit der Check umgehen, was ganz großartig war, so konnten wir dich retten. Aber du hast lange geschlafen. Sonne und Sterne, ich war furchtbar besorgt!« Sein Gesicht tauchte vor mir auf und er grinste mich an. Mit all seinen spitzen Zähnen. Der farbenfrohe Kamm war verschwunden.

Ich hob die Hand, was ebenfalls ging und mich sehr glücklich machte. »Der Kamm«, brummte ich und meine Worte klangen sonderbar verwaschen.

»Ach, der.« Nukati grinste verschämt. »Der ist nur dafür da, um Feinde zu beeindrucken.«

»Toll«, murmelte ich, schaffte es aber, nicht mehr einzuschlafen. »RIX?«, fragte ich.

»Der ist kurz im Maschinenraum und repariert ein paar der Löcher. Die Piraten haben dort gewütet und viel kaputt gemacht, aber mittlerweile sieht es gut aus. Wir bekommen das in den Griff. Wir konnten nur nicht beide gleichzeitig arbeiten, weil einer immer bei dir bleiben musste.«

Aus irgendeinem Grund trieben mir seine Worte die Tränen in die Augen. Vielleicht waren das die Nachwirkungen des ganzen Chaos. Vielleicht war es einfach die pure Erleichterung, dass sie auf mich aufgepasst hatten.

»Oh«, sagte Nukati und starrte auf die Tränen, die mir

über die Wange liefen. »Äh!«, sagte er dann und tätschelte unbeholfen meine Hüfte. »Ja, das tun Menschen. Sie weinen. Was soll ich machen?«, fragte er mich, und ich zuckte nur mit den Schultern. Weil ich jetzt so sehr weinte, dass ich nicht mehr reden konnte. »RIX, komm mal auf die Brücke!«, sagte er laut und sah dann wieder mich an. »Das hört er und dann kommt er. Er ist ja auch ein Mensch. Er weiß sicher, was zu tun ist.«

Ich schluchzte. Warum konnte ich gar nicht sagen. Es musste offenbar eine Menge aus mir heraus.

Die Tür zur Brücke öffnete sich mit einem Zischen. »Sie weint!«, sagte Nukati nachdrücklich und deutete mit der freien Hand auf mich.

»Und deswegen rufst du mich?« Ich hörte Ärger in der Stimme des Captains.

»Du bist auch ein Mensch. Du solltest wissen, was jetzt zu tun ist!«

Der RIX stöhnte leise. »Kümmerst du dich um die Treibstoffversorgung im Maschinenraum?«

Nukati wuchtete sich hoch. »Schon weg!«, verkündete er und verschwand, woraufhin sich die Tür der Brücke wieder schloss.

»Ich weine nur äußerst selten«, verkündete ich schniefend, weil ich irgendwie das Gefühl hatte, mich rechtfertigen zu müssen. Offenbar war Weinen an Bord eines Raumschiffs ja eine große Sache.

Zu meinem Erstaunen setzte sich der RIX aber neben mich und legte mir eine Hand auf die Schulter. »Die Impulswaffen der Piraten waren alt. Die hatten pro Magazin maximal zwanzig Schuss. Danach muss nachgeladen werden. Magazin nehmen, altes entfernen, neues einrasten lassen, laden. Und ich war mir ziemlich sicher, dass sie nicht allzu viele davon haben. Das Zeug ist unfassbar teuer, weil alte Technik. Deswegen haben wir sie als Erstes schießen lassen. Aber es war unübersichtlich. Wir haben nicht mitbekommen, dass einer es bis in den Flur geschafft hat.« Er schwieg einen Moment. »Es wäre unsere Aufgabe gewesen, dich vor ihm zu beschützen.«

»Macht nichts«, sagte ich und musste mich räuspern. »Ihr wart in der Luftschleuse ziemlich ausgelastet.«

»Das Fieber setzte mir zu«, sagte er im nächsten Moment leise, und es klang, als würde er sich zu diesen Worten zwingen. »Offenbar habe ich zwischendurch das Bewusstsein verloren. Nukati hat mir erzählt, dass du mich in den Flur ziehen wolltest. In Sicherheit.«

Ich zog die Nase hoch. »Wärst du nicht plötzlich aufgewacht wie eine Leuchtstoffröhre, wäre mir das auch gelungen. Aber wärst du nicht aufgewacht, hätten die Piraten uns doch noch kleinbekommen.«

Er schwieg einen Moment. Dann sagte er rau: »Danke.«

»Ebenfalls danke«, erwiderte ich, und dann schwiegen wir eine ganze Weile, während ich noch ein wenig still vor mich hin weinte und der RIX seine Hand auf meiner Schulter liegen ließ. Was sich unglaublich gut anfühlte.

Irgendwann räusperte ich mich. »Wir haben noch Tritostad für zwanzig Tage. Mehr nicht. Zwanzig Tage.«

Der RIX schwieg, und ich zwang mich, weiterzusprechen. »Was machen wir dann?«

Aufgrund der Bewegung seiner Hand auf meinem Oberkörper nahm ich an, dass er die Schultern zuckte. »Ich denke darüber nach.« Und dann sagte er: »Sobald wir diesen Quadranten verlassen haben und das Schiff repariert ist, können wir wieder schneller fliegen. Die Piraten hatten sich im Schatten eines Asteroiden versteckt. Sie waren nicht zu erkennen gewesen. In dieser Gegend gibt es viele Piraten, weil hier alle so langsam unterwegs sind. Danach wird es wieder einsamer und wir werden schneller vorankommen.«

Die Tür fuhr mit einem Zischen auf, und Nukati sprang förmlich auf die Brücke. »Repariert!«, verkündete er fröhlich. »Alle Löcher geflickt. Wir können wieder Schub geben, Captain.« Dann betrachtete er mich einen Moment und fragte leise: »Weint sie noch?«

»Nein«, antwortete ich anstelle vom RIX fest. »Und selbst wenn, ist das nicht schlimm. Menschen weinen manchmal. Das geht vorbei.«

»Ah«, sagte Nukati und nickte eifrig. »Gut, dass er auch ein Mensch ist. Er kennt sich dementsprechend damit aus.«

Ich rappelte mich langsam hoch und wartete einen Moment, bis der Schwindel nachließ. »Weint ihr nicht?«, fragte ich unseren Koch, der über meine Frage nachdenken musste.

»Wir schreien«, sagte er dann und nickte mir huldvoll zu. »Zeig ihr deine Hand!«, sagte er dann übergangslos zum RIX und hob eine Augenbraue.

Doch der RIX machte keine Anstalten, mir irgendetwas zu zeigen. Stattdessen stand er abrupt auf und ging zu einigen Displays, um darauf herum zu wischen.

»Er hat sich die Hand gebrochen«, verkündete Nukati ernst. »Die schlechte Hand«, fügte er noch hinzu, was mir nun so rein gar nichts sagte.

»Die Check«, setzte ich an, doch Nukati unterbrach mich.

»Die explodiert, wenn der RIX sich da reinlegt. Es gibt spezielle Modelle für seine Art, die normalen können das nicht. Zu viel Technik im Körper.« Während Nukati mir das alles erklärte, hantierte er mit einer Messsonde zwischen den Displays herum. Weswegen ihm der Blick vom RIX entging, der so düster war, dass es mir kalt den Rücken hinunterlief. Aber er sagte nichts, woraufhin ich mich auf mein provisorisches Lager zurücklegte und noch einmal die Augen schloss, denn mein Gehirn hatte begonnen, leise zu pochen.

Ich würde mir die Diagnoseergebnisse der Check ansehen müssen. Um zu verstehen, was für eine Verletzung mich derartig aus dem Konzept geworfen hatte und ob sie wirklich behoben worden war. Gerade bei Schädelverletzungen war das nicht immer ganz so einfach, und die Heilung brauchte doch wesentlich länger als üblicherweise angenommen. So zumindest meine Erfahrung.

»Wir haben die Kontaytorpassage vollständig hinter uns gelassen. Das weitere Auftreten von Asteroiden und anderen Hindernissen ist gering. Soll ich die Schilde hochziehen?«, fragte die Artemis.

»Ja«, antwortete der RIX. »Und gib Schub.«

Die Artemis tat, wie ihr geheißen. Ein lautes Brummen ließ mich zusammenzucken, dann beschleunigte das Schiff selbstständig.

Ich entdeckte neben meinem Kissen eine halb volle Flasche Wasser. Ich angelte sie mir, öffnete den Deckel und leerte sie in einem Zug. Rechts daneben lag der leere Beutel einer Nährlösung, und als ich meinen Handrücken genauer betrachtete, entdeckte ich eine kleine Einstichstelle. Offenbar hatte mir jemand einen ganz klassischen Zugang gelegt. Die Check spritzte alle Medikamente direkt, sie brauchte keine Kanüle, und ich hatte keinen einzigen Port implantiert. Aber offenbar war ich an Bord nicht die Einzige mit medizinischen Kenntnissen. Irgendwie beruhigte mich diese Tatsache enorm, und so schloss ich erneut die Augen.

Ich träumte. In grellen Farben. Ich stand neben meiner Mutter. Unter einem Baum. Er war riesig und streckte seine schwarzen, kahlen Äste wie Scherenschnitte in den hellen Himmel. Er war tot, und ich mochte ihn nicht ansehen. Seine leblosen Überreste, die zwar immer noch so monumental wirkten, es aber nicht mehr lange sein würden. Sein Stamm würde brechen, die Krone herabstürzen. Ich wandte den Blick ab und sah stattdessen meine Mutter an. Es war nicht ihr Gesicht meiner Kindheit, sondern die ausgemergelte Grimasse ihrer letzten Tage. Nach der Diagnose Krepto war alles so schnell gegangen. Sie war innerhalb weniger Wochen vor meinen Augen verfallen, und ich hatte nichts tun können, außer ihre Schmerzen zu lindern. Ich hob meine Hand, um sie zu berühren, doch obwohl sie dicht bei mir stand, war sie zu weit weg.

Und dann tauchte Jamie auf. Er schwebte vor dem Baum in der Luft. Er hatte keine Haare mehr, sein Gesicht war so blass, dass es weiß wirkte, seine Lippen völlig blutleer. Er sah nicht aus wie fünfundzwanzig, sondern wie hundert. Ein Greis. Ich spürte, wie ich zitterte. Jamie löste sich auf. Seine Moleküle verstreuten sich, wie der Rauch einer verloschenen Kerze sich langsam auflöste. Meine Mutter schrie. Es dauerte lange, bis ich begriff, dass ich es war, die schrie.

Ich wurde an den Schultern gerüttelt. Ich riss die Augen auf und blickte in die Fratze eines Monsters.

»Milla!«, sagte das Monster eindringlich. »Milla! Alles ist gut!«

Das Monster war Nukati, und endlich hörte ich auf zu schreien. Stattdessen schnappte ich atemlos nach Luft.

Nukati drückte mich an sich und rieb mir mit den Handflächen über den Rücken. Dabei gab er leise pustende Geräusche von sich. Völlig skurril, aber wirkungsvoll, wie ich feststellte, denn mein rasendes Herz schien sich endlich zu beruhigen, und dankbar lehnte ich meinen Kopf gegen seine schuppige, kühle Schulter.

»So weinen wir Draxondas«, murmelte er leise. »Damit kenne ich mich aus.«

KAPITEL SECHZEHN

Fünf Tage waren nach unserem Abenteuer vergangen, und ich träumte, immer wenn ich die Augen zumachte, wirres Zeug. Durch meine Träume geisterten Jamie, meine Mutter, tote Bäume, Piraten und die Doula der Barrakuda. Offenbar hatte sich in meinem Unterbewusstsein so viel Schmerz angesammelt, dass er sich mit aller Wucht Bahn brach. Immer dann, wenn ich zu schlafen versuchte.

Weswegen ich jetzt zwischen den Algentanks auf dem Boden hockte, den Rücken gegen die Wand gelehnt, die Augen geschlossen. Hier unten tief im Bauch der Artemis blubberte es ganz wunderbar. Ein sonderbarer Ort, um zur Ruhe zu kommen, zugegeben. Der Treibstoff auf der Artemis bestand aus Algen. Gute, alte Algen aus den Meeren der Erde. Hier lebten sie in sieben verschiedenen Tanks und wuchsen, vermehrten sich, reiften heran und wenn sie fertig gewachsen waren, kamen sie in den Algenreaktor und verschafften unserem Hochleistungsantrieb Energie. Ein irres System. Ich atmete tief durch.

Hier unten wuchsen verschiedene Algenarten, einige von ihnen benötigten Salzwasser, und das konnte man riechen. Wenn ich mir Mühe gab, mich von meinen trüben Gedanken nicht ablenken ließ, glaubte ich manchmal, am Meer zu sitzen.

Wir hatten das Asteroidenfeld hinter uns gelassen und flogen wieder mit der üblichen Reisegeschwindigkeit. Die Schilde waren nicht mehr notwendig und die Artemis war geflickt und repariert. Jetzt wusste ich auch, warum der RIX Nukati an Bord hatte. Der Koch konnte wirklich alles reparieren, er verbiss sich auch in die kompliziertesten Probleme und puzzelte dann so lange an ihnen herum, bis er sie aus reiner Hartnäckigkeit behob. Meine handwerklichen Fähigkeiten bezogen sich hauptsächlich auf den menschlichen Körper, und so hatte ich nicht viel zu tun, außer das medizinische Equipment zu kontrollieren und mir in den Aufzeichnungen der Check die Schäden in meinem Schädel genauer anzusehen. Wobei ich das nur kurz gemacht hatte. Es war schlimm gewesen. Der Schädelknochen war an mehreren Stellen gebrochen gewesen. Noch jetzt spürte ich die Bereiche, an denen die Maschine in meinem Gehirn herumgewerkelt hatte, als dumpfes Pochen. Aber ich lebte. Ohne die Check wäre ich gestorben. Und ohne den RIX, der sie richtig eingesetzt hatte.

Der AD in meiner Hosentasche gab ein leises Ping von sich. Ich hatte eine Nachricht erhalten. Schlagartig war es vorbei mit der Ruhe. Langsam zog ich den AD hervor und brauchte dann noch etwas Mut, um sie hochzuladen.

Es war eine Videonachricht von Korps. Mika erschien auf dem kleinen Bildschirm. Der Lazarettarzt sah abgekämpft und erschöpft aus. »Hallo, Milla«, begrüßte er mich. Diesmal befand er sich offenbar in einem der großen Klinikzelte, die überall auf der Insel im Wüstensand standen. Einen Moment schien er sich sammeln zu müssen, denn er schwieg.

Mir wurde kalt.

»Jamie geht es den Umständen entsprechend. Er schläft und lässt sich nicht aufwecken, obwohl ich es mehrmals versucht habe.« Wieder schwieg er und kniff die Lippen zusammen. »Wir wissen, dass das nichts heißen muss. Der massive Check-Einsatz hinterlässt manchmal Schäden, die der Körper selbst reparieren muss, und das braucht seine Zeit. Geduld und Zeit sind das höchste Gut in dieser Form von Medizin.« Bis jetzt hatte er seitlich am Bildschirm vorbeigesehen, jetzt blickte er mich direkt an und räusperte sich. »Leider ist das genau das Problem. Der Krieg im Norden des Krix-Gürtels geht weiter. Bodenkriege auf den Planeten Krix und Kanton.«

Dort war auch Jamie verwundet worden. Unnötige Kriege um seltene Erden und Rohstoffe, in denen viele starben wie die Fliegen und einige reich wurde. Ich nickte, obwohl Mika das nicht sehen konnte. Diese Nachricht war seit Tagen unterwegs.

»Wir bekommen täglich neue Verletzte rein. Alles so junge Kerle wie dein Bruder. Milla, wir als Ärzte müssen manchmal grausame Entscheidungen treffen.« Er schluckte, und ich spürte, wie ich die Zähne so fest aufeinanderbiss, dass mir der Kiefer wehtat.

»Ich könnte Jamie einschlafen lassen. Wir wissen nicht, ob er je wieder aufwacht und mit was für Beeinträchtigungen er leben müsste. Es wäre ein gnädiger Tod. Wir brauchen die Check.«

Ich musste blinzeln, weil ich angefangen hatte zu weinen.

»Noch kann ich es hinhalten. Noch kommen wir ohne die Check aus. Die GU hat neues medizinisches Equipment geliefert. Ihnen ist alles daran gelegen, diesen Krieg zu gewinnen, und sie brauchen die Bodentruppen um jeden Preis. Jeder Soldat, der schnell wieder im Einsatz ist, erhält eine Prämie.« Wieder räusperte er sich, und ich konnte in seinem Gesicht sehen, wie sehr ihm seine Worte widerstrebten. »Aber wir haben hier auch Soldaten, bei denen die Genesung zu langsam vorangeht. Die mehr Zeit brauchen. Die wir ihnen nicht gewähren können. Weil unser Ziel nicht ihre vollständige Gesundung ist, sondern kampfbereite Soldaten wiederherzustellen. Ich sage das jetzt nur ungern, Milla.« Er blickte auf und schwieg lange. Dann rieb er sich mit einem dreckigen Hemdsärmel über das Gesicht und sah danach wieder am Bildschirm vorbei. Als könnte er es nicht ertragen, mir in die Augen zu sehen. »Sie werden mich bald bitten, die Familie zu kontaktieren. Sie wissen nicht, dass wir bereits Kontakt haben. Dann werden sie euch einen Deal anbieten. Jamie bekommt mehr Zeit, und ihr zahlt dafür. Fünftausend Credits. Tut mir leid, Milla. Ich melde mich wieder.«

Eine Weile saß ich regungslos da. Es gab kein ihr. Keine Familie. Es gab nur mich. Und ich besaß nichts mehr. Nur mein Leben.

Jamie brauchte mich, um zu überleben. Wenn die Check ihm nicht mehr helfen konnte, würde es mir gelingen. Vielleicht. Es war seine einzige Chance, die ihm in dem Moment genommen wurde, wenn die GU tatsächlich entschied, dass man sein Herz medikamentös dazu brachte, stehen zu bleiben.

Irgendwann erwachte der Lautsprecher im Algenlager zum Leben und knarzte erst ein paar Sekunden, bis die KI der Artemis sagte »Milla. Der Captain und Nukati befinden sich auf der Brücke.«

Ich zog die Nase hoch. »Und?«, fragte ich mit belegter Stimme. »Sind wieder Piraten unterwegs?«

»Nein. Es besteht diesbezüglich keine Gefahr.«

»Warum meldest du dich und sagst mir, dass die beiden auf der Brücke sind?«, fragte ich und wusste nicht so recht, was ich mit dieser Information anfangen sollte. Wenigstens lenkte mich der kleine Plausch von meinem Herz ab, das sich anfühlte, als wäre es in eine Schraubzwinge gekommen.

Die KI schwieg einen Moment.

»Reicht deine Rechenleistung für eine Antwort nicht aus?«

»Doch. Meine Rechenleistung ist sehr gut ausgelegt, ich kann viele parallele Anforderungen gleichzeitig bearbeiten.«

»Schön für dich.«

»Anhand der gesprochenen Worte, der Körperhaltungen und des gestiegenen Pulses von Nukati kann ich erkennen, dass auf der Brücke eine außerordentliche und sehr emotionale Situation besteht.«

»Ah«, sagte ich, denn mehr fiel mir dazu beim besten Willen nicht ein. »Und nun?«

»Vielleicht wäre die Anwesenheit einer dritten, unbeteiligten Person hilfreich.«

»Du fändest es positiv, wenn ich mich zur Brücke begäbe und nach dem Rechten sähe«, fasste ich zusammen.

»Sehr positiv!«

»Offenbar hast du auf dem Schmugglerschiff viel gelernt«, erwiderte ich und zog mich an einer der Wandpaneelen hoch. Der Schmerz in meinem Kopf war einem leichten Pochen gewichen, was eine hundertprozentige Verbesserung zu den Tagen davor darstellte.

»Also auf zur Brücke«, murmelte ich und verließ die leise und friedlich plätschernden Algentanks.

Als wir losgeflogen waren, oder besser: Als ich mich vor vielen Wochen an Bord geschmuggelt hatte, hatte immer und überall auf dem Schiff das Licht gebrannt. Es war zu jeder Uhrzeit taghell gewesen. Mittlerweile regulierte die Artemis die Beleuchtung selbstständig und schaltete sie in den ungenutzten Teilen des Schiffes komplett ab. Sobald man aber dort auftauchte, ging das Licht an, und nachdem ich ihr das Prinzip von Tag und Nacht erklärt hatte, konnte ich jetzt anhand des Farbspektrums erkennen, wie spät es ungefähr war. Das tat die Artemis für mich. Denn Nukati war es egal, ob es hell oder dunkel war, und der RIX schlief sowieso nie. Oder nur sehr selten.

Morgens war das Licht gleißend hell und weiß, im Laufe des Tages nahm es immer mehr ab und färbte sich leicht rötlich, bis es dann irgendwann in eine Abenddämmerung überging. Die vorherigen Besitzer der Artemis waren nicht mehr auf der Erde aufgewachsen, sondern auf einem der Raumhäfen im Orbit ansässig gewesen, dementsprechend hatten sie nach ihrer eigenen Zeit gelebt.

Das Licht, mit dem die Artemis meinen Weg zur Brücke begleitete, hatte jetzt einen leichten Rotstich, vermutlich war es in Erdenzeit kurz vor acht oder neun Uhr abends.

Und dann hörte ich sie. Sie brüllten sich an. Sogar der RIX brüllte. Ein wenig verdutzt blieb ich im Flur stehen und lauschte.

»Ich habe angeboten, zu vermitteln, aber der Captain hat mir daraufhin gesagt, dass er mich deinstallieren würde, falls ich noch einen Mucks von mir geben sollte. Aus Selbsterhaltungsgründen habe ich dann nichts mehr gesagt. Es ist allerdings auch meine Aufgabe, für reibungslose Abläufe zu sorgen. Dies ist kein reibungsloser Ablauf.«

»Nein«, stimmte ich zu. »Das ist ein handfester Streit.«

Nukati schrie ebenfalls etwas, allerdings klang es, als müsste er husten. Seine Muttersprache klang immer sehr, als hätte der Sprecher es an den Lungen. Ich pirschte mich näher heran und spähte schließlich um die Ecke auf die Brücke.

Die Luft flimmerte förmlich vor schlechter Stimmung. Die beiden Streitenden hatten sich aber offenbar beruhigt, sie standen beide mit dem Rücken zu mir, weit entfernt voneinander. Der RIX tippte Dinge auf einem Display und Nukati zerlegte Kabel, die in einem dicken Bündel aus der Wand kamen.

»So geht es zumindest nicht weiter«, sagte Nukati im nächsten Moment, ließ aber weder seine Kabel los, noch drehte er sich um.

Das tat aber der RIX. Er fuhr herum, und ich zog mich zügig hinter die Ecke zurück. Ich hatte nämlich einen Blick auf einen mir völlig neuen Gesichtsausdruck erhascht. Er war wütend. Stinksauer. Von seiner Regungslosigkeit war nicht mehr viel übrig geblieben. »Hör auf damit«, sagte er leise, aber seine raue Stimme bebte bei diesen Worten.

»Tu ich nicht«, erwiderte Nukati ungerührt. »Also damit aufhören. Wir sind auf Gedeih und Verderb mit dir verbunden. Wenn du dich nicht darum kümmerst, tue ich es.«

Der RIX schwieg. Erneut blickte ich vorsichtig um die Ecke. Da war ein echtes Gefühl in seinen grauen Augen. Und entweder hatte ich mich inzwischen an ihn gewöhnt, wie auch an Nukati, oder er wirkte heute weit weniger andersartig als noch die Tage davor. Vielleicht hatte ihn das Menschsein wieder eingeholt.

Nukati legte endlich die Kabel aus der Hand und drehte sich zum RIX um. »Du hast dir die Hand gebrochen. Und du kotzt jeden Tag wegen des Nervengifts. Das übrigens noch genau fünfzehn Tage reicht. Was tun wir danach? Dich in die Luftschleuse sperren und rauswerfen?«

Ich zuckte zusammen.

Nukati war wieder lauter geworden. »Das bist du uns schuldig!«

»Ich schulde euch gar nichts.«

»Doch! Du bist uns schuldig, dass du alles daransetzt, es zu schaffen. Und das tust du gerade nicht. Weil du so müde bist. Und das werde ich nicht akzeptieren. Milla kann dir helfen. Ich auch. Aber du musst uns lassen. Wir sind ein Team, du Idiot!« Nukati schwieg einen Moment und zog die Stirn in Falten. »Sagt man doch, oder? Idiot. Oder Riesenarschloch? Ich bin mir mit den ganzen Schimpfworten in TEX nie so ganz sicher.«

»Sei still!« RIX' Stimme war etwas dunkler geworden, was Nukati nicht im Mindesten beeindruckte.

»Weißt du, warum du mich mitgenommen hast? Von all den vielen emotionalen Komponenten mal abgesehen. Ich bin dir gewachsen. Ich habe viele Probleme und viel Angst. Und ich vermisse meine Familie so sehr, dass es sich jeden Tag anfühlt, als würde mir das Herz zerquetscht«, sagte Nukati, und unwillkürlich legte ich meine Hand auf mein eigenes Herz, denn ich wusste genau, wie sich das anfühlte. »Aber wenn es drauf ankommt, kann ich dir in die Augen sehen und dem standhalten. Und Milla kann es auch. Sie findet dich komisch, aber sie hat nicht wie alle anderen

Angst vor dir. Etwas Besseres als Crew hätte dir nicht passieren können.«

Es herrschte jetzt Ruhe auf der Brücke, und plötzlich brüllte Nukati derartig, dass mir fast das Herz in die Hose rutschte: »Und du tust nichts! Du kümmerst dich nicht um dich! Wenn du so weitermachst, wird dich die BDO finden, wenn du vorher nicht verhungert bist. Du bist doch nur noch Haut und Knochen.« Dann brummte und zischte er noch ein wenig und fügte etwas leiser hinzu: »Du kannst mit der Hand nicht fliegen. Der Autopilot kann nicht jedes Manöver übernehmen. Die Sprachsteuerung ist schön und gut, aber wenn etwas passiert, sind wir verloren. Gib das endlich zu und lass dir helfen. Du bist dabei gewesen, dein Menschsein zu vergessen. Jetzt erinnere dich endlich daran, wie das geht. Sonst gehe ich im nächsten Raumhafen von Bord und werde Milla bitten, mitzukommen. Sie ist eine Hatta-Kita!«

Ich machte einen Schritt auf die Brücke, und dann gleich noch einen. Die beiden Streithähne sahen mich im selben Moment an. Während der RIX sich schlagartig in die ihm antrainierte Distanz flüchtete, schenkte mir Nukati ein kleines Lächeln. »Da bist du ja«, sagte er.

Ich bemühte mich gar nicht erst, den beiden vorzugaukeln, dass ich von ihrem Streit nichts mitbekommen hatte. Vermutlich hatte man diesen Wortwechsel noch im nächsten Sonnensystem gehört. »Was ist eine Hatta-Kita?«, fragte ich stattdessen.

Nukati dachte einen Moment nach, doch sonderbarerweise war es der RIX, der mir meine Frage beantwortete. »Jemand, der verlässlich ist. Mutig für seine Familie einsteht.« Bei diesen Worten sah er mich nicht an, sondern blickte aus der großen Frontscheibe.

»Gut«, erwiderte ich. Ich dachte an meine eigene Familie. An all die Menschen, die mir so wertvoll gewesen waren, und die ich unwiderruflich verloren hatte. Es gab nur noch Jamie. Und mich. Und vielleicht diese beiden sonderbaren Wesen. »Los. Zeig mir deine Hand.« Ich musste jetzt arbeiten. Etwas tun. Handeln. Wenn mich diese beiden Typen für eine Hatta-Kita hielten, sollte ich mich auch so verhalten. Verdammt, ich war der einsamste Mensch in diesem beschissenen Universum. Nichts war wichtiger, als irgendwo dazuzugehören.

Nukati streckte eine Hand aus und deutete mit einer Kralle auf mich. Höchst zufrieden prustete er dann Luft aus den Nasenlöchern. »Genau so!« Er schnappte sich die Kabel, brummte und grummelte noch ein wenig vor sich hin und verließ die Brücke. Die Artemis schloss freundlicherweise die Tür hinter ihm.

»Hau ab!«, sagte der RIX und drehte sich von mir weg, um zum Captainssessel zu gehen. Er klang wie ein Kind. Ein wütendes und sehr müdes Kind, das die Schnauze endgültig voll hatte. Von allem. Er klang wie Jamie, als er noch ein kleiner Junge gewesen war und sich ständig von seiner neun Jahre älteren Schwester hatte herumkommandieren lassen müssen.

»Ich bin eine Hatta-Kita, schon vergessen?«, fragte ich und folgte ihm kurzerhand zum zweiten Sessel, um mich genau dort niederzulassen. Er war tatsächlich dünn, dünner noch als auf der Barrakuda. Seine Wangenknochen stachen aus seinem blassen Gesicht hervor, vielleicht die einzige Möglichkeit, zu erkennen, dass er massiv abgenommen hatte. Denn während normale Menschen überall an Muskelmasse verloren, war das bei ihm offenbar nicht der Fall. Sein Körper wirkte immer noch extrem muskulös und beweglich.

Aber vielleicht lag das an der ganzen Technik in ihm. Vielleicht hatte ich mich einfach täuschen lassen.

»Statusdaten auf den Schirm«, murmelte er, und die Artemis schickte ihm alles Gewünschte auf das große Display.

Wir saßen sehr lange schweigend nebeneinander, aber in seinem Kopf arbeitete es. Das konnte ich nicht sehen, aber spüren. Als Jamie zum Soldaten geworden war, hatte mich am meisten erschreckt, wie weit er seine Gefühle von sich selbst abgespalten hatte. Dass er irgendwann anfing, jedes Gefühl, jede auch nur ansatzweise gezeigte Emotion als Schwäche zu bewerten. Und abzulehnen.

Dieser Mann neben mir kannte nichts anderes. Konnte jede Form von Schwäche nur als gefährliche Niederlage erleben. Deswegen wartete ich. Jamie konnte ich jetzt nicht helfen. Aber vielleicht dem RIX.

Irgendwann, die Artemis hatte längst begonnen, das Rot der Abenddämmerung in das tiefe, dunkle Blau der Nacht übergehen zu lassen, drehte er sich zu mir und hielt mir seine linke Hand entgegen. Mit dem Handschuh. Er würde ihn ausziehen müssen, damit ich die Verletzung genauer untersuchen konnte, aber erst mal streckte ich nur vorsichtig meine eigene Hand nach ihm aus. Als ich seine Fingerspitzen berührte, zuckte er zusammen, trotzdem begann ich, sanft seine Hand abzutasten. Aber im Stoff des Handschuhs waren feste Elemente verwoben, und mein Gefühl in den Fingerspitzen endete mehr oder weniger auf der Oberfläche. »Zieh den aus«, sagte ich und nahm meine Hand wieder herunter. Er zögerte, doch dann begann er mit der rechten Hand geschickt die einzelnen Verschlusselemente zu öffnen.

Als er sich den Handschuh von der Hand streifte, erinnerte mich der Anblick für einen Moment an die schweren Verletzungen, die ich während meiner Ausbildung behandelt hatte. Menschen, denen Plasmagranaten in der geschlossenen Faust explodiert waren, Verletzungen, die entstanden, wenn man seine Hand in die Ketten eines Panzerfahrzeugs hielt. Multiple Frakturen und Gewebeschäden, deren Zerstörung auch mit der besten Check nie wieder ganz zu beheben waren. Vielen blieb die Amputation durch den Einsatz der Check knapp erspart, aber eine moderne bionische Prothese, die mit dem zentralen Nervensystem verknüpft wurde, wäre manchmal die bessere Lösung gewesen. Die Einsicht, dass sich manche Dinge nicht reparieren ließen, hatte ich mir oft gewünscht, wenn man sich ansah, mit was für Schmerzen und Beeinträchtigungen Opfer solcher Verletzungen leben mussten.

Ich tastete vorsichtig über die Narben an der Hand. Er mochte sich jetzt einen Knochen in der feinen Struktur der Handknochen gebrochen haben, aber der eigentliche Schaden war schon sehr viel früher entstanden. »Der Handschuh funktioniert wie ein Exoskelett, richtig?«

Er nickte.

»Kannst du eine Faust machen?« Ich beobachtete ihn bei seinem unbeholfenen Versuch, die Hand ohne den Handschuh in die gewünschte Position zu bringen. Er hatte einige dunkle Hämatome an der linken Hand- und Handgelenkseite, die von seinem Kampf mit den Piraten herrührten. Die Mittelhand war geschwollen und der Zeige- und Mittelfinger ließen sich kaum beugen. Ich streckte meinen Arm aus, und sehr zögerlich kam er mir entgegen. Wieder berührte ich ihn und wieder zuckte er zusammen. »Ich werde bei der Untersuchung vorsichtig sein, aber ich kann nicht ausschließen, dass es wehtut, okay?« Fragend sah ich ihn an, doch er nickte nur knapp.

Ich ließ meine Fingerspitzen über das zerstörte Gewebe seines Zeigefingers gleiten. Die Narbe war wulstig und fühlte sich warm an. Die Handfläche war ebenfalls übermäßig warm, und ich spürte unregelmäßige Knochenstrukturen unter der Haut. Konzentriert schloss ich die Augen und ließ meine Fingerspitzen sanft weitergleiten. Es gab so viele Knochen in der menschlichen Hand und sie alle hatten ihre kleine, wichtige Aufgabe. Die Mittelhandknochen bestanden aus fünf einzelnen feinen Knochen, diese verbanden die Fingergrundgelenke mit den Grundgliedern der Finger und mündeten auf der anderen Seite im Handwurzelknochen. Jeder einzelne Mittelhandknochen bestand aus zwei Gelenkköpfen und einem länglichen Schaft. Ich sah diese Struktur vor meinem inneren Auge, während ich seine Hand untersuchte. Ich spürte alte Frakturen, aber offenbar war nicht direkt etwas kaputt.

»Bist du mit der Hand irgendwo gegengeschlagen?«, fragte ich und öffnete die Augen wieder.

Der RIX starrte mich an. Und er sah durch und durch aus wie ein Mensch. Schmerz stand in seinen Zügen, und in seinen grauen Augen lag eine so offenkundige Angst, dass ich ihn erst mal ganz vorsichtig wieder losließ.

KAPITEL SIEBZEHN

Er räusperte sich und suchte offenbar nach seiner Stimme. Als er sie fand, sagte er: »Ich bin mir nicht sicher. Ich glaube, ich habe aus Versehen mit voller Wucht gegen die Wand geschlagen. Der Pirat war schneller als ich.«

»Ich denke, dass nichts gebrochen ist. Hast du eine Schiene?«

Er schüttelte den Kopf.

»Aber wir haben doch sicher einen 3-D-Drucker auf dem Schiff?«

Er nickte.

»Wir machen dir eine Schiene, die du statt des Handschuhs trägst, damit das ausheilen kann. Außerdem solltest du den Handschuh eh häufiger abnehmen und die Hand so normal wie möglich bewegen. Der Handschuh ist ja wie eine Führungsschiene und bewegt die Finger. Du hast deswegen sehr wenig Muskulatur in der linken Hand. Sobald alles verheilt ist, machen wir ein wenig Bewegungstherapie.«

Er sah mich an, als hätte ich ihm erzählt, wir flögen jetzt

zur Venus, um dort Tango zu tanzen.»Okay«, sagte er schließlich rau und drehte sich zurück zum Display. Die linke Hand hatte er sich auf den Oberschenkel gelegt, als würde sie nicht zu ihm gehören.

»Und wie fliegst du jetzt?«

Er antwortete nicht. Was dämlich war, weil wir schließlich beide wussten, dass man zum Fliegen der Artemis beide Hände brauchte. Funktionsfähige, zartfühlende Hände. Warum sagte er es dann nicht einfach, damit wir dafür eine Lösung fanden? Wir saßen hier schließlich alle im gleichen Boot.

Nukati kam pfeifend um die Ecke. Wieder hielt er Kabel in der Hand, diesmal hatten sie allerdings alle eine neue Farbe. Offenbar tauschte er immer noch überall auf dem Schiff Kabelstränge aus. Der Pirat, den ich hier eingesperrt hatte, hatte nämlich seine Wut über diese Tatsache sehr eindrucksvoll zum Ausdruck gebracht und randaliert. Ich drehte mich in meinem Sitz um und beobachtete, wie Nukati äußerst geschickt mit seinen sonderbaren Fingern mit den langen Krallen begann, die Kabelbäume auszutauschen. Nukatis Hände sahen wenig menschlich aus, aber sie waren sehr gut im Umgang mit jeglicher Form von Technik. Und er konnte mit seinen Krallen Kräuter hacken und Möhren säen. Dass ich seine Hände als andersartig empfand, war eine rein menschliche Sicht.

»Schaust du mir auf die Finger?« Er drehte sich um und schenkte mir ein Grinsen, woraufhin ich nur entschuldigend die Schultern zuckte.

»Ich kann die Artemis nicht fliegen«, sagte er.»Dafür braucht man fünf Finger, die so angeordnet sind wie bei euch. Und zarte Haut.« Er wackelte mit seinen Händen, die wirklich eine Menge waren, einschließlich geschickt, aber nun mal bedeckt von rauen Schuppen.

»Kann man das nicht umprogrammieren?« Ich drehte mich wieder zurück zum RIX, der immer noch auf die Displays starrte.

Er schüttelte nur knapp den Kopf. »Nein, kann man nicht.«

»Es ist leider nicht möglich meine manuelle Steuerung ...«, mischte sich die Artemis ein, doch Nukati und der RIX schnauzten gleichzeitig: »Halt die Klappe!«, woraufhin die KI verstummte.

»Ihr solltet ein bisschen netter zu ihr sein«, sagte ich indigniert und erwischte mich dabei, wie ich sanft das Display vor mir tätschelte. Womit ich natürlich sofort aufhörte.

Nukati verließ die Brücke wieder. Offenbar stellte er heute einen Langstreckenrekord auf, aber er schien wesentlich besserer Stimmung zu sein als vorhin, denn er pfiff leise vor sich hin.

Als sich die Tür hinter ihm wieder schloss, fragte ich leise: »Stimmt das? Dass du jeden Tag kotzt, wenn ich dir das Tritostad spritze?«

Der RIX sah jetzt aus, als würde er gleich wieder kotzen. Er klappte den Mund auf, offenbar um etwas zu sagen, und machte ihn gleich darauf wieder zu. Dann zog er es vor zu schweigen. Das war nicht gut. Gar nicht gut.

»Was denkst du denn, wie mein Job funktioniert? Durch Gedankenlesen?«, fragte ich ihn, aber er reagierte immer noch nicht.

»Gut«, sagte ich leichthin. »Oder auch nicht. Dann walte ich mal meines Amtes als Schiffsärztin. Was leichter wäre, wenn sich meine Patienten mit mir über ihre Probleme unterhalten würden.« Ich erhob mich schwungvoll, was mein immer noch lädierter Schädel mit einem leichten Schwindelgefühl quittierte, und machte mich auf in die kleine, aber exquisit ausgestattete Praxis der Artemis. Dort sammelte ich ein paar Nährstofftuben zusammen, die hier in Kartons aufbewahrt wurden, und steckte mir eine Elektrolytlösung ein. Das konnte keinesfalls schaden. Dann griff ich mir den Körperscanner, ein ganz neues Teil, das zum Messen keinen Referenzpunkt mehr brauchte, und lief zurück zur Brücke. Wo der RIX in identischer Körperhaltung wie vorhin auf dem Sessel saß, nun aber in die Dunkelheit starrte.

Ich hielt ihm die Elektrolytlösung vor die Nase. »Hier. Das ist eine gute Sache. Bei normalen Menschen ist es so, dass ...«

»Ich bin ein normaler Mensch«, sagte er plötzlich.

»Entschuldige«, erwiderte ich, und dann schwiegen wir, während ich mich neben ihn setzte. Er sah mich an. In seinen grauen Augen tobte ein Sturm. »Das ist das Problem, Milla. Ich bin ein Mensch.« Er räusperte sich und atmete tief durch, und ich musste meinen Drang, nach seiner Hand zu greifen, unterbinden. »Ich habe es zwischendurch fast vergessen. Aber dann habe ich mich erinnert und konnte nicht länger ein RIX sein.«

»Das ist okay«, sagte ich leise und streckte jetzt doch die Hand nach ihm aus. »Viele Soldaten vergessen das.« Als ich Jamie das letzte Mal gesehen hatte, hatte ich in seinen blauen Augen nur noch wenig Menschlichkeit gefunden. Eine unfassbare Härte hatte sich dort ausgebreitet, wo doch eigentlich der Schalk lachen sollte, wie ich es von meinem kleinen Bruder gewohnt gewesen war. Der Gedanke an Jamie schmerzte mich in der Brust und ich floh in Geschäftigkeit. »Ich lege dir das an den Port neben deinem Schlüsselbein. Wenn man oft und dauerhaft erbricht, verliert man viele Mineralstoffe und Elektrolyte. Die müssen wir extern zuführen. Und danach gibt es was zu essen. Das schadet auch auf keinen Fall.« Ich hielt ihm zwei der Tuben vor die Nase.

Er reagierte nicht, was ich mal als positives Zeichen wertete. »Und bevor wir das machen, vermesse ich deine Hand, damit wir die Schiene anfertigen können.«

Der RIX atmete prustend aus und betrachtete mich aus zusammengekniffenen Augen. Für einen Moment sah er aus, als würde er aufstehen und die Brücke verlassen wollen. Definitiv dachte er darüber nach. Vielleicht, weil er sein Leben lang so konditioniert war. Dann aber überwog etwas anderes. Er blieb tatsächlich sitzen, zog sich in einer ungelenken Bewegung das Shirt vom Oberkörper und drehte sich zur Seite, damit ich an den Port auf seiner Brust kam. Er war furchtbar dünn. Man konnte seine Rippen zählen, auch wenn das wegen seiner hochdefinierten Muskeln nicht so sehr ins Auge stach. Ich konnte es nur vermuten, aber offenbar wurde bei ihm der Muskel durch Nahrungsentzug erst sehr viel später abgebaut, als es sonst normal wäre.

Vorsichtig drückte ich die Infusionsnadel durch die feine Membran und hängte die Lösung über ihn an eines der Deckenpaneele auf. Ich stellte die Durchflussgeschwindigkeit ein und setzte mich wieder neben ihn, um mich mit dem Scanner vertraut zu machen. Die Bedienung war ein wenig kompliziert und wir brauchten drei Anläufe, doch dann hatte ich alle Messdaten und konfigurierte auf dem kleinen Bildschirm eine Schiene für sein Handgelenk. Ich schob die Daten mit einem Fingerstreich auf das linke Display vor mir. »Druck das an dem 3-D-Drucker im Lagerraum aus«, sagte ich, und die Artemis antwortete: »Natürlich. Gerne.«

Nun hob ich die beiden Tuben und drückte sie dem RIX in die Hand.

Ich wollte gerade etwas sagen, als Nukatis Stimme durch die Lautsprecher drang. »Küche an Milla. Das Essen ist fertig!«

Ich musste, trotz des ganzen Dramas, meines beschissenen Lebens und all der Dinge, die ich zu lösen hatte, grinsen. »Milla an Küche. Bin unterwegs! Jammerschade, dass du nichts isst«, sagte ich zum RIX.

Auf dem Weg stattete ich dem Lagerraum einen Besuch ab und holte die nagelneue Schiene aus dem Drucker, dann marschierte ich schnurstracks zur Küche.

Nukati hatte den Tisch gedeckt, und in der Mitte standen drei dampfende Schüsseln. Ich spürte einen kleinen Funken echter Freude. Die Nahrungsaufnahme war im All etwas, was stattfinden musste, aber es hatte mit Genuss und Entspannung meistens wenig zu tun. Viele Spacer ernährten sich von den allseits beliebten Nährpasten, die wie schon einmal gegessen schmeckten, und hin und wieder schob man sich einen Kaustreifen zwischen die Kiefer, damit die Zähne auch etwas zu tun hatten. Aber ich liebte Essen. Und Nukati kochte mir Essen. Das war doch einfach wunderbar.

Ich ließ mich auf die Bank fallen und wartete, bis mein persönlicher Koch uns beiden aufgetan hatte. Dann schob ich mir die Gabel mit dem ersten Bissen in den Mund. Es gab ... Dinge, die ich nicht beim Namen kannte, die aber einfach köstlich schmeckten.

Ich aß mit Genuss und merkte erst jetzt, wie hungrig ich gewesen war. Nukati füllte meinen Teller wie selbstverständlich immer wieder auf. Er freute sich, wenn ich viel aß, doch selbst ich war irgendwann mal satt.

Schließlich legte ich meine Gabel ordentlich neben den leeren Teller und nahm noch einen Schluck Tee. »Darf ich dich mal was fragen?« Ich stellte die Tasse zurück. »Warum fällt ihm das so schwer?«, fragte ich, weil mich die ganze Zeit beschäftigte, dass mein Patient litt, und ich es nicht bemerkt hatte.

Nukati schob sich ebenfalls die letzte Gabel in den Mund und kaute, dabei hob er eine Augenbraue, so als hätte er meine Frage nicht verstanden.

»Na, dass er nicht sagt, wie schlecht es ihm geht. Woher soll ich denn wissen, welche Nebenwirkungen das Tritostad hat. Fieber, Übelkeit und was kommt als Nächstes? Der RIX macht irgendwie grundsätzlich sein eigenes Ding.«

Nukati legte den Kopf schräg, dann sagte er leise: »Schwäche wurde bestraft. Das Zeigen von Schmerz ebenso. Das lernt der nicht in fünf Minuten. Man muss das mit ihm üben. Wie das Gefiederputzen mit einem Nestling.«

»Nestling«, sagte ich und musste lächeln.

»Nestling«, sagte Nukati nachdrücklich und lächelte ebenfalls. Mittlerweile hatte mein Gehirn keine Probleme mehr, seine Mimik in das menschliche Pendant zu übersetzen. »Bei euch sind es Säuglinge. Unsere können immerhin direkt nach dem Schlüpfen laufen und gucken und ihren Kopf gerade halten.« Er grinste, wurde aber gleich darauf wieder ernst. »Du verstehst aber, was ich meine?«

Ich nickte. »Aber das Menschsein beinhaltet Schmerz und Schwäche.«

»Das Draxondassein auch. Aber dem RIX wurde es ausgetrieben«, sagte er, griff sich mit spitzer Kralle den vorletzten Mondkäfer aus der Pfanne und schob ihn sich in den Mund.

»Du würdest mir aber erzählen, wenn es dir nicht gut geht, oder?«, fragte ich vorsichtig.

Nukati kaute eifrig weiter, nickte aber. »Ich bin robust«, sagte er mit vollem Mund »Aber sollte was sein, werde ich dich in Kenntnis setzen.«

Ich tat es ihm gleich und griff mir meine Gabel, um mir den allerletzten Mondkäfer zu angeln. »Woher kennst du ihn eigentlich so gut?«, fragte ich und biss ein Stück von dem krossen Käfer ab. Meine beiden Mitreisenden waren so unterschiedlich, aber sie schien eine Freundschaft zu verbinden.

»Eine lange Geschichte. Die ich dir jetzt nicht erzähle, aber irgendwann. Jetzt erzähl du mir erst mal, was dich bedrückt.«

Ich sah erstaunt hoch. »Wie kommst du darauf?«, fragte ich ebenfalls mit vollem Mund, nur um direkt danach die andere Käferhälfte hinterherzuschieben.

»Als du auf der Brücke aufgetaucht bist, warst du traurig. Und das lag nicht daran, dass der RIX und ich uns gestritten haben.«

Ich kaute, schluckte den Käfer hinunter und legte die Gabel wieder beiseite. Für einen Moment hatte ich Mikas Gesicht klar und deutlich vor Augen. Wie er sich förmlich gewunden hatte, mir die Nachricht zu übermitteln. »Ich hatte vorher eine schlechte Nachricht erhalten«, sagte ich leise. Ich kannte Nukati kaum. Wir waren eine Schicksalsgemeinschaft, und ich konnte mich glücklich schätzen, dass ich ihn so mochte. Und er mich.

»Du musst es mir nicht erzählen«, erwiderte Nukati, doch ich schüttelte den Kopf.

»Es ging um meinen Bruder. Jamie. Der RIX hat mich übrigens mit dem Wissen um ihn auf der Barrakuda erpresst. Damit ich ihm das Nervengift spritze.«

Nukati spitze die Lippen. Dann schnaubte er abfällig. »Ja, klingt nach ihm. Hinterlistig ist er manchmal. Fällt uns dazu ein Name für ihn ein?«

Ich musste trotz der Situation grinsen. »Es wird ja noch besser. Bevor er mich erpresst hat, hat er meine medizinische KI bestochen. Indem er ihr Gedichte vorgetragen hat.«

Nukati sah mich einen Moment lang regungslos an. »Respekt«, murmelte er dann. »Aber du musst zugeben, von Menschen hergestellte KIs sind zuweilen ein wenig sonderbar. Gedichte?« Er blinzelte. Offenbar erheiterte ihn der Gedanke, dass der RIX einem Roboter Gedichte vorgelesen hatte. »Warum kam er dann zu dir? Wenn er doch schon die KI im Sack hatte? Dieses Tritostad ist ja auch wirklich gefährlich.«

»Ich habe die KI nachts eingesperrt, weil ich mitbekommen habe, dass sie ein Eigenleben führte. Die Rendezvous mit dem RIX fielen dadurch aus. Also kam er zu mir. Auch später. Als die KI wieder Ausgang hatte.«

»Wer könnte deinen liebreizenden Ärztinnenhänden schon widerstehen, was?«

Ich zuckte die Schultern. »Ich dachte damals, dass er vielleicht eine gewisse Freude daran hat, mich zu drangsalieren.«

Nukati schüttelte den Kopf und schien einen Moment nachzudenken. »Nein. Hinterlistig ist er, und es mag sein, dass einige von ihnen solche Neigung haben. Aber er nicht. Ich glaube, dass er sich nur ungern in die Hand von Computern und Robotern begibt. Er hat schlechte Erfahrungen damit gemacht. Aber wolltest du mir nicht eigentlich von deinem Bruder erzählen?«

Ich biss mir auf die Lippen. Ich trug das alles schon so lange mit mir herum, war so verschwiegen geworden, dass es mir jetzt schwerfiel, einfach drauflos zu sprechen.

In meinen Überlegungen wurde ich unterbrochen, weil sich mit einem leisen Zischen die Tür hinter uns öffnete. Der RIX kam herein, in der Hand den halb vollen Beutel mit der Elektrolytlösung.

»Oh, ein seltener Gast! Unser hinterlistiger Captain«, begrüßte Nukati ihn und deutete auf den freien Platz neben sich. Der RIX kam zu uns herüber, hängte den Beutel über sich an eine Ecke in der Decke auf und setzte sich.

»Er hat es getan«, raunte Nukati ehrfurchtsvoll und zwinkerte mir zu, woraufhin der RIX die Augen verdrehte.

»Er hat sich zu uns gesetzt. Beweg dich nicht! Ich muss etwas holen.« Er manövrierte seinen muskulösen Schwanz und erhob sich schwungvoll. Dann eilte er zu einem der Schränke, kramte in einigen Schubladen herum und kam zurück. Mit einer Dose Cola in der Hand. Echter Cola. Von der Erde, ganz typisch in der roten Dose mit dem weißen, geschwungenen Schriftzug. Er stellte dem RIX die Dose vor die Nase und ließ sich wieder nieder. »Damit kann ich sogar ihn erfreuen. Zuckerwasser mit Farbe. Aber Milla hat heute schlechte Nachrichten von ihrem Bruder erhalten und wollte gerade davon erzählen.«

Der RIX nahm sich die Dose, presste sie mit dem Bauch gegen die Tischkante und öffnete mit rechts den Verschluss. Er schien es gewohnt zu sein, Dinge ohne seine linke Hand zu erledigen.

Nukati gab ein brummendes Geräusch von sich und sah mich intensiv an.

»Weißt du von meinem Bruder?«, fragte ich vorsichtig, und er nickte.

»Der hinterlistige Captain hat es mir natürlich erzählt. Nun berichte mal.«

»Es geht ihm nach wie vor schlecht. Er liegt in einem Heilschlaf und niemand weiß, ob und wann er daraus erwacht. Ich muss zu ihm, weil ich mir sicher bin, dass ich ihm helfen kann. Zumindest bin ich die einzige Chance, die er noch hat.«

Ich zögerte, und Nukati sagte voller Überzeugung: »Weil du eine sehr gute Menschenärztin bist.«

Das entlockte mir ein Lächeln, doch dann schüttelte ich den Kopf. »Weil ich mit der Methode des Handauflegens vertraut bin. Ich glaube, dass sie in solchen Situationen helfen kann. Aber mir hat sein Arzt vor einigen Tagen eine Nachricht geschickt, dass viele neue Verwundete auf Korps eintreffen, und sie sicherlich in den kommenden Tagen die Check benötigen werden. Die, in der mein Bruder liegt.« Meine Stimme war dünner geworden. Es war sehr viel schwieriger, darüber zu sprechen, als ich erwartet hatte. »Er hat gesagt, dass die GU ihn in den nächsten Tagen beauftragen wird, Kontakt mit der Familie aufzunehmen. Damit man uns – also mir, viel mehr Familie gibt es nicht – ein Angebot unterbreitet. Es wird viele Credits kosten, die Check für Jamie und seine Genesung länger zu nutzen.«

Die beiden sahen mich an. Und dann fragten sie gleichzeitig: »Wie viel brauchst du?«

KAPITEL ACHTZEHN

»So war das nicht gemeint!«, antwortete ich erschrocken, doch Nukati schien mir gar nicht zuzuhören.

»Wir könnten das raffinierte Kustatas im nächsten Raumhafen verkaufen. Dafür bekommen wir mit Sicherheit knapp über siebentausend Credits. Wir brauchen das Kustatas eigentlich nicht, es war ja als Tauschprodukt gedacht. Wie viel haben wir davon im Lagerraum? Sechzig Kilo?« Er sah den RIX an.

Der nickte. »Mindestens. Vielleicht sogar mehr. Ich müsste auf die Lagerliste schauen.«

»Es befinden sich exakt fünfundsiebzig Kilo raffiniertes Kustatas im Lagerraum«, erklärte die Artemis.

»Das ist mehr als genug«, antwortete Nukati zufrieden. Als er meine verwirrte Miene sah, fügte er hinzu: »Wir treffen immer wieder auf Wesen, bei denen Credits völlig unbekannt sind. Da ist es hilfreich, etwas zum Tauschen im Lager zu haben. Kustatas ist sehr beliebt, weil man daraus Stoffe und Legierungen machen kann.«

»Und Drogen«, fügte der RIX launig hinzu.

»Ah«, erwiderte ich schwach.

»Und wenn wir im Sixtontas-Quadranten angekommen sind, kann ich Setzlinge verkaufen. Die werden dort auch immer sehr gerne genommen«, fuhr Nukati fort, dann beugte er sich ein wenig zu mir und legte seine schuppige, kalte Hand auf meine. »Es kann noch ein wenig dauern, bis du auf Korps ankommst. Es ist gut, wenn du weißt, dass für ihn gesorgt ist. Und du wirst die Check weiterhin brauchen. So einen Heilschlaf kann man ja nicht einfach abkürzen, oder?«

Ich schüttelte den Kopf und es schnürte mir die Kehle zu. Nein, man konnte einen Heilschlaf nicht einfach abbrechen, und das war der Schwachpunkt an meinem Plan. Er reichte nur bis zu dem Moment, in dem ich auf Korps landen und endlich Jamies Hand halten würde. Was danach kam, lag im Dunklen. Weder wusste ich wohin noch wie wir an diesen bis jetzt unbekannten Ort gelangen sollten.

Die Tränen schossen mir in die Augen, und Nukati zog seine Hand wieder zurück. »Huh! Immer diese Menschensachen! Sie weint wieder«, sagte er zum RIX. »Ich gehe mal fix die Setzlinge pflegen.« Mit diesen Worten schwang er seinen Schwanz über die Bank und eilte aus der Küche.

»Hast du einen Plan für die Zeit nach Korps?«, fragte der RIX ungerührt und sprang damit mit beiden Beinen direkt auf den schmerzenden Punkt.

Ich räusperte mich und versuchte mit aller Macht, die Tränen zu unterdrücken. »Ich arbeite dran«, sagte ich schließlich mit belegter Stimme.

»Manche Dinge muss man auf sich zukommen lassen«, sagte der RIX unerwartet und trank von seiner Cola. Dann hielt er mir die Dose vor die Nase, und ich war so verdutzt, dass ich sie ihm abnahm und ebenfalls trank. Von der vielen Kohlensäure musste ich umgehend aufstoßen, und ich reichte ihm das Getränk zurück.

»Aber selbst wenn man einen Plan hat, kommen Dinge dazwischen«, sagte er und zuckte mit den Schultern. »Immerhin lebe ich bis jetzt noch. Und ihr auch. Wenn mir das Tritostad ausgeht, brauche ich einen neuen Plan.«

Ich lehnte mich zurück. Plötzlich war ich sehr müde. »Hast du einen neuen Plan?«, fragte ich irgendwann, und wieder zuckte er mit den Schultern. »Ich arbeite dran.« Er zog eine Grimasse, die mich entfernt an ein Grinsen erinnerte.

»Ich hatte bisher immer einen Plan im Leben. Aber es waren überschaubare Pläne. Seitdem meine Mutter gestorben ist und Jamie auf Korps liegt, ist mein Kosmos sehr groß und sehr unüberschaubar geworden. Das macht es so schwer, irgendeinen konkreten Plan zu schmieden.«

Der RIX sah mich an, als erwartete er, dass ich weitersprach. Was ich auch tat. Und plötzlich fiel es mir gar nicht mehr schwer. Vielleicht, weil es erleichternd war, das alles einmal zu erzählen. »Meine Mutter ist vor drei Monaten an Krepto gestorben. Auch wenn du ein Mensch bist, bist du ja gar nicht so oft auf der Erde. Hast du davon gehört?«

»Die Seuche, die nach dem Krebs kam«, sagte er leise.

Ich nickte. »Der Krebs ist erstaunlicherweise erst vor zwanzig Jahren besiegt worden. Zumindest für die Menschen, die es sich leisten konnten. Die Krebszellen waren fast zwei Jahrhunderte sehr geschickt darin, allen menschlichen Therapien zu widerstehen, und hatten es geschafft, sich beständig weiterzuentwickeln. Aber irgendwann gab es die ultimative Immuntherapie, die bei nahezu allen bekannten Krebsarten Heilung versprach. Und dann kam Krepto.« Ich schluckte und es lief mir kalt den Rücken herunter. »Es beginnt mit trockenen Schleimhäuten und Husten. Und dann breitet sich das, von dem wir immer noch nicht wissen, ob es ein Virus oder ein Bakterium oder was ganz anderes ist, ungehindert im Körper aus und zerstört jedes Organ. Geht ganz schnell. Wenige Wochen von der Diagnose bis zum Tod. Und es gibt nichts, was diesen Prozess verlangsamen oder aufhalten würde.«

»Man sagt, es wäre nicht terrestrischen Ursprungs«, sagte der RIX.

Ich nickte. »Man weiß nichts darüber, aber es ist uns so fremd, es ist so unbehandelbar und springt auf keine Therapieform an, die uns zur Verfügung steht, dass diese Vermutung naheliegt. Zumindest helfen Schmerzmittel, das Leid der Patienten zu verringern. Aber nicht das der Angehörigen.«

»Ging es bei deiner Mutter schnell?« Seine Stimme klang wie immer, rau und kühl, und doch hatte ich das Empfinden, dass sich tief darunter eine unerwartete Wärme in seine Worte geschlichen hatte.

»Nein«, sagte ich. »Es war ein schrecklicher Tod und er hat zu lange gedauert. Aber wenigstens war ich da und konnte ihr versprechen, ihren letzten Wunsch in die Tat umzusetzen.« Ich griff mir an den Ausschnitt meines Shirts und suchte die schmale Kette. Als ich sie zu fassen bekam, zog ich das Amulett hervor. Der Stein war warm von meiner Haut, ich nahm die Kette ab und legte sie sanft auf den Tisch. »Ich habe ihr versprochen, dass sie ihre letzte Ruhe unter einem Baum findet.«

»Auf der Erde hättest du da nicht viel Glück gehabt. Aber es gibt viele erdähnliche Planeten, auf denen es große

Wälder und viele Bäume gibt«, sagte der RIX nachdenklich und betrachtete den Stein.

»Da will ich hin!«, sagte ich nachdrücklich. »Um ihre in diesen Stein gepresste Asche dort zu vergraben.«

Jetzt lächelte der RIX und es war ein echtes Lächeln. »Du hast einen Anfang von einem Plan und ein Ende. Der Rest wird sich finden, Milla.«

Ich betrachtete einen Moment den Stein auf dem Tisch. »Stimmt«, sagte ich dann und blickte auf. »Einen Anfang und Endpunkt zu haben, ist doch nicht so schlecht bei einem Plan, oder?«

Der RIX sah mich für einen Moment unverwandt an. Dann nickte er leicht und stand auf. Er deutete zu dem Beutel mit der Elektrolytlösung. »Der ist leer. Kannst du das abmachen?« Ich erhob mich ebenfalls und beugte mich zu ihm rüber, um die Nadel aus dem Port zu ziehen. Dann griff ich über ihn und hob den Beutel von seiner provisorischen Aufhängung.

Der RIX zog sein Shirt wieder gerade und ging zur Tür. Kurz davor blieb er stehen und drehte sich zu mir herum, blickte aber auf den Boden. »Milla. Meinst du, du kannst dieses Schiff fliegen?«

Ich musste mich räuspern, doch dann straffte ich die Schultern. »Wenn du mir zeigst, wie das geht.«

»Mache ich.«

»Und vorher passe ich dir noch diese fantastische, nagelneue Schiene für deine Hand an.«

»Komme ich wohl nicht drum herum.«

»Nein. Ist schließlich eine ärztliche Anordnung.«

. . .

So kam ich zu meiner ersten Flugstunde, wo mir doch die Erde so viel näher war als alles, was mit dem Fliegen, Schubtriebwerken und fremden Sternen zu tun hatte.

Ich saß auf dem Captainssitz, der RIX stand hinter mir. Ich hatte die Artemis schon einmal gesteuert, und das war mehr als geglückt, trotzdem hatte er, just bevor ich meine Handkanten auf die Schaltfläche gelegt hatte, Nukati über das Kommunikationssystem gebeten, sich anzuschnallen. Um direkt danach die Artemis zu beauftragen, den Bordfunk abzustellen. Auf meinen fragenden Blick hin hatte er nur die Augenbrauen gehoben. »Er ist ein guter Kämpfer, aber mit dem Fliegen hat er es nicht so.«

Ich erinnerte mich, wie ich ihn das erste Mal auf dem Notfallsitz in der Küche gefunden hatte. Zusammengekauert und schier starr vor Angst. »Vielleicht sollten wir ...«, sagte ich, doch weiter kam ich nicht.

»Er wird herummotzen. Das wäre kontraproduktiv, besser, wir hören das erst gar nicht. Du musst die Artemis wenigstens rudimentär fliegen können. Der Autopilot kann fast sämtliche brenzligen Situationen meistern, aber wir brauchen ein Back-up. Jemand, der zumindest weiß, wie vor und zurück bei diesem Schiff funktionieren.«

»Und was würdest du ohne mich tun?«, knurrte ich.

»Improvisieren. Jetzt leg deine Hände auf das Display. Jeweils die Handkanten. Damit manövrierst du.«

»Mit den Handflächen gebe ich Schub und mit den Fingerspitzen ziehe ich die Nase hoch oder runter«, murmelte ich.

»Ich bin sehr beeindruckt von deinem Fachwissen.«

Leider war es dann doch nicht so einfach, wie ich es mir vorgestellt hatte. Offenbar war bei meinem letzten Einsatz am Steuermodul auch eine gehörige Portion Glück mit im

Spiel gewesenen. Denn kaum hatte ich meine Handkanten aufgelegt, und das so vorsichtig, als würde ich die glitzernde Hülle einer Seifenblase berühren, da schoss die Artemis nach rechts. Ich versuchte zu korrigieren, wodurch wir schlagartig nach links drifteten. Der RIX hatte sich im letzten Moment an der Lehne des Sessels festhalten können und fluchte verhalten. Schlagartig nahm ich die Hände vom Modul, wodurch die Artemis leise fauchend langsamer wurde.

»Milla. Langsam und sanft. Die Artemis wird lernen, die Intensität deiner Bewegungen einzuschätzen, dafür muss sie aber erst mal in Kontakt mit dir kommen.«

»Okay«, murmelte ich und sah zu ihm hoch. »Langsam und sanft.«

»Versuch es noch einmal.«

Ich tat es und das Ergebnis war das gleiche, wobei der RIX jetzt offenbar vorgewarnt war und sich rechtzeitig festhalten konnte.

»Das hat das letzte Mal besser geklappt«, erwiderte ich empört und hob die Hände. Dann atmete ich tief durch, ungefähr so, als würde ich in der nächsten Sekunde das Skalpell auf die menschliche Haut setzen und den ersten Schnitt tun, und legte meine Hände wieder auf das Display. Diesmal blieb alles ruhig. »Artemis, ist irgendetwas in der Nähe, wo wir gegen fliegen können?«, fragte ich, und das Schiff antwortete: »Es besteht keine Kollisionswarnung.«

Ganz sanft und mit angehaltenem Atem bewegte ich meine Handkanten nach links und jetzt folgte mir das Schiff, ohne wie ein verrücktes Pferd zu buckeln. Ich kaute auf meinen Lippen und fühlte mich, wie bei meiner ersten, eigenen Blinddarmentfernung in echter Handarbeit. Ohne Check, nur mit einem weiteren Assistenzarzt an meiner

Seite, der bis zu diesem Zeitpunkt nur theoretisches Wissen angehäuft hatte und noch nicht mal einen Zugang legen konnte. In der Wüste, während wir in einem zugigen Zelt standen. Der Patient ein Soldat, der unseren fatalistischen Eingriff tatsächlich überlebt hatte.

»Seid ihr beide vollkommen verrückt geworden?« Nukati war plötzlich aufgetaucht, und er war unter seinen eh schon grünen Schuppen giftgrün angelaufen.

»Tschuldige«, sagte ich und konzentrierte mich wieder auf die weite Linkskurve. »Man braucht ein wenig Übung!« Aus dem Augenwinkel sah ich, dass unser Koch die Hände rang.

»Schnall dich an«, schnauzte der RIX, und von einem wüsten Strom an sonderbaren Lauten begleitet, eilte Nukati zu einem der in die Wand eingebauten Notsitze.

»Jetzt bring das Schiff auf achtzehn Grad nach unten«, sagte der RIX zu mir und ich ging dazu über, mit den Fingerspitzen zu arbeiten. Wieder hüpfte die Artemis, als wäre sie auf Speed, doch direkt danach senkte sich ihre Nase fast unmerklich. Auf dem Display zeigte sie mir ganz genau an, bei wie viel Grad ich war, und ich dirigierte sie sanft mit den Fingerspitzen nach unten. »Jetzt erhöhst du den Schub.«

»Artemis. Erhöhe die Schubkraft auf drei«, sagte ich.

»Erhöhe Schubkraft auf drei«, antwortete sie, und ich hörte, wie die Triebwerke ihre Leistung erhöhten.

Der RIX setzte sich neben mich auf den Sessel und schnallte sich ebenfalls an.

»Was mache ich jetzt?«, fragte ich, ohne den Blick vom Display und meinen Fingern zu nehmen. Himmel und Sterne, ich war so angespannt, als würde ich ein Kind zur Welt bringen. Ich atmete einfach mal aus, weil ich bis zu diesem Zeitpunkt die Luft angehalten hatte. Ausatmen war gut, denn danach strömte frische, unverbrauchte Luft in meine Lungen, und mein Gehirn quittierte das mit einem sofortigen Aufmerksamkeitsschub.

»Jetzt fliegst du einfach. Ich sehe alles, was du tust, hier auf dem Schirm und habe das somit unter Kontrolle. Zur Not greife ich ein. Oder die Artemis. Bevor es nämlich durch einen Flugfehler zu Schäden an ihr kommt, übernimmt der Autopilot.«

Ich warf ihm einen Seitenblick zu. Er meinte das ernst. Ich sollte allein fliegen, und dann auch noch entscheiden, wohin. »Du bist irre!«, entfuhr es mir, doch er hob nur eine Augenbraue und lehnte sich demonstrativ zurück.

»Wir werden alle sterben«, gab Nukati hinter uns von sich, und ich grunzte einen wütenden Laut zurück.

Und dann flog ich die Artemis.

»Der Vorteil ist, dass es hier keine Hauskanten, Betonpfeiler und Decken gibt«, murmelte der RIX irgendwann, doch ich ignorierte ihn. Die Artemis bockte, zuckelte, zischte, und ich war dankbar, dass der RIX die Beschleunigung auf ein gewisses Maß reduziert hatte, sonst hätte ich uns alle mit heftigen G-Kräften an die Wände des Schiffes genagelt, aber ansonsten lief es gut. Ich schrottete unser Schiff zumindest nicht umgehend.

»Ja, nichts, wo man gegen fliegen könnte. Prima Sache!«, antwortete ich ihm und machte einfach weiter.

Und irgendwann, nachdem Nukati endlich aufgehört hatte, leise vor sich hin zu wimmern, hatte ich den Dreh raus. Das Schiff folgte mir, setzte meine Berührungen direkt um, erhöhte und drosselte den Schub, hob und senkte die Nase, tat einfach, was ich wollte.

Nach fast einer Stunde hob ich die Hände vom Display und sagte: »Artemis. Autopiloten einschalten.«

»Artemis bestätigt. Autopilot übernimmt.«

Meine Hände zitterten, mein Nacken war derartig verkrampft, dass ich ein leises Dröhnen im Kopf verspürte, und ich war klitschnass geschwitzt. Aber ich hatte das Schiff geflogen.

Nukati stöhnte vor Erleichterung auf, und ich hörte, wie er energisch die Gurtschnallen aufspringen ließ. »Ich gehe die Jungpflanzen gießen«, knurrte er und verschwand noch in derselben Sekunde.

Ich ließ die Schultern kreisen und lehnte mich erschöpft zurück. Dann drehte ich den Kopf und sah zum RIX rüber, der sich ebenfalls zurückgelehnt hatte und zurückblickte.

»War nicht schlecht, oder?«, sagte ich.

»Du bist mutig, Milla«, antwortete er leise.

»Danke.« Für einen Moment war ich von seinen Worten ehrlich gerührt. Ich fühlte mich eigentlich nie sonderlich mutig. So etwas von ihm gesagt zu bekommen, ließ doch tatsächlich einen kleinen Funken Stolz in meiner Brust wachsen. Er war ein Soldat, jemand der in vorderster Front gestanden, Dinge getan hatte, für die er jahrelang ausgebildet worden war. Das alles zu verlassen, zu fliehen, mit dem Wissen, dass sie ihm furchtbare Dinge antun würden, wenn sie ihn fanden, war mutig.

Da fiel mir etwas ein. »Ich hatte auf der Barrakuda einen Stick mit all deinen medizinischen Daten. Der war hochgradig verschlüsselt, aber offenbar stand da alles drin, was man über dich wissen muss. Er kam von der BDO und war für Notfälle gedacht.« Als er nicht reagierte, sprach ich weiter, während ich die Handgelenke drehte, um sie etwas zu lockern. Ich räusperte mich, denn eigentlich wollte ich etwas anderes wissen. »Ich hätte diesen Stick mitnehmen sollen, denn darauf würden wir vielleicht die Antwort finden, was wir jetzt tun müssen«, sagte ich schließlich. »Also wenn das Tritostad alle ist und das IPS wieder anfängt zu senden.«

Er schnallte sich ab, stand auf und ging. Ich reckte den Kopf und sah ihm hinterher. »Das bringt nichts«, rief ich. »Also einfach nicht drüber reden! Weil dann in wenigen Tagen die BDO hier vor der Tür steht und schlimme Dinge passieren werden!« Ich schnallte mich ebenfalls ab, was allerdings länger dauerte, weil meine Finger von der Anstrengung ganz steif waren, und eilte ihm hinterher.

Im Flur holte ich ihn ein. »Verdammt noch mal!« Ich konnte mich nur mit Mühe daran hindern, wütend und wie ein Kleinkind mit dem Fuß aufzustampfen. »Nukati hat recht! Wir müssen gemeinsam eine Lösung finden!«

Er fuhr derart heftig zu mir herum, dass ich ganz automatisch einen Schritt zurückmachte. Denn wenn er so vor einem aufragte, war er immer noch ein Killer. Das, wofür er erschaffen worden war. Eine tödliche Gefahr, und mein Körper wusste das instinktiv sehr genau. Unser Captain sagte keinen Ton, ballte aber seine gesunde Hand zu einer Faust. Er schien förmlich zu beben.

»Wenn ich dafür keine Lösung finde, steckt Nukati mich in die Luftschleuse und katapultiert mich ins All. Oder ihr verbrennt mich in der Anschubdüse der Artemis.« Er sprach langsam und kontrolliert.

Ich musste husten. »Das ist ein verfickter Scheißplan!«, brachte ich schließlich hervor.

Für einen Moment standen wir uns nur gegenüber. Regungslos. »Es tut mir leid«, sagte ich schließlich. »Ich habe diese komplette Ampulle bei dem Angriff aufgebraucht. Es ist meine Schuld.«

Er schüttelte in einer abgehackten Bewegung den Kopf.

»Hättest du das Zeug nicht als Waffe benutzt, wären wir jetzt alle tot.«

»Ich schneide es raus«, sagte ich schließlich tonlos. »Ich muss nur wissen, wo es liegt. Also wie tief im Gewebe und wo.«

Er lachte auf. Tonlos. Doch jetzt lag blanke Angst in seinen grauen Augen. »Hast du mir nicht zugehört? Man kann das IPS nicht einfach so entfernen. Bei dem Versuch sind schon zu viele von uns umgekommen.«

»Aber was nun?«, fragte ich und verschränkte die Arme vor der Brust. Mein Herz wummerte heftig und ich spürte schon wieder, wie die Atemnot nach mir griff.

Er sagte nichts. Vielleicht, weil er wirklich nicht konnte. Stattdessen drehte er sich um und ging. Wortlos. Ich starrte ihm hinterher, während mir das Atmen schwerer wurde.

Ich brauchte einen Moment, um mich zu sammeln, dann rieb ich meine feuchten Handflächen an meinem Artemis-Overall, den ich von Nukati bekommen hatte, und lief zur Praxis. Ich würde ihn finden. Sollte er doch vor mir weglaufen, wie er wollte. Auf diesem Schiff konnte man sich nicht verstecken, und ich hatte keine Angst mehr vor ihm. Weil ich so deutlich spürte, dass er ebenfalls Angst hatte. Und nur weil er gelernt hatte, diese Angst gekonnt hinter seiner eiskalten Fassade zu verstecken, war sie nicht weniger real.

In der Praxis steckte ich mir die sorgsam verwahrten Reste des Tritostads in die Tasche. »Artemis. Wo ist der Captain?«, fragte ich, während ich die Tür hinter mir ins Schloss fahren ließ.

»Er befindet sich im Lagerraum«, antwortete mir das Schiff, und ich machte mich auf den Weg.

. . .

Er hatte sich auf den Boden gesetzt und mit dem Rücken an die Wand gelehnt, dicht neben den kleinen Holunder, den einzigen mitreisenden Baum auf der Artemis. Die Beine angezogen und den Kopf auf den Knien abgelegt. Als ich eintrat, blickte er kurz auf.

»Es wird Zeit.« Ich zog die Spritze aus der Tasche und hob sie hoch, während ich schnurstracks auf ihn zulief.

»Lass mich doch einfach in Ruhe«, sagte er, aber es war unüberhörbar, dass seine Stimme am Ende dieses Satzes leicht bebte.

»Kann ich nicht.« Mit einem Plumps setzte ich mich direkt neben ihn, die Spritze in der Hand. »Wir sind jetzt eine verdammte Gemeinschaft auf diesem Schiff. Ein Team. Was wir entscheiden, betrifft uns alle. Und ich entscheide, dass wir dir das Zeug jetzt spritzen. Weil ich als Schiffsärztin dafür verantwortlich bin. Und danach müssen wir eine Lösung finden.«

»Ach, leck mich doch«, sagte der RIX und klang dabei erstaunlich würdevoll.

KAPITEL NEUNZEHN

Als ich ihm die Nadel in den Port stach, der mittlerweile von entzündetem Gewebe umgeben war, das mit Sicherheit furchtbar wehtat, zuckte er nicht mit einem Muskel. Er zeigte gar keine Reaktion, so, wie ich es von ihm gewohnt war. Dabei glühte er allerdings wie ein Hochofen, der Stahl zum Schmelzen brachte. Fieber über so einen langen Zeitraum zu haben, war mehr als ungesund. Fieber war an und für sich ja ein kluger Schachzug des Körpers, es machte nur in diesem Fall keinen weiteren Sinn. War nur eine Nebenwirkung, gegen die ich kaum etwas tun konnte. Denn auf diesem Schiff gab es eine Check, einen Hochleistungskörperscanner und einen wirklich guten 3-D-Drucker, nur keine einzige verflixte Paracetamol-Tablette. Dabei schwor ich darauf. Auf der Erde. Bei Menschen. Leider hatte ich keine Ahnung, ob der RIX auf humanmedizinische Medikamente überhaupt anspringen würde. Oder ob sie nicht einfach noch weitere Probleme mit sich bringen würden. Zwar hatte ich in den vergangenen Tagen versucht, aus der medizinischen Enzyklopädie, die die Artemis gespeichert hatte, etwas über seinen Organismus herauszufinden, doch das war sinnlos. Über die RIX gab es nichts. Nirgends.

Als ich die Nadel wieder entfernt hatte, hielt ich meine Handfläche über den Port, ohne ihn jedoch zu berühren. Seine Haut war so heiß, dass ich es trotz des Abstands spüren konnte. Ich atmete tief durch und spürte die Energien kreisen. So wie es beim Handauflegen sein sollte.

Der RIX hielt ganz still. »Was machst du da?«, fragte er dann rau und ohne sich umzudrehen.

Ich räusperte mich und zog die Hand zurück. »Ich habe dir kurz die Hand aufgelegt«, erklärte ich leise. Dann befestigte ich einige kleine Kühlakkus an dem Exoskelett auf seinem Rücken, um wenigstens lokal für ein wenig Linderung zu sorgen.

»Fertig«, sagte ich, und er zog sich das Shirt wieder über den Rücken.

Dann murmelte er: »Danke.«

Unschlüssig stand ich neben ihm und betrachtete die leichte Rotfärbung des Lichtes im Lagerraum. Es war Schlafenszeit. Zumindest für mich. Aber da der RIX keine Anstalten machte, zurück auf die Brücke zu gehen, blieb ich, wo ich war. »Kann die Artemis hier mit dem Autopiloten fliegen?«

»Hm.« Er nickte knapp, und ich setzte mich einfach neben ihn. Irgendwie war mir nach Gesellschaft. Ich hatte tatsächlich keine Lust, ins Bett zu gehen. Gemeinsam betrachteten wir den Holunder, der seine knorrigen Äste zur Tageslichtlampe streckte.

»Ich glaube, wir müssen ihn zurückschneiden. Kennt Nukati sich damit aus? Mit Pflanzen von der Erde?«, fragte ich.

»Nukati kennt sich mit allem aus, was in Erde oder Substrat wächst.«

»Ich hatte mal Kräuter auf der Fensterbank. Aber nach dem letzten Ausbruch der Pestepidemie habe ich fast sieben Wochen als Ärztin in einer Notunterkunft gearbeitet, hinterher waren sie nur noch Biomüll.«

»Bist du jetzt in Plauderlaune, oder was?« Er sah mich von der Seite an, wobei er auf mich runtersah. Er war selbst im Sitzen wesentlich größer als ich.

»Ja. Ich bin grad gesellig«, antwortete ich.

»Ich nicht. Geh mit Nukati plaudern. Der hat auch diese Neigung«, erwiderte er trocken, und ich musste grinsen.

»Ihr zwei passt gar nicht zusammen«, sagte ich.

»Wir passen ganz hervorragend zusammen«, antwortet er leise und bewegte ganz vorsichtig die Finger in der neuen Schiene. Ich ging davon aus, dass er jetzt in seine übliche Schweigsamkeit verfallen würde, doch er sprach weiter. »Wir haben beide keine Familie, keinen Ort, an den wir gehören oder zu dem wir gehen können. Und man sieht uns auf den ersten Blick an, dass wir nicht dem Standard entsprechen. Zumindest Terraner haben Angst vor uns.«

Ich schwieg einen Moment und betrachtete den Holunder, wie er ganz leicht mit einem seiner Äste wippte. Ich spürte die enorme Körperwärme des RIX neben mir und lehnte den Kopf gegen die Wand. Ich konnte nicht verhindern, dass mir langsam aber sicher die Augen zufielen. Ich wollte zwar nicht ins Bett, aber müde war ich trotzdem, und hier im Lagerraum war es so herrlich still. Mein Unterbewusstsein hatte das tiefe Summen und Brummen der Artemis offenbar mittlerweile als etwas Positives gespeichert, es störte mich nicht mehr. Es verhieß nur, dass wir auf der Reise waren und alles seinen Gang ging. Es war normal geworden und Normalität war sonderbar wohltuend.

»Ich hätte gerne einen Namen«, sagte der RIX plötzlich völlig unerwartet und riss mich damit aus meinem Dösen.

Ich öffnete die Augen und blinzelte ein paarmal, um wieder eine klare Sicht zu bekommen. Dann richtete ich mich ein wenig auf und blickte zu ihm hinüber. Ich räusperte mich. »Ja, so ein Name ist eine gute Sache«, sagte ich, was sehr dämlich klang, aber er hatte mich mit dieser Offenbarung völlig überrumpelt.

Er schüttelte leicht den Kopf. »Ich bin kein RIX mehr.« Einen Atemzug lang schwieg er. »Ich weiß nicht mehr, was ich bin. Aber letztendlich wusste ich das nie.«

Ich saß regungslos und hoffte, dass er einfach weitersprach und gar nicht mitbekam, was er hier gerade tat.

»Es gab einige von uns, die auf Dauer nicht funktioniert haben, zumindest nicht so, wie die BDO sich das vorstellte. Denn unter der ganzen Technik, hinter der ganzen genetischen Perfektion steckt immer noch ein Mensch.« Er räusperte sich, als müsste er seine Stimme zwingen, weiterzusprechen.

»Der Weltraum ist groß. Die GU und die BDO als ihr Handlanger sind nicht überall, und wir arbeiteten in kleinen Teams oft außerhalb der territorialen Grenzen der Galaktischen Union. Dort konnte man uns nicht direkt kontrollieren. Ich habe oft Befehle nicht ausgeführt. Oder nur zum Teil. Immer dann, wenn es um den Gewinn großer Konzerne ging und nicht um die Sicherheit der Erde oder der GU. In den letzten Jahren haben die Einsätze, die den Profit einiger weniger sicherstellen sollen, zugenommen. Was ich getan habe, oder eben nicht, hat mein Arbeitgeber oft nicht mitbekommen. Wir waren zu weit weg. Wenn sie es erfahren haben, wurde ich bestraft.« Wieder schwieg er einen Moment. »Körperlich gemaßregelt. So heißt das. Sie haben geglaubt, dass das reicht, um uns nach einem Fehlverhalten wieder auf Spur zu bringen. Es gibt einen ganzen Katalog an Maßnahmen. Dabei haben sie uns ja beigebracht, körperlichen Schmerz auszuhalten.« Er zuckte die Schultern, und ich gab ein unverbindliches Brummen von mir.

»Die BDO hat in den letzten Jahren so oft herumgepfuscht und sich vor den Karren der großen Abbauunternehmen im Orbit spannen lassen. Trixot, Melinda und IO5 sind solche Beispiele.«

»Du meinst die Aufstände?«, fragte ich vorsichtig. Ich erinnerte mich an die reißerischen Schlagzeilen, die uns den sofortigen Zusammenbruch sämtlicher Infrastruktur auf der Erde prophezeit hatten, wenn man diese Arbeiteraufstände nicht direkt und mit aller Härte unter Kontrolle brachte.

»Trixot, Melinda und IO5 sind die Haupteinnahmequellen von TMI Industries. Sie bauen dort alles ab, was man zu Geld machen kann, vorrangig aber Gas und seltene Erden. Es ist mir bis heute schleierhaft, wie es möglich sein konnte, sich ganze Planeten mit dem Zweck, sie komplett leerzuräumen, unter den Nagel zu reißen.« Er bewegte vorsichtig die Finger seiner linken Hand. »Geld ist Macht, und wer die Macht hat, trifft die Entscheidungen. Hier und überall sonst im Universum. Alle diese Planeten haben keine Atmosphäre, in der Menschen überleben können, deswegen befinden sich sämtlich Abbaustationen unter der Oberfläche. Die gesamte Infrastruktur wurde erschaffen, genauso wie die Höhlen, in denen man die Lohnarbeiter untergebracht hatte. Mit ihren Familien. Es waren menschenunwürdige Zustände. Aber wenn man die Arbeiter mit ihren Familien von der Erde oder einem Habitatschiff umsiedelte, konnte man sie länger zur Arbeit nutzen. Es kamen immer weitere Arbeiter nach, denn wer einmal dort gestrandet war, blieb. Zwangsläufig. Seit über zwanzig Jahren gibt es diese Abbaustationen auf den Planeten, und vor zehn Jahren wurden plötzlich die Kinder dort krank.« Er schwieg einen Moment und fuhr dann leise fort: »Das Wasser war verunreinigt, die Reinigungsanlagen veraltet und schlecht gewartet. Die Abbauunternehmen sparten einfach an allen Ecken und Enden, um noch mehr Profit aus den Anlagen zu schlagen. Die Kinder auf diesen Planeten starben, und die Arbeiter fingen an zu rebellieren. Niemand kam ihnen zu Hilfe, denn sie hatten keinen Kontakt zur Erde. Alle Informationen, die durch die Nachrichten geisterten, waren Fake News erster Güte, nur dafür da, ein bestimmtes Bild zu kreieren. Dass das Leben auf der Erde durch wild gewordene Lohnarbeiter in Gefahr war. Wie furchtbar musste das für alle Beteiligten gewesen sein?« Er sah mich an und verschränkte die Arme vor der Brust. »Die Arbeiter verhandelten erst, dann traten sie in den Streik. Das war die große Rebellion, von der alle sprachen. Es waren Menschen, die um sauberes Wasser bettelten und um das Leben ihrer Kinder kämpften. Wenig später schickte die TMI Industries ihre Schergen, die das ganze zum Kochen brachten. Die Arbeiter mussten sich verteidigen, und innerhalb kürzester Zeit brach ein Krieg aus, in dem sie erst mal die Oberhand gewannen, weil sie einfach die örtlichen Gegebenheiten besser kannten, als ihre ›Gegner‹.« Er malte Gänsefüßchen in die Luft. »Kurz danach wurden wir informiert. Wir sollten aufräumen. Recht und Ordnung wiederherstellen. Es wurden keine Verhandlungen geführt. Es gab kein Entgegenkommen der TMI Industries. Das All ist kein rechtsfreier Raum mehr, aber sobald jemand die einzigen verfügbaren Informationen sortiert und entscheidet, was die Öffentlichkeit erfährt, ist einfach alles möglich. Es wurde als Aufstand deklariert. Ein gefährlicher Aufstand, der die Versorgung mit den seltenen Erden und Gas gefährdete und somit auch die gesamte Bevölkerung der Erde. Dabei ging es den Arbeitern nie um mehr Geld. Es ging nur ums Überleben. Als wir ankamen, waren die ersten Schiffe mit neuen Arbeitern schon seit zwei Wochen unterwegs. Wir mussten nur noch die alten entsorgen.«

Mir schauderte bei seinen Worten.

»Ich habe das zweite Bataillon geführt. Und leider habe ich nie aufgehört, selbstständig zu denken. Was auch nicht möglich ist, wenn du Wochen und Monate allein im All unterwegs bist. Ich habe den Befehl nicht offiziell verweigert. Aber ich habe ihn nicht ausführen lassen.«

»Und die anderen RIX. Was haben die getan?«

»Mit den Männern in meinem Bataillon habe ich lange zusammengearbeitet. Sie habe mir vertraut. Aber wir waren nur zehn. Es waren weit über einhundertzwanzig RIX im Einsatz. Unsere Möglichkeiten waren beschränkt. Unser Befehl lautete, alle zu töten. Und sie wurden alle getötet.« Er räusperte sich. »Nur eben nicht von uns. Was aber keinen Unterschied machte. Weil wir es auch nicht aufgehalten haben. Aufhalten konnten. Vier meiner Leute sind direkt im Gefecht gestorben. Zwei andere haben die körperliche Maßregelung danach nicht überlebt. Und bei den anderen, einschließlich mir, ging man nach der Folter davon aus, dass so etwas nie wieder geschehen konnte. Mit den richtigen Maßnahmen kannst du jeden dazu bringen, alles zu versprechen.«

Ich verharrte reglos und spürte, wie meine Hände zitterten. Ich hatte keine Worte, nicht ein einziges, das passend gewesen wäre. Deswegen streckte ich schließlich meine Hand aus und umfasste sein rechtes Handgelenk.

Er zuckte im ersten Moment zurück, doch dann ließ er die Berührung geschehen. »Zu desertieren war die einzige Möglichkeit, dem zu entkommen. Diese Einsätze nehmen zu. Wir beuten immer mehr aus, nehmen immer weniger Rücksicht auf fremde Spezies. Ich gehöre der BDO. Sie haben mich großgezogen, haben mich mit all dieser Technik vollgestopft, die mich zu dem macht, was ich bin. Ich bin ihr Eigentum. Es gab keinen anderen Weg.«

»Ich verstehe«, sagte ich leise und drückte seinen Arm.

Die folgenden Tage vergingen ereignislos. Nukati und ich aßen jeden Tag gemeinsam. Ich war bei der Zeitrechnung in Tagen geblieben, denn die Artemis machte es mir durch ihre Tageszeitensimulation sehr einfach damit. Ich fing an, die Grundlagen des Gärtnerns zu erlernen, um wenigstens irgendetwas zu tun. Nachdem ich nämlich die kleine Praxis aufgeräumt und die Medikamente sortiert hatte, fiel mir die Decke auf den Kopf. Von meinen täglichen Flugstunden abgesehen, gab es für mich an Bord nur wenig zu tun. So hatte ich sehr viel Zeit, mir Sorgen zu machen. Und es gab viele Dinge, über die ich stundenlang nachdenken konnte, ohne einer Lösung auch nur ansatzweise näher zu kommen. Sogar über einen Namen für den RIX hatte ich sinniert, doch sonderlich kreativ war ich in solchen Situationen noch nie gewesen. Ich hoffte, dass uns irgendwann etwas Passendes einfallen würde.

Von Jamie gab es keine neuen Nachrichten. Nukati hatte mir stolz unsere Tauschvorräte im Lager gezeigt, und für ihn und den RIX schien ihr Angebot, fast alles zu verkaufen, um Jamie zu retten, selbstverständlich zu sein. Wir waren zu einer sonderbarerweise gut funktionierenden Zweckgemeinschaft geworden.

Aber das, was mich am meisten beschäftigte, war das Damoklesschwert über unseren Köpfen. Es schwang bedenklich hin und her und hing nur noch an einem seidenen Spinnenfaden. Unsere Tritostad-Vorräte gingen langsam zur Neige. Mittlerweile hatte unser Captain zwar eine grobe Idee, wo wir auf höchst illegalem Weg Nachschub herbekommen könnten, aber keiner von uns wusste, ob die wenigen Milliliter des Nervengifts noch so lange reichen würden. Bei den letzten drei Injektionen hatte ich die Dosis reduziert. Ohne zu wissen, welche Komplikationen das mit sich bringen würde. Entzugserscheinungen waren jedenfalls nicht auszuschließen, und ich hatte keine Ahnung, ob sie die bessere Alternative dazu waren, dass die BDO hier auf der Matte stehen würde.

Ganz abgesehen von der Frage, ob wir unser neues Ziel auch unbeschadet wieder verlassen würden. Das war laut dem RIX der Planet Sigrid, und als er uns in seine Pläne einweihte, hatte Nukati daraufhin nur dumpf »Ein Arschlochplanet« von sich gegeben, die Hände gerungen und unfassbare Grunzlaute ausgestoßen. Aber auf diesem Arschlochplaneten gab es offenbar einen fröhlich florierenden Schwarzmarkt, und dort sollte es auch Tritostad geben.

Die Oberfläche von Sigrid bestand aus Geröll und heißen Wüsten, und die Atmosphäre war toxisch. Tief unter der Oberfläche gab es Höhlen und Gänge, gegraben von den verschiedenen eingewanderten Lebensformen. Man mochte die GU dort nicht. Und man mochte sowieso niemanden, der auch nur ansatzweise gesetzestreu lebte. Deswegen hielt dort auch niemand freiwillig an. Es sei denn, er brauchte etwas vom Schwarzmarkt. Also zum Beispiel von der GU nicht zugelassene Waffen oder, wie in unserem Fall, toxische

Substanzen.

Auf irgendwelchen düsteren Kanälen hatte der RIX herausgefunden, dass Tritostad aktuell zum Verkauf stand, und ich wollte lieber nicht wissen, was man auf diesem Planeten sonst noch alles käuflich erwerben konnte.

Nukati sagte seitdem alle fünf Minuten: »Ich werde keine Sekunde mehr ruhig schlafen, bis wir diesen Drecksplaneten wieder verlassen haben!«

So weit waren wir aber noch nicht. Ich saß mit einer Tasse Kaffee neben dem RIX auf der Brücke und starrte in die Dunkelheit vor der großen Frontscheibe. »Wir sollten schneller fliegen.«

»Wir fliegen so schnell, dass das Schiff gerade noch so die G-Kräfte im Zaum halten kann.«

Ich hatte die Beine auf die Konsole vor mir gelegt und nippte an meinem Kaffee. Es war spät, zumindest in meiner Zeitrechnung, und ich spürte, wie die Müdigkeit langsam nach mir griff.

»Nimm die Füße von meinem Schiff.«

»Meine Schuhe sind sauber«, erwiderte ich. Wie sollten sie auch dreckig werden? Ich trabte schließlich beständig nur über den Boden der Artemis.

»Nimm die Füße runter!« Der RIX klang jetzt angefressen. Er hatte fast einen divenhaften Unterton.

»Hör auf mit diesem Territorialverhalten. Die Artemis stört es nicht«, antwortete ich trocken, und prompt mischte sich das Schiff ein.

»Es ist in der Tat kein Problem für mich. Ich bin so konstruiert ...«

»Klappe!«, unterbrach der RIX und legte seine Hand – ohne den Handschuh, den er tatsächlich nicht mehr so häufig trug, aber auch ohne Schiene – auf das Steuerungsmodul vor sich. Die Artemis folgte seiner Bewegung und zog fast unmerklich nach links. Der RIX biss die Zähne aufeinander.

»Warum fliegst du nicht mit dem Autopiloten? Deine Hand ist noch nicht wieder in Ordnung.« Ich sah an der Stellung seiner Finger, dass die Muskulatur massiv verkrampft war.

»Halt du auch die Klappe.«

»Gib mir die Hand, ich kann die Muskulatur ein wenig lockern.«

Und dann geschah ein Wunder. Er reichte mir nämlich seine Hand. Sanft legte ich meine Daumen in seine Handfläche und begann vorsichtig, die harte Muskulatur und das Gewebe zu massieren. Seine Hand war kalt. Sehr viel kälter, als sie hätte sein dürfen. Ich massierte weiter, sah ihn aber prüfend an. »Seit wann ist das Fieber weg?«, fragte ich möglichst nebenbei, doch er antwortete nicht. »Eine Frage, eine Antwort?«, hakte ich nach und er schnaubte genervt.

»Seit gestern«, sagte er schroff und zog seine Hand wieder zurück. Himmel und Sterne! Das war anstrengend.

»Wenn mein Leben nicht an deinem hängen würde, könntest du mich jetzt mal am Arsch lecken«, sagte ich mühsam beherrscht. Das Fieber war vermutlich verschwunden, weil die Dosis des Tritostads nicht mehr in ausreichender Menge in seinem Organismus vorhanden war. Dann war ab jetzt alles möglich. Mein Herz krampfte sich einmal kurz zusammen. Die diffuse Angst der vergangen Tage, versuchte sich an die Oberfläche zu kämpfen, doch ich hielt sie mit aller Macht unter Kontrolle.

»Vielleicht habe ich eine andere Lösung gefunden«, sagte der RIX, ohne mich dabei anzusehen.

»Welche?«, fauchte ich ihn an. Ich hatte leider keine

Nerven mehr für Konversation jeglicher Art. Doch nun schwieg er wieder, unser verschwiegener Freund.

»Ich kümmere mich drum«, brummte er schließlich, was mich nicht wirklich weiterbrachte. »Ich habe doch gesagt, dass ich jemanden kenne, der das IPS entfernen kann.«

»Und?«

Er antwortete nicht. Hüllte sich wieder in Schweigen und so stand ich auf, schnappte mir meinen Kaffeebecher und verließ die Brücke.

In meinem Quartier begrüßte mich eine Eiche im Schnee. Sehr hübsch, aber ich hatte keinen Blick für sie übrig. Ich stellte meine Tasse ab und legte mich in voller Montur auf mein Bett. Dann schloss ich die Augen und atmete tief durch. Wiederholt griff ich zu meinem AD, um die medizinischen Enzyklopädien durchzublättern, in der Hoffnung, doch irgendwo einen Hinweis auf die Funktionsweisen eines RIX zu finden, doch kaum hatte ich die erste Seite aufgerufen, legte ich ihn wieder weg.

Vielleicht musste ich mir jetzt endlich eingestehen, dass unsere Chancen schlecht standen. Sigrid war immer noch weit entfernt. Und selbst wenn wir diesen Arschlochplaneten, wie Nukati ihn nannte, erreichten, mussten wir uns ja erst mal auf die mühsame und sicherlich gefährliche Suche nach dem entsprechenden Händler begeben. Die dubiosen Andeutungen unseres Captains halfen da auch nicht weiter.

Ich öffnete die Augen und blickte zum Baum, der jetzt gar kein Baum mehr war, sondern dem Bild eines wunderschönen Sonnenunterganges am Meer gewichen war. Die Sonne versank als rot glühende Kugel am leuchtenden Horizont, die Wellen glitzerten in der anbrechenden Dunkelheit und die Schaumkronen schienen mit der Sandfarbe um die Wette zu strahlen. Schnell schloss ich die Augen wieder. Ich konnte jetzt keine Bilder von der Erde ertragen. Es gab solche Strände nirgends mehr. Der weltweite Sandraub hatte weite Teile der Meere ihre ursprünglichen Uferzonen gekostet, und mittlerweile schwamm so viel Müll im Meer, dass Kinder gar nicht wussten, dass es mal anders gewesen war.

Und trotzdem krampfte das Heimweh mein Herz zusammen, und ich schlang fröstelnd die Arme um meinen Oberkörper. Ich schloss die Augen und konzentrierte mich auf das Summen und Brummen der Artemis.

Darüber musste ich tatsächlich eingedöst sein, denn irgendwann schreckte ich hoch. Etwas hatte mich geweckt. Ich lehnte mich lauschend an die Rückseite des Bettes. Jetzt war alles still. Stirnrunzelnd schwang ich die Beine vom Bett.

Und dann meldete sich die Artemis: »Milla. Wir haben einen medizinischen Notfall auf der Brücke.«

KAPITEL ZWANZIG

Als ich um die Ecke gestürzt kam, kniete Nukati über dem RIX, der langgestreckt auf dem Boden lag.

»Was ist passiert?«, keuchte ich und ließ mich vor beiden auf die Knie fallen.

»Ich habe ihm eine Tube Nährpaste gebracht, aber er hat mich nur angemault. Dann ist er aufgestanden und umgefallen. Er hat gezuckt, Milla! Und jetzt regt er sich nicht mehr.«

Ich stellte mit fliegenden Fingern die externe Überwachung von Vitalwerten auf meinem AD ein und hielt das kleine Gerät dem RIX vor die Brust. Sein Blutdruck war enorm hoch, sein Puls viel zu niedrig, seine Sauerstoffsättigung war okay, aber dafür spürte ich, wie er unter meinen Berührungen bebte.

»Der Patient ist in einem kritischen Zustand, bitte holen sie ärztliche Hilfe«, erschien auf dem kleinen Display des ADs. Leider war ich die ärztliche Hilfe. Und leider fiel mir nicht ein, was ich tun könnte.

»Hilf mir mal«, sagte ich zu Nukati, der sich bibbernd,

gegen die Wand der Brücke drückte. »Hilf mir!«, wiederholte ich etwas lauter, um ihn endlich aus seiner panischen Starre zu holen.

Schlagartig riss er sich zusammen und kam zu mir geeilt.

»Stabile Seitenlage«, sagte ich und versuchte, den RIX zur Seite zu drehen. Was nur mit Nukatis tatkräftiger Hilfe gelang. Der RIX war schwer wie ein Ochse. Nach einigen Mühen hatte ich seine Hand unter dem Gesicht platziert und drehte seine Hüfte noch ein wenig mehr in die richtige Position. »So liegt er am sichersten. Falls er sich übergibt, bleiben seine Atemwege frei. Hol bitte eine Schwerkraftdecke und breite sie über ihm aus. Und bring auch noch gleich meinen Arztrucksack mit.«

Nukati nickte, erhob sich und rannte von der Brücke, dass der Boden bebte.

»Wir schaffen das«, sagte ich leise zum RIX und legte ihm eine Hand auf den Brustkorb. »Alles wird gut. Atme einfach weiter. Artemis. Halte den Kurs«, sagte ich zum Schiff.

»Ich halte den Kurs nach Sigrid, gebe aber zu bedenken, dass in der Passage dorthin aktuell sehr viele Flugbewegungen zu vermelden sind. Große Flotten und kleinere Schiffe.«

»Und?« Ich hob den Kopf und blickte aus der Frontscheibe, aber wohl mehr aus einem Reflex heraus, denn hier war alles ruhig, und tiefes Dunkel erstreckte sich vor dem Fenster.

»Wir haben ein neues Signal an Bord, das ich nicht eindämmen kann, obwohl es mir aufgetragen wurde.«

»Scheiße«, sagte ich voller Inbrunst und setzte mich auf den Hintern. »Er sendet wieder?«, fragte ich schwach und deutet auf den RIX.

»Seit ungefähr einer Minute. Das Signal ist noch sehr schwach. Aber wir sollten Abstand von anderen Schiffen halten.«

»Und was machen wir jetzt?« Ich spürte, wie die Panik nach mir griff, doch der RIX regte sich. Ich legte ihm sanft eine Hand auf die Schulter und brummte: »Ganz ruhig, alles wird gut.«

Nukati kam schwer bepackt auf die Brücke gestürmt, und ich befasste mich erst mal mit dem Naheliegenden. Ich rief die externe Überwachung auf der kleinen, nur Daten liefernden Einheit der Check auf und kalibrierte sie auf den RIX. Dann gab ich ihr den Befehl, sofort Alarm zu schlagen, wenn sich etwas an seinem jetzigen Zustand änderte. Danach hob ich noch den kleinen, handlichen Defibrillator aus dem Rucksack und schaltete ihn an. Wer wusste, was noch kommen würde.

Ich hockte mich auf die Fersen und starrte in die Dunkelheit vor der großen Scheibe der Brücke. Was blieb uns jetzt noch? Das IPS des RIX sendete wieder. Somit würde man uns über kurz oder lang finden. Sigrid war in diesem Moment unerreichbar geworden, zumal Nukati und ich schlecht mutterseelenallein auf dem Arschloch-Planeten herumspazieren konnten, um auf dem Schwarzmarkt Tritostad zu kaufen.

»Artemis, zeig mir alle ein und ausgehenden Kontakte der vergangenen Tage an«, sagte ich fest. Der RIX hatte von einer Möglichkeit gesprochen. Und die war ihm nicht im Traum eingefallen. Er musste zu irgendjemanden Kontakt gehabt haben.

Das Schiff schien meine Fragen erst einmal verarbeiten zu müssen, denn es brauchte einen Moment. »Aus datenschutzrechtlichen Gründen kann ich über vorangegangene Kontakte keine Auskunft geben.«

»Sag mir, mit wem der Captain Kontakt gehabt hat!«, schnauzte ich, und wieder schwieg die Artemis einen Moment.

»Aus datenschutzrechtlichen Gründen ...«

»Ignorier diese datenschutzrechtlichen Gründe!«, befahl ich mit bebender Stimme.

»Nur der Captain hat die Befugnis, die datenschutzrelevanten Inhalte ...«

»Da liegt der Captain, du Blechdose!«, fuhr ich die Artemis an und deutete auf den regungslosen RIX.

Und dann fasste ich einen Entschluss. Ich versuchte, mich etwas zu beruhigen, und sagte mit fester Stimme: »Ich bin jetzt der Captain dieses Schiffes. Ich habe alle Befugnisse, deswegen gib mir jetzt diese Information.«

»Die Artemis hat keinerlei Informationen bezüglich der Übernahme der verantwortlichen Position im Falle eines Ablebens des Captains.«

Ich atmete tief durch. Der RIX war ein Hornochse. Irgendjemand musste doch sämtliche Befugnisse über dieses Schiff haben, wenn er nicht mehr reagieren konnte. Und dass das passieren würde, war doch klar abzusehen gewesen.

»Artemis. Hier spricht Milla«, sagte ich leise. »Unser Captain liegt im Sterben. Ohne ihn sind wir alle drei, du, Nukati und ich, ebenfalls zum Sterben verdammt. Ich weiß nicht, ob du das als künstliche Intelligenz verstehst, aber ich glaube, dass wir alle zusammen in den vergangenen Wochen ein Team geworden sind. Du hast dich um uns alle gekümmert, hast mir das Licht eingeschaltet, für Nukati die Temperatur geregelt, sodass er nicht so frieren musste, hast mir Freude bereitet, indem du eine schöne View für mich herausgesucht hast. Ohne dich und deine Fähigkeiten wären wir nicht so weit gekommen. Aber jetzt hängt alles an dir.« Ich presste die Hände auf den Boden und stellte mir vor, dass sie meine Berührung spüren konnte. »Ich bitte dich, um deiner selbst willen, irgendwie diese Programmierung zu umgehen. Wenn wir sehen, mit wem der RIX in den vergangenen Tagen Kontakt hatte, haben wir wenigstens den Hauch einer Chance. Sonst werden wir sterben.«

»Wow!«, stieß Nukati aus.

Ich schloss die Augen, und öffnete den Mund, um weiterzusprechen, das Schiff zu beschwören, doch die Artemis kam mir zuvor.

»Neue Befehlskette gespeichert. Milla ist jetzt der Captain der Artemis und verfügt über volle Befehlsgewalt und Zugriff auf sämtliche Systeme.«

»Wow!«, wiederholte Nukati lauter.

Für einen Moment war ich fassungslos. »Danke«, sagte ich, erstaunt, dass mein Herz in der Lage war, noch einen Zahn zuzulegen.

»Bitte«, antwortete die Artemis ungerührt. »Hier die aus- und eingehenden Kontakte der vergangenen Tage. Sergeant Maximilian ist der Einzige gewesen, den der ehemalige Captain kontaktiert hat.«

»Was? Wer ist das?«, fragte ich und meine Worte purzelten fast durcheinander.

»Wir sollten keinesfalls irgendjemanden kontaktieren, von dem wir nicht wissen, wer er ist!«, sagte Nukati streng, und mischte sich das erste Mal nach meinem Zwiegespräch mit der Artemis wieder ins Geschehen ein, doch ich ignorierte ihn und sagte stattdessen: »Leg die Schwerkraftdecke über den Captain. Damit er hier nicht gleich durch die

Gegend fliegt.« Atemlos wandte ich mich wieder an die Artemis: »War es ein Gespräch in Echtzeit? Wo ist er?«

»Ja, Sergeant Maximilian hat vom Planeten XO7 gesendet. Er hatte in den vergangenen Tagen dreimal Kontakt zum Captain. Zum ehemaligen Captain«, korrigierte sie sich. »Der Inhalt der Gespräche wurde nicht aufgezeichnet. Auf den ausdrücklichen Wunsch des Captains. Ehemaligen Captains.«

Ich nickte, um sie schneller zum Weitersprechen zu bringen. »Ich kann aber sagen, dass Sergeant Maximilian mit einer sehr hohen Verschlüsselung gesendet hat.«

»Was heißt das?«, fragte ich ungeduldig.

»Es ist keine Technik der BDO, die selbst die Antriebssignaturen ihrer Schiffe komplett verschleiern kann. Aber es ist nah dran.« Mir fiel auf, dass sich die Sprache unserer KI verändert hatte.

»Ist er auch ein RIX? Und gehört er noch zur BDO? Kann er uns helfen? Oder ist er eine Gefahr für uns?«

Die Artemis schwieg einen Moment und sagte dann: »Da es bereits drei Kontakte gab, nach denen wir nicht angegriffen wurden, scheint mir eine erneute Kontaktaufnahme sinnvoll.«

»Okay«, sagte ich leise und lief zum Captainssessel. Hier setzte ich mich, und atmete so tief durch, dass ich kurz husten musste. »Dann ruf ihn an.«

Auf der großen Frontscheibe erschien erst eine sonderbare Schlangenlinie, dann schälte sich aus diesem Kunstwerk ein Gesicht heraus, das mich äußerst zweifelnd betrachtete. »Wer bist du? Und wo ist der Captain der Artemis?«, fragte der Mann, mit dem weißen Rauschebart und dem wettergegerbten Gesicht.

Mir schlug das Herz bis zum Hals. »Ich bin Milla. Der

Captain ist gerade nicht da«, antwortete ich und setzte mich aufrecht hin.

Er machte eine ungeduldige Handbewegung. »Warum kontaktierst du mich dann? Hol ihn oder beende das Gespräch.«

»Geht jetzt nicht.«

»Er soll sich melden, wenn er mit was weiß ich fertig ist.« Er beugte sich vor, vermutlich um das Gespräch am Display wegzudrücken, und mir blieben nur wenige Sekunden, um zu entscheiden, wie es weiterging.

»Warten Sie!«, rief ich, und der Mann zog langsam die Hand zurück.

»Es könnte sein, dass wir Hilfe brauchen.«

»Ach ja?« Mein Gegenüber starrte in die Kamera, und mir fiel auf, dass ich seit sehr langer Zeit mit niemandem außer Nukati und dem RIX in Echtzeit gesprochen hatte.

Ich räusperte mich. »Ja.«

Ungeduldig hob Sergeant Maximilian die Hände. »Nun konkretisiere das mal ein wenig.«

»Was wissen Sie über ihn? Also den Captain?«, fragte ich, und er zog die buschigen Augenbrauen zusammen.

»Mädchen. Ich bin wie er. Nur, dass ich früher ausgestiegen bin. Also, was ist passiert? Ist euch das Tritostad endgültig ausgegangen, bevor ihr es bis auf den Schwarzmarkt von Sigrid geschafft habt?«

Ich nickte wortlos.

»Okay. Ist er bewusstlos?«

Wieder nickte ich.

»Scheiße. Ich habe ihm gesagt, dass das Scheiße ist. Aber gut. Gib ihm keine Medikamente. Nichts. Hab seine Vitalwerte im Auge. Solange er bewusstlos ist, ist das gut. Er hat heftige Entzugserscheinungen, das überfordert selbst seinen

Organismus und er hat sich abgeschaltet. Vom Alk loszukommen ist dagegen ein Strandspaziergang.«

Ich schluckte trocken, schwieg aber weiter, weil ich für jede Information nur dankbar sein konnte.

»Wenn er zu sich kommt, gib ihm Morphium. Irgendein Opiat. In sehr hoher Dosis. Sonst krepiert er euch eh gleich. Ich habe ihm gesagt, dass ich ihm das IPS aus dem Rücken schneide. Aber das ist nicht billig.«

Entgeistert starrte ich ihn an.

»Ich lebe auch nicht von Luft und Liebe. Dann schon lieber von eurem Geld.« Er verzog das Gesicht zu einem halben Grinsen.

»Woher weiß ich, dass du nicht mit der BDO unter einer Decke steckst und sie in dem Moment auftauchen, in dem wir bei dir landen?«

»Das weißt du nicht. Ich kann dir sagen, dass es nicht so ist, aber ob du mir glaubst, ist dir überlassen.«

Irgendwo hinter mir gab Nukati ein grollendes Blubbern von sich, und ich schloss kurz die Augen, um die Welt auszusperren. Und dann traf ich eine Entscheidung. »Okay. Wir haben Kustatas für tausend Credits«, sagte ich mit belegter Stimme. Ich würde klein anfangen. Wir brauchten den Rest für Jamie. Jetzt hing alles von meinem Verhandlungsgeschick ab.

Sergeant Maximilian grinste. »Tausend?«, fragte er belustigt.

Ich nickte bekräftigend.

»Unter fünftausend läuft da nichts«, sagte der Sergeant trocken und rieb sich den Bart.

»Zweitausend«, antwortete ich mit hoch erhobenem Kopf, doch im nächsten Moment stöhnte der RIX. Tief und dunkel, als würde der ganze Schmerz der Welt in seinem

Körper toben. Ich sah ein Zucken im Gesicht des Sergeants. Nur einen kleinen Moment, dann hatte er sich wieder im Griff. Hinter mir hörte ich Nukati leise auf den RIX einreden.

Mein Gegenüber sah seitlich am Display vorbei, dann seufzte er, als hätte auch er eine Entscheidung getroffen. »Zweitausend. Bringt ihn her.«

Ich schluckte trocken. »Wo müssen wir hin?«

»Wer fliegt denn bei euch?«, fragte er zurück.

»Ich«, sagte ich, und er gab ein ersticktes Lachen von sich.

»Er sagte, du bist Menschenärztin.«

»Und ich fliege die Artemis.«

»Schon mal in die Atmosphäre eines Planeten reingeflogen?«

»Nein«, antwortete ich wahrheitsgemäß. »Der Autopilot wird mir helfen.«

»Wie du meinst, Lady. Wenn ihr abschmiert, sucht euch euren Aufschlagplatz bitte irgendwo im Meer. Das ist links von meiner Finca. Wenn ich sehe, dass du das nicht hinbekommst, schieße ich euch vorher ab. Ich schicke die Koordinaten direkt an euer Bordsystem.«

»Danke für dieses freundliche Gespräch«, sagte ich und beendete den Anruf.

»Milla«, mischte sich Nukati hinter mir ein, und ich drehte mich so steif um, als wäre ich gerade einen Marathon gelaufen. Nukati blinzelte mich an, während er dicht beim RIX saß und ihm eine Hand auf die Schulter gelegt hatte. Mit dem Kinn deutete er auf den RIX. »Er ist wieder bewusstlos.« Dann räusperte er sich geräuschvoll. »So ein Manöver kann man nicht einfach so fliegen. Das ist schwierig, so ein Eintritt.«

»Hast du eine bessere Lösung?«

Stumm schüttelte er den Kopf.

»Dann bitte erst wieder sachdienliche Hinweise, wenn dir etwas Besseres einfällt. Ich bin jetzt der Captain.«

Einen Moment lang herrschte hinter mir Stille, dann sagte Nukati leise: »Okay, Captain.«

Gleich darauf schossen ein paar Koordinaten auf meinen Bildschirm, die die Artemis automatisch für mich in Bilder übersetzte. Vor mir lagen drei Planeten, auch Sigrid tauchte auf, doch den Drecksplaneten würden wir nur tangieren und rechts hinter ihm abbiegen. Und das schnell. Unser Ziel leuchtete als greller Punkt auf der Karte.

Direkt daneben standen die alten Ziele in einem aufklappbaren Menü. Das war mir bisher noch nie aufgefallen. Ich klickte darauf und als Erstes tauchte Mercado Bigastor auf. Und gleich auf Platz zwei stand Korps. Reisedauer einhundertfünfzig Zeiteinheiten. Ich wusste nicht, wie lange das in Tageseinheiten war, aber es schien fast ein Katzensprung zu sein. Der RIX hatte Korps schon in die Daten übertragen. Er wäre mit mir dorthin geflogen.

Ich biss mir auf die Lippe und sagte mit fester Stimme: »Artemis. Bitte programmiere den Autopiloten.«

»Autopilot hat neue Flugroute berechnet und übernommen.« Unsere Schiffs-KI klang wieder wie sie selbst.

»Wir müssen uns beeilen. Flieg so schnell, wie möglich.«

»Mit dem Autopiloten ist es der Artemis nicht möglich, mit Schub im Endbereich zu fliegen. Das geht nur manuell.«

Ich fluchte verhalten. Dann legte ich meine Finger auf die Steuerungseinheit. »Nukati, schnall dich an!« Er gab einen erstickten Laut von sich, rannte aber mit großen Schritten zum Sessel neben mir und schnallte sich in fliegender Hast an. »Was hast du vor? Bist du verrückt geworden?«

»Ich versuche, zu retten, was zu retten ist«, murmelte ich. Dann sagte ich laut: »Artemis. Autopilot beenden. Der Captain übernimmt. Alle Flugmanöver auf meine Fähigkeiten kalibrieren. Wenn ich schlimme Dinge tue, greif ein.«

»Ich glaube, das verstanden zu haben.«

Nein, das hätte eine normale KI nicht gesagt. Und es war mehr, als ich erwarten konnte. Ich legte meine Handflächen auf das Display, und der Antrieb der Artemis erwachte mit einem dumpfen Grollen zum Leben.

Nukati faltete sich auf seinem Sitz zusammen. Die Arme um den Kopf gelegt, die Beine dicht an den Körper gezogen.

»Wenn ich es übertreibe, greift das Schiff ein«, sagte ich, um ihn zu beruhigen, und dann schossen wir voran, und mir wurde selbst für einen Moment bange zumute. Ein paar Sekunden gab ich meinem haptischen Gefühl die Zeit, sich einzugewöhnen, dann lenkte ich die Artemis mit vollem Schub auf die Route, die sie mir im Display anzeigte. Und es gelang mir, ohne dass jemand durch die Gegend flog, ohne dass das Schiff bedenklich ächzte. Wir waren mit hoher Geschwindigkeit auf Kurs.

Drei Stunden später zitterten meine Hände. Ich bat die Artemis, das Rechtsmanöver um den kleinen Zwerg vor uns zu übernehmen, schnallte mich kurz ab und sah nach dem RIX. Sein Zustand war unverändert. Das Schiff drosselte die Geschwindigkeit und zog in einer langen Kurve nach rechts.

»Wie stark ist das Funksignal?«, fragte ich.

»Bisher nur niederschwellig. Wir scheinen bis jetzt niemandem aufgefallen zu sein.«

Ich schüttelte mir die Hände aus und setzte mich wieder neben Nukati, der in unveränderter Haltung leise vor sich hin brummte. »Hör doch mal auf damit«, sagte ich freundlich aber bestimmt, woraufhin er schlagartig den Kopf hob.

»Geht es ihm gut?«, fragte er atemlos.

»Äh, nein«, antwortete ich, beobachtete den Kurs und dachte über den bestmöglichen Punkt nach, an dem ich wieder übernehmen konnte. Um Gas zu geben. »Es geht ihm so wie vorhin. Aber geht es dir gut?« Prüfend blickte ich zu ihm hinüber.

Er seufzte. »Ich hasse Fliegen. Besonders hasse ich Fliegen, wenn du fliegst, und nicht er.«

»Danke«, empört sah ich ihn an.

»Nimm es mir nicht übel. Du machst das ganz passabel, aber es ist nicht deine Kernkompetenz. Die Wahrscheinlichkeit, dass wir alle sterben, ist immens hoch.«

»Die ist aber leider auch hoch, wenn ich nichts tue«, murmelte ich und sagte dann lauter: »Artemis. Autopilot aus.«

»Autopilot ist aus«, bestätigte das Schiff, und ich legte erneut meine Hände auf das Display. Diesmal nicht so sanft wie vorhin, was daran lag, dass meine Hände von der Anstrengung so sehr zitterten, was das Schiff mit einem nervösen Hüpfer quittierte, der mit Sicherheit die Jungpflanzen zum Beben brachte.

»Ui«, hauchte Nukati und sah sich zum RIX um. »Nichts passiert. Die Schwerkraftdecken an Bord sind wirklich gut. Er liegt da immer noch.«

Mehr musste ich nicht wissen. Ich beschleunigte das Schiff wieder und folgte der Route. Das hier war unsere einzige Überlebenschance.

KAPITEL EINUNDZWANZIG

Planet XO7 sah von oben ein wenig wie die Erde aus. Grün hoben sich Berge und Täler neben dem tiefen Blau der weiten Meere ab. »Wow«, sagte ich leise und drosselte die Geschwindigkeit, wie es die Artemis mir empfohlen hatte.

»Kanntest du diesen Planeten?«, fragte ich, doch Nukati antwortete nicht. »Nukati! Hallo!«

Er riss den Kopf aus dem Versteck seiner Arme und lugte über die Schaltzentralen. »Nein, nie gehört. Aber wenn ein Planet so hübsch aussieht und nicht von Shuttles und Raumstationen umgeben ist, ist meistens irgendwas faul.«

»Und was?«, hakte ich nach.

»Sofort tötende Atmosphäre oder Ureinwohner, die jeden lynchen, der es wagt, einen Fuß auf den Boden zu setzen«, antwortete er trocken.

»Schöne Aussichten«, brummte ich und folgte den Anweisungen der Artemis, die Schub- und Steuerdüsen zum Eintritt in die Atmosphäre anzupassen. Mir zu sagen, was zu tun war, hatte sich die Artemis schon bei unseren Flugstunden angewöhnt. Ich hatte das erst für normal gehalten, aber nachdem der RIX ziemlich erstaunt darüber gewesen war, hatte ich es als Spezialeffekt dieses Schiffes betrachtet. Vielleicht war es aber auch sein persönlicher Beitrag, uns lebend aus dieser ganzen Affäre zu manövrieren.

Jetzt zeigte mir die Artemis auf dem Display den Eintrittswinkel, mit dem wir diese schwierige Passage meistern sollten. Es war theoretisch Fliegen nach Zahlen. Ich musste es nur schaffen, meine Hände und Finger mit dem richtigen Druck über das Display zu bewegen. Total einfach. Noch einmal hielt ich inne und schnallte mich ab, um nach dem RIX zu sehen. Alle Werte waren normal, also schlecht, aber er war jetzt sonderbar kalt. Seine Körpertemperatur lag bei knapp unter 36 Grad. Das war zu wenig.

Ich legte ihm kurz die Hand auf die Stirn. Dann murmelte ich: »Wir haben alles im Griff.«

Ich erhob mich und fing an, ein wenig Gymnastik zu machen, um irgendwie meine steinharte Nackenmuskulatur zu lockern.

Nukati blickte um seinen Sessel herum und betrachtete mich mit gespitzten Lippen. »Wenn wir jetzt eh gleich sterben, können wir das dann bitte nicht noch länger hinauszögern?«

Ein letztes Mal ließ ich die Hände kreisen, lockerte meine Muskulatur und nahm wieder Platz. »Artemis. Systemcheck.« Das klang sehr vielversprechend und ich verriet niemandem, dass ich aus den nun erscheinenden Daten rein gar nichts lesen konnte. Ich verließ mich drauf, dass die Artemis mich warnen würde, wäre irgendein Wert außerhalb der Norm. Als mir das bewusst wurde, hielt ich einen Moment regungslos inne. Ich vertraute der Artemis.

Auf eine sonderbare Art und Weise. »Können wir starten?«, fragte ich sie leise.

Sie antwortete sofort. »Natürlich, Captain. Halte die angezeigte Route.«

Ich legte meine Hände jetzt auf zwei ausgeklappte Schienen, die die Arme des Captains in brenzligen und wackeligen Situationen führen konnten. Sie schlossen sich mit stabilen Bändern über meinen Handgelenken, und wir waren startklar. »Kannst du eingreifen, wenn etwas schiefgeht?«

»Nicht innerhalb der Atmosphäre. Aber du schaffst das, Milla. Captain Milla.«

Ich legte die Hände auf das Display und bewegte die Finger sanft nach vorn, die Nase des Schiffes sank herab, dann gab ich mit den Handballen Schub und der leistungsstarke Antrieb hinter uns brüllte auf. Wir beschleunigten für wenige Sekunden so massiv, dass mir der Atem wegblieb. Dann fing ich mich und war im selben Moment dankbar, dass ich mich durch die Armschienen so fest mit dem Schiff verbunden hatte. Die auf uns wirkenden Kräfte waren enorm, ich hätte meine Hände ohne diese Fixierung niemals sanft und leicht auf dem Bedienelement halten können. Aber so ging es.

Bis zu dem Moment, als wir wirklich in die Atmosphäre von Planeten XO7 eintraten. Ein Schlag traf das Schiff und ich verlor die Kontrolle über alles. Warnleuchten blinkten, ein schriller Alarm ertönte und Nukati schrie.

»Milla. Stabilisiere die Nase des Schiffs«, wies mich die Artemis in all diesem Chaos mit ruhiger Stimme an, und ich versuchte irgendwie, meine Fingerspitzen sanft auf das Bedienelement zu legen, aber es ging nicht. Das Schiff schien wie die Kugel in einem Flipperautomaten hin und her zu springen, von imaginären Wänden abzuprallen, einen

Salto zu schlagen und das alles, während die Maschinen auf Hochtouren liefen.

»Stabilisiere die Nase«, wiederholte die Artemis und klang diesmal nicht mehr so entspannt. Ein eindeutiges Zeichen, dass hier etwas völlig aus dem Ruder lief.

»Wie?«, schrie ich durch den Lärm um mich herum. Ich schaffte es nicht, meine Hände zurück auf das Display zu senken. Die Kräfte waren zu groß, ich fühlte mich wie in einer Achterbahn, während ich versuchte, einen Faden durch ein Nadelöhr zu fädeln. Mir brach der Schweiß aus und durch den großen Druck bekam ich keine Luft mehr. Weit entfernt hörte ich die Artemis sagen: »Gegenschub, Milla!«

Meine Oberschenkelmuskulatur zog sich zusammen. Mein ganzer Körper presste sich gegen die herrschenden Kräfte. Als ich meine Hände Millimeter um Millimeter in Richtung des Displays bewegte, glaubte ich, dass meine Knochen brechen würden. Der Schmerz war vernichtend, aber ich hörte nicht auf. Ich arbeitete mich weiter vor, während ich krampfhaft um Luft rang. Und plötzlich spürte ich die warme Oberfläche des Displays an meinen Handballen. Im nächsten Moment gab die Maschine Gegenschub, wir schienen für einen Moment auf der Stelle zu schweben, und endlich schaffte ich es, die Steuerung wieder zu übernehmen. Ich stemmte mich weiter mit aller Kraft gegen die Sicherheitsgurte, um irgendwie Halt zu finden, und versuchte meine Hände ruhig zu bekommen. Und es gelang mir, denn als das Schiff wieder vollen Schub voraus gab, brachte ich die Artemis zurück auf den errechneten Kurs.

»Gib noch mehr Schub«, sagte die Artemis und es schien, als würde sie direkt in meinem Kopf mit mir reden, denn um uns herum knarrte und kreischte das Schiff. Ich erhöhte den Druck auf meine Handballen und schob das Schiff nach vorn. Mit aller Kraft, die uns zur Verfügung stand, durchbrachen wir die atmosphärischen Störungen, die heftigen Windstrudel und elektrostatischen Ladungen, die uns umzuckten. Das Schiff hing zwischen diesen Mächten und gab schaurige Geräusche von sich, doch nur Sekunden später war es schlagartig vorbei. Wir befanden uns über dem weiten, strahlend blauen Himmel von XO7.

Das Schiff meldete sich. »Die Artemis kann wieder auf Autopilot schalten und selbstständig zu dem uns zugewiesenen Landeplatz fliegen.«

»Ja, mach das!«, keuchte ich und zog zitternd meine Hände aus den Schienen. »Nukati!«, rief ich. »Wir leben noch!«

Ruckartig hob mein nutzloser Copilot den Kopf. Es war, als würde er aus einem jahrtausendelangen Traum erwachen. »Himmel und Sterne!«, rief er, schnallte sich aber gleichzeitig ab, um nach hinten zum RIX zu laufen. »Die Messwerte haben alle einen grünen Punkt«, erklärte er mir.

Erleichtert ließ ich mich zurücksinken. Für den Moment hatten wir den schwierigsten Teil der Reise hinter uns gebracht.

Die Artemis flog einen lang gezogenen Bogen und näherte sich langsam der Erde. Oder besser der Oberfläche von XO7, die unserer Erde auf den ersten Blick irritierend ähnlich sah. Links und rechts glitzerte hellblaues, fast türkis scheinendes Wasser. Der gesamte Horizont schien aus Wasserflächen zu bestehen. Sergeant Maximilian lebte auf einer Insel. Einer großen Insel.

Auf der Karte sah ich, wie sich die Artemis streng an ihre Flugroute hielt, und endlich tauchte zwischen hohen Bäumen ein Haus auf. Es waren echte Bäume. Hoch gewachsen, grün belaubt und riesig. Überrascht zog ich die Luft ein.

Das war ein Anblick, den ein Terraner nicht so einfach wegsteckte.

»Was ist?«, fragte Nukati von hinten, und ich antwortete: »Es gibt hier Bäume.«

»Oha«, war seine einzige Reaktion und nach ein paar Sekunden fügte er hinzu: »Bäume, Wasser, gleich zwei Sonnen und weites Land. Und nur einer, der hier lebt. Ich sage dir, die Luft ist so hochtoxisch, dass wir umgehend sterben, wenn wir die Außenluke öffnen.«

»Dann würde es hier keine Bäume geben«, wandte ich ein, ohne den Blick von dieser Schönheit zu nehmen.

»Was weißt du denn schon! Du glaubst doch nicht, dass es in diesem Universum nur Bäume gibt, die Sauerstoff zum Leben brauchen. Vielleicht leben diese hier von einem Stoff, für den wir noch nicht mal einen Namen haben.« Er klang bei diesen Worten fast empört, und ich musste ihm recht geben. Ich hatte wirklich keine Ahnung, trotzdem ergötzte ich mich für einen Moment an diesem Anblick und schob alles andere beiseite.

Die Artemis steuerte einen gut versteckten, aber befestigten Landeplatz direkt neben dem Haus an. Sie agierte mit ihren Schub- und Steuerdüsen und brachte uns mit einer eleganten Wendung auf den Boden.

»Landung erfolgt. Fahre die Triebwerke herunter und kontrolliere Außenatmosphäre auf Kompatibilität mit den Crewmitgliedern sowie bakterielle oder virale Belastung.«

»Na, da bin ich ja mal gespannt«, murmelte ich, stand auf und lief ebenfalls zu RIX und Nukati.

»Analyse der Außenatmosphäre hat ergeben, dass eine erdähnliche Atmosphäre existiert. Eine Belastung mit Schadstoffen, Bakterien oder Viren wurde nicht erkannt.«

»Dann gibt es Monster«, entfuhr es Nukati und er blickte

zu mir auf. »So ein wundervolles Land, und es ist nicht von Exilanten überlaufen.«

»Wir werden es gleich erfahren«, murmelte ich, denn vor dem Haus tauchte im nächsten Moment der Bärtige auf und marschierte auf uns zu. Eine sehr gefährliche Waffe im Anschlag.

Ich eilte zur Außenluke, betrat dort die Luftschleuse und starrte auf die schwere Stahltür.

»Es befindet sich eine bewaffnete Person vor der Artemis«, informierte mich das Schiff, und ich atmete tief durch.

»Ja, habe ich gesehen«, erwiderte ich. »Öffne die Luke«, sagte ich schließlich, und die Artemis stellte diesen Befehl nicht infrage, sondern ließ die schwere Hydraulik arbeiten.

Langsam senkte sich die Luke, und ich stand förmlich auf dem Präsentierteller. Doch das spielte jetzt keine Rolle mehr. Ich hatte eine Entscheidung getroffen, und das zog ich nun durch.

Sergeant Maximilian stand nur wenige Meter entfernt und ließ bei meinem Anblick die Waffe sinken. Vielleicht sah ich durch und durch harmlos aus.

»Ich bin Milla!«, rief ich ihm zu. Er stand auf einer kleinen Anhöhe mitten im hohen Gras. Für einen Moment betrachtete er mich nur schweigend, fast so, als hätte er lange kein menschliches Wesen mehr zu Gesicht bekommen.

»Wo ist er?«

»Auf der Brücke«, antwortete ich.

»Wo ist das Kustatas?«

Ich schnaubte. »In unserem Lagerraum. Wenn wir allerdings das Zeug erst ausräumen sollen, könnte es sein, dass er das nicht überlebt.«

»Ihr seid doch zu dritt. Der Dritte von euch soll es dort

drüben in den Schuppen tragen.« Er deutete nach rechts, und ich entdeckte neben dem flachen Haus einen baufälligen Schuppen.

»Kommst du zu uns an Bord?«

Er schnaubte, als hätte ich ihn gefragt, ob er sich nicht ausziehen möchte. Dann schüttelte er den Kopf und schwang sich den Riemen seiner Waffe über die Brust. »Wir müssen das im Haus machen. Ihr müsst ihn bis hierher bringen«, erklärte er.

Klar. Alles andere wäre ja auch zu einfach gewesen.

»Artemis. Sag Nukati, er soll den RIX hierherbringen.«

Kurz darauf erschien Nukati. Ohne den RIX. Er lugte hinter der Stahltür hervor. »Was soll ich machen?«, fragte er leise.

Ich drehte mich halb zu ihm um, ohne jedoch den Sergeant aus den Augen zu lassen. »Kannst du ihn nicht tragen? Er«, ich deutete auf den Bärtigen, »sagt, dass er ihm nur im Haus helfen kann.«

»Natürlich kann ich ihn tragen, aber wenn er in dem Moment aufwacht, bringt er mich sicherlich aus einem Reflex heraus um. Das mache ich nicht alleine!«

»Wir sind gleich wieder da«, sagte ich zum Sergeant, drehte mich zur Seite und ließ die Außenluke wieder hochfahren. Sicher war sicher. Dann rannte ich mit Nukati zurück auf die Brücke. Der RIX lag unverändert da, zugedeckt von der Schwerkraftdecke. Ich zog sie vorsichtig beiseite, warf einen letzten Blick auf die Vitaldaten auf dem kleinen Messgerät und deutete Nukati dann an, ihn hochzunehmen. Was nicht so einfach war. Nukati war zwar stark, aber den RIX einfach so hochzuheben, war enorm kompliziert. Denn Nukati hatte kurz Beine und konnte sich aufgrund seines Körperbaus nicht so tief bücken. Er setzte sich meist einfach hin, wenn er etwas auf dem Boden zu erledigen hatte. So kam er dann aber nicht so einfach wieder auf die Füße, schon gar nicht mit dem RIX auf den Armen.

Es gelang uns schließlich, nach einigem Hin und Her, ihn auf Nukatis Arm zu balancieren. Vorsichtig trug der ihn über den Flur, während ich dicht neben ihm ging, um den Kopf des RIX zu stabilisieren.

Zurück in der Luftschleuse bat ich die Artemis: »Zeig mir mit der Kamera, was draußen passiert.« Nicht dass der Sergeant mittlerweile hundert Kumpels zu Hilfe gerufen hatte.

Aber als das Display neben der Hydraulik zum Leben erwachte, sah ich nur den Sergeant, wie er gelangweilt in den Himmel starrte, die Hände in den Hosentaschen. »Okay. Luke öffnen.«

Die Artemis betätigte den Mechanismus, und dröhnend fuhr die Klappe erneut nach unten.

»Ich dachte schon, ihr habt euch verlaufen«, sagte der Bärtige launig. Als wir dann aber mit unserer schweren Last die steile Stahlrampe herunterkamen, kam er zu uns. Und plötzlich wirkte er gar nicht mehr so unbeteiligt. Sein Gesicht blieb unverändert, aber in seinen Augen stand ein sonderbares Gefühl, das ich nicht recht deuten konnte.

»Soll er ihn ins Haus tragen?«, fragte ich atemlos, doch der Sergeant schüttelte den Kopf und trat noch einen Schritt vor. Erstaunlich sanft griff er zu und zog sich den RIX selbst in die Arme. Unser Captain im Arm des Sergeants, der nicht viel größer war als er selbst, war ein sonderbarer Anblick. Allerdings führte es mir klar vor Augen, wie stark der bärtige Mann war. Scheinbar mühelos trug er den RIX vor mir zum Haus.

»Bring das Kustatas in den Schuppen«, sagte ich leise zu Nukati, dann folgte ich den beiden.

»Wie! Was!«, rief Nukati mir empört hinterher. »Und ich bleibe hier?« Ich drehte mich um und zuckte entschuldigend die Schultern.

»Du bleibst hier!«, sagte der Sergeant, ohne sich jedoch umzudrehen. »Und wenn der Alarm ertönt, rennst du ins Schiff und machst die Luke zu!«

»Welcher Alarm?«, fragten Nukati und ich gleichzeitig, doch der Sergeant war schon fast am Haus. Ich drehte mich noch einmal um. »Wenn du irgendetwas hörst, das auch nur weit entfernt an einen Alarm erinnert, rennst du ins Schiff. Klar?«

Er runzelte die Stirn. »Mir ist äußerst unwohl«, sagte er schließlich akzentuiert, und da konnte ich ihm nur zustimmen.

»Mir auch. Aber wir ziehen das jetzt durch.« Ich sah zu, den Sergeant mit seiner kostbaren Fracht wieder einzuholen.

Das Haus war eine flach gestreckte, eingeschossige Finca mit Veranda vor der Eingangstür. Es sah aus, als hätte ein Raumschiff es auf der Erde an den Haken genommen, hierhergeflogen und dann einfach fallen gelassen. Alles hätte furchtbar normal wirken können, tat es aber aus irgendeinem Grund nicht. Irgendwas stimmte mit diesem Haus nicht, wenn ich auch nicht sofort begriff, was das war. Als ich jedoch eintrat, sah ich, wie dick die Eingangstür war. Sie schien massiv zu sein und wirkte gepanzert. Und während ich dem Sergeant zu einer nach unten führenden Treppe folgte, erkannte ich auch endlich, was hier nicht stimmte. Es gab keine Fenster. Was ich draußen gesehen hatte, waren zwar Fensterrahmen, aber die gewährten von hier keinen Blick nach draußen. Es fröstelte mich, aber ich legte trotzdem einen Zahn zu, denn der Sergeant war schon auf halben Weg nach unten. Hinter mir schlug die Tür mit einem Knall ins Schloss, und direkt darauf hörte ich, wie sich die Tür selbstständig verriegelte.

Jetzt rannte ich. »Wie sicher ist es, Nukati draußen allein zu lassen?«, fragte ich atemlos, als ich den Sergeant wieder eingeholt hatte.

Er blieb nicht stehen, lief weiter durch einen schlecht beleuchteten unterirdischen Gang, antwortete mir aber immerhin: »Der gehört einer zähen Gattung an. Und es gibt rechtzeitig Alarm. Im Schiff ist er sicher.«

»Sicher wovor?«, wollte ich wissen, doch er antwortete mir nicht mehr. Weil er offenbar sein Ziel erreicht hatte.

Er legte den RIX vorsichtig in Seitenlage auf einen Stahltisch.

»Sicher wovor?«, fragte ich erneut, während ich versuchte, zu begreifen, was das hier war. Der Raum war mit Technik vollgestopft. Grelles Licht schien von den Decken und weit entfernt hörte ich das Wummern großer Maschinen.

»Ich lebe hier nicht allein«, antwortete der Sergeant kryptisch und begann, den RIX mit sehr stabilen Gurten zu fixieren.

»Himmel und Sterne«, begann ich, doch er ließ mich nicht ausreden.

»Wenn dein Dino das hier nicht überlebt und er auch nicht«, er deutete auf den RIX vor ihm, »habe ich dich auf ewig an der Backe. Dich und dieses Schiff. Ohne Tech kommst du damit nicht weit. Deswegen geh einfach davon aus, dass ich weiß, was ich tue. Ich brauche hier keine weitere Gesellschaft. Dein Kumpel ist ein Draxondas. Der kommt damit klar.«

Ich schluckte. »Und was machst du da jetzt?«

»Das Implantat liegt links von seiner Wirbelsäule, tief im Gewebe.« Sein Zeigefinger schwebte etwas oberhalb der Lendenwirbelsäule. »Es ist fest verwachsen. Das Ganze wird ordentlich bluten, wenn ich es rausschneide. Die IPS der RIX sind darauf programmiert, zu explodieren, wenn man sie entfernt. Man kann sie aber im Vorfeld deaktivieren.«

»Womit?«, fragte ich.

Er blickte auf. »Geh hoch und koch dir einen Kaffee.«

»Womit kann man es deaktivieren?«

Nun blinzelte er, dann hielt er inne und schloss für einen Moment die Augen. Als er sie wieder öffnete, schien er eine Entscheidung getroffen zu haben. Nämlich, mir wenigstens rudimentär etwas zu erklären. »Wenn man jemandem etwas implantiert, das explosiv ist, muss man wissen, wie man es deaktiviert. Wir sind dafür geschaffen, zu kämpfen. Wir werden verletzt und müssen repariert werden. Die BDO hat die Dinger also mit einer Abschaltautomatik versehen, für den Fall, dass wir auf dem OP-Tisch oder in einer Check landen. Ich habe ein Programm geschrieben, das sie deaktiviert. Das funktioniert meistens.«

Ich räusperte mich. »Wie hoch ist die Wahrscheinlichkeit, dass das gut ausgeht?«

»Zwanzig Prozent.«

»In achtzig Prozent der Fälle überleben die RIX das?«, fragte ich schnell. Ich musste ihn falsch verstanden haben.

Er zog eine Augenbraue hoch. »Nein. Zwanzig Prozent überleben«, antwortete er hoheitsvoll. »Wir sollten langsam mal zu Potte kommen.«

Fassungslos sah ich ihn an. »Wie oft hast du das schon gemacht?«

Er legte die Stirn in Falten. »Ungefähr sechsundzwanzig Mal.«

»Ich muss darüber nachdenken«, sagte ich langsam und trat einen Schritt vor, um dichter beim RIX zu sein. »Ich bin seine Ärztin. Ich bin für ihn verantwortlich.«

Der Sergeant sah mich an und für einen Moment sah ich eine gewisse Irritation in seinen braunen Augen. Aber dann kniff er die Brauen zusammen, ließ das Gerät sinken, mit dem er hantiert hatte, und legte den Kopf schräg, um mich genauer zu betrachten. Vielleicht war es ein Hauch Achtung, der jetzt über seine Miene glitt. Zumindest hatten meine Worte ihn erstaunt. »Äh«, sagte er. »Was für Alternativen hast du?«

Keine. Dachte ich. Das sagte ich aber nicht. Ich musste kurz durchatmen und das Risiko abwägen. Irgendwie einen klaren Gedanken fassen. Aber er hatte recht. Es gab keine Alternative. Der RIX würde ohne diesen Eingriff sterben, weil die BDO ihn fand.

»Sein Signal ist wieder stärker geworden. Dieser Planet liegt weit ab vom Schuss. Der Orbit ist recht leer, hierher verirren sich höchstens mal ein paar Piraten oder kleinere Handelsschiffe. Das sieht aber hinter der nächsten Ecke ganz anders aus. So oder so: Sie werden ihn finden. Und allein die Tatsache, dass man sich so einem gefährlichen Eingriff freiwillig unterzieht, spricht für sich.«

»Er kann das nicht für sich entscheiden. Er ist bewusstlos.«

»Er hat das bereits für sich entschieden.«

Wo er recht hatte, hatte er recht.

KAPITEL ZWEIUNDZWANZIG

»Bist du Arzt?«, fragte ich schließlich, um noch etwas Zeit zu schinden.

Vor dem Sergeant waren einige mitten in der Luft hängende Zahlenkolonnen aufgetaucht, die er jetzt mit verschiedenen Gesten in eine neue Reihenfolge zu schieben schien. Es sah ein wenig mysteriös aus.

Er warf mir einen Seitenblick zu, und das erste Mal konnte ich erahnen, dass in seinen braunen Augen auch mal so etwas wie Wärme gelegen haben musste.

»Ich habe das Töten gelernt. In all seinen Facetten.«

»Schön«, murmelte ich. »Da habe ich doch gleich ein viel besseres Gefühl bei der Sache.«

Der RIX regte sich und stöhnte leise, und der Sergeant legte ihm sachte eine Hand auf die Schulter. »Ruhig«, murmelte er. Dann hantierte er mit einigen Ampullen, die er aus der Tasche am Oberschenkel seiner Hose gezogen hatte. Äußerst geschickt legte er dem RIX einen Zugang in den Handrücken und spritzte ihm etwas von dem Medikament.

»Er muss still halten«, erklärte er mir. »Und wenn es schiefgeht, ist es vermutlich viel schöner, komplett ausgeschaltet abzutreten.«

Von irgendwoher ertönte ein tiefes Summen und plötzlich bewegte sich etwas unter uns. Ich machte erschrocken einen Satz nach hinten, während eine sonderbar glänzende Hülse aus dem Boden bis zum Metalltisch hochfuhr. »Unter uns lagern sechsundzwanzig IPS. Ungefähr tausend Meter im Boden dieses verdammen Planeten. Sie fangen irgendwann wieder an zu senden, man kann sie nicht dauerhaft außer Gefecht setzen, aber es gibt hier starke magnetische Felder, die die Signale nicht an die Oberfläche dringen lassen. Die Check wird das Ding aus ihm rausholen, da reinstecken und nach unten transportieren.«

Er sah meinen suchenden Blick und fügte hinzu: »Das ist keine normale Check für Menschen. Diese funktioniert ein wenig anders.«

Er hantierte mit einigen Gerätschaften und markierte dann die Schnittstelle mit einem schwarzen Stift. Dann klopfte er dem RIX sachte auf die Hüfte, fasste mich an den Schultern und schob mich aus der Tür, die hinter uns zufuhr und sich dem Geräusch nach mehrfach selbst verriegelte. Der Flur war schmucklos, der Boden bestand hier aus Metallplatten, Licht kam nur aus einer schwachen Deckenleuchte und es roch sonderbar nach Desinfektionsmittel und Erde.

»Sprachsteuerung ein!«, sagte der Sergeant und lehnte sich scheinbar entspannt an die gegenüberliegende Wand.

»Sprachsteuerung ein!«, antwortete eine weibliche Stimme.

»Entfernung der IPS beginnen.«

»Entfernung der IPS eingeleitet«, kam sofort wieder die Antwort.

»Ein bisschen wortkarg, deine KI«, sagte ich leise und schlang mir die Arme um den Oberkörper. Mir war kalt. Fürchterlich kalt. Und ich hatte Angst.

»Der Raum ist so konzipiert, dass er die gesamten Kräfte einer Explosion nach unten, in das Erdreich ableitet«, sagte der Sergeant und tippe jetzt auf einem Display neben der Tür herum.

»Entfernung begonnen«, mischte sich die KI jetzt ein.

»Wie lange dauert das?«, fragte ich.

»Eine halbe Stunde ungefähr. Je nachdem, wie stark es blutet.«

Ich sah mich um. »Kann man dabei nicht zusehen? Hast du keine Kamera?«

Er schüttelte den Kopf. »Dabei wollen wir nicht zusehen«, sagte er knapp.

»Wie hast du das alles gebaut?«

»Wir sind dafür ausgebildet, mit nichts Dinge zu bauen, die uns das Leben retten. Ich habe es für mich gebaut. Das Erste, was es hier gab, war dieser Raum. Das Haus kam später.«

Ich schwieg einen Moment. Mir schlug das Herz bis zum Hals und ich war froh, dass der RIX das alles nicht bei klarem Verstand mitbekam.

Im nächsten Moment ging plötzlich ein Alarm los. Ein schriller Ton, der mir bis ins Stammhirn schoss und meine Beine zum Zucken brachte. Ich schnappte nach Luft, doch der Sergeant schien völlig cool zu sein. »Das ist nicht er«, sagte er und deutete zu dem verschlossenen Raum. »Sie sind wieder an Land.«

»Wer?«, fuhr ich ihn an. »Wer ist an Land und was ist mit Nukati?«

»Na sie«, ein klitzekleines Grinsen erschien auf seinem Gesicht. »Hast du dich nicht gefragt, warum hier so wenig los ist?« Jetzt lachte er wirklich. »Und dein Nukati wird entweder im Schiff verschwinden oder auf einen Baum klettern. Er kann gut klettern. Seine Krallen sind genau dafür ausgelegt. Er kann ohne Probleme hundert Meter hohe Bäume erklimmen. Ein bisschen wie Faultiere auf der Erde, nur schneller.«

Ich trat einen Schritt vor und baute mich vor dem Sergeant auf. Erstaunlicherweise trat er daraufhin einen Schritt zurück. Offenbar stand er genauso wenig auf Körperkontakt wie der RIX. »Wer sind *sie*?«, fragte ich, fasste ihn dabei zwar nicht an, starrte ihm aber direkt in die Augen.

»Bildschirm. Ansicht vom Strand«, sagte er daraufhin.

Hinter uns an der Wand tauchte ein Display auf. Das wunderschöne Meer, sanfte Wellen brachen sich am weißen Sandstrand. Und mitten in diesen Wellen robbten sich sonderbare Wesen an Land. Würmer. So groß wie Wale, Mäuler, so riesig, dass sie mich mit nur einem Bissen verschlingen könnten. Ich zog scharf die Luft ein.

»Ich teile mir diesen Planeten mit ihnen. Allerdings sind sie in der Überzahl. Es haben schon einige Wesen versucht, sich hier anzusiedeln, doch die haben den Fehler gemacht, die Würmer bekämpfen zu wollen. Das gelingt nicht. Man muss sich mit ihnen arrangieren. Und das habe ich getan.«

»Nukati!«, stieß ich hervor.

Der Sergeant gab einen grummelnden Laut von sich. »Sie sind doch erst am Strand. An Land sind sie langsam. Allerdings fressen sie alles, was sie finden können. Zumindest alles, was nicht grün ist. Sogar Zäune und kleine Häuser.

Hier muss alles groß und stabil sein. Euer Schiff werden sie ignorieren. Ist groß genug. Wie auch dieses Haus. Nukati sieht zwar aus wie ein Dinosaurier, aber er ist um einiges klüger, als die dummen Echsen es waren.«

»Und wenn nicht?«

»Du meinst, wenn er zu doof ist, sich rechtzeitig in Sicherheit zu bringen?« Stirnrunzelnd betrachtete er mich. »Milla«, sagte er dann. »Nimm es mir nicht übel, aber zu doof sind eigentlich immer nur Menschen. Terraner. Selbst die, die auf den Kolonieschiffen geboren wurden, stellen sich um Längen klüger an, im Weltraum zu überleben, als echte, auf der Erde geborene Menschen.«

»Ich möchte eine Sprachverbindung zur Artemis!«, sagte ich fest.

Der Sergeant hob ratlos die Schultern. Mein Wunsch schien ihm völlig abwegig zu sein.

»Ich bin der Captain. Ich bin für die Sicherheit meiner Crew zuständig.« Es klang, wenn ich es so aussprach, ein wenig sonderbar. Aber es entsprach den Tatsachen. Ich musste mich überzeugen, dass es Nukati gut ging, dass er in Sicherheit war. Sonst würde ich ... keine Ahnung was tun. Verrückt werden vielleicht.

»Finde Funkverbindung zur Artemis«, sagte der Captain nach einem Moment des andächtigen Schweigens.

Es begann umgehend im Hintergrund zu rauschen. Es rauschte sehr lange und es kroch mir kalt den Rücken hoch.

»Nukati?«, fragte ich vorsichtig, aber es rauschte nur weiter.

»Er wird sich auf einem Baum in Sicherheit gebracht haben«, brummte der Sergeant und guckte auf seine Armbanduhr. Eine echte Armbanduhr. Mit Zeigern. Und einem Zifferblatt. So etwas hatte ich lange nicht mehr gesehen. »Da müsste er dann allerdings ein wenig Zeit verbringen. Sie bleiben gerne etwas länger.«

»Nukati!«, rief ich jetzt nachdrücklicher, und endlich tat sich was. Aus dem Rauschen wurden ein Pfeifen und ein sonderbares Pochen, und dann schnauzte Nukati: »Hab ich doch gleich gesagt. Monster!«

Vor Erleichterung wurden mir die Knie schwach. »Ja«, sagte ich. »Hast du.«

»Miese Biester. Sind hier vor einer Minute aufgetaucht und kriechen durch die Gegend. Wie geht es dem RIX?«

Ich räusperte mich und blickte zum Sergeant, der allerdings nur mit verschränkten Armen an der Wand lehnte.

»Das kann ich dir in zwanzig Minuten sagen«, antwortete ich.

»Achtzehn«, sagte der Sergeant, ohne aufzublicken. »Ist das Kustatas im Schuppen?«

»Alter Mann«, sagte Nukati und das mit einer mir völlig fremden Stimme. »Ich hatte sieben Zeiteinheiten. Was denkst du, kann man in sieben Zeiteinheiten anstellen? Das ganze schwere Zeug durch die Gegend schleppen?«

Der Sergeant grinste, und ich hatte keine Ahnung, in welchen Zeiteinheiten Nukati da gerade rechnete. »Sie werden noch ein wenig bleiben. Lass das Schiff verschlossen. Du kannst aber die Belüftungsluken öffnen. Dann verbrauchst du keinen kostbaren Sauerstoff.«

»Hmpf«, sagte Nukati und das Hintergrundrauschen erstarb.

»Vögelst du mit ihm?«, fragte der Sergeant mich völlig unvermittelt.

»Was?«, fragte ich irritiert. »Mit Nukati?« Himmel und Sterne. Der alte RIX war völlig bekloppt.

»Was?« Er betrachtete mich mit hochgezogenen Augenbrauen. »Ich habe kein Problem mit speziesübergreifenden Beziehungen.«

»Nein. Ich und Nukati ...«, setzte ich an.

»Mädchen«, unterbrach er mich. »Euer Captain und du!«

»Äh. Nein«, antwortete ich nicht minder irritiert. »Wie kommst du darauf?«

»Warum rettest du ihn dann?« Echtes Interesse stand in seinen braunen Augen. Vielleicht wollte er sich aber auch nur die Zeit vertreiben. Während wir auf die Erlösung oder den großen Knall warteten.

»Was soll ich denn sonst tun?«

»Ah. Helfersyndrom?«

Ich schüttelte empört den Kopf. »Er ist der Captain der Artemis. Wir brauchen ihn!«

Er betrachtete mich einen Moment reglos. »Hast die Kiste doch gut geflogen. Solange du einen Tech an Bord hast, könntest du in den nächsten Raumhafen reisen und das Ding verkaufen. Dafür bekommt ihr einige Credits. Ist ein modernes Schiff. Beste Technik. Bewaffnet.« Er schien jetzt im Kopf zu kalkulieren, was genau man für die Artemis bekommen könnte, und mir wurde ein wenig flau im Magen.

»Wir sind ein Team«, sagte ich deswegen lauernd. »Und keiner von uns hat Sex mit dem anderen.«

»Oder hast du auch Dreck am Stecken? Dann wäre die Sache mit dem nächsten Raumhafen natürlich keine so gute Idee.«

»Weißt du was?«, sagte ich scharf. »Kümmere dich um deine Angelegenheiten.«

Er grinste und lehnte sich, scheinbar völlig entspannt, wieder gegen die Wand.

Und so standen wir herum und warteten. Ich hatte keine

Ahnung, was wir tun würden, wenn der RIX es nicht schaffte. Vermutlich rückte dann mein eigentliches Ziel in noch weitere Ferne. Immer noch waren meine Beine weich wie Pudding, und so hockte ich mich kurzerhand auf den Boden, den Rücken ebenfalls an die Wand gelehnt.

»Bleib hier«, sagte der Sergeant, und zu meinem Entsetzen trabte er über den Flur und die Treppe nach oben. Vielleicht hatte er vor, mich hier einzusperren, oder wer weiß was zu tun. Alarmiert stellte ich mich wieder hin und starrte ihm hinterher, doch keine fünf Minuten später war er zurück. Mit einer Tasse in der Hand. Einer dampfenden Tasse mit einem Walt-Disney-Logo drauf und dem Konterfei von Helga, der Raumfahrerin. Dem neusten Märchen aus der Disney-Schmiede. Ein absoluter Kassenschlager auf der Erde.

Er hielt mir die Tasse entgegen, und ich blickte ihn an. »Was ist das?«

»Kaffee, du Trulla.«

»Wo hast du denn hier Kaffee her?«

Er lächelte. »Der alte Mann hat so seine Geheimnisse.«

Vorsichtig nippte ich und schloss dann überwältigt die Augen. Es war Kaffee. Echter Kaffee. Der beste Kaffee, den ich je getrunken hatte.

»Du sahst aus, als könntest du welchen gebrauchen.«

»Danke«, sagte ich schwach und trank noch einen tiefen Schluck. Vielleicht war der Kerl doch nicht so verkehrt.

Und so standen wir weiter herum und schwiegen. Bis das Display neben der Tür anfing zu flackern. Der Sergeant stellte seine Tasse so abrupt auf den Boden, dass sich ein ganzer Schwall Kaffee über die Metallplatten ergoss.

»Was?«, fragte ich lauernd und stellte meine Tasse ebenfalls ab.

»Komplikationen«, sagte der Sergeant knapp und tippte auf dem Display herum. »Aber bis jetzt ist nichts explodiert. Das ist die gute Nachricht.«

»Was dann für Komplikationen?«

»Das IPS war gewandert und die vorherige Ortung zu ungenau.« Seine Finger fuhren hektisch über das Display, und für einen Moment wirkte er nicht, als hätte er alles im Griff. Ich schluckte trocken. »Ich muss da rein!«

Und im nächsten Moment schrie der RIX. Er klang nicht wie er selbst. Er klang, wie ein verwundetes Tier, und mir blieb fast das Herz stehen.

»Mach die verdammte Tür auf!«, brüllte ich und rammte beide Fäuste gegen den Stahl. »Warum hat er solche Schmerzen? Verdammt! Du hattest ihn sediert?«

Der Sergeant zuckte die Schultern. »Ja, aber Narkosen sind bei uns nicht so einfach und er hatte darüber hinaus über einen sehr langen Zeitraum Tritostad im Körper, was dazu führt, dass das mit der Sedierung nicht so gut funktioniert.«

Im nächsten Moment öffnete sich die Tür mit einem Zischen.

»Ich gehe allein«, sagte der Sergeant, und wollte mich allen Ernstes zu Seite schieben, aber ich war schneller und drängelte mich an ihm vorbei.

Der RIX lag immer noch auf dem Stahltisch. Als ich neben ihm stoppte, schrie er wieder. Tief und kehlig und es ging mir durch und durch. Blut lief vom Stahltisch auf den Boden und sammelte sich dort in einer Lache. Neben dem mattschwarzen Exoskelett auf seinem Rücken befand sich jetzt ein wahres Schlachtfeld.

Ich lockerte die Fixiergurte ein wenig, beschloss aber, sie noch nicht komplett abzunehmen. »Handschuhe!«, forderte ich, und der Sergeant reichte mir überraschend schnell ein Paar. Ich schlüpfte hinein und versuchte mir einen Überblick zu verschaffen. »Vitalwerte. Ich brauche seine Werte.«

Der Sergeant deutete an mir vorbei zur Wand, wo das Bild auf einem Monitor jetzt umsprang und mir alle Daten lieferte, die ich benötigte. »Okay«, murmelte ich und beugte mich tiefer über den malträtierten Rücken unseres Captains. Vorsichtig begann ich, die offenen Gewebeschichten zu untersuchen, überlegte, wo ich überhaupt in diesem Chaos eine Naht setzten konnte. »Beweg dich. Ich brauche ein Nahtset.«

Der Sergeant brummte, stellte aber wenige Sekunden später alle nötigen Utensilien neben mir auf einen Beistelltisch. »Ist das steril?« Zweifelnd betrachtete ich die alten Instrumente.

»Er kann keine ...«, setzte der Sergeant an, doch ich unterbrach ihn. »Kann er normalerweise nicht. Aber das hier,« ich deutete auf den Rücken des RIX, »ist nicht normal. Klar?«

»Ich sterilisiere immer alles«, sagte unser Gastgeber trocken, und ich fing an zu arbeiten. Der RIX schien jetzt bewusstlos zu sein. Eine Gnade, da er offenbar trotz der Sedierung Schmerzen hatte.

Ich nähte und klebte. Und manchmal legte ich nur eine Kompresse auf. Die Check hatte unglaublich gewütet, und als ich einen kleinen Moment die Schultern lockerte und dabei zur Decke blickte, entdeckte ich dort auch Blut. Viel Blut.

Der Sergeant lehnte schon die ganze Zeit an der Wand neben der Tür und hielt sich zurück. Jetzt sagte er: »Es ist nicht einfach nur, dass wir ein kleines Metallröhrchen aus ihnen rausholen. Das Ding ist über Jahrzehnte in unserem

Körper. Man mag es uns nicht ansehen, aber unser System ist filigran. Sehr viel empfindlicher, als man annehmen würde. Jede Veränderung führt zu weiteren Veränderungen, und die lassen sich schlecht vorhersagen.«

»Was zum Beispiel?«, fragte ich ungeduldig, streckte mich ein letztes Mal und arbeitete weiter.

»Unschöne Dinge«, murmelte der Sergeant.

»Was für unschöne Dinge?«, fragte ich nachdrücklich und hob noch einmal kurz den Kopf.

Er betrachtete mich und runzelte dann die Stirn. »Wenn sie herkommen, kennen sie die Risiken.«

»Aber ich nicht. Und ich muss mich um ihn kümmern.«

»Der Letzte hat direkt danach einen Schlaganfall erlitten. Irreparable Schäden. Da war nicht viel zu machen.«

Ich starrte ihn weiter an, die Nadel schwebte in der Luft. »Und was hast du mit ihm gemacht? Ihn den Biestern zum Fraß vorgeworfen?«

Seine Züge wurden hart, und für einen Moment sah es so aus, als wollte er dieses Thema einfach ignorieren. Dann antwortete er mir doch: »Sein Körper hat das drei Monate mitgemacht. Dann ist er gestorben. In meinen Armen. Vor dem Kamin oben. Ich kann es nicht mit Sicherheit sagen, aber vielleicht waren es nicht die schlechtesten Monate in seinem Leben.«

Ich schluckte trocken. »Wie kannst du das sagen?«, fragte ich und hörte selbst, wie meine Stimme vor Wut bebte.

Er sah aus, als würde ihn meine Reaktion erstaunen. »Es hat sich das erste Mal in seinem Leben jemand um ihn gekümmert. Und zwar nicht mit dem Ziel, ihn, ohne Rücksicht auf Schmerzen, wieder kampfbereit zu machen, sondern um seinetwillen.«

Okay. Irgendwie war das ein Argument. Ich atmete tief

durch und widmete mich wieder meiner Arbeit. »War er allein?«, fragte ich leise.

Der Sergeant brummte. »Mutterseelenallein. Sein Schiff habe ich dann verkauft. Hat mir eine Menge eingebracht.«

Ich seufzte, und die Wut war schlagartig wieder da.

Im nächsten Moment regte sich der RIX. »Ganz ruhig«, murmelte ich und beugte mich ein wenig dichter zu ihm. »Du hast es überstanden. Es ist vorbei.«

Er stöhnte leise und öffnete seine Augen einen Spaltbreit. Unruhig huschten die Pupillen hin und her, als suchte er nach einem Punkt, den er fixieren konnte. Vielleicht war es auch einfach nur ein Reflex.

»Pst«, sagte ich leise, legte die Nadel beiseite und streichelte seine Schulter. »Alles unter Kontrolle, Captain.« Dann sah ich zum Sergeant. »Er ist furchtbar kalt.«

»Besser kalt, als wenn sie Fieber bekommen. Aus irgendeinem Grund hat das Ding in ihrem Rücken etwas mit der Fähigkeit des Körpers, die Temperatur richtig einzustellen, zu tun. Ich habe keine Ahnung, warum das so ist oder womit es gekoppelt ist. Entweder sie fangen danach an zu kochen oder zu frieren wie die Schneider.«

Ich streifte mir die Handschuhe von den Fingern und löste die Fixiergurte.

Der Sergeant war zu uns getreten und schob den Beistelltisch beiseite. »Fertig?«

Ich nickte. »Sehr viel mehr kann ich erst mal nicht tun.«

»Das Feuer im Kamin brennt schon. Wir bringen ihn nach oben und legen ihn davor. Meistens pendelt sich das in wenigen Stunden wieder ein.«

Er trat um den Tisch herum und griff dem RIX vorsichtig in den Nacken, woraufhin der panisch zusammenzuckte. Er machte eine unbeholfene Abwehrbewegung mit den Händen, hatte aber zum Glück keine Kraft.

»Ich bin es. Maximilian. Sei ruhig. Es ist gut«, sagte der Sergeant unerwartet sanft, hielt ihn aber weiterhin fest. »Ist gut? Kann ich dich hochheben?«

Der RIX nickte. Wenn auch nur ganz schwach, hätte ich nicht konzentriert darauf geachtet, ob er eine Reaktion zeigt, wäre es mir mit Sicherheit entgangen, aber er hatte reagiert.

Sanft richtete der Sergeant seinen Oberkörper auf, darauf bedacht, die frischen Wunden nicht zu berühren. Dann schob er einen Arm unter die angewinkelten Knie des RIX. Ich half, so gut es ging. Der Sergeant hob unseren Captain vom Tisch, ohne dass ich erkennen konnte, dass ihn das Kraft kostete.

KAPITEL DREIUNDZWANZIG

Im Kamin brannte ein Feuer und davor lag eine frisch bezogene Matratze auf dem Boden. Vorsichtig legte er den RIX darauf und stabilisierte ihn mit ein paar Kissen in Seitenlage. Ich setzte mich dicht neben ihn und zog die Beine an, dann suchten meine Augen den Blick nach draußen. Ganz automatisch, denn ich wollte gucken, ob es hier noch Tag war, ob die Monster noch herumstreunten und ob die Artemis noch an Ort und Stelle stand. Es dauerte einen Moment, bis ich mich erinnerte, dass es ja keine Fenster gab. Das war irgendwie verwirrend.

Maximilian war in die furchtbar normal aussehende Küche gegangen und hantierte dort mit Schubladen und Tellern. Das Ganze wirkte surreal normal, so, als wären wir auf der Erde, dass ich mir einmal die Augen reiben musste. Die Schränke waren aus Holz, die Arbeitsfläche aus einem hellen Stein. Es gab sogar einen Gasherd und ein Gerät, das vermutlich als Kühlschrank diente.

»Hast du Strom hier?«, fragte ich.

Maximilian blickte kurz auf, und ich sah, dass er ein Abendessen richtete. »Ich habe Algentanks im Keller, die produzieren Strom.«

»Sind die Monster noch da?« Ich rückte ein klein wenig näher an den regungslosen RIX. Die Vorstellung, dass da draußen riesige Würmer herumrobbten, die sich alles einverleibten, war kein sonderlich angenehmer Gedanke und ließ mich frösteln. Außerdem hockte Nukati allein in der Artemis. Himmel und Sterne! Nukati! Der arme Kerl wartete vermutlich bebend vor Angst auf eine Nachricht von uns. »Ich muss die Artemis anfunken!«

»Auf dem Kaminsims liegt ein AD. Er öffnet dir beim Antippen direkt einen Kommunikationskanal, wenn er denn ein Gegenüber findet.«

Ich streckte mich und griff mir den AD, dessen Display direkt zum Leben erwachte. Es war ein altes Gerät und hatte noch ein festes Gehäuse, wohingegen die neuen Modelle alle nur noch aus einer einzelnen Scheibe bestanden. Schwer und fest lag es in meiner Hand. »Connecting ...«, stand auf dem Display.

»Er spricht englisch«, sagte ich erstaunt, aber Maximilian reagierte nicht. Englisch sprach schon lange niemand mehr. TEX war zu einer Einheitssprache geworden.

Im nächsten Moment tauchte Nukati im Display auf. Er sah unverkennbar wütend aus.

»Dem RIX geht es gut«, sagte ich schnell.

Er nickte und atmete hörbar aus. »Das ist gut.« Meine Nachricht schien ihn milde zu stimmen. »Geht es dir da drüben gut? Brauchst du Hilfe? Ist alles okay?«, fragte er in einem Atemzug.

»Ja«, antwortete ich schnell. Ich traute ihm zu, sich sonst durch die marodierenden Monster zu wühlen, nur um uns zu retten.«Er hat den Eingriff überstanden, und wir warten hier ab, bis die Monster weg sind.«

»Melde dich, wenn was ist.« Er schob grimmig die Augenbrauen zusammen, und wieder nickte ich.

Ich beendete das Gespräch und legte den AD zurück auf den Kaminsims.

Maximilian trat mit einem Tablett zu uns und stellte es auf den Boden. Es gab keine Sessel oder Sofas, aber große farbenfrohe Kissen, und auf eines davon setzte er sich jetzt. Auf dem Tablett befand sich Brot. Und etwas, das wie Butter aussah. Definitiv rote Marmelade. Eingelegte Paprika. Ein Krug mit einer dampfenden Flüssigkeit. Ich betrachtete das viele Essen erstaunt und merkte dann schlagartig, wie hungrig ich war.

»Wie lange bist du schon hier?«, fragte ich, musste aber lange auf eine Antwort warten. Er schien darüber nachzudenken, ob er mir diese Dinge anvertrauen konnte.

»Zweiundzwanzig Erdenjahre«, sagte er dann und reichte mir einen Teller. Er wirkte bei diesen Worten ein wenig irritiert, so als könnte er es selbst nicht glauben.

Dann begann er, mir Essen auf den Teller zu schaufeln.

»Wo zauberst du das alles her?«

Er reichte mir die reichhaltige Mahlzeit, und ich vergaß alle Benimmregeln, schob mir sofort eine übervolle Gabel von den Paprika in den Mund. Im nächsten Moment musste ich genießerisch die Augen schließen. Es schmeckte wie auf der Erde.

»Ich baue alles selbst an. Na ja, es bleibt mir ja auch nichts anderes übrig«, er zuckte die Schultern und griff nach einer Scheibe Brot, dabei schien ihn mein Appetit zu amüsieren. »Die hier einheimischen Arten tragen zwar manchmal sonderbare Früchte, aber man kann sie gut vertragen.«

»Selbst ausprobiert?« Ich schmierte etwas von der Butter auf das Brot und biss ab.

»Alles im Eigenversuch getestet.« Er grinste. »Die Butter stammt von einer Bohne, die hier an rankenden Sträuchern wächst. Ich habe lange herumprobiert, um herauszufinden, wofür ich sie nutzen kann. Als Butterersatz macht sie sich gut.« Er griff sich einen Löffel und träufelte etwas Marmelade auf sein Brot. »Es gibt hier alles, was man braucht. Trinkwasser. Extrem reines Trinkwasser sogar, Metall in der Erde, und die Stoffe für meine Kleidung gewinne ich aus der Rinde eines Baumes, der hier in Massen wächst.«

»Und die Monster?« Ich biss beherzt in mein Brot, legte den Rest auf den Teller und wischte mir die Hände an meiner Hose ab, um dem RIX eine Handfläche auf die Stirn zu legen. Er war nicht mehr so eiskalt.

Der Sergeant hatte mich beobachtet. Ich nickte ihm zu und griff wieder nach dem Brot.

»Kommen und gehen wieder. Ich vermute, es ist eine Art Ritual. Sie markieren ihr Territorium und schreiten es ab. Ich hatte die ersten Jahre keinen Alarm, da gab es einige brenzlige Situationen. Aber seitdem ich immer mindestens acht Drohnen in der Luft habe, werde ich rechtzeitig gewarnt.«

»Und wie kommst du an die ganze Technik?«, fragte ich, und für einen Moment wirkte es, als würde er wieder überlegen, ob er mir das wirklich alles erzählen sollte.

»Ich will nicht indiskret sein«, fügte ich hinzu.

»Ich habe Freunde. Freunde, die mir immer wieder die Dinge bringen, die ich benötige. Saatgut zum Beispiel. Wobei ich darauf achte, dass es nichts ist, was sich selbstständig verbreitet. Das würde das Ökosystem belasten und durcheinanderbringen. Das können wir Menschen ja ganz gut. Uns in Systeme einmischen, in denen wir nichts verloren haben. Ich bin hier nur Gast.«

Ich ließ den Blick durch den großen Raum schweifen. Er war zweifelsohne gemütlich und auch mit einfachen Mitteln sehr wohnlich eingerichtet. Aber immer hier leben? Seit zweiundzwanzig Jahren? Ganz allein? »Und du fliegst nie weg?«

»Ich betrete kein Schiff mehr. Nie wieder. Ich werde hierbleiben.« Seine Worte waren für seine bisher so coole Art ziemlich emotional gewesen, und in seine Stimme hatte sich ein Gefühl geschlichen. Ein tiefer Schmerz, der schon lange in ihm wohnte, ihn beschäftigte und nicht losließ.

Ich musterte ihn genauer. Sein Alter konnte ich nicht schätzen. Seine Haare trug er kurz geschoren und der weiße Bart machte ihn vielleicht älter, als er wirklich war.

Der RIX riss mich aus meinen Überlegungen, weil er verhalten stöhnte und sich leicht bewegte.

Maximilian stellte seinen Teller weg und beugte sich über ihn. »Ist alles gut gegangen. Das IPS ist raus. Du bist frei.«

»Gut«, murmelte der RIX, und für einen Moment schien er wieder wegzudämmern, doch dann riss er die Augen schlagartig auf. Ein Zittern ergriff seinen Körper.

»Tut mir leid, dass ich dich mit der Maschine allein lassen musste. Es ging nicht anders«, brummte der Sergeant und fuhr ihm mit der Hand in einer langsamen Bewegung ganz sanft über den Arm. Immer und immer wieder. »Er hat einen Schock«, sagte er leise zu mir. »Ich kann es nicht verhindern, dass sie zwischendrin aufwachen. Ich kann das Narkosemittel nicht so hoch dosieren, weil ich nicht dabei bin. Zu viel und sie sind hinterher mausetot. Wir reagieren auf sämtliche Narkosemittel ziemlich unkalkulierbar, besonders auch durch das Nervengift im Organismus.«

Der RIX atmete zu schnell, und ich rutschte auf der anderen Seite dichter an ihn heran und legte ihm die Hände in den Nacken. »Langsam atmen«, sagte ich und beugte mich dicht zu ihm. »Ganz langsam ein und noch länger aus. Es wird alles gut.« Dabei fühlte ich mich nicht so. Ich fühlte mich furchtbar hilflos, und auch mein Herz raste wie verrückt. Es gab nichts, was ich für ihn tun konnte, außer meine Hände auf seinen Rücken zu legen und zu hoffen, dass er sich wieder beruhigte.

Und tatsächlich tat er das. Wenige Sekunden später schien er wieder einzuschlafen, denn seine Atmung kam langsam zur Ruhe, wurde tiefer, und er entspannte sich zusehends.

Maximilian kletterte zurück auf sein Kissen und griff erneut nach seinem Teller. »Das braucht Zeit«, sagte er und goss etwas aus dem Krug in eine Tasse, die er mir reichte. Vorsichtig nippte ich daran. Das Zeug war heiß, stark, und zuckersüß. Und es beinhaltete so viel Alkohol, dass ich mich vor Schreck verschluckte und prustend nach Luft rang. Mit dieser Explosion auf meinen Geschmacksknospen hatte ich nicht gerechnet, außerdem war mein letzter Schluck Alkohol schon ein wenig her. Aus vielen Gründen gab es auf den meisten Raumschiffen keine alkoholischen Getränke. Alkohol war schon auf der Erde zu einem Problem geworden, im All allerdings konnte er Menschen schier verrückt machen, weswegen es auf vielen Raumstationen ein absolutes Alkoholverbot gab. Maximilian schien meine Reaktion erwartet zu haben, denn er grinste ein wenig schief.

»Und woraus stellst du das her?«, fragte ich ihn und reichte ihm den Becher zurück, den er in einem Zug leerte. Vielleicht war es ihm gar nicht unrecht, dass wir wegen der bösen Würmer noch ein wenig länger hier verweilten. Mir war es auch recht, denn ich hatte Angst, allein für den RIX zuständig zu sein, wo ich doch so wenig über ihn wusste. Und ich konnte nicht umhin, dieses sonderbare Zusammensein durchaus zu genießen.

Ich streckte die Hand aus, und Maximilian gab mir erneut die Tasse, nicht ohne sie noch einmal randvoll aufgefüllt zu haben. Vorsichtig nippte ich. Jetzt war ich vorbereitet und ich spürte dem heißen Alkohol nach, wie er mir durch die Kehle rann und in meinem Bauch ein wohliges Feuer entzündete. Ich schüttelte mich trotzdem und stellte die Tasse zurück auf das Tablett. Mehr sollte ich von diesem Teufelszeug keinesfalls zu mir nehmen, entschied ich. Sonst fing ich demnächst an, schmutzige Raumfahrerlieder zu grölen. Ich lehnte mich ein wenig an den RIX, um eine bequeme Sitzposition zu finden, und fragte schließlich: »Wie bist du an deinen Namen gekommen?«

Maximilian trank noch einen tiefen Schluck, er schien diesbezüglich keine Bedenken zu haben, dann blickte er auf. »Jemand hat ihn mir gegeben.«

»Wer?« Ich war indiskret. Aber das war mir für den Moment egal.

Maximilian blickte auf seine Hände. Wettergegerbte Hände, auf denen die Sonnen dieses Planeten Flecken und Runzeln hinterlassen hatten. Aber offenbar wollte er nicht antworten.

»Ein schöner Name«, fuhr ich fort. »Maximilian heißt ›der Große‹.« Ich lächelte, und für einen Moment hing im Gesicht meines Gegenübers ein sonderbarer Gesichtsausdruck.

Doch dann verzog sich sein Mund zu etwas, was

durchaus als Lächeln durchgehen konnte. Vielleicht verlernten wir menschliche Mimik, wenn wir lange genug niemanden mehr in unserer Nähe hatten, der darauf reagierte. »Es hatte wohl eher den Bezug zu Max, dem Raumfahrer.«

Ich biss mir auf die Wangen, um nicht laut zu lachen. Max, der Raumfahrer, war eine Mangaserie, die die Kinder der Erde seit über fünfzig Jahren begleitete. Max erklärte den Kindern das Weltall. Er hatte überall im Universum Freunde und flog, immer ein fröhliches Lied auf den Lippen, quer durch die Galaxie. Er hatte das geschafft, was die Menschen einfach nicht auf die Reihe bekommen konnten. Er hatte auf jedem Planeten Freunde gefunden.

Ein Pfeifton ertönte und obwohl er nicht laut war, zuckte ich erschrocken zusammen.

»Sie sind weg und im Meer.« Maximilian hatte lauschend den Kopf zur Seite gelegt, als würde ihm der Ton noch viel mehr erzählen.

»Und darauf kann man sich verlassen?«, fragte ich zweifelnd. Vielleicht hockte noch ein Monster hinter dem Haus und fraß uns allesamt, wenn wir jetzt auf den Gedanken kamen, zum Schiff zu laufen.

Maximilian nickte bedächtig. »Würde das nicht funktionieren, wäre ich schon tot.« Er kam auf die Beine und räumte das Essen beiseite.

»Vielleicht sollten wir noch bleiben«, beeilte ich mich, zu sagen. »Ich weiß nicht, welche Nebenwirkungen noch auftreten können. Ich kenne eure Körper nicht, ich bin Menschenärztin.«

Doch der Sergeant winkte ab. »Er bewegt sich, also habe ich ihm keinen Querschnitt verpasst.«

Mir wurde bei seinen Worten kalt. »Ich wusste nicht, dass der auch zu Disposition stand«, sagte ich knapp.

»Ach, alles was Freude bringt. Hirnblutungen. Querschnitt. Schlaganfall«, erwiderte er jovial, während er zwei große Displays aufrief, die automatisch vor der freien Wand aus dem Boden fuhren und sich gleich darauf mit Bildern aus den Drohnenkameras füllten. Eine im strahlenden Sonnenschein der beiden Sonnen glitzernde Landschaft. Hohe Bäume, Büsche, das sich sanft im Wind wiegendes Gras. Ein wunderbarer Anblick, auch wenn ich mittlerweile wusste, dass hier Gefahren lauerten, mit denen ich nur schwer umgehen könnte.

»Es ist schön«, sagte ich, und Maximilian hielt inne, um mich anzusehen.

Er räusperte sich. »Ja, das ist es«, sagte er dann aber nur. »Ihr könnte nicht länger bleiben«, fuhr er fort. »Jedes Schiff hat eine Antriebssignatur und die ist schon von Weitem erkennbar. Das heißt, die Anwesenheit der Artemis auf der Oberfläche würde jedem vorbeifliegenden Schiff klar machen, dass Planet XO7 nicht völlig unbewohnbar ist. Und ich möchte nicht in die Situation kommen, meine Flugabwehrraketen auf jemanden abzufeuern, der vielleicht nur mal gucken wollte. Wir müssten das Schiff stilllegen, seinen Antrieb komplett herunterfahren, und das dauert einige Tage. Vom Hochfahren mal ganz abgesehen. Der Weltraum ist euer Metier, dieser Planet meines.«

Ich nickte. Vom logischen Standpunkt aus, hatte er natürlich recht. Außerdem mussten wir, so schnell es irgendwie ging, nach Korps. Trotzdem lag mir ein kalter Knoten im Magen. Der RIX sah fürchterlich aus. Blass wie ein Glas Milch, seine Lippen waren aufgesprungen, und immer wieder bebte sein großer Körper. »Kann ich ihm etwas gegen die Schmerzen geben?«

»Ja, probier es aus. Menschliche Medikamente. Irgendwas wird helfen. Du bist auf dem Schiff sicherlich gut ausgestattet.« Er deutete auf das Display, auf dem jetzt die Artemis erschienen war.

Flach und lang gestreckt schmiegte sie sich auf den Landeplatz und glitzerte im Schein der Sonnen silbrig. Mir fiel auf, dass ich sie das erste Mal von außen sah. Ich war einfach immer in dem Schiff gewesen, hatte es dort erkundet und kennengelernt und dabei fast vergessen, dass es auch ein Außen gab.

Einen Moment lang betrachtete ich den eleganten Schiffsrumpf, auf dem der Name in geschwungenen Lettern neben den Antriebsdüsen prangte. *Artemis*. Dieses Schiff war in den letzten Wochen irgendwie zu meinem Zuhause geworden. Das hatte ich niemals geplant, aber meine Pläne waren eh für den Arsch. Wenigstens hatte Mika sich noch nicht gemeldet.

»Artemis an Milla!«, riss mich Nukatis Stimme aus meiner Gedankenwelt. »Wie geht es dem RIX?«

»Er lebt«, antwortete ich zögerlich und drehte mich zum rechten der beiden Bildschirme, auf dem jetzt Nukatis Gesicht erschienen war. »Wir kommen gleich rüber. Dann können wir los.« Wieder durch die Atmosphäre. Es grauste mich kurz. Zurück ins All. Weg von den Bäumen. Von fester Erde unter den Füßen.

»Sind die Monster wieder abgehauen?«, fragte Nukati und kniff dabei die Augen zusammen. »Ja.« Ich nickte. »Kannst du das restliche Kustatas in den Schuppen tragen?«

»Ungern. Aber ja. Bis gleich.« Der Bildschirm wechselte wieder in die Außenansicht des Planeten.

»Was ist euer nächstes Ziel? Hat er einen Plan?« Der alte RIX war neben mich getreten und deutete auf unseren Captain, der immer noch regungslos eingerollt auf der Seite lag.

»Jetzt müssen wir nach Korps. Meinen Bruder retten.«

»Wieso braucht er Rettung?«

Ich räusperte mich und drehte mich zur Seite, um Maximilian ansehen zu können. »Weil er ein Idiot ist und sich unbedingt den Söldnern der GU anschließen musste. Rettung des Vaterplaneten und dieser Blödsinn. Kämpfe, für die wir nicht verantwortlich sind, ein Krieg, den wir nie wollten. Dabei ist er schwer verletzt worden. Und jetzt müssen wir ihn abholen.« Ich schwieg einen kleinen Moment und dachte an meinen Bruder. Den ich bald wiedersehen würde.

»Er kann sich glücklich schätzen, eine Familie zu haben«, murmelte der Sergeant, und ich war mir fast sicher, so etwas wie Sehnsucht in seiner Stimme zu hören.

KAPITEL VIERUNDZWANZIG

Maximilian trug den RIX zurück in die Artemis, wo Nukati eine Matratze auf die Brücke gelegt hatte. Darauf bettete der Sergeant unseren lädierten Captain. Bevor er ging, beugte er sich noch einmal tief zu ihm hinunter und flüsterte ihm etwas ins Ohr. Es war eine fast liebevolle Geste und wirkte irgendwie sonderbar. Unerwartet. Dann klopfte er dem RIX sachte auf die Schulter und richtete sich wieder auf. Weit entfernt hörte ich, wie es im Schiffsbauch rumpelte. Nukati kümmerte sich um die Bezahlung und schleppte das Kustatas aus dem Schiff.

Einen Moment standen der alte RIX und ich schweigend voreinander. »Es kann sein, dass sich während des Heilungsprozesses ein paar unschöne Symptome zeigen. Neurologische Ausfälle. Solche Sachen. Das geht meistens vorbei.«

»Himmel und Sterne. Kannst du mal etwas konkreter werden?«, brummte ich. Ich war der Meinung, dass wir sämtliche medizinischen Katastrophen durchhatten, aber es kam immer noch ein wenig mehr oben drauf.

»Milla«, sagte Maximilian ernst. »Wir sind so konzipiert, dass uns das alles nicht gleich umhaut. Wir sind zäh.«

»Schön für euch. Nur ich muss es irgendwie in den Griff kriegen und handeln. Oder soll ich ihn in den Maschinenraum sperren und nach drei Wochen mal gucken, ob der Kopf noch auf dem Körper sitzt?«, fragte ich spitz, was bei Maximilian aber nur zu sonderbarer Heiterkeit führte.

Er lachte. »Mit einer wie dir hat man doch immer was zu lachen an Bord«, sagte er, nachdem er sich ein wenig beruhigt hatte, dann trat er beiseite und machte Nukati Platz, der völlig staubig vom Flur auf die Brücke trampelte. Er würdigte Maximilian keines Blickes, sondern ließ sich stattdessen direkt neben dem RIX auf den Boden fallen. Sanft legte er ihm seine Krallenhand auf die Hüfte und verharrte dann in dieser Position, als wäre er eingefroren. Offenbar hatte er kein gesteigertes Bedürfnis, noch ein wenig Small Talk zu führen.

»Ich habe noch ein paar Medikamente im Haus«, sagte Maximilian. »Die gebe ich dir mit. Komm«, sagte er, drehte sich auf dem Absatz um und verließ die Brücke.

Einigermaßen verdutzt sah ich ihm nach, denn warum hatte er sie nicht gleich mitgenommen? Doch bevor ich dazu kam, irgendetwas zu tun, packte Nukati die Querstrebe über sich und sprang förmlich auf die Füße, als hätte ihn etwas gestochen. »Du bleibst hier, ich gehe!«

»Das ist schon okay,« setzte ich an, doch Nukati unterbrach mich mit einem einzigen Wort: »Monster!«

»Die sind wieder weg. Ich gehe kurz mit rüber und hole die Medikamente. Bleib du hier beim Captain.«

Doch so schnell gab Nukati sich nicht geschlagen. Energisch schüttelte er den Kopf. »Da ist was faul!«

»Vielleicht«, gab ich zu. »Aber wenn es so ist, ist es

anders, als du denkst.« Mich hatte nämlich mittlerweile das Gefühl beschlichen, dass Maximilian vielleicht die Medikamente nur vorschob, um noch einmal unter vier Augen mit mir zu sprechen. »Entspann dich und bleib beim RIX«, sagte ich mit meinem energischen Ärztinnentonfall, und es funktionierte.

Nukati brummte und zischte ein wenig vor sich hin, lief dann aber zurück zu unserem Captain und setzte sich neben ihn.

Ich folgte dem Flur bis zur Luftschleuse, dort hielt ich einen kleinen Moment inne und ließ meinen Blick schweifen. Ich vertraute Maximilian so weit, dass ich nicht davon ausging, dass hier noch irgendwelche Monster unterwegs waren. Aber sicher war sicher. Zu sehen war nur grüne Natur, unberührt und ursprünglich.

Ich atmete einmal tief durch, und genoss die würzige Frische. Dann überquerte ich die offene Grasfläche, stieg die zwei Stufen zur Veranda hoch und betrat erneut das Haus, in dem Maximilian auf mich zu warten schien.

Ich erkannte auf den ersten Blick, dass ich mit meiner Einschätzung richtig gelegen hatte. Der alte RIX sah ein wenig bedröppelt aus, und Verlegenheit hatte sich in seine Züge geschlichen. Ich lächelte ihn an, denn manchmal war das die einfachste Möglichkeit, das Eis zu brechen, aber zwischen uns schienen momentan ganze Gletscher zu liegen.

»Ich«, setzte er an, brach aber gleich darauf wieder ab.

»Kann ich dir bei irgendetwas behilflich sein?«, kam ich ihm entgegen, und er blickte auf, die Stirn in tiefe Falten gelegt.

»Ich«, fing er wieder an, kam aber nicht weiter.

»Maximilian, ich bin Ärztin. Man kann mit mir wirklich über alles reden. Und wenn es mir möglich ist, werde ich versuchen, dir zu helfen«, sagte ich ernst und meinte es auch so.

»Also«, fing er zum dritten Mal an, dann steckte er die Hände in die Taschen seiner Hose und stand ein wenig krumm vor mir. Eine völlig neue Körperhaltung. Es war offensichtlich, dass er sich schämte. Für was auch immer. »Ich habe manchmal Probleme, Luft zu bekommen. Ich denke, es ist die Wirbelsäule. Ich kann viel selbst behandeln, aber das nicht. Da komm ich nicht ran.«

»Okay«, sagte ich erleichtert. Das war doch ein Problem, dem ich mich widmen konnte. »Zieh dir mal das Hemd aus.«

Entsetzt sah er mich an.

»Damit ich mir das ansehen kann«, fügte ich erklärend hinzu, aber er hob nur eine Augenbraue.

»Ich habe keine Röntgenaugen«, erklärte ich freundlich. »Ich muss deinen Rücken ohne Klamotten ansehen.«

»Ja«, sagte er, rührte sich aber keinen Millimeter.

»Maximilian, ich will ja keine Hektik verbreiten, aber wir haben nicht ewig Zeit«, sagte ich nun mit Nachdruck, um die ganze Angelegenheit jetzt mal ein wenig voranzutreiben.

Maximilian gab ein grunzendes Geräusch von sich, zog sich schließlich das Hemd über die Schultern und drehte mir den Rücken zu. Er sah nicht viel besser aus als der Captain. Er hatte überall Narben und auch ihm war ein Exoskelett auf die Wirbelsäule gesetzt worden. Seines ging allerdings nur bis knapp zu den Schulterblättern. Das Metall war unschön mit der Haut verwachsen, ich konnte schon beim Hinsehen spüren, wie sehr das schmerzen musste.

»Ist das das Problem?«, fragte ich und ließ meine Fingerspitzen über die wulstigen Narben neben dem Metall schweben. Ich mochte ihn nicht einfach so anfassen. Vermutlich war er da ebenso empfindlich wie der RIX.

Er schüttelte den Kopf. »Tiefer, unten links neben den Schulterblättern.«

Mein Blick folgte seiner Beschreibung. »Darf ich dich anfassen.«

Wieder nickte er, und vorsichtig legte ich meine Handflächen auf das beschriebene Areal. Sanft betastete ich mit den Fingerspitzen die einzelnen Wirbelkörper. Sie waren, entgegen meiner Annahme nicht durch das Exoskelett fixiert, lagen aber in einem engen Korsett aus verhärteter Muskulatur. Das Problem erkannte ich schnell. Eine besonders ausgeprägte Verhärtung, die den Wirbel an seiner natürlichen Bewegung hinderte, was im ganzen Körper für Verspannungen und Probleme sorgen konnte. Sanft versuchte ich, die Stelle durch leichten Druck zu mobilisieren, doch es war eine hartnäckige Verspannung.

»Leg dich bitte mal auf den Boden.« Ich eilte an ihm vorbei zu der Matratze und griff mir zwei Decken. Eine breitete ich auf dem Boden aus, aus der anderen formte ich einen Ring. »Mit dem Bauch nach unten, das Gesicht dort hinein.«

Es war nur eine äußerst provisorische Behandlungsliege, aber besser als nichts. Ich spürte sein Zögern, sich mir so auszuliefern. Und ich konnte ihn verstehen. »Maximilian, ich habe dir vorhin auch vertraut. Vertrauen müssen. Du hättest mir sonst was antun können, aber das hast du nicht. Weil du einfach kein Arschloch bist und dich an die Absprachen hältst. Ich bin auch kein Arschloch. Mir kann man auch vertrauen.«

»Gute Rede, Mädchen«, brummte er und legte sich jetzt endlich vor mich auf den Boden. Durch das viele Metall auf seinem Rücken war es schwierig, eine gute Position für meine Hände zu finden. Zum Glück lag die Blockade direkt unterhalb einer Querstrebe, und so bekam ich meine Handflächen doch noch irgendwie auf seinem Rücken positioniert, wobei meine linke Hand direkt neben der Wirbelsäule lag und die rechte parallel zu der Ausrichtung der Wirbel. »Atme mal tief durch und erschrick dich nicht. Ich gebe da jetzt Druck drauf.«

Er atmete ein und ich konnte spüren, wie die Wirbel gegen meine Hände gedrückt wurden. Ich erhöhte den Druck und konnte genau den Moment ausmachen, in dem die Blockade begann, sich zu lösen. »Weiteratmen. Ganz tief!«, befahl ich, und Maximilian folgte meinen Worten. Ich bettete meine Hände ein wenig um, und spürte, wie die Blockade langsam aber sicher verschwand. »Jetzt kannst du wieder ganz normal atmen«, sagte ich leise, blieb aber einfach sitzen. Meine Hände ruhten weiterhin auf seinem Rücken.

Das Problem würde sicherlich wiederkehren. Vielleicht war es seine Schwachstelle, aber für den Moment hatte der Wirbel seine ursprüngliche Position wieder eingenommen und der ihn umgebende Muskel sich entspannt. Ich spürte seine Körperwärme unter meinen Handflächen. Wir gehörten alle einer sozialen Spezies an. Noch immer starben unsere Kinder, wenn sie keine Berührung empfangen durften. Dieses furchtbare Experiment, in dem man versucht hatte, Kinder ohne jeglichen körperlichen Kontakt großzuziehen, hatte man in den letzten Jahrzehnten immer wieder durchgeführt, nachdem die Moral schon lange über Bord gegangen war. Es hatte immer wieder das gleiche furchtbare Resultat gegeben. Unsere Kinder starben ohne Nähe. Wir hatten uns diesbezüglich nicht weiterentwickelt. Vielleicht war es dieses Wissen, das mich dazu veranlasste, den alten RIX noch einen Moment lang zu berühren, obwohl es nicht mehr nötig war. Er zumindest hielt ganz still. Ob er es genoss, wusste ich nicht. Aber er ließ es geschehen.

Ich saß ganz regungslos, bis mein Herzschlag sich seinem angeglichen hatte. Dann löste ich sanft und vorsichtig meine Hände von seinem Rücken.

Ich musste kurz meine Stimme suchen und räusperte mich. »Mach Dehnübungen für den Rücken. Halte die Wirbelsäule geschmeidig und die Muskulatur ebenfalls.« Ich kam wieder auf die Beine, und Maximilian streifte sich schnell sein Hemd über. Befangen stand er vor mir und starrte auf den Boden. Dann schluckte er einmal trocken.

»Was bekommst du für deine Dienste?«, fragte er dann knapp.

Erstaunt sah ich ihn an. »Nichts«, sagte ich schließlich. Was sollte das? Sollte ich vielleicht vier Eimerchen Kustatas wieder mit auf die Artemis schleppen? Ich hielt ihm die Hand entgegen, und er schlug ein. Wir schüttelten uns die Hände wie zwei alte Goldgräber. Dann sagte ich: »Alles Gute. Vielleicht bis irgendwann mal wieder!«

»Guten Flug«, sagte er schroff, und ich drehte mich um.

Auf halbem Weg zum Schiff hörte ich ihn rufen: »Milla!«

Ich hielt an und sah mich um.

Der alte RIX kam auf mich zugelaufen. So kraftvoll und geschmeidig, dass ich ihn spätestens jetzt als nicht ganz menschlich erkannt hätte. Er stoppte abrupt vor mir ab und hielt mir ein Glas entgegen. »Marmelade.«

»Oh!«, sagte ich ehrlich erfreut und nahm ihm das Glas ab. »Danke!«

»Ich bin es nicht gewohnt, dass Wesen Dinge tun, ohne eine Gegenleistung zu erwarten«, sagte er, und sein schroffer Tonfall passte nicht zu seinen Worten. »Ich stehe in deiner Schuld.«

»Es war nur ein blockierter Wirbel«, erklärte ich und berührte ihn am Arm.

»Ja«, sagte er, und dann stand er ein wenig belämmert mit hängenden Armen vor mir.

»Ich komme ja von der Erde, und da verabschiedet man sich meistens mit einer Umarmung. Also wenn man sein Gegenüber mag«, erwähnte ich vorsichtig.

»Ja«, sagte er wieder nur, und ich konnte sehen, wie es in seinem Innersten arbeitete.

Ganz vorsichtig trat ich vor und legte meine Arme um seine Taille. Es war eine komplizierte und sonderbare Umarmung. Der alte RIX in meinen Armen schien für einen Moment komplett überfordert zu sein, doch dann, für wenige Sekunden, erwiderte er die Berührung. Hielt mich fest und atmete einmal tief durch. Dann ließen wir uns gleichzeitig los, und er trat einen Schritt nach hinten.

Ich hatte mich schon zum Gehen gewandt, da sagte er: »Gebt ihm einen Namen. Namen sind wichtig. Wir können erst zu uns selbst finden, wenn wir einen Namen haben.« Und plötzlich tauchte sein Grinsen wieder auf.

Ich hob die Hand. »Danke!«, sagte ich und erklomm die steile Ladeluke der Artemis.

»Ich wollte schon eingreifen!« Nukati empfing mich, und sein Kamm stand in steilen Stacheln zur Decke.

»Das war nur ein kurzer Austausch freundlicher Gesten. Ein Menschending.«

»Mich kann man auch umarmen. Das ist kein Menschending«, brummte er indigniert und folgte mir zurück auf die Brücke.

»Darauf werde ich zurückkommen«, sagte ich und fügte dann etwas lauter hinzu: »Artemis, Maschinen starten.«

»Die Maschinen werden hochgefahren«, antwortete das

Schiff, und ein tiefes Grummeln zog sich durch den Schiffsrumpf. »Artemis. Berechne die beste Austrittsroute aus der Atmosphäre.«

»Kurs wird berechnet.«

Nukati eilte hinter mir her zur Brücke. Der RIX war immer noch bewusstlos. Oder er schlief. Ich war nicht in der Lage das zu unterscheiden, zumindest hatte er für den Moment keine Schmerzen und das war prima, weil wir gleich wieder über die Buckelpiste zum Ausgang dieses Planeten reisen würden. Ich schob meinen Notfallrucksack in ein Fach neben der Matratze, sodass ich im Ernstfall schnell ausreichend Schmerzmittel zur Hand hatte, und breitete die Schwerkraftdecke über ihn.

»Müssen wir fliehen?«, fragte Nukati verdutzt in Anbetracht meines Tempos.

»Nein«, verkündete ich. »Wir müssen zu meinem Bruder.«

»Das ist natürlich ein Grund«, murmelte er und saß im nächsten Moment neben mir auf dem Co-Piloten-Sitz. In Nukati-Haltung natürlich. Die Beine angezogen, die Arme um den Körper gelegt, den Kopf zwischen die knubbeligen Knie gesteckt.

Ich schnallte mich an und ließ derweil die Artemis ihre Checklisten abspulen. »Nukati«, sagte ich, und mein Sitznachbar richtete sich kurz noch einmal auf, um mich ansehen zu können.

»Danke.«

»Wofür?«, fragte er, und ich antwortete: »Wir haben das gut hinbekommen. Wir sind ein gutes Team.« Ich streckte eine Hand nach ihm aus, und er umfasste, ohne zu zögern, meine Handfläche mit seinen Fingern. Dann grinste er kurz, nur um sich im nächsten Moment wieder zu einem Karton zusammenzufalten und der Dinge zu harren, die jetzt kommen würden.

»Artemis. Bereit?«

»Natürlich, Captain.«

»Danke, Artemis«, sagte ich, und dann fügte ich leiser hinzu: »Wir sind auch ein gutes Team.«

»Danke«, sagte die Artemis schlicht.

Ich legte meine Hände auf die Schienen und machte mich daran, die vorgegebene Route genau zu treffen. Es gelang mir recht souverän, bis zum Übertritt in den Orbit. Erneut gab es einen Schlag, auf den ich zwar vorbereitet war, der mich aber wieder vollkommen zerriss. Meine fixierten Handgelenke und Unterarme wurden schmerzhaft gezerrt. Der Druck presste mir die Luft aus den Lungen. Diesmal hatte ich meine Beine gegen die Konsole gestützt, was mir wenigstens etwas mehr Halt gab. Die Sicherheitsgurte pressten meinen Körper fest in den Sitz und ich arbeitete mit jedem Muskel daran, das Schiff unter Kontrolle zu bringen. Ich biss die Zähne so fest aufeinander, dass mein Kiefer schmerzte. Aber da ich mich mit den Beinen an der Konsole abstützen konnte, gelang es mir irgendwie, die Nase der Artemis oben zu halten. Wir wurden durchgeschüttelt wie Froschblut in einer Zentrifuge, aber wir durchbrachen diese Turbulenz mit aller uns zur Verfügung stehenden Kraft der Antriebe. Das Wissen, dass es gleich vorbei sein würde, half mir. Ich machte einfach weiter, hielt dem enormen Druck stand und versuchte, irgendwie Sauerstoff in die Lungen zu bekommen.

Wenige Minuten später traten wir in ruhige Gefilde ein. Das Licht änderte sich schlagartig, wurde zu einem milchigen Grau, und die Triebwerke stellten sich mit einem lauten Zischen auf die veränderten Außenbedingungen ein.

Ich atmete tief durch. »Haben wir es geschafft?«, fragte ich leise, wohl weil ich eine Bestätigung brauchte und es für einen Moment nicht glauben konnte.

»Wir haben die Atmosphäre des Planeten verlassen.«

Ich sackte kurz zusammen, dann schnallte ich mich ab und schlug Nukati auf die Schulter, auf dass er aus seiner panischen Starre erwachte.

»Artemis. Berechne direkten Kurs nach Korps. Direkte Linie, keine Umwege. So schnell, wie der Autopilot fliegen kann.«

»Berechne Route.«

Ich stand auf und lief zum RIX, der regungslos unter der Schwerkraftdecke lag und leise vor sich hin zitterte. »Artemis, kannst du bitte die Temperatur auf der Brücke erhöhen?«

»Natürlich, Captain«, kam die prompte Antwort. »Es gibt ein Problem mit der Route. Es kam zu kriegerischen Auseinandersetzungen zwischen der GU und den Migura. Der gesamte Quadrant von Migura ist für die zivile Raumfahrt gesperrt.«

»Was heißt das?«, fragte ich argwöhnisch, aber statt einer Antwort zeigte mir die Artemis die neue Route. Sie war lang. Sie hatte sie für mich in Tageseinheiten umgerechnet und dort stand: *Dauer der Reise circa einundzwanzig Tage.* Ich schnappte nach Luft.

KAPITEL FÜNFUNDZWANZIG

»So ein Scheiß!«, knurrte ich gefühlt zum hundertsten Mal und starrte in die Dunkelheit vor der Frontscheibe. Wir flogen seit zwei Stunden mit dem Autopiloten. Auf der neuen Route. Nukati und ich hatten uns neben dem RIX häuslich eingerichtet. Er lag auf der Matratze, und für uns hatten wir Kissen und Decken besorgt. Denn weder wollten wir ihn noch die Brücke allein lassen. Er war so reglos, dass ich mir die Uhr gestellt hatte. Wenn er in zwei Stunden immer noch wie tot dalag, würden wir ihn vorsichtig auf die andere Seite drehen.

Das tat er aber nicht, denn nach ungefähr einer halben Stunde, exakt zu dem Zeitpunkt, als Nukati und ich endlich eingeschlafen waren, wachte er auf. Förmlich mit einem Knall. Er zuckte derartig heftig zusammen, dass Nukati, der dicht an ihn gekuschelt auf der Matratze gelegen hatte, mit einem Plumps auf dem Boden landete, und ich mir an einem herausstehenden Wandpaneel den Kopf anschlug.

Panisch versuchte der RIX, sich aufzurichten, was

Nukati aber durch beherztes Zugreifen zu verhindern wusste. »Liegen bleiben«, sagte er sanft, während er ihn im Stahlgriff zurück auf die Matratze beförderte.

Ich rieb mir den Kopf und kroch um die beiden herum, um dem Captain ins Gesicht sehen zu können. »Hey«, sagte ich betont munter. »Wieder wach?«

Der RIX blinzelte und hatte einen leichten Silberblick. Von wach konnte keine Rede sein.

Ich schnappte mir meine kleine Taschenlampe und hielt sie ihm vor das Gesicht. »Wird jetzt hell. Ich möchte die Reflexe deiner Pupillen checken.« Ich leuchtete abwechselnd in sein rechtes und sein linkes Auge und beide Pupillen zogen sich ordnungsgemäß zusammen. »Wunderbar«, sagte ich leise und knipste die Lampe wieder aus.

»Ich muss aufstehen«, murmelte der RIX und seine Worte klangen verwaschen.

»Nie im Leben!«, erwiderte Nukati und rückte seinem Freund enger auf die Pelle. »Du bleibst hier liegen, bis Milla dir das erlaubt. Vermutlich in hundert Jahren«, fügte er noch hinzu.

Statt zu antworten, schnappte ich mir das Verbandsmaterial und beugte mich wieder dichter zum RIX hinunter. »Ich wechsle jetzt den Verband und schaue, wie die Wunden aussehen, okay?«

Er nickte, zumindest angedeutet, und ich streifte mir die sterilen Handschuhe über. Dann kletterte ich wieder über ihn drüber und löste vorsichtig die Verbände von den Wunden. Die erstaunlich gut aussahen. Sie hatten, obwohl ihn Maximilian auf dem Arm hereingetragen hatte, nicht wieder angefangen zu bluten, und die Heilung schien ihren Lauf zu nehmen. Die Haut neben den Nähten war blassrosa, so, wie man es sich wünschte.

Ich desinfizierte noch einmal alles und legte frische Verbände an. »Wenn er fit ist, spricht nichts dagegen, dass er aufsteht. Das wäre gut für seinen Kreislauf und seine Muskeln.«

In Nukatis Blick lag das blanke Entsetzen.

»Frühe Mobilisation ist nach Eingriffen immer gut«, erklärte ich ihm.

»Menschen«, schnaubte er, kam aber im nächsten Moment auf die Beine und zog dem RIX die Decke weg. »Dann hoch, mein Freund«, verkündete er und fasste unseren Captain unter die Arme.

Es kostete diesen einige Mühen aufzustehen, aber da Nukati so unfassbar stark war und ihn zur Not auch einhändig durch die Gegend tragen konnte, gelang es ihm schließlich.

Als die beiden so dastanden, wurde mir klar, wie dünn der RIX war. Er hatte so viele Muskeln, dass man es fast übersehen konnte, aber er wirkte darunter ausgemergelt. »Er muss was essen«, murmelte ich, und machte mich auf den Weg in die Küche. Hier durchwühlte ich die Schränke, und während ich auf die Nährpasten starrte, wurde mir bewusst, dass mein eigener Magen auch schon wieder knurrte. Dabei war das Essen bei Maximilian noch gar nicht so lange her.

Ich fand ein paar trockene Kekse und schaufelte sie mir in den Mund, während ich gleich vier Nährpasten in die praktischen Taschen meiner Cargohose steckte. Um dort Platz zu schaffen, musste ich meinen AD herausnehmen und entdeckte eine Nachricht. Von Mika. Mir wurde kühl ums Herz und ich hielt einen Moment inne, um Mut zu sammeln. Als ich genug beisammen hatte, rief ich seine Nachricht auf und setzte mich auf die Tischplatte.

»Hallo, Milla«, begann Mika seine Nachricht und allein

schon am Tonfall erkannte ich, worum es ging. Ich schluckte den trockenen Keksbrei herunter und umklammerte mit der freien Hand die Tischplatte. »Die GU hat mich angewiesen, dich in Kenntnis zu setzen, dass die Heilungschancen von Jamie als gering eingestuft werden.« Er zögerte einen Moment, blickte sich um und sagte dann leise: »Aber wie wir in der Medizin wissen, gibt es da manchmal unterschiedliche Ansichten.« Einen Moment schwieg er und fuhr sich durch die blonden Stoppeln auf seinem Kopf. »Es ist jetzt leider notwendig, dass eine Zahlung von zehntausend Credits erfolgt, um eine weitere medizinische Versorgung von Jamie zu gewährleisten. Geht das Geld nicht innerhalb von sieben Tageseinheiten auf dem Konto ein, das unten als Link dieser Nachricht angehängt ist, werden die lebenserhaltenden Maßnahmen an Tag acht eingestellt. Solltest du zu weit entfernt sein, um diese Nachricht rechtzeitig zu empfangen, besteht kein Anspruch auf Rechtsbeihilfe oder Aufschub. Es tut mir leid.« Er schaffte es nicht mehr, in die Kamera zu blicken, und beendete das Gespräch durch einen Fingerdruck am oberen Bildrand.

Nie war die Rede von zehntausend Credits gewesen. Nie! So viel hätten wir nie zusammenbekommen. Fassungslos starrte ich auf das wieder schwarze Display.

Dann ließ ich mich nach hinten auf die harte Tischplatte sinken und schloss die Augen. Heiße Tränen brannten hinter meinen Lidern. Ich lag einfach da, bis mein AD mir eine weitere Nachricht ankündigte. Ohne nachzusehen, wer es war, rief ich sie auf.

»Hallo, Milla!«, sagte Maximilian in die Kamera. »Ihr seid schon recht weit weg und diese Nachricht dürfte eine Zeitverzögerung von mindestens acht Minuten haben. Ich wollte hören, wie es dem RIX geht. Kann sein, dass er erst mal ein paar Tage durchschläft. Gib ihm ein wenig Flüssigkeit und warte ab. Das hatte ich vorhin vergessen zu erwähnen.« Er kratzte sich am bärtigen Kinn. »Das mit meinen Rücken ist besser.« Er blinzelte. »Sehr viel besser. Ich danke dir.« Und dann legte er schnell auf. Ohne nachzudenken, drückte ich auf Aufnahme und hielt mir den AD vor das Gesicht. Während ich noch auf der Tischplatte lag. »Hallo, Maximilian. Danke für die Info. Der RIX ist wieder auf den Beinen.« Irgendwo hinter mir schepperte es, und Nukati schimpfte. Woraufhin auch der RIX schimpfte. Sie schienen sich zu streiten. Was prima war, weil dann niemand starb. Außer Jamie. Wieder kamen mir die Tränen. »Gut, dass es deinem Rücken besser geht. Vergiss nicht, Rückenübungen zu machen.« Die Tränen liefen mir seitlich über das Gesicht, und ich konnte es nicht ändern. »Tut mir leid«, sagte ich und wischte sie weg. Ich schickte die Nachricht ab und blieb einfach so mitten auf dem Tisch liegen, während ich an die Decke starrte. Ohne all die Komplikationen wären wir schnell genug auf Korps gewesen. Komplikationen, die ich ausgelöst hatte, weil ich das Tritostad als Waffe benutzt hatte. Und jetzt war es auch völlig egal, dass wir einen Umweg nehmen mussten. Es spielte keine Rolle mehr. Es war vorbei. Jamie würde sterben.

Der AD piepte erneut. Diesmal blickte ich vorher auf das Display. Maximilian. Ich lag hier also schon mindestens sechzehn Minuten. Ich rief die Nachricht auf, und während sie lud, drehte ich mich umständlich zur Seite.

»Was ist passiert? Warum weinst du?« Maximilian stand auf seiner Veranda. Im Hintergrund bogen sich die großen Bäume in einem sanften Wind. Ich blinzelte und schlagartig überkam mich das Heimweh nach der Erde. Nach meinem Zuhause. Nach meiner Familie, die nur noch aus Jamie bestand. Der Schmerz schlug mir mit einer Wucht ins Herz, dass ich ein wimmerndes Geräusch von mir gab.

Maximilian biss sich auf die Lippen und fixierte einen Punkt hinter der Kamera. »Kommt mich mal wieder besuchen. Aber meldet euch an.« Er zog die Stirn kraus und schenkte mir ein Lächeln. »Du weißt ja, ich bin unangekündigtem Besuch gegenüber nicht sehr aufgeschlossen.« Dann zögerte er einen Moment und sagte ganz leise: »Weine nicht Milla, es wird alles gut.« Der Bildschirm wurde schwarz und ehe ich es verhindern konnte, riefen meine Finger eine neue Nachricht auf. »Ich glaube nicht, Maximilian«, sagte ich erstickt in die Kamera. »Wir hätten es geschafft. Wir haben noch genau so viel Kustatas an Bord, dass es für fünftausend Credits gereicht hätte. Aber jetzt will die GU nicht mehr fünftausend, sondern zehntausend Credits. So viel hatten wir nie! Sie stellen die Check ab, wenn wir das Geld nicht schicken! Sie bringen ihn um!« Ich rang nach Luft und die Tränen liefen mir über das Gesicht. Ich bekam Schluckauf vom Weinen, aber es kümmerte mich einen Dreck. »Er ist mein Bruder!«, keuchte ich. »Und ich habe das alles getan, um ihn zu retten. Und jetzt kann ich ihn nicht retten!« Ich drückte das Gespräch weg und zog die Beine an, um mich zusammenzurollen.

Nukati und der RIX stritten, wobei der RIX jetzt ziemlich erschöpft klang. Ich sollte mich einmischen, mich kümmern, doch für diesen Moment konnte ich nichts anderes tun, als hier auf dem Tisch zu liegen.

Trotzdem zwang ich mich irgendwann auf die Beine. Müde stolperte ich in den Gang, wo ich den RIX auf dem Boden sitzend fand, Nukati stand vor ihm, die Stacheln an seinem Kopf im Kampfmodus aufgestellt.

»Ich habe ihm gesagt, dass er es nicht übertreiben soll!

Aber er hört ja nie auf jemanden!« Nukati drehte sich zu mir, und mit einem Zischen legten sich die Stacheln fest an seinen Kopf. »Milla.« Er bekam große Augen.

Ich sah zum RIX, der weiß wie eine Wand war, während sein Atem in der Brust rasselte.

»Mann!«, sagte ich leise und zog die Nase hoch. »Könnt ihr denn nichts? Kann man euch keine drei Sekunden allein lassen? Trag ihn auf die Brücke«, sagte ich zu Nukati, und der tat, was ich ihm gesagt hatte, ohne auf die schwache Gegenwehr vom RIX Rücksicht zu nehmen.

Wieder auf der Brücke legte er den RIX auf die Matratze und setzte sich daneben.

»Milla, was ist passiert?« Es war erstaunlicherweise der RIX, der mich das fragte und sich jetzt auch langsam zum Sitzen hochrappelte.

»Was sollte das? Ich meinte ein paar Schritte. Nicht einmal quer durch das Raumschiff!«, sagte ich.

»Tschudigung«, erwiderte er und sah in diesem Moment das erste Mal wieder aus wie er selbst. Wenigstens ihn hatten wir retten können.

Ich räusperte mich. »Die GU stellt Jamie die lebenserhaltenden Systeme ab, wenn ich nicht innerhalb von sieben Tagen zehntausend Credits zahle.«

Nukati gab ein Keuchen von sich, und der RIX schloss für einen Moment die Augen. Dann schüttelte er leicht den Kopf und sagte leise: »Das tut mir leid.«

Nukati setzte sich zu uns auf den Boden. »Was tun wir jetzt?«

»Ich habe das alles ausgelöst, indem ich das Tritostad benutzt habe, um die Piraten zu töten«, sagte ich und es schauderte mich leicht. »Sonst hätten wir es rechtzeitig nach Korps geschafft.«

Der RIX betrachtete mich aus großen Augen. »Hättest du das Tritostad nicht als Waffe benutzt, wären wir jetzt alle tot«, sagte er schließlich äußerst akzentuiert und klang dabei auch wieder wie er selbst. Ich betrachtete ihn einen Moment, dann nickte ich knapp. Zu mehr war ich nicht in der Lage, denn die Erschöpfung griff schlagartig und erbarmungslos nach mir.

»Hört mal zu. Wir fliegen mit dem Autopiloten. Du wirst bitte nicht innerhalb der nächsten fünf Stunden sterben, okay?« Ich sah den RIX direkt an, der nur nickte. »Dann gehe ich jetzt mal kurz ins Bett. Ich ... brauche ein wenig Ruhe.« Und weine mir kurz mal die Augen aus dem Kopf. Um danach irgendwie nach einer Lösung zu suchen.

Ich wanderte bedächtigen Schrittes in meine Kabine. Hier streifte ich mir die Schuhe von den Füßen, kletterte auf mein Bett und drehte mich zu Seite. Die Artemis zeigte mir erst einen sonnenbeschienenen Sandstrand, aber als ich nur den Kopf schüttelte, versuchte sie es mit einem Baum im Gegenlicht. Als auch das keine Reaktion von mir brachte, zeigte sie mir ein ganz neues Bild. Schneegestöber. Riesige Schneeflocken, die in rauen Mengen vom Himmel stürzten und alles unter ihrer weißen Decke verhüllten.

»Danke«, murmelte ich, und dann weinte ich so lange, bis mir die Augen zufielen und ich tatsächlich einschlief.

Mein AD weckte mich mit einem hohen Piepton. Ich zog ihn hervor und lud mechanisch die neue Nachricht von Maximilian.

»Das tut mir sehr leid, Milla. Ich verstehe dich gut. Ich verstehe, wie es sich anfühlt, jemanden um jeden Preis retten zu wollen. Und es nicht zu können.« Er schwieg einen Moment und blickte seitlich an der Kamera vorbei. Bei ihm war es mittlerweile dunkel geworden und so starrte er in die

Nacht, die seine einsame Finca umgab. Dann hob er wieder den Kopf und blinzelte, als hätte er kurz vergessen, dass er gerade dabei war, eine Videonachricht aufzunehmen. »Soll ich dir ein Foto zeigen?«, fragte er ganz unvermittelt und sein Gesichtsausdruck war nicht zu deuten. »Ein echtes Foto? Du bist so jung wie ein Grashüpfer, du weißt vermutlich gar nicht mehr, was das ist.« Er griff zur Seite, blickte auf etwas in seinen Händen und hielt es dann vorsichtig in die Kamera.

Es war tatsächlich ein altertümliches Foto. In einem Rahmen, wie man es manchmal in historischen Beiträgen im Spaceweb sah. Auf dem Bild war ein lachender Mann. Ein schöner Kerl, mit glänzenden schwarzen Haaren und einem vollen Mund. Ganz entfernt erinnerte er mich mit seinem dunklen Teint an die Ureinwohner von ehemals Amerika.

»Das ist Jako. Er hat mir meinen Namen gegeben.« Er hatte die ganze Zeit zur Seite gesehen, vielleicht weil er den Anblick des Bildes nicht ertrug. »Wenn wir uns wiedersehen, Captain Milla, dann koche ich dir das beste Essen, das du je gegessen hast, hole einen alten Wein aus dem Keller, den mir ein Reisender hiergelassen hat und erzähle dir Jakos Geschichte. Sie ist sehr traurig. Und meine auch.« Wieder schwieg er einen Moment. »Du siehst«, er blickte auf und grinste, »du bist nicht die Einzige mit rührseligen Geschichten. Sogar so ein alter RIX, wie ich es bin, hat davon ein paar auf Lager. Gräm dich nicht, Mädchen. Alles wird gut.«

»Danke«, murmelte ich und schloss wieder die Augen. Aber schon wenige Minuten später klopfte es zaghaft an meiner Tür.

»Ja?«, frage ich leise, und die Tür fuhr mit einem Zischen auf.

Nukati trat ein, den RIX im Schlepptau, der frisch

geduscht aussah, sich aber schwer auf ihn stützte. Ich rieb mir den Schlaf und die restlichen Tränen aus den Augen und setzte mich auf. Woraufhin sich der RIX kurzerhand neben mich setzte. Einen Sessel gab es nicht, deswegen stand Nukati hoch aufgerichtet vor meinem Bett.

Der RIX tat etwas Sonderbares. Er berührte nämlich meine Hand, die auf der Decke lag. Nur ganz kurz, als könnte er die Reaktion nicht abschätzen.

»Wir haben alle Optionen abgewogen«, begann Nukati und klang, als würde er vor den Vereinten Planeten der GU sprechen. »Und wir sind zu folgendem Schluss gekommen.« Er hielt mir ein kleines Kästchen hin, das ich zögerlich annahm.

Fragend blickte ich auf, doch Nukati machte mit seinen Krallen eine Bewegung, dass ich es öffnen sollte. Also klappte ich den Deckel auf. Ein Stein kam zum Vorschein. Er ruhte auf einer Art rotem Samt und war so unscheinbar wie ein Kieselstein. »Was ist das?«, fragte ich leise, woraufhin Nukati eine Augenbraue hochzog.

»Menschen. Ihr seid so arg- und ahnungslos«, seufzte er.

Aber der RIX kam mir zu Hilfe. »Das ist ein Sikkas-Stein von Draxondas. Nukatis Heimatplaneten. Er gilt als sehr wertvoll. Wertvoller als Gold und Edelsteine, auch wenn er nicht so aussieht. Aber einem Sikkas-Stein werden magische Fähigkeiten nachgesagt. Wenn man ihn geschenkt bekommt, soll sein Besitz ewiges Glück und Wohlstand bringen.«

»Er ist der Letzte seiner Art«, mischte Nukati sich wieder ein und setzte sich jetzt auf die Bettkante zu uns. »Es gibt keine mehr, weil es meinen Planeten nicht mehr gibt.«

Ich blickte auf und direkt in Nukatis traurige Augen. »Mein Planet wurde gesprengt und dann in die Umlaufbahn einer unserer Sonnen gelenkt. Es ist eine lange Geschichte«, sagte er leise und blickte dabei angestrengt auf die Tagesdecke meines Bettes.

Ich legte vorsichtig meine Hand auf seine, und er sah wieder auf.

»Aber weil er so wertvoll ist, können wir ihn verkaufen. Im nächsten Handelshafen. Wir werden mehr als fünftausend Credits dafür bekommen!«

»Wir können nicht den letzten Sikkas-Stein verkaufen«, sagte ich leise und musste mich räuspern. »Deinen Stein. Deine Erinnerung an dein Zuhause.«

»Oh, aber wie wir das können. Wir müssen es tun. Um Jamie zu retten. Und weil du eine Hatta-Kita bist. Die Hatta-Kita der Artemis. Wir müssen jetzt nur sehr schnell den nächsten Handelsplaneten ansteuern. Die Artemis sagt, der ist nur zwei Tageseinheiten entfernt. Dann können wir das Geld an die GU schicken. Interstellar-Banken gibt es überall.«

Und wieder kamen mir die Tränen, jetzt aber mehr als sturzbachartig.

»Ui«, sagte Nukati und sprang vom Bett. »Ich gehe mal auf der Brücke nach dem Rechten sehen«, rief er und war schon um die Ecke verschwunden.

Aber der RIX blieb, und er nahm mich einfach in den Arm, während ich weinte.

KAPITEL SECHSUNDZWANZIG

Mikas Anruf weckte mich. Es war das erste Mal keine Videobotschaft, sondern ein echter Anruf.

»Ja?«, fragte ich verschlafen und brauchte ein paar Sekunden, bis ich klar genug war, die Situation zu begreifen. Dann allerdings saß ich schlagartig aufrecht im Bett, und hielt mir das Display vor die Nase, während ich registrierte, dass ich zwischen Nukati und dem RIX lag. Die wach waren und mich irritiert ansahen.

»Mika?«, rief ich ängstlich.

»Hey«, antwortete er sonderbar fröhlich. »Wir beide reden mal in Echtzeit miteinander!«

Ich blinzelte mir den Schlaf aus den Augen und versuchte, mir sinnvolle Sätze auszudenken. Um Zeit für Jamie zu schinden. Was unmöglich war.

»Danke!«, sagte Mika. »Das ist jedes Mal so eine furchtbar unangenehme Sache. Ich weiß, wie kompliziert es für dich ist. Die GU hat über Nacht beschlossen, dass sie zehntausend Credits haben wollen. Wohl, um mehr Checks freizubekommen. Ich hatte Sorge, dass du es nicht hinbekommst.« Er zog die Nase kraus.

»Äh, was?«, fragte ich und versuchte, seine Worte irgendwie zu sortieren, aber Mika sprach ungerührt weiter. »Ich wollte mich gleich melden und habe dann festgestellt, dass ihr schon in Funkreichweite seid. Das ist prima. Dann seid ihr bald hier.«

»Noch fünfzehn Tage«, erwiderte ich. »Es gibt Probleme mit der Migura Passage, aber wir haben eine Abkürzung gefunden.«

Ich hatte sie gefunden. Zusammen mit der Artemis. Ich hatte immer noch das Kommando auf der Brücke.

»Das Geld ist da, Jamies Zustand ist unverändert«, sagte Mika, und ich starrte ihn wortlos an.

»Wir bereiten ihn für die Abholung vor und ich packe euch Medikamente für drei Monate ein. Ist das okay?«

Ich sah ihn nur an und hatte keinen blassen Schimmer, wovon er sprach. Das war so surreal. Wo kam das Geld her?

Mika schien meine Wortlosigkeit nicht zu stören. Er sprach weiter: »Ich schicke euch unsere Anflugdaten, sobald sie feststehen. Es gibt einen Hangar und wir reservieren der Artemis einen Andockplatz. Bis in ein paar Tagen dann.«

Ich saß direkt neben dem RIX und raufte mir die Haare. »Wo kommt das Geld her?«, flüsterte ich und sah ihn fassungslos an.

Er zuckte die Schultern. »Ist das wichtig?«

Ich rieb mir das Gesicht, und dann erinnerte ich mich an die Worte Maximilians. »*Alles wird gut.*«

»Kann es Maximilian gewesen sein?«, fragte ich leise, doch Nukati schnaubte nur.

Der RIX hingegen schien das nicht so abwegig zu finden.

»Hast du es ihm erzählt? Von Jamie?«, fragte er mich.

Ich nickte, und er zuckte die Schultern.

»Bei ihm ist alles möglich«, sagte er schließlich und damit war das Thema vorerst vorbei.

Jamie war gerettet, und ich brauchte noch mal zehn Minuten, um das überhaupt zu begreifen.

So richtig glauben konnte ich das alles nicht, was sich darin zeigte, dass ich mich in den kommenden fünfzehn Tagen zu einem Nervenbündel entwickelte. Ständig trug ich meinen AD mit mir herum und starrte immer wieder panisch auf das Display, aus der Angst heraus, Mika würde sich erneut melden und sagen: »Hoppla! Das war ja ein Fehler, es ist gar kein Geld da!«

Aber das geschah nicht. Stattdessen verfolgten wir weiter unseren gesetzten Kurs nach Korps.

Es war in meiner Zeitrechnung später Abend. Der RIX kniete vor mir, während ich die Verbände an seinem Rücken wechselte. Die Heilung verlief gut, aber von seiner ursprünglichen Leistungsfähigkeit war unser Captain noch weit entfernt. Wie sehr ihn das wurmte, behielt er für sich. Fliegen ging schon wieder prima. Nur mit dem Laufen haperte es noch. Wie mit vielen anderen Dingen auch, die ich meistens erst durch Zufall erfuhr, weil der RIX so furchtbar verschwiegen war. Sergeant Maximilian hatte mit den Auswirkungen der IPS-Entfernung recht gehabt. Ein bunter Strauß an Nebenwirkungen.

Er trainierte viel und verbissen und oft fand ich ihn völlig erschöpft in irgendeiner Ecke des Raumschiffes sitzen, die Wut über seine eigene körperliche Schwäche in den Augen.

»Sieht alles gut aus«, sagte ich und sammelte die geöffneten Folien der Verbandsmaterialien ein, die ich um uns auf dem Boden verteilt hatte.

Der RIX bewegte vorsichtig die Schultern, als müsste er probieren, ob sie noch funktionierten, dann drehte er sich zu mir um. Einen Moment lang sah er mich nur an, schließlich blinzelte er und zog die Beine an. »Hast du einen Plan? Für die Zeit nach Korps?«, fragte er dann ganz unvermittelt.

Diese Frage veranlasste mich, das Aufräumen einzustellen, und mich ebenfalls hinzusetzen. Mitten auf den Boden. Schweigend schüttelte ich den Kopf. »Ich dachte, wir fliegen einfach immer weiter«, sagte ich tonlos.

Ein leichtes Lächeln erschien im ebenmäßigen Gesicht unseres Captains.

»Aber nein. Ich habe keinen Plan. Ich kenne niemanden, zu dem wir könnten. Ich habe kein Geld. Und in der GU sucht man mich, ich sollte mich also tunlichst weit abseits sämtlicher der GU angehörenden Planeten aufhalten.« Ich spürte die altbekannte Angst in mir aufsteigen, die immer nach mir griff, wenn ich meinen Gedanken erlaubte, in diese Richtung abzuschweifen. Ich war heimatlos. Für einen Moment starrte ich die Wand vor mir an und so bekam ich auch nicht die sonderbare Veränderung im Gesicht des RIX mit. Erst als ich ihn wieder ansah, bemerkte ich, dass seine Züge weicher geworden waren.

»Milla«, sagte er, und dann räusperte er sich und holte tief Luft. »Ich ...« Das Wort hing allein in der Luft, und fragend sah ich ihn an. »Die Artemis ist offiziell im Quadranten Eysalie registriert.«

»Und?«, fragte ich irritiert.

Der RIX schluckte. »Ich«, setzte er erneut an, und ich

war mir sicher, dass er etwas anders sagen wollte, doch auch dieses »Ich« blieb erst mal einfach so hängen, denn er sagte unvermittelt: »Eysalie liegt am Rand der uns bekannten Galaxie. Die Artemis hat ihren Besitzer nicht legal gewechselt und da Schiffe immer eine Antriebssignatur haben müssen, sind diese geklauten Schiffe oft in weit entfernen Quadranten registriert.« Er beugte sich ein wenig nach vorn und sah mir in die Augen.

Ich war ihm in den vergangenen Tagen körperlich so nah gewesen, dass ich fast versucht war, ihn zu berühren. Aber es gab keinen Grund. Keinen medizinischen zumindest. Trotzdem zuckten meine Fingerspitzen.

»Eysalie soll bewohnbar sein. Eine erdähnliche Atmosphäre haben.« Er sah für einen Moment auf seine Hände, und ich konnte spüren, dass auch er mich berühren wollte. Ich wusste es einfach. Ich starrte auf seine Finger. »Ich möchte dorthin«, sagte er flüsterleise.

»Warum sind da nicht alle? Wo ist der Haken? Es gibt immer einen Haken, wenn ein Planet bewohnbar sein soll, und nicht die ganze Galaxie dorthin aufbricht«, sagte ich schnell, denn seine Finger machten mich nervös. Vielleicht war es auch meine sonderbare Sehnsucht, ihn zu berühren.

»Es ist eine lange Reise für die Artemis. Und dort leben nicht die Wesen, die sich in der GU wohlfühlen.«

Ich blickte auf und direkt in seine grauen Augen.

»Ich weiß nicht, ob es gefährlich ist. Ob es ein Ort ist, an dem man sich wirklich niederlassen könnte. Aber es wäre einen Versuch wert.«

Ich zog die Beine an und umfasste meine Knie. »Nukatis Traum. Eine kleine Hütte unter Bäumen und eine Sonne, die ihn wärmt. Würde er mit dir reisen?«

»Nukati?« Der RIX schien erstaunt zu sein. Er nickte kurz, dann senkte er den Kopf. »Aber würdest du auch mitkommen?«, fragte er ganz leise. »Es soll dort Bäume geben. Oder etwas, was den Bäumen auf der Erde ähnlich ist.« Er räusperte sich, dann tippte er sich gegen die Brust.

Ich brauchte einen Moment, bis ich verstand. Ein Ort, an dem ich die Asche meiner Mutter beerdigen konnte.

Ganz vorsichtig streckte ich meine Hand aus.

Der RIX sah sie an, dann hob er den Kopf. Vielleicht war er zu ungeübt in diesen Dingen. Hatte nie Nähe erfahren. Also griff ich nach seiner Hand, und als sich unsere Finger berührten, schien die Artemis ein leises Seufzen von sich zu geben. »Ich komme mit«, sagte ich fest.

Wenige Tage später tauchte unser Etappenziel als kleiner grauer Punkt vor der Frontscheibe der Artemis auf.

Der Planet Korps war unterteilt in wenige bewohnbaren Zonen und die absoluten No-go-Areas, wo in jeder Hinsicht lebensfeindliche Umstände herrschten. Unsere Einflugschneise, die erfreulicherweise kaum Turbulenzen beim Eintritt in die Atmosphäre beinhaltete, führte uns über so eine No-go-Area, und ich erblickte, so weit das Auge reichte, nur schwarze Erde und dampfende Felsspalten, aus denen hin und wieder heißer Dampf mehrere Meter weit in die Höhe schoss. Ich saß auf dem Co-Piloten-Sitz und starrte auf die kochenden Felsen.

Kein Baum, kein Strauch, es gab nichts, woran sich der suchende Blick hätte festhalten können. Eine furchtbare Einöde, und ich hatte gehört, dass der Dampf der heißen Geysire hochgiftige Bakterien enthielt, die eingeatmet innerhalb weniger Stunden zu schweren und oft unheilbaren

Lungenentzündungen führten. Das hier war kein guter Ort, und er wurde auch nicht besser, als wir endlich in die GU-Zone auf dem bewohnbaren Flecken zum Landeanflug ansetzten. Hier war die Erde rot und nicht schwarz, und es gab keine Geysire, aber auch sonst nichts. Außer einer Atmosphäre, in der Menschen überleben konnten.

»Artemis erbittet Andockerlaubnis«, sagte ich und wenige Sekunden später ertönte: »Landesektion 987 Korps an Artemis, Andockerlaubnis erteilt. Daten werden übermittelt, wir bitten, auf Autopiloten zu schalten.«

Der RIX lud die Daten auf den Schirm und übergab die weitere Prozedur an die Artemis, die uns immer tiefer brachte und schließlich ganz langsam in einen riesigen, in den Himmel ragenden Hangar hineinflog. Dann griff er in die Konsole und zog einen schwarzen Schal heraus. Er wand ihn sich geschickt um Nacken, Kopf und Gesicht, bis nur noch seine grauen Augen zu sehen waren.

Auch wenn ich mich an seinen Anblick gewöhnt hatte, der RIX war unwirklich gutaussehend, geradezu perfekt. Was das menschliche Auge im ersten Moment irritierte. Im zweiten hätte besagtes Auge allerdings das Exoskelett in seinem Nacken entdeckt und damit wäre die Sache klar gewesen.

»Ich glaube nicht, dass sie hier nach der abtrünnigen Schiffsärztin der Barrakuda suchen. Korps ist weit weg, trotzdem solltest du dein Gesicht auch verhüllen«, murmelte er und sorgte mit einer Geste dafür, dass sich die Frontscheibe verdunkelte.

Seufzend zog ich meinen Schal über Mund und Nase und verknotete das rote Tuch im Nacken.

Links und rechts der Einflugschneise hingen viele GU-Kriegsschiffe in der Luft, die offenbar drauf warteten,

Verletzte zu bringen, wieder einsatzfähige Soldaten mitzunehmen und Reserven an medizinischen Materialien aufzufüllen. Bei dem Anblick der grellweißen Schiffe mit dem Logo der GU am Rumpf wurde mir mulmig.

»Artemis. Mach die Absprengvorrichtung klar, aber sieh zu, dass sie keinen Mucks von sich gibt. Check vorher, ob die Tarntechnik funktioniert.«

»Vorrichtung gecheckt und getarnt.«

»Was ist das?«, fragte ich und merkte erst jetzt, wie fest ich die Armlehnen meines Sessels umklammert hielt.

»Damit kann man die Andockklammern absprengen. Falls man mal besonders schnell weg möchte.«

Entsetzt sah ich zu ihm hinüber.

Er blickte weiter auf die Displays, grinste dabei aber leicht, was ich an seinen Augenwinkeln erkannte. »Unsere Antriebssignatur gibt uns als ganz normales Langstreckenschiff aus einem weit entfernten Quadranten aus. Zivil geführt. Unsere Waffensysteme, zumindest die, die sie sehen, sind registriert und zugelassen, aber das könnte sie eventuell trotzdem irritieren. Bewaffnete Privatschiffe sind in der GU nicht gerne gesehen. Auch wenn wir offiziell im Quadranten Eysalie registriert sind, das ist weit weg und man braucht außerhalb der GU durchaus mal Waffen, um zu überleben. Ich dachte, ich gehe mal auf Nummer sicher.«

»Schön. Netter Gedanke«, sagte ich schwach und spürte das abrupte Bremsen und Andocken des Schiffs als heftige Schwingung im Magen.

»Andockvorgang abgeschlossen«, verkündete die Artemis nüchtern, und ich schnallte mich ab. Der RIX ebenfalls, und Nukati eilte schon an der Brücke vorbei in Richtung Luftschleuse.

Kurz davor trafen wir alle aufeinander. »Wir können da

nicht alle rausgehen«, sagte ich, während mir das Herz bis zum Hals schlug.

»Das sehe ich auch so«, erwiderte Nukati, während sich sein Kamm ein klein wenig hob. Ganz offensichtlich hatte er vor, mit mir meinen Bruder in Empfang zu nehmen.

»Ich gehe mit Milla«, sagte der RIX, doch Nukati schnaubte nur. »Du fällst zurzeit noch viermal am Tag auf den Hintern, weil es mit dem Laufen noch nicht so klappt. Du bleibst hier und sicherst alles.« Streng gucken konnte Nukati wirklich gut, und das tat er jetzt. Außerdem hatte er recht.

»RIX«, sagte ich streng. »Auch wenn es deine männliche Ehre trifft, du bleibst hier.«

»Äh«, antwortete er. »Aber ihr nehmt eine Waffe mit.«

»Ich bin eine Waffe«, seufzte Nukati und schob den RIX durchaus freundschaftlich hinter die Tür der Luftschleuse, an der schon der rote Button blinkte. Jemand begehrte Einlass. Die Tür hinter uns fuhr mit einem Zischen zu und die Laderampe senkte sich langsam zu Boden.

Das Erste, was ich tat, war husten. Die Atmosphäre brachte Menschen zwar nicht direkt und unmittelbar um, aber es stank. Und war staubig, und ich war froh um das Tuch vor meinem Mund. Nukati trat ungerührt und ohne zu husten auf die Rampe und lief sie leicht schwankend hinunter. Sein Kamm war wieder tiefrot, aber zum Glück nicht vollständig aufgestellt. Ich folgte ihm etwas langsamer.

Mika stand dort unten auf den zugigen Stahlgittern. Nirgends eine Wache oder ein Soldat. Nur er allein. Und Jamie. Er lag in einer Check und dieser Anblick brachte mein Herz ins Stolpern.

Ich wollte zu ihm laufen. Ihm sagen, dass ich endlich da war und ihn mitnehmen würde. Das alles gut werden würde, doch ich riss mich zusammen und trat stattdessen auf Mika zu. »Danke«, sagte ich schlicht und hielt ihm meine Hand hin.

Er lächelte mich offen an und erwiderte meinen Händedruck. »Ich bin froh, dass das alles geklappt hat«, sagte er leise.

»Wird er den Transport in unsere Check gut überstehen?« Ich trat jetzt neben die technisch vollgestopfte Box und legte meine Hände auf die Scheibe, hinter der ich Jamies blasses und ausgemergeltes Gesicht sah.

»Er atmet schon lange wieder selbstständig, und ich habe die Dosis für den Heilschlaf erhöht. Es sollte also kein Problem sein.«

Vorsichtig ließ ich meine Finger über das Display gleiten und befahl der Check, herunterzufahren. Ich kannte dieses Modell gut, es war der übliche Standard in der GU.

Mika musste die Aufforderung zur Abschaltung der Check als leitender Arzt bestätigen, und langsam fuhr das System herunter und der Deckel hoch.

»Nukati, nimmst du ihn bitte und trägst ihn sofort in unsere Check?«

»Natürlich«, sagte Nukati und zog meinen Bruder, der viel kleiner aussah, als ich ihn in Erinnerung hatte, in seine Arme.

Mika reichte mir einen schwarzen Rucksack mit dem Logo der GU. »Hier sind alle Berichte drin und die Medikamente. Eigentlich machen wir immer noch ein Übergabegespräch.« Einen Moment lang schwieg er und sah mir dabei direkt in die Augen. »Aber ich glaube, ihr wollt gleich wieder los.«

»Ja«, antwortete ich mit belegter Stimme und nahm den Rucksack entgegen. »Danke, Mika.« Er nickte mir noch einmal zu, dann schloss er die Check wieder und begann, sie über das Bodenblech zu einem der großen Aufzüge zu schieben.

Ich drehte mich auf dem Absatz um und ging so schnell ins Schiff, dass es gerade so nicht als rennen zu erkennen war. Die Artemis schloss hinter mir die Luke, und nun rannte ich, so schnell mich meine Beine trugen.

»RIX«, sagte ich laut zur Bordkommunikation. »Ich bleibe, bis wir den Planeten verlassen haben, bei Jamie. Lass uns hier wegkommen.«

»Wir haben schon die Abdockerlaubnis erhalten. Gib mir Meldung, wenn du angeschnallt bist.«

In der Praxis angekommen, scheuchte ich Nukati auf einen der Notsitze und ließ die Systeme der Check hochfahren. Jamie lag in wenigen Sekunden geborgen und umgeben von der ganzen Technik, und ich ließ mich direkt daneben auf den Notfallsitz sinken und schnallte mich an.

»Alle reisefertig«, sagte ich zur Artemis, und keinen Atemzug später wurden die Andockklammern mit einem metallischen Knirschen vom Schiffsrumpf gezogen.

Wir flogen im Schneckentempo aus dem Hangar, so wie es vorgeschrieben war, doch danach gab die Artemis Schub und wir verließen die Atmosphäre des Planeten nur wenige Minuten später. Es holperte, aber bei Weitem nicht so, als wenn ich das geflogen wäre. Fliegen konnte er wirklich gut, unser RIX.

»Wir sind durch. Ihr könnt euch abschnallen.«

»Danke, gut geflogen«, sagte ich und streifte mir die Gurte von den Schultern.

»Herzlichen Dank«, antwortete der RIX trocken. »Ist mein Job.«

Ich stand auf und trat dicht an die Check heran. Dann

öffnete ich eines der kleinen Seitenteile und streckte meine Hand hindurch. Ich legte meine Fingerspitzen sanft auf Jamies Unterarm und streichelte ihn. »Du bist in Sicherheit«, sagte ich leise, und die Finger seiner Hand zuckten. »Wir fliegen in ein neues Zuhause.«

KAPITEL SIEBENUNDZWANZIG

Ich konnte den Namen des Planeten, zu dem wir unterwegs waren, noch nicht einmal richtig aussprechen. Offenbar wurde das eigentlich gar nicht so komplizierte Wort *Eysalie* an sonderbaren Stellen betont und ansonsten nur gehaucht. Der RIX und Nukati konnten das, ich nicht.

Jamie auch nicht, was daran lag, dass er gar nicht mehr sprach. Seine Stimmbänder funktionierten nicht. Vielleicht war es eine Lähmung oder ein Intubationsschaden. Ich hatte ihn drei Tage nach dem Start geweckt und die Check langsam heruntergefahren. Seitdem kämpfte er sich zurück ins Leben. Zwar wortlos, aber doch mit dem Willen, irgendwann zu genesen.

Mit einem Teller Suppe lief ich vorsichtig über den Flur in die Praxis. Hoch konzentriert achtete ich darauf, nichts von meiner kostbaren Fracht überschwappen zu lassen. Nukati hatte diese Suppe vier Tage lang köcheln lassen. Sie bestand nur aus wertvollen Zutaten und war so kostbar wie

Gold. Sagte Nukati, der gar nicht mehr aus der Küche herauskam, weil er jetzt noch jemanden zu versorgen hatte. Jemanden, dem er sein geballtes Wissen über menschliche Ernährung in Form von köstlichen Speisen angedeihen lassen konnte. Ich betrat die Praxis und sagte leise: »Nukatis Zaubersuppe für dich!«

Jamie lag auf der Seite im Bett und blinzelte mich an. Mühsam richtete er sich ein wenig auf, und ich stellte den Teller auf den kleinen Tisch neben dem Bett, um ihm zu helfen. Als ich zum Teller greifen wollte, hielt er mich am Ärmel fest. Er deutete zum Fenster, auf dem eine neue View eingestellt war. Erstaunt betrachtete ich das Bild. Es zeigte eine hügelige Landschaft und erinnerte mich entfernt an das Auenland aus *Herr der Ringe*. Dem uralten Klassiker von Tolkien. Nur dass die Bäume aussahen, als würden sie verkehrt herum wachsen, denn ihre Äste ragten nicht zum Himmel, sondern fielen kaskadenartig bis knapp über den Erdboden. Eine Sonne stand hellgelb am Firmament, kleine Schäfchenwolken zogen über den Himmel und das hohe Gras, das die Hügel bedeckte, schien hell zu leuchten.

Das war nicht die Erde, auch wenn es auf den ersten Blick so schien. Die gute Artemis schien meine Verwirrung bemerkt zu haben, denn sie blendete unten rechts am Bildrand ein Wort ein. *Eysalie.*

Fragend sah Jamie mich an. »Das Ziel unserer Reise«, erklärte ich leise und nahm seine kalte Hand in meine, um sie zu wärmen. Doch er entzog sie mir und berührte stattdessen das Amulett in meinem Ausschnitt. Ich nickte und versuchte mich an einem Lächeln. Als Jamie das erste Mal wieder richtig wach war, hatte er mich nach unserer Mutter gefragt. Seine Lippen hatten tonlos das Wort »Mama« geformt und ich hatte ihm sagen müssen, dass sie tot war. Er hatte geweint. Stundenlang. Und ich mit ihm. Weil es das erste Mal seit langer Zeit war, dass ich die Trauer richtig zulassen konnte. Aber so wusste er, dass sie irgendwie mit auf unsere Reise gekommen war und dass ich ihr versprochen hatte, sie unter einem Baum zu beerdigen.

»Da werden wir einen Baum finden«, erklärte ich ihm leise, und jetzt griff er nach meiner Hand. Hielt sie so lange fest, bis er wieder eingeschlafen und die Suppe kalt war. Ich rutschte zu ihm auf das Bett und legte meine Handflächen auf seinen Rücken, wie ich es in den vergangenen Tagen immer wieder getan hatte. Dann lauschte ich seinem regelmäßigen Atem. Seine Genesung würde noch lange dauern. Aber wir hatten Zeit, unsere Reise war erst am Anfang. Genug Zeit, sich auf die wichtigen Dinge zu konzentrieren.

Essen. Physiotherapie. Handauflegen. Schlaf.

Mit dem kalten Teller Suppe machte ich mich wenig später wieder auf zur Küche. Jamie schlief noch immer und er würde einfach später essen. Hinter der Biegung zur Küche traf ich den RIX, der mit zwei Nährstofftuben wohl wieder auf dem Weg zur Brücke war.

»Wie geht es Jamie?«, fragte er.

Ich zuckte die Schultern. »Wird«, sagte ich. »Irgendwann wird es ihm besser gehen.« Das hoffte ich zumindest. Was er an Beeinträchtigungen zurückbehalten würde, war zu diesem Zeitpunkt noch nicht abzusehen.

»Wie geht es dir?«, fragte er. Erstaunt sah ich ihn an, während sich ein sonderbar warmes Gefühl in meinem Bauch ausbreitete. Schnell blickte ich auf den Suppenteller. Mich hatte schon sehr lange niemand mehr gefragt, wie es mir geht. Außerdem war da noch etwas. Etwas, für das ich keine Worte hatte, aber der RIX ebenso wenig, deswegen beließ ich es für den Moment bei einem gemurmelten »Gut«, und sah zu, dass ich die Suppe zu Nukati brachte.

Die Tage vergingen und wir lebten in unserem eigenen Rhythmus. Das absolute Highlight war der erste Stopp auf einem Handelsplaneten, der Nukati fast an den Rand eines Nervenzusammenbruchs gebracht hatte. Weil der Besuch in seinen Augen brandgefährlich war. Aber leider notwendig, um unsere Vorräte aufzustocken. Nukatis Stein verkauften wir nicht, dafür das restliche Kustatas, und das reichte, damit wir wenigstens kulinarisch und finanziell erst mal keine Sorgen mehr hatten.

Auch die anderen Sorgen wurden kleiner. Jamie ging es besser. Er konnte laufen und hatte mit Nukatis Hilfe bereits das Schiff erkundet. So kam es auch, dass wir jetzt jeden Abend gemeinsam, bis auf den Captain natürlich, in der Küche unser Abendmahl einnahmen. Was sich gut anfühlte. Normal. So wie es viele Wesen überall auf den Planeten und Schiffen taten. Sie aßen gemeinsam und erzählten sich von ihrem Tag.

Weniger normal war die Tatsache, dass Nukati und mein Bruder nun jeden Abend nach dem Essen mit allergrößter Begeisterung »Star Flight 9000« zusammen zockten. Ein völlig beknacktes Spiel, bei dem man ständig mit riesigen Schiffen irgendwo im All gegen flog, und wer die meisten Zusammenstöße mit Asteroiden, Weltraumschrott und anderen Schiffen hatte, gewann. Und so tauchten die Zocker-Displays auch heute wieder auf, kaum hatten wir den Tisch abgeräumt und die Essensreste verstaut.

Das eindeutige Zeichen für mich, den Ort des Geschehens zu verlassen. Ich wollte schon auf den Flur abbiegen, da drehte ich mich noch einmal um und schlenderte ganz beiläufig und unauffällig zu unserem Küchenschrank, der für besondere Lebensmittel reserviert war. Ich wartete auf den Tag, an dem Nukati ein Schloss davor anbringen würde, denn wir hatten Süßigkeiten an Bord. Echte Schokolade. Gekauft auf dem Handelsplaneten, auf dem ein Händler von der Erde sogar Kelloggs im Angebot gehabt hatte. Die natürlich ohne echte Milch recht freudlos waren und mit dem Milchersatz, den man so bekam, einfach nicht schmeckten. Aber trotzdem hatten wir ein paar Credits in einen absoluten Luxus investiert. Wir waren jetzt stolze Besitzer einer Tafel Nussschokolade. Die ich leider jetzt schon nahezu komplett vertilgt hatte. Zwei Stückchen waren noch übrig, sorgfältig in das knisternde Papier eingewickelt lagen sie in dem Schrank. Leise nahm ich sie vom Regal und schob mir das kleine Päckchen in den Jackenärmel.

»Ich sehe genau, was du da tust«, brummte Nukati, ohne den Blick vom Bildschirm zu nehmen, auf dem sein Schiff gerade mit einem riesigen grünen Asteroiden kollidierte.

»Lalala«, sang ich leise und tanzte aus dem Raum, um schnell zur Brücke zu laufen.

Der RIX saß mit angezogenen Beinen auf dem Captainssessel. Ich ließ mich neben ihn fallen. »Hier.« Ich reichte ihm eins der kostbaren Schokoladenstücke, und er streckte mir mit leicht angeekeltem Gesichtsausdruck seine Hand entgegen.

Sofort zog ich meinen Arm wieder zurück. »Ich dachte, du lernst diesen unglaublichen Geschmack im Laufe der Zeit zu schätzen. Wenn das nicht der Fall ist, esse ich sie lieber selbst.«

»Doch«, sagte er trocken und emotionslos. »Schokolade ist toll!«

Ich verzog das Gesicht. »Du kannst nicht ewig von diesen Nährpasten leben.«

»Doch«, sagte er wieder. »Das funktioniert schon sehr lange sehr gut.«

Ich steckte mir beide Schokoladenstücke in den Mund, genoss die klebrige Süße und beobachtete, wie wir eine lila glitzernde Formation von Sternen passierten.

»Ich habe eine Idee«, sagte ich schließlich leise.

Der RIX sah zu mir herüber. Dann lehnte er sich zurück und legte den Kopf an die Stütze, ohne mich jedoch aus den Augen zu lassen. Sein Gesicht war reglos, aber in seinen Augen spiegelten sich Gefühle wider. Viele Gefühle, wie so oft in der letzten Zeit.

»Seit Jamie an Bord ist, hatte ich viel Zeit und mir Gedanken über ein bestimmtes Thema gemacht«, erklärte ich. Schließlich hatte ich viele Nächte bei Jamie gewacht und ihm Geschichten aus unserer Kindheit erzählt.

»Worauf willst du hinaus?«, fragte er und runzelte die Stirn.

Ich musste mir ein Grinsen verkneifen, weil er so ernst dreinblickte.

»Du brauchst einen Namen«, fuhr ich leise fort. »Den brauchst du schon, seitdem wir mit der Artemis losgeflogen sind, aber weder Nukati noch mir ist etwas Passendes eingefallen. Und dann mussten wir ständig jemanden retten und hatten keine Zeit. Aber jetzt weiß ich etwas.«

Der RIX blinzelte mich an, dann rieb er sich plötzlich das Gesicht.

»Mir ist eine meiner Lieblingsgeschichten eingefallen. Ich habe sie Jamie erzählt, als es ihm noch so schlecht ging.

Ich habe ihm alles aus unserer Kindheit erzählt. Damit er sich erinnert. An sein Leben vor dem Krieg.«

Ich beobachtete den RIX, wie er mich ganz aufmerksam betrachtete.

»Das Sirius-Rätsel, kennst du die Geschichte?«, fragte ich, und er schüttelte den Kopf. »Es ist eine Geschichte, die meine Mutter mir als Kind erzählt hat. Sie wollte, dass ich verstehe, dass viele Dinge nicht so sind, wie wir glauben. Dass wir manchmal nur noch nicht genug wissen, um einige Dinge wirklich zu begreifen und wir deshalb nie aufhören dürfen, klüger zu werden. Ich erzähle sie dir.«

Der RIX nickte. Eine sonderbare Unruhe lag jetzt in seinen grauen Augen. Diese Anspannung kannte ich von ihm. Sie tauchte immer dann auf, wenn ich eine ehrliche Antwort auf die Frage wollte, wie es ihm ging. Wenn wir uns um ihn bemühten, wollten, dass er beim Essen bei uns saß, ihn nach seiner Vergangenheit fragten. So als könnte er nicht glauben, dass er uns wirklich wichtig war. Vielleicht verständlich, wenn man sich ansah, wie er gelebt hatte.

»Im Jahr 1931 gab es einen Ethnologen, der aufbrach, um eine Volksgruppe auf Mali zu besuchen. Das war damals Westafrika. Bei der Volksgruppe handelte es sich um die Dogon. Ein Volk, das abgeschieden von der Welt existierte und doch viel über das Leben wusste. Sie hatten komplexe Vorstellungen, wie die Erde erschaffen wurde, und wie ihr Volk in diese Schöpfung gehörte. Der Stern Sirius spielte in ihrer mythologischen Vorstellung eine große Rolle. Du musst dir vorstellen, dass die Menschen damals noch keine Ahnung vom Weltall hatten. Sie konnten von der Erde aus einzelne Sterne erkennen, aber sie brauchten noch fast hundert Jahre, um überhaupt zu verstehen, dass es hier draußen so unendlich viele Sonnensysteme gibt. Und Leben.

Damals war die Welt der Menschen noch überschaubar. Sie kannten also Sirius, den man von der Erde aus erkennen konnte. Aber die Dogon kannten auch Sirius B, den kleinen Begleiter von Sirius, von dem damals auf der Erde niemand etwas wusste. Es gab keine Technik, um ihn zu sehen. Die Dogon hatten sogar Zeichnungen von seiner Umlaufbahn um seinen großen Bruder. Warum das so war, konnte niemand erklären. Es war ein großartiges Rätsel. Vielleicht war dieses Volk das erste, das Kontakt zu fremden Wesen hatte. Denn irgendjemand musste ihnen ja von Sirius B erzählt haben. Ein Rätsel. So wie du. Du warst am Anfang auch ein Rätsel für mich.«

Ich schwieg einen Moment. Der RIX saß ganz still neben mir, sah mich aber unverwandt an.

»Ich dachte, der Name Sirius könnte gut zu dir passen.«

»Ist das ...« Er hielt einen Moment inne und schien nachzudenken. »Ist das ein schöner Name? Ich kenne mich mit Namen nicht aus.«

Erstaunt sah ich ihn an. Erstaunt, weil es ihm wichtig war, einen schönen Namen zu bekommen. »Ja. Ich finde, Sirius ist ein sehr schöner Name.«

»Milla ist auch ein schöner Name. Ich sage deinen Namen gerne. Er rollt gut von der Zunge.« Jetzt grinste er mich an.

»Ich will dir diesen Namen nicht aufzwingen«, sagte ich leise. »Du kannst das ganz allein entscheiden, und wir können auch alle noch einmal nachdenken.«

Er zögerte einen Moment, doch dann richtete er sich ein wenig auf und sagte: »Wenn du diesen Namen für passend hältst, ist es mir eine Ehre, ihn von dir zu bekommen.«

Ich beugte mich zu ihm hinüber und sah ihm fest in seine grauen Augen. »Dann bist du ab sofort Sirius«, flüsterte ich, und mein Herz klopfte bei meinen Worten ungebührlich schnell und aufgeregt. In seinen Augen tanzte das Licht der Sterne. Und dann beugte er sich ebenfalls zu mir und griff nach meiner Hand.

Was auch immer noch vor uns lag, wir waren nicht mehr allein.

DANKE!

Danke an Steffi, Jeanine, Claudia, Birte, Philipp, Nicole Leps, Susanne, die Gefahrengemeinschaft, Jutta, Inge, Carola, Steffi, Uschi und Murat. Für das Lesen, Recherchieren, Kümmern, Zuhören, Organisieren und all die anderen wichtigen Dinge, ohne die ich niemals ein Buch schreiben könnte.

Danke an Dr. med. Katharina Menninger Knollmann, die Hausärztin aller meiner Figuren.

Danke an Konstantin. Für die Artemis. Und die Superhelden.

Danke an Murat. Wie immer. Für alles.

ÜBER DIE AUTORIN

Kristina Günak schreibt Bücher über Liebe, Freundschaft und Magie und veröffentlicht auch unter dem Namen Kristina Valentin.

Kristina liebt das Meer und macht die norddeutsche Küstenlandschaft gern zum Schauplatz ihrer Romane. Sie erzählt humorvoll und warmherzig von den Tücken des Alltags, der uns gelegentlich unerwartet aus dem Ruder läuft, von der Liebe und von Männern, die dazu neigen, das Leben ihrer selbstbewussten Heldinnen auf den Kopf zu stellen.

Die Schriftstellerin und Mediatorin veröffentlicht ihre Bücher in großen Publikumsverlagen und als Selfpublisherin.

Auf dem folgenden Bild sehen Sie allerdings nicht die Autorin, sondern Herrn Hund.

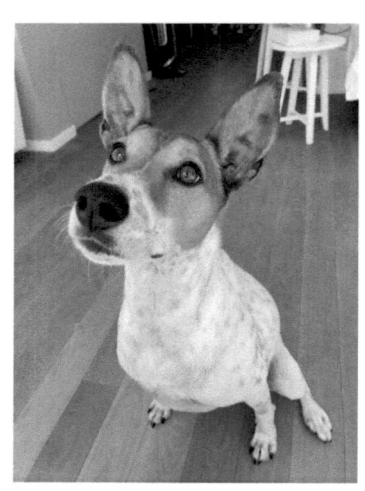

Für mehr Informationen:
https://kristina-guenak.de
post@kristina-guenak.de
Zum Newsletter

BLICK AUF DEN SCHREIBTISCH

Alle Infos zu meinen Büchern, exklusive Verlosungen und ganz persönliche Einblicke in meinen Schreiballtag gibt es in meinem Newsletter. Melde dich an und erhalte als kleinen Willkommensgruß sofort neuen Lesestoff!

Hier geht es zum Newsletter und der Begrüßungslektüre:
https://kristina-guenak.de

Eine Bitte habe ich noch: Wenn dir meine Geschichten gefallen, behaltet es nicht für dich. Für Autorinnen und Autoren ist es so wichtig, dass über unsere Bücher gesprochen wird! Ob durch eine Empfehlung in der Buch-Community oder eine kurze Rezension – so finden andere Leserinnen ebenfalls den Weg zu diesen Geschichten.

Vielen Dank und herzliche Grüße!

Kristina Valentin & Kristina Günak

KRISTINA GÜNAK SCHREIBT AUCH ALS KRISTINA VALENTIN

Paula Schmidt mag keine Kinder. Klein, laut und dreckig, muss nicht sein. Karriere dagegen unbedingt! Gerade hat sie sich von Olaf und seinem Dauerthema Familienplanung getrennt, da ist Paula plötzlich schwanger. Ungewollt, versteht sich. Dass das bohnenförmige Wesen auf dem Ultraschall ihr das Herz stehlen könnte, damit hat sie nicht gerechnet. Ebenso wenig mit dem Chaos, das nun über ihr Leben hereinbricht: In Form einer Kreißsaaltour mit Walgesängen, einer neuen beruflichen Laufbahn auf dem Ökohof und eines schweigsamen, aber sehr attraktiven Tischlers namens Simon …

Neun Monate und ein Bohnen-Projekt – witzig, frech und extrem unterhaltsam.

Als Taschenbuch, E-Book und Hörbuch!

DIE VAMPIRSERIE

Das Erbe der Dunkelheit

Vampire leben unter uns. Unerkannt. Eine fremde Welt voller Macht, Dunkelheit und Magie.

Band 1

Für Charlotte Sanders ändert sich alles, als sie bei einem Meeting zum ersten Mal auf ihren geheimnisvollen Chef Luka Van Dyke trifft.

Ihr wird schnell klar, dass dieser attraktive Mann nicht der ist, der er vorzugeben scheint. Mühelos manipuliert er Menschen und lässt sie nach seiner Pfeife tanzen – nur bei Charlotte gelingt ihm das nicht.

Als sie von einer Vision heimgesucht wird, begreift sie, dass ihre Welt eine völlig andere ist, als sie geglaubt hatte. Und Luka Van Dyke spielt darin eine ziemlich große Rolle. Zwischen den beiden entwickelt sich eine unheimliche Anziehungskraft, doch ein Geheimnis steht zwischen ihnen und plötzlich ist nicht nur ihr Leben, sondern die ganze Welt in Gefahr.

Als Taschenbuch, E-Book oder Hörbuch.